我与食物的爱恨纠葛

Sweet 甜 —— 著

一个进食障碍女孩的
康复之路

化学工业出版社

·北京·

图书在版编目（CIP）数据

我与食物的爱恨纠葛：一个进食障碍女孩的康复之
路 / Sweet甜著. --北京 ：化学工业出版社，2025. 7.
ISBN 978-7-122-47936-5

Ⅰ. I25

中国国家版本馆CIP数据核字第2025YY8703号

责任编辑：王　越　赵玉欣　　　　　　装帧设计：史利平
责任校对：王　静

出版发行：化学工业出版社（北京市东城区青年湖南街13号　邮政编码100011）
印　　装：中煤（北京）印务有限公司
880mm×1230mm　1/32　印张11³/₄　字数268千字
2025年8月北京第1版第1次印刷

购书咨询：010-64518888　　　　　　售后服务：010-64518899
网　　址：http://www.cip.com.cn
凡购买本书，如有缺损质量问题，本社销售中心负责调换。

定　　价：68.00元　　　　　　　　　　版权所有　违者必究

寄 语

看这本书的时候，我觉得自己好像从来没认识过作者，从震惊到思考，我花了些时间，直到再次见到她，听她说话，悬着的心才放下来。

我看到了一个高敏感的人可以有的两种生活方式——把自己耗死，或者充满激情地活着。紫初是后者，你可以从这本书中看到她在创伤后的成长过程。殊途同归，不管什么样的经历，成长都是我们唯一的选择。

李雪霓

北京大学第六医院心身医学科主任

推荐序·薄世宁 *

　　作为一名ICU医生，在职业生涯中，我见证过无数生命在生死边缘的徘徊。当紫初的这本书映入眼帘，那些关于进食障碍的细腻书写，宛如一块棱镜，折射出现代社会中一群隐秘跋涉者灵魂的暗影与微光。这不是一本传统意义上的疾病回忆录，而是一个年轻生命以血肉为墨，写给世界的温柔情书——关于疼痛，关于觉醒，更关于如何重新"握"住生命的温度。

　　进食障碍，绝非大众认知中的减肥过度或饮食失控，而是生理、心理、家庭环境、社会文化交织的复杂病症。在临床工作中，我们常常面对这样的悖论：患者因极度恐惧发胖而过度节食，家人却将其视为"叛逆"或"矫情"；发生进食障碍后，患者又因病耻感拒绝就医；更有甚者，极少数陷入痛苦深渊的家庭却进一步陷入"偏方""求神"的荒诞怪圈。大众对于进食障碍这种疾病并不像其他疾病一样有所了解，很多人将厌食看作"没食欲"，将暴食曲解为"贪吃"，却忽视其背后对自我价值的

---

* 　北京大学第三医院ICU主任医师，《命悬一线，我不放手：ICU生死录》作者。

否定、对失控人生的绝望掌控。而医学界同样面临挑战：专业诊疗体系缺失，轻症归入精神科，重症涉及多器官衰竭时却无独立学科承接，导致进食障碍患者的高复发率与死亡率。这些困境，让进食障碍成为现代社会的"隐形杀手"。而紫初的文字，恰如刺破迷雾的利剑，让我们看见病症背后真实的痛苦。

这本书的独特价值，在于它是国内首部以患者视角全景式呈现进食障碍的作品。作者以近乎自剖的勇气，揭露了疾病从萌芽到恶化的全过程：从BMI跌破下限时的剧变，到"热量计算强迫症"的精神障碍；从厌食与暴食交替的恶性循环，到"用饥饿验证被爱"的病态心理。这些细节比我研读过的教科书更真实，为疾病研究提供了珍贵的第一手资料。书中最让我震撼之处，在于展现了一个濒临衰竭的生命如何完成认知重构。当紫初在病床上从"宁可瘦死"到因母亲白发而觉醒，当她在家中遵循科学营养方案逐步增重……字里行间流淌的不仅是个体的挣扎，更是对健康本质的深刻叩问——健康不仅是生理指标的恢复，更是心理上的日臻成熟。

阅读此书，我有两个重要的收获：

首先，让我看到了共情的力量。紫初以博主身份建立的正能量社群，堪称移动网络上的疗愈场。她坦诚分享康复路上的反复，让更多的人在共鸣中破除认知误区。对同类患者的父母群体而言，书中关于"拒绝进食是疾病而非叛逆"的剖白，可以成为化解相互不理解和冲突的"共情翻译器"，阅读这本书，能缓解无数患者家庭内部的对抗与误解。了解共情在疾病，尤其是慢性疾病康复中的重要作用，有助于在未来，我更好地服务于我的患者。

我的第二个收获是，这本书让我看到了正能量社群的奇迹。社会的支持是比药物更温暖的治愈处方。临床中我们常感叹，进食障碍的治疗需要医学+心理+社会支持的立体网络。而紫初的实践进一步证明了，当患者从被治疗者转变为自我疗愈+帮助他人的主体，康复便获得了内生动力。这种疾病幸存者照亮后来者的模式，恰是当前医疗体系最稀缺的资源。我曾经的一位患者，身高1.80米，最严重时，体重只剩下40多公斤，他在康复后，会经常来到病房，探望尚与疾病抗争的同类患者，他会告诉他们："一定会好起来的，你看我，我以前曾经和你们一样在痛苦中挣扎，今天，我可以健康地生活，我可以更好地爱和被爱。"而紫初的这本书，更加证实了"患者榜样"的力量。临床中我们常思考：除了药物与营养支持，进食障碍患者最需要什么？紫初的故事也给出答案：是"被看见，被认可"的力量。当她从"等待救援的溺水者"转身成为向同伴伸出手的人，当粉丝留言说"看你好好吃饭，我也敢尝一口蛋糕了"，这种幸存者之间的托举，比任何治疗都更具生命力。这本书证明了：痛苦若能被分享，就不再是孤独的深渊；而每个走出黑暗的人，都能成为后来者的路灯。

这本书超越自我疗愈的范畴，它以文字为桥，搭建起患者、家庭与医疗者的对话平台；作者以亲身经历为镜，照见医疗体系的缺口与社会认知的盲区。

医学不仅是科学，更是人学。愿这部充满希望的作品，能让更多人看见进食障碍患者的真实困境，唤起对生命的敬畏、对痛苦的共情，以及对健康本质的重新思考，或许，这就是医学的科学与人文最温暖的相遇。没有科学的人文是滥情，没有人文的科学是傲慢。

希望大家都能看看这本书，你一定会有比我更深邃的思考。

薄世宁

2025年5月29日

推荐序·杨芷英*

民以食为天。食物，能满足机体正常生理和生化能量需求，能延续正常寿命的物质，本应带给人们快乐、满足、力量与生长。然而，许多妙龄少年受"以瘦为美"的审美观影响，过度追捧低体重和"完美"身材，被卷入节食的旋涡苦苦挣扎；更有不少丰满女性将减肥作为人生的永恒主题孜孜以求。进食障碍，这一看似遥远却又触手可及的疾病，正悄然侵蚀着无数人的身心健康，剥夺人们对美好生活的感受和对幸福人生的追求！上海市精神卫生中心的统计数据显示，在门诊因进食障碍相关问题就诊的人次数是直线上升的，从2002年的122人，上升到2021年的4281人；门诊新增确诊为进食障碍的人数，从2002年的29人上升到2021年的649人；住院人数从2002年仅1人，到2021年接近300人。❶而

---

* 首都师范大学教授、博士生导师，首都师范大学心理素质教育工作指导专家，教育部学位与研究生教育发展中心专家，北京市哲学社会科学专家，中国心理学会首批注册心理师。

❶ SMHC进食障碍诊治中心[上海市精神卫生中心（上海市心理咨询培训中心）]. 进食障碍家长一定要知道的21件事情 | 进食障碍在我国的现状如何？ [EB/OL].（2022-07-04）[2025-03-10]. https://mp.weixin.qq.com/s?__biz=MzU2NTE2MzIzMg==&mid=2247490648&idx=1&sn=f1cd527ce951a746086504e1be705c42&chksm=fcbeb9d7cbc930c1dead4ae1667b0df315d7908dd29774f0df8655f30f910d59d3d586973a4b&scene=27.

张紫初，这位勇敢的女孩，以其亲身经历为我们揭开了进食障碍背后那层沉重的面纱，让我们得以窥见那些被无助围困的灵魂，以及他们在黑暗中的痛苦呻吟与艰难求索的心路历程。

作为有着三十余载心理咨询经历的心理咨询师，阅读本书（以下简称《我与食物的爱恨纠葛》）让我数度落泪。书中记载的不仅仅是作者患病的经历与康复的坎坷，更是作者心灵的洗礼与精神升华的旅程。对于进食障碍患者来说，隐藏、掩饰自己的行为，回避讨论自己的情绪，否认自己的身心问题，拒绝就医，减少社交活动，都是自然而然的常见表现。但紫初没有被疾病打败，而是在一次次的挫折与失败中不断反思、不断抗争，最终重新找到了与食物、与自己和解的方式，走出进食障碍的泥潭。更令我动容的是，她并没有就此止步，而是勇于直面自己不堪回首的经历，敢于揭开伤疤、敞开心扉，向进食障碍患者和他们的家人传递出希望与力量！

在这本书中，紫初毫无保留地将自己从童年到青年，从患病到康复的点点滴滴展现在我们面前，让我们仿佛置身于她的世界，与她一同经历那些痛苦的折磨、迷茫的徘徊以及最终的觉醒与成长。在书中，我看到了一个因家庭变故、童年创伤而陷入自我怀疑的女孩，如何在对食物的极端控制中寻求一丝安全感；也看到了一个在减肥成功后迷失自我的青年，如何在对身材的过度执着中逐渐走向失控的深渊。

《我与食物的爱恨纠葛》像是一面镜子，映照出我们每个人内心深处对食物的复杂情感，以及那些因家庭、社会、自我认知等因素而产生困惑与挣扎的灵魂。

《我与食物的爱恨纠葛》是一本颇具启发性的康复指南。作者用亲身经历告诉我们，康复之路虽然漫长且艰难，但只要心中有爱、有希望、有坚持，只要勇敢地面对内心的恐惧，不断积蓄改变的力量，就一定能够走出阴霾，迎接美好的生活和光明的未来！

《我与食物的爱恨纠葛》也为我们敲响了警钟，让我们重新审视自己与食物的关系，唤醒我们对躯体健康与心灵世界的关注。在这个快节奏的时代，我们常常奔波于职场，流连于网络，而疏于倾听内心深处的声音。其实，进食障碍绝非简单的饮食问题，它背后隐藏着的是个体对自我价值的怀疑、对情感需求的压抑，以及对家庭和社会期望的无力回应。每一名进食障碍患者，其实都在用自己的方式与世界抗争，试图在这个复杂的世界中找到属于自己的位置。亲爱的读者，无论你是正在与进食障碍抗争的患者，还是陪伴在他们身边的家人、朋友，抑或是关注心理健康的社会人士，这本书都值得一读，它将为你的生活增添一份警醒、启迪、温暖和力量。

因为淋过雨，总想为别人撑伞。让我们一起走进张紫初的世界，聆听她的故事，感受她的勇气、善良、坦诚、坚韧与无畏。相信这本书会成为你在黑暗中的一盏灯，照亮你前行的路，让你在与食物、与自己和解的路上，不再迷茫，不再孤单，向光而行，不负生命！

杨芷英

2025 年 3 月

推荐序·裴天懿 [*]

"不诚无物"：希望更多人找到属于自己的那束光

如果电影《热辣滚烫》拍续集，我想这本书的作者会是再好不过的原型人物。试想一下，瘦下来的女主角，因为过度的运动和节食，患上了一种名叫"进食障碍"的罕见疾病；在历经艰辛、磨难与"背刺"后，她冲破无尽黑暗，把自己活成了一道光，照亮更多同病相怜的人……而其中的细节，是常人很难想象出来的。生活赋予我们的故事，永远比剧本更精彩。

我的节目《冷暖人生》在过去的20多年里，采访了一千多个人物，张紫初算是其中表达最好的之一。采访那天，我们几乎没有间断地聊了近四个小时。我惊讶于她对人生的思考、对人性的敏锐观察和对生活的深刻理解。而她只是个二十多岁的小姑娘，怎会如此通透呢？当她讲到自己未来的目标是帮助更多进食障碍患者时，她说："既然我的生活中没有光，那我就努力活成一道光，去照亮别人。"我一下找到了答案。

我们每个人都在追求成功，却在追求的过程中忽视了自己的本心。

---

* 凤凰卫视《冷暖人生》栏目制作人。

《中庸》讲"不诚无物"，意思是如果没有赤城之心，最终都是一场空；而这个"诚"，我的理解就是本心，是我们经历了一些事情后，发自内心想要达成的心愿，是张紫初希望照亮别人的那束光。如果找不到这个本心，即便获得了金钱、权力也都是一时的小成就，想要成功，有大的成就，只有找到属于自己的那束光——"不诚无物"。

但要在这个纷繁复杂的世界中，找到自己的那束光，又谈何容易。可以说张紫初是幸运的，小小年纪就找到了；但如果你了解她的故事，会知道她又是多么的不幸：支离破碎的原生家庭、肥胖阴影下的青春岁月，还曾被疾病折磨得体无完肤……但不经历这些，她能找到自己心中的那束光吗？从这个角度说，苦难也不是坏事，毕竟那些打不倒我们的，都会使我们更强大。

希望张紫初的故事，不止照亮进食障碍群体，也能给更多处在迷茫、困惑和焦虑中的人带来一些启示，让更多人找到属于自己的那束光。

裴天懿

2025 年 5 月于北京

前言

当我下定决心将自己与进食障碍和解并最终康复的经历写作这一本《我与食物的爱恨纠葛：一个进食障碍女孩的康复之路》时，感觉就像是用一把钥匙，开启了我内心深处那扇紧锁的黑色大门。刹那间，复杂又压抑的情绪如汹涌潮水，从门后翻涌而出，将我彻底淹没。

这既是一场对往昔痛苦的深度回溯，也是一次身负使命的重生记录。看着镜子里的自己，双眼眼皮上缝了21针的伤疤犹如两条蜈蚣趴在上面；小腿上仍能隐隐瞧见黑色的、密密麻麻的纹路，那是因水肿留下的类似妊娠纹的痕迹，四年已过，它们依然没有完全褪去……

进食障碍深深烙印在我珍贵的生命里，它源自我对被爱、被接纳、被认同的深切渴望……为了写成这本书，我耗费了整整一年，其间常因回忆起那些痛苦往事，悲伤情绪如潮水般将我淹没，不得不停下笔，整理思绪，平复心情，休息几天后才能再次提笔。我所做的这一切，只是希望能用自己的亲身经历，为深陷黑暗的人们点亮希望的火种。

在现代社会，数字化知识和信息似乎不分地域、不论年龄，无差别地四处传播。进食障碍却如同隐匿在暗处的藤蔓，以惊人速度悄悄蔓延。

近年来，进食障碍发病率直线上升，亚临床进食障碍[subclinical eating disorder，是指个体在日常生活中表现出与进食相关的异常行为，但这些行为尚未达到正式的临床诊断标准（Stice & Whitenton, 2002）]在青少年群体中悄然扩散。研究显示，全球约15%～20%的青少年可能受此困扰，在中国，这一比例为10%～15%。和严重的厌食症、暴食症不同，亚临床进食障碍症状看似轻微，实则潜藏着巨大的健康风险。这些青少年在追逐所谓"完美身材"的路上，逐渐迷失自我，陷入自我否定的无尽深渊，遭受身体和精神的双重折磨。

家庭不仅为孩子提供物质支持，也是情感表达和沟通的避风港。青少年往往通过极端行为（如进食障碍），试图在家庭中找到他们无法直接表达的情感出口。青少年对食物的控制或暴饮暴食，反映了他们在亲密关系中的不安全感与情感冲突。

回想起自己患病的那段灰暗时光，整整两年我都在黑暗中痛苦挣扎，每一个瞬间都刻骨铭心。那时候，我惧怕面对镜子，镜子里的自己是一个陌生且令我厌恶的存在。每咽下一口食物，内心就被恐惧和罪恶感填满，仿佛自己犯下了不可饶恕的罪过。在与进食障碍共处的日子里，我深深体会到了它对我，对众多和我一样的病友们，以及我们的家庭所造成的伤害。

我在小红书上记录下自己康复的全过程，回顾生病经历，以及接触过的人和家庭，心中感慨万千。我发现自己有较强的语言表达和沟通、共情能力，于是在2024年春节后，我便在小红书发布公告，带领主动向我求助的患者及其家庭一起走向康复。

作为亲历者，我了解到多数进食障碍患者抗拒暴露自己，也不愿就医（两位做过调查的朋友反馈的数据显示，不接受治疗和暴露与接受治疗和暴露的患者比例为10∶4）。国内目前设立了专治进食障碍科室的医院仅有两家，有时排队住院就得花两个月左右。治疗过程绝非轻松舒适，大部分患者抵触治疗和饮食管理。在康复过程中我还发现，很多患者因为畏惧高昂的路费和治疗费用而放弃治疗，而除此之外，还有不少患者被家人认定为"病魔附体"，要用"驱魔"的方式医治……这都凸显出进食障碍患者就医艰难。即使是那些自愿或被迫就医的患者，在有限的问诊时间里，也很难让医生深入走进其迷宫般复杂的内心世界。那种感觉，就像是被全世界抛弃，孤立无援。

正是这些切肤之痛，成为我创作本书的强大内在动力。我太清楚那些不敢迈进医院大门，或是因经济条件、家庭等因素而无法获得充分治疗的患者和家属，正面临着怎样的困境。我急切地想通过这本书，毫无保留地分享自己康复路上的每一步——无论跌倒还是站起，我们能够康复，有人曾在同样的黑暗中摸索，最终成功找到了光明。我把每一次内心的挣扎、每一个自我救赎的瞬间，都化作文字，愿成为读者黑暗中的那束光，给予他们康复的经验和勇气。

在创作这本书的过程中，每一次回忆那些痛苦的过往，都像是亲手揭开尚未愈合的伤疤，鲜血淋漓，疼痛难忍。大多数人在经历这样的痛苦后，选择将其深埋心底，不愿再去触碰。但我明白，只有勇敢直面过去，才能真正地放下，才能更好地帮助他人。当我终于完成这本书的创作时，心中满是欣慰与释然，仿佛看到无数个和曾经的我一样迷茫无助的人，在阅读这本书后，找到了前行的方向，重新燃起对生活的希望。我也希望借由自己的勇敢，让更多人看到进食障碍患者真实的内心世界，了解疾病全貌。如此，患者和家属们会知道，他们的痛苦有人理解，他们并不孤单。

我亲爱的同行者，进食障碍并不是病魔，我们也不需要将它消除殆尽。"他"只是我们内心深处，那个受了伤、掉队了的孩子。他渴望着被看到……我们最终要接纳他，与他和解，而不是消灭他。

　　在陪伴其他患者和家庭的漫长过程中，我积累了大量典型的案例故事。这些故事来自不同的家庭，有着截然不同的背景。每一个案例背后，都是一个在食物、身材、情绪中挣扎着的心灵，以及与进食障碍相伴而行的艰辛历程。在征得主人公同意后，我将据此创作我的第二本书，这是一部进食障碍案例集，我会描述多位进食障碍患者的经历，从家庭环境、社会压力、心理特质等多个角度，探寻进食障碍背后复杂的成因。我希望通过这些真实的案例，让更多人了解进食障碍，也让患者和家属们明白，他们所面临的问题并非无解，每一种情况都有其根源，也都有对应的解决方法，进而在与进食障碍和食物握手言和的过程中不再感到迷茫和无助。

目录

☁ 枷锁与钥匙　- 315

☀ 未尽之言　- 343

☀ 后记　成为光　- 350

◎ 致谢　- 354

寻找那条回家的河流

有这样一个故事，让我用童话告诉你，我与进食障碍的关系。

进食障碍曾经与我一道，在混沌的黑暗森林中前行。迷雾是我的敌人，因为迷雾带有剧毒，身处其中几秒，我的皮肤就会被腐蚀——这是流传在这片森林的传说。

我的大脑中充满了恐惧、不安和孤独。到处都是荆棘与陷阱，我的心中有一个信念——寻找那条河流，顺着河流就能离开森林抵达城镇。

森林里有一些不时出现的小房子，一旦看到小房子，我的耳边就会响起一个声音："快进去吧，进去就安全了。"所以我称它为"安全屋"。大多数时候我都会在看到安全屋时听从那个声音跑进去躲避追来的迷雾。可安全屋也会慢慢被迷雾腐蚀，休息片刻后我必须尽快逃离，继续向前奔跑。但是，森林深处愈发黑暗，我身上的伤痕也越来越多。我不断地与荆棘和藤蔓搏斗，在安全屋里躲避迷雾……一切如同永无止境的轮回。

有一次我被荆棘缠住，在我与它纠缠时，不小心被迷雾吞没。顿时耳边那个声音开始尖叫，尖锐得仿佛要震碎我的内脏，似乎真正被迷雾所伤的是它，而我的身体其实并未被腐蚀，与此同时，缠绕我的荆棘也从我腿上褪去……于是，我开始疯狂地奔跑，我的内心被赋予了使命，我一定要到达那条河流！太可怕了，那个声音实在太吵了，每次它一响，我就必须依照它的指示去做，不然它就会用更激烈的嚎叫逼迫我就范，只要我照做，它就会安静下来。

河流……到底在哪里……我累得精疲力竭，终于再也无力挣脱藤蔓的束缚。我身上所有的伤口都未曾愈合，到处都是我的血迹。每一个伤口只要稍微一动就会传来钻心的疼痛……我痛苦地流着泪……对不起，我或许回不去了，爸爸，妈妈……我答应了一定会回家的，当初我真不该来森林冒险……我只不过是想证明，我是个勇敢的孩子罢了。

正当我感觉即将死去的时候，那团迷雾又来了，它缓缓地向我靠近。尖叫声也随之响起，我感到极度恐惧，浑身颤抖……藤蔓再次放过我，迅速逃回黑暗之中。我闭上眼睛等待死亡的降临。可令我十分意外的是，随着我在迷雾中的时间变长，我感到伤口处的疼痛逐渐消失了，我摸了摸小腿，只摸到了一些结痂。迷雾随着呼吸进入我的身体，我浑身都在恢复力气。我竟然感到无比的安心……紧绷的神经放松下来，于是我沉沉睡去。

再醒来时，我看到眼前有一条河流。身边是翠绿色的灌木，草地上开满了五彩斑斓的花朵，粗大的老树根深深地扎在土壤里，上面屹立着参天大树。阳光透过茂密的枝叶洒下来，照在我的身上、脸上、四肢上……耳边是潺潺的流水声，鸟儿用清脆的嗓音，此起彼伏地歌唱。清澈的河流从山林深处环绕着岩石流淌而来，又顺着地势向山下流去。

我激动地从地上爬起来，欣喜若狂地顺着这条长河向山下跑去。我终于能回家了，能回到爸爸和妈妈的身边了！

回到城市以后，我稍作休整，便将自己在森林里的遭遇讲给身边的人听。一位智慧的老人在听完后长叹一口气，说："那片森林的名字叫作'进食障碍'，所谓的安全屋就是它一次又一次对你的诱惑。你不听从它的声音，它就会折磨你，所以你只能顺从。它迷惑你，让你以为烟雾是敌人，实际上那是家人对你的帮助，以及你自己的智慧心。所以进食障碍很怕它，尖叫声也会越来越大。最后你感觉自己快要死去，是因为进食障碍几乎将你的生命耗尽，这时你的父母终于狠下心将你送进医院，挽救了你的生命。"

原来如此，听完老人的叙述，我才明白关于森林与迷雾的真相。但我知道，很多孩子，甚至是大人，还在那片森林里……我不时看到一些身影，他们的表情和我一样痛苦，也满身伤痕。不知道那些人中，有多少人能像我一样，明白迷雾的真相呢？有多少人能像我一样，活下来，并且离开森林？

破碎的拼图

天使露出享受的微笑，
用力折断自己的翅膀

我在自媒体平台创建了自己的社群，结识了许多与我"同舟共济"的伙伴。在与每一位进食障碍（包括厌食症、贪食症、暴食症）患者的接触中，我发现他们有一些共同的特点：

得了厌食症的人总是对他人很在意，很敏感，说话做事也很小心——让人看上去像是唯唯诺诺的乖孩子，一副楚楚可怜的样子。

他们外表枯瘦，面色苍白，驼背，行动迟缓，给周围的人带来一种"病恹恹"的感觉。

他们想法固执，一旦认定了一件事，任凭谁劝说也无法改变。一旦被反驳或者斥责就会感到委屈。事情偏离自己的计划，也会号啕大哭以示愤怒。

当体重的BMI指数[即身体质量指数，BMI=体重÷身高^2（体重单位为千克，身高单位为米），它是一个常见的评估指标，用于衡量人体胖瘦程度与健康状况]小于14，或存在暴食与厌食交替出现的情况时，声带就会受到损伤。你不难发现，一个因节食BMI低于14的人，说话时会把长句拆成一段段，每次只能说简短的句子，听起来就好像肺里的气不足以支撑说完一整句话。他们的声音沙哑、低沉，音量也因缺乏力气，比正常人小很多。

他们的头发干枯发黄，头皮隐约可见，发际线处有短小纤细的新生毛发。由于得不到充足营养，头发还没长长就自然脱落了，仅存的长发也会逐渐被短而细的发丝所替代。我仍清晰记得，曾经母亲用轮椅推着我去医院，分诊台的护士直接问："请问是来化疗的吗？"

暴食症患者大多沉默寡言，眼神空洞，相较于频繁的社交，他们更偏爱独处。尤其是当对食物的"瘾"在大脑中蔓延，刺激着每一根神经，传导出渴望食物的冲动时，隐藏在神经里的"兽性"就会毫无保留地暴露出来。独自一人时，他们便任由这种想法在体内释放，无须思考，毫无选择地把周围能抓到的"食物"都放进嘴里咽下去，不管是纸张、包装物，还是已经腐烂变质的面包，甚至垃圾桶里的东西，也会被抓出来往嘴里塞。他们不在乎口感，也不在意味道，口中、鼻腔里的感受器仿佛都已关闭，脑海中只剩下"吃"的指令。

可空虚的心灵该用什么去填补？贫瘠的精神世界又该如何变得丰满？那种感觉，就像心里密密麻麻地爬满了蚂蚁，又痒又麻，又疼又难受，让人坐立难安，甚至失去理智。痛苦的感觉充斥在每一根神经里，他可能会失去意识陷入昏迷，还会出现血压上升、心律不齐、浑身出汗等症状，难受得让人忍不住想要伤害自己。

我依然记得2020年暴食症与厌食症交叠的那段阴暗岁月，只要回想起来，我就会感慨——那时的我一定不像人类，而像只动物，并且是最低等的，只依靠本能行动、具有攻击性的猛兽！

我原本只是单一厌食症患者，由于对热量的恐惧，我的身体对摄食行为会产生许多复杂的负面反馈，医学上称之为"机体反应"。

只要知道自己正在做的事能消耗热量，我的精神就会放松一些。于是，为了让精神放松，我开始强迫自己运动。和母亲生活在一起，我做不到一口饭都不吃，因此饭后我要走一万步，吃完饭就得立刻站起来走路。这让我长期处于巨大的精神压力之下，摄入热量就意味着无休无止的消耗。营养不良导致骨钙流失，医院检查显示，我的全身骨骼如同80岁的老奶奶一般脆弱。膝盖因为长时间走路而剧烈疼痛，腰椎也被压迫得酸痛不已。母亲很担心我会不会走着走着就骨折了，可我满不在乎，脑子里对生与死全然无所谓，心中只有一种执念——"活着就必须瘦，要么瘦要么死"，仿佛对生命毫不在意。

因为进食后身体不适，再加上进食后就要运动，我对吃进去的食物更加恐惧。焦虑和疼痛的双重折磨，让我仿佛身处炼狱。我开始畏惧社交，本该和朋友一起吃喝玩乐的周末，我却躲在家里，要么花大量时间刷"吃播"，然后逃避一日三餐；要么买很多高碳水、高油脂的食物回来暴食。我的生活仿佛变成了一个莫比乌斯环，失去了原本的秩序……周围的时间似乎静止了，留给我的只有不停地吃、不停地清除，手机械地抓，嘴机械地咀嚼、吞咽……屋子外面的时间却是流动的，我能听见孩子放学时欢快的笑声，也能听见汽车的鸣笛声，还能听见年长的女人们攀谈隔壁家小情侣的疯狂事。这个话题她们能聊很久，直到其中一个人说："啊，我得赶紧去接孩子了，还得回家做饭，先不聊了！"这时我便知道，时间已经过去了好几个小时。听她们聊天，就像看完了一整部电视剧，让我了解到的事情比看新闻还多。

我所了解的进食障碍患者，年龄跨度从8岁到55岁——这个心理疾病的暴发不分年龄，也没有规定和医学研究表明它一定会在发病多少年后痊愈。它容易反复发作，厌食症和暴食症还会相互转换。即便此刻康复了，几年后也可能因为某件事的触动而再次沦陷。尽管许多治疗手段被"发明"出来，但无论是电疗、强制措施还是心理咨询等，无一例外，都不能完全阻止进食障碍的反复发作。

正在上学的孩子、为人妻母的女性、青春期的男孩，都是可能被"感染"的对象。在他们大部分人背后，都有令人难过的故事，比如要用一生去治愈的童年创伤、不和谐的家庭关系、从小被比较的灰暗过往……每个人都曾对某件事抱有幻想，却被现实无情打碎。那种对现实的不甘心，化作对自己的怨恨，怨恨自己明明满心厌恶，却渺小得没有力量去改变眼前的处境。怨恨别人又有什么用呢？还不如把情绪发泄到自己身上。

他们对亲情、爱情和家庭既没有安全感，也缺乏归属感。他们中有很多是非常善良的人，做事小心翼翼，不忍心伤害别人，即便只是情绪化地说了难听的话，也要追着对方道歉，不停地谴责自己。心里总是想着：

"他会不会不高兴？"

"我刚才没有伤害到他吧？"

"我不能那么做，他会伤心的！"

……

《与心理创伤和解》《与自我和解》等心理学书籍告诉我们，"对自己的厌恶会导致人们从折磨自己的痛苦中感受到愉悦，并为了能够长时间拥有这样的快乐而不择手段"；电影《骨瘦如柴》中也展示了厌食症患者通过"引人注目"来控制一段感情和关系。的确如此，如果瘦弱就能从被忽视变得备受关注，让曾经对自己疏于关心的人开始围着自己转，这种转变会让人十分"上瘾"，会让人慢慢失去思考能力，毫无下限地对自己做不好的事，并且不顾周围的反对声音，坚持自己的主观判断。

就我自身而言，厌食症让我瘦弱的身体引起了父母的关心。在我的感知中，他们以前对我的期待一直是"只要活着就行了"，从未给予我精神上的鼓励，也不在乎我是否幸福、是否有自尊感。而我因为瘦下来，开始被很多人赞美，从小被孤立、毫不起眼的我，仿佛一下子成了万众瞩目的焦点。

网络上那些被追捧的"小姐姐"，正是我当时的样子。我站在镜子前，满意地欣赏自己突出的肋骨、"可以养金鱼"的锁骨，纤细的手臂上布满青筋；我喜欢自己双腿中间明显的缝隙，越大越好，最好两条大腿根之间能放下一个拳头……我获得了精神上的满足，空虚已久的心灵终于被自豪感填满，这让我深深上瘾。我迷恋被人关心的温暖，无法忘记被周围人夸奖时的自豪和快乐。我把体重控制在80斤，一定要有饥饿感才安心。我要保证自己时时刻刻都在消耗热量，每天都抓紧时间运动，哪怕帮母亲下楼扔垃圾都兴奋不已。

进食障碍，会让人通过伤害自己的方式，来确定家人对自己的爱，在虚弱中获得安全感。一旦感觉不到虚弱，就会觉得失去了掌控家人的"权力"。

你可能会问："为什么不看医生、不吃药、不好好控制自己的行为？"实际上，进食障碍患者对自身的伤害往往不可控，有时候，我们的大脑里会有很多凌乱的声音，若反抗，这些声音会更加猛烈地冲击大脑，就像身体被另一个精神掠夺，痛感、快乐一并丧失，留下的只有对虚弱的执着。

如果用一幅画来描绘进食障碍带来的冲击，大概是这样的：原本善良纯洁的天使，轻轻抚摸着自己亲手折断的、鲜血淋漓的羽翼，她颤抖着，用手紧紧抱住自己，享受着那种痛苦，和沐浴在鲜血中的"快乐"。

为什么要折磨自己呢？

因为只有身体足够疼痛，痛楚遮盖住心灵的伤痛，心才感觉不到那么疼了。

嘴上说着要让父母付出代价，或者命令他们远离自己，可实际上不甘心就这样不被爱、不被接纳。如果父母真的离开，又会想尽办法逼他们、求他们救自己。很难通过单纯的劝说治好一名进食障碍患者。少数能够康复的患者，他们的家庭都发生了巨大的改变，父母的态度变得理解和关心，家庭成员关系也更加亲密。

我曾在自媒体平台用一篇文章描述什么是暴食症与厌食症，因为很多人以为馋就是暴食，没有食欲就是厌食，这其实是当今社会普遍存在的认知偏差。

为什么有人宁可撑得痛苦也要继续吃，或者宁愿骨瘦如柴、虚弱无力也要强行饿死自己？食物在体内究竟引发了什么，让一个人对它如此爱恨交织？

厌食症、暴食症并不单纯是对食物的喜恶，而是对现实的逃避，是从心底滋生出的对自己的厌恶感、自卑感，是一种对自我的报复。而这种报复，或许早在幼年时期就已悄然埋下种子。在本应充满爱与温暖的童年时光里，幼小的孩子可能遭受过家人的漠视，又或是承受了远超负荷的压力与创伤。这些童年阴影就像藏在心底深处的刺，随着时间流逝，不仅没有被拔除，反而在成长过程中，在内心深处不断扎根蔓延。伴随年龄增长，如果内心的阴霾无法排解，那些痛苦回忆就会被唤醒。我们只能将不满和愤怒，以一种极端的方式——对食物的异常态度表现出来。通过伤害身体来报复那个在童年时就饱受伤害，却一直无法释怀的自己。

我的爸爸妈妈和我的小家

我的父母总爱向我讲述他们的爱情故事，言语间满是甜蜜与自豪，仿佛他们是世间最令人艳羡的恋人。

父亲仪表堂堂，母亲气质温婉。他们携手走过了八年的爱情长跑，从青春校园，一直步入婚姻殿堂。这段浪漫的爱情旅程，着实让人憧憬和羡慕。刚成家时，他们都是朝气蓬勃、阳光健康的青年，浑身散发着积极乐观的气息，那股子青春活力，仿佛一把熊熊燃烧的火焰。

然而，父亲和母亲的成长经历却截然不同。

母亲有个明显的特点，那便是皮肤偏黑，因此得了个"黑蹦筋"的绰号，这也一度让她有些自卑。毕竟，小她两岁的妹妹拥有雪白的肌肤。而且母亲的长相颇具英气，高鼻梁，单眼皮，浓眉毛，与自幼就像精致洋娃娃般的小姨形成了鲜明对比。小姨那秀气的五官，不知赢得了多少邻居的喜爱。

姥爷家是纪晓岚亲兄弟的后人，家中珍藏着一本古老的族谱，族谱中只记录纪姓族人，其他姓氏一概不被收录。姥爷一直希望能有个男孩，来延续纪家的血脉。

姥爷的第一个孩子是我的母亲，第二个是小姨。当时，姥姥和姥爷考虑到家庭的经济状况，实在难以承担养育三个孩子的重担，便没有再生育。自那以后，亲戚们来串门时，总会提及家中没有男孩这件事，然后长叹一声，仿佛在为姥爷这一纪家分支而惋惜。姥爷常常在我面前感慨，他这一生并无太多遗憾，唯一美中不足的是膝下没有男孩，只有两个女儿和两个外孙女……

每次听到这些话，我心中总会涌起一丝歉意。而姥爷则会哈哈大笑，用他那骨节分明的大手轻轻抚摸我的额头，温柔地说："傻孩子，不管你是男孩还是女孩，姥爷都一样疼你。"

姥爷并非重男轻女之人，他只是秉持着长幼有序的传统观念，教导母亲从小要照顾和谦让妹妹。母亲也确实将这些教诲铭记于心，事事优先考虑小姨，有什么好东西都会与小姨分享。每当姐妹俩因某件东西发生争执时，母亲总会被要求迁就小姨。

在这样的成长环境下，母亲和小姨形成了截然不同的性格。母亲安静温顺，凡事不争不抢，而小姨则脾气火暴、性格直爽、大大咧咧。母亲自小就十分懂事，学习成绩优异，体育方面也颇为擅长，是老师眼中品学兼优的好学生。即便因皮肤黑而被周围人起外号、嘲笑，她也能保持不卑不亢的态度。她看似温柔细腻，实则内心无比坚强。

父亲则从小养尊处优，爷爷和奶奶都是硕士毕业，为他提供了良好的经济基础，所以他从未经历过生活的困苦。父亲脾气有些急躁，性格直爽，只是在学习上不够努力，还比较贪玩，甚至在高中时学会了抽烟，被姥爷戏称"混小子"。

或许是命运的安排，父亲被母亲的安静温柔所吸引，母亲也被父亲的勇敢直爽所打动，两人在不知不觉中走到了一起。尽管双方家庭都对这桩婚事有所不满，父亲家嫌弃母亲家的经济条件不好，母亲家看不上父亲的言行举止，但他们依然坚定地选择了彼此，最终喜结连理。在我心中，爸爸妈妈一直是相濡以沫、相互尊重的。父亲曾告诉我，在我出生前，他们很少争吵，而矛盾大多始于我的降临。自母亲生下我后，便患上了产后抑郁症，性格变得敏感、易怒，情绪也越发烦躁。从那时起，父亲常常在晚上出去与朋友喝酒，留下母亲独自在家照顾我。随着时间的推移，父母之间的争吵也日益频繁。

我忍不住陷入深深的自责中，觉得是自己的出生，才打破了他们原本美好的爱情。

从我有记忆起，母亲就十分暴躁。她会因为我画完画后没有放好蜡笔，就将我的画一把抓起扔出窗外；也会因为我没有把漫画书收进柜子，就将书丢在厕所的地上烧掉。小时候的我对母亲充满了恐惧，她只要眼神变得凶狠，我就会吓得不敢出声，只能躲到父亲身后，寻求一丝安全感。母亲发脾气时最爱摔东西，尤其是玻璃杯和陶瓷碗，她抓起便狠狠摔在地上。那清脆的破碎声，至今仍时常在我脑海中回响，令我心有余悸。

在那些充斥着母亲愤怒与争吵的日子里，我年幼的心逐渐被自责填满。懵懂间，我告诉自己，如果我不曾来到这个世界，母亲或许就不会被产后抑郁症折磨，不会变得如此暴躁易怒；父亲和母亲一定会生活得幸福和睦。

我变得越来越不自信。在与人相处时，我总是小心翼翼地察言观色，非常在乎别人对我的态度。对方每一个细微的眼神、每一句不经意的话语，都能在我心中徘徊很久。在学校里，我无法与其他同学融洽相处，只要有人靠近我，我就会立刻紧张起来。我能够感受到，我与其他人之间似乎隔着一面看不见的墙。我害怕自己会被其他人讨厌，或者带给对方不舒服的感受。说不出为什么，但是在我的内心深处充斥着不安；我的出现，会不会破坏其他人之间的和谐？就连我的父母都因为我的出生而过得不幸福，那么我会不会本来就不应该存在呢？是不是我真的太糟糕了，所以爸爸妈妈才不喜欢我？

随着年龄的增长，这种自我否定的情绪愈发强烈。我开始封闭自己的内心，不愿与他人过多交流。在我心里，世界很大，我却很孤独。仿佛只有我一个人在黑暗中独自前行。

在学校里，我不愿意任何人靠近我，我也不会主动接近任何人。小学三年级的时候，班里转来了一个女孩子，长得很可爱，学习也优秀，尤其是英语成绩总是班级第一名。据说是因为她的母亲为她找了一个外国人"后爸爸"，平时在家里会辅导她用英语说话。"她父母离婚了，怪可怜的！"我的同桌偷偷告诉我，"别看她英语好，还不是为了和后爸爸沟通，才不得不拼命练习！"

"离婚"这个词，于那时的我而言无比陌生，那是我人生中第一次听说它。我这才惊觉，原来结为夫妻的两个人，竟还能走向分离；而分离之后，还能与他人再结连理。这让我对父母的关系愈发恐惧——他们，会不会有一天也因为无休止的争吵而选择离婚呢？

小时候，同学们都天真单纯，偶尔有同学热情地邀我去操场玩耍。与他们在一起时，我能短暂地忘却心底的苦闷，不再去回想父母争吵时那可怕的模样。可上初中前，我一周才能回一次家，住校的日子里，我总是忧心忡忡，根本不敢想象，在我不在家的时候，父母会不会突然就分开了。这种焦虑一旦涌上心头，便迅速蔓延，让我大脑一片空白，无法思考。

虽然那时我只是一个懵懂无知的孩子，但是自责与恐惧依然在我心中留下了无法摆脱的阴霾。

我多么希望后来的事都是我的一场梦。

那段童年中的不安全感，在我心里留下了一个受伤的小孩。她始终徘徊在孤独里，不知何时才能等到驱散寒意的温暖曙光。她一直在寻觅，寻觅那个能张开双臂，温柔地对她说"我爱你"的人。

家里来了一位我喜欢的阿姨

新房子装修后的第二年，那时我正上二年级，母亲把那个阿姨带回了家。

印象里，那是个周末，母亲外出不在家，我便和父亲一起吃了晚饭。父亲告诉我，母亲去火车站接一位朋友，过一会儿就会回来。

我心里满是新奇，毕竟我从小就是个对任何人、任何事都充满好奇的孩子。一想到能见到新面孔，听对方讲述那些我不知道的事情，我就兴奋不已。

住校让我养成了九点睡觉的习惯，可那天到了九点，还听不到有人上楼的动静，母亲也没打来电话。我强撑着困意，一心想要见一见母亲的这位朋友。

究竟是谁大老远地跑来见母亲？又为何不住酒店，而是要住在我家呢？在我的记忆中，这还是头一次见到母亲愿意带朋友回家过夜，她们之间的关系想必十分亲密吧！我满怀期待地等待着。就在我快要在沙发上睡着的时候，终于听到了钥匙开锁的声音。

"妈妈！"我一下子从沙发上跳起来，眼睛瞪得圆圆的。

"来来来！快进来，小心点……"妈妈熟悉的身影背对着我，她左手握着门把手，右手拎着一个很大的袋子，扭头看了我一眼说："宝宝，你还没睡啊！"

母亲身后站着一个女人，皮肤白得十分显眼。她的身高、体形和母亲相近，却更加丰满、白皙。她一抬起头，便露出一口雪白整齐的牙齿。她的头发短至肩膀，一圈圈卷曲着，显得相当随意，不像是经过发型师精心设计的，倒像是天生的自然卷。

"啊，宝宝！"她笑着喊我，"我叫晓文，你是在等着我们吗？快去睡吧！"阿姨拉着行李箱走进来，站在门口。她的声音很特别，就像嗓子里含着个核桃，被什么东西卡住了似的，声音浑厚低沉，又沉又哑，和她那雪白的皮肤有些不太搭。要是她的嗓音清透亮丽，我想她一定会是一位温文尔雅的漂亮女人。

"累了吧，秋儿非要自己去接你，我说我开车去，她让我带孩子。"父亲接过行李箱，赶忙拉进屋里，他立在沙发旁边说："秋儿，你和宝宝睡，我睡榻上，让晓文睡咱俩那屋？"

"不用不用！我睡沙发就行！"女人连忙说。

我对她的第一印象非常好，不仅是因为她给我留下的独特印象，还因为她所展现出的良好教养。

父母催促着我上床睡觉，我也不敢惹母亲生气，和晓文阿姨随意聊了几句，便被母亲拉进了房间。母亲一边拍着我的后背，一边轻声说："你快睡，你睡了我要去给晓文阿姨铺床，她也累了一天了。"我侧躺在床上，仔细回想着刚才和晓文阿姨的对话。

从短暂的交谈中，我得知她的家在西安，母亲和她是在公司的跨地区交流会上认识的。那是一场证券业举办的大型交流会，目的是让不同公司的员工相互交流、交换经验，寻求合作的机会。而她此次来北京，是为了找到一份更有发展前景的工作。

我不禁犯起了嘀咕：既然两人是因工作交流会相识，那究竟是怎样发展出深厚的情谊，才能让母亲把她带回家呢？她们认识的时间应该不长，而且还是工作关系，感情是怎么上升到"朋友"这个高度的呢？"你所有的问题，我都会在明天告诉你，好不好？"晓文阿姨摸了摸我的头，温柔地说，"你先听妈妈的话，乖乖去睡觉。"带着满心的好奇和期待，我的视线渐渐变得模糊，进入了梦乡。

第二天一早，我便匆匆爬了起来。一看旁边的妈妈还在熟睡，我便小心翼翼地下了床，轻手轻脚地来到客厅。

阿姨的行李箱放在房间里，其余的东西都还在客厅的桌子旁边。透过透明的塑料袋，我看到里面的盒子上写着"西安凉皮""陕西特产"，想来大概都是她带的特产。大老远地来北京找工作，还不忘带上这么多伴手礼。我猜她有来北京的想法应该有一段时间了，说不定是母亲一直在促成她来家里暂住，方便找心仪的工作呢。

晓文阿姨来北京是为了挣钱。当时西安的证券行业发展不如北京，北京汇聚了大量的人才和资源，是最早流行炒股的城市之一。对于从事金融行业的人来说，北京无疑是最好的"淘金"城市。

即便我当时年纪不大，也能感觉到晓文阿姨很有家教。从她进门时站在地毯上不敢随意走动，环顾四周寻找拖鞋的细节就能看出来。她脱下的鞋子整齐地摆放在鞋柜里，从接过拖鞋开始，目光就一直注视着父亲和我，脸上带着微笑，礼貌地回应着我们的话。

晓文阿姨是除我之外最早起床的人。她那蓬松卷曲的短发就像棉花糖一样可爱。她步子缓慢，走路时略显摇晃，一摇一摆地走下楼，对我说："早啊！宝宝……"她的左眼还闭着，一只手在揉眼睛，她眨了眨眼睛，问道："宝宝，你吃早饭了吗？"

我赶紧从沙发上跳起来，说还没有吃，然后反问她饿不饿。晓文阿姨笑了笑，转身去拿放在客厅的塑料袋，在里面翻找了一会儿，拿出一个包装花哨的纸盒子，上面写着"鲜花饼"。

"你尝尝这个。"她递给我，笑着说，"超级好吃！"

我和晓文阿姨并排坐在沙发上，一起吃着袋子里的各种零食。我一个接一个地问她问题，她都耐心回答，还时不时笑着说："哈哈哈，早知道你这么喜欢吃，我应该多买点！"

我真的不觉得她只比母亲大三岁。母亲从来不会像她这样，耐心又温柔地和我交流。从我有记忆起，父母总是来去匆匆，几乎没有给过我和他们好好交谈的时间。

幼儿园老师问大家爸爸妈妈是做什么工作的时候，其他同学都能准确说出父母的职业，即使不太清楚具体的工作内容，也能有大概的了解。但轮到我的时候，我只能说我爸妈很忙，他们都是老板。然后我看到老师的眼睛瞪得大大的，满是不敢置信，又问了我一遍："你说你爸妈是做什么的？"

我之所以这么说，是因为有一次我问父亲他是做什么的，为什么总是在外面，为什么总是很晚才回家，为什么总是喝得烂醉如泥。他不耐烦地反问我为什么要知道，然后扔下一句："挣大钱的老板都忙。"这句话的意思，不就是父亲是老板吗？

我真的很喜欢晓文阿姨，因为她让我第一次感受到，被和父母同龄的人尊重是什么样的感觉。她认真地回答我的每一个问题，而且我感觉她没有因为我是个孩子就敷衍我、对我说谎。当她觉得我可能听不懂的时候，就会微笑着摸摸我的额头，说："你还小，是不是听不懂呀？没准等你长大点就明白了！"

晓文阿姨没有孩子，也没有丈夫。这在我看来是一件不可思议的事情。她人生的前四十年，是怎么一个人度过的呢？她不觉得寂寞吗？家人不着急催她谈婚论嫁吗？

"我结过婚啦！"她看着我，笑着说，"但是又离婚了，两个人不合适……你知不知道什么叫离婚呀？"

"知道，就是两个人分开了，不爱对方了，对不对？"我说。

"哈哈，差不多吧。"

我不明白这有什么值得开心的，晓文阿姨却说："我结了婚以后才发现，我不是个适合做家庭主妇的女人，我更希望能够为自己的事业打拼。哎呀……我不太懂爱情，可能我对什么是爱还不太了解。"

"这怎么可能呢？！"我在心里大声喊着。一个人怎么会不知道爱是什么呢？那她不爱自己的家人吗？她的家人难道也不爱她吗？！

晓文阿姨喜欢吃甜食和黏的东西，她说自己从小到大最爱吃镜糕，那是西安的特产，跟八宝饭差不多。她还告诉我，她很能吃辣，除了苦瓜以外，几乎没有什么她不爱吃的东西，尤其爱吃老家的陕西凉皮和油泼辣子。

那个时候，我还没去过其他城市，对外面的世界充满了好奇。原来每个地方的人吃的东西都不一样啊！我至今都还记得，晓文阿姨给我讲述西安美食时的情景。她说要把馒头揪成丁，泡在羊肉熬的汤里，泡上一大碗，然后撒上白胡椒粉。当时我脑子里全是羊肉那股又臭又难以形容的味道。可她的表情却仿佛十分享受，她说西安的羊肉一点都不膻，味道很香，汤也很浓厚，馒头吸收了汤汁以后，变得绵软入味。

父母起床以后，我们一家带着这位远道而来的客人去城里的商场逛街。晓文阿姨看着商场，不禁发出感叹："原来北京的商场这么大啊！"她还对我说："宝宝，你出生在北京，我真羡慕你。"听到这句话，我心里涌起一股自豪感，也更加喜欢她了。除了愿意陪我聊天，她还是少有的会赞美我的人。她就像我的朋友一样，友善、阳光又健谈。

母亲告诉我，她们之所以能成为朋友，是因为晓文阿姨的真诚让母亲觉得她是个很值得交往的人。她会为朋友两肋插刀，哪怕在西安时工资不高，几年来没攒下多少钱，也在大学时认识的朋友急需用钱时倾囊相助。她说，在她心里，钱永远没有情感珍贵。

逛商场的那天晚上，我们一起在烤鱼店里吃饭。晓文阿姨的手机忽然响了起来，我看到手机屏幕上显示着"妈"。她看了一眼手机就按了挂断键。紧接着，手机又响了起来，再次被她挂断，然后又响了起来，这次她直接关机，把手机扣放在了桌子上。我吃惊地看着眼前这一幕，父亲和母亲却好像并不觉得奇怪。我刚要张嘴问，他们就冲我摇了摇头。

我还是向晓文阿姨提出了心中的疑问："你为什么挂断妈妈的电话？"但晓文阿姨当时的回答，我已经记不清了。在我上高中的时候，曾特意又问过母亲这个问题。母亲告诉我，晓文阿姨小时候在孤儿院被领养，她的养母长得很漂亮，但是因为身体原因无法生育。晓文的养父带着前任妻子的女儿，娶了她的养母。养母自从把晓文阿姨领回家，就以非常严格的家教来教育她。带她出入饭店吃饭（在那个时候，去饭店吃饭可是一件奢侈的事），就是为了让她在现实的场合中练习公众礼仪。

"那她就像个公主一样，好幸福啊！"我忍不住感慨道。虽然是养女，但领养家庭全心全意地把她培养成了一个优秀的女孩。

"并不是，晓文很不喜欢自己的养母。"母亲说，"她妈妈从小就告诉她，自己对晓文的付出，只是为了以后晓文能承担起赡养养母的义务。养母教育她，让她成为优秀的人，只是为了让她在社会上获得足够的资本。"

我对母亲说的话感到十分惊讶，更让我惊讶的是，晓文阿姨来北京的很大一部分原因，是为了逃离她的养母和养母为她安排好的命运。为此，养母非常生气，不停地给她打电话，想让她回家。但她觉得，养母在她成长的过程中，几乎没有给过她关心和温暖，反而给她带来了很多伤害。晓文阿姨不觉得自己爱着养母，也不认为自己应该留在养母身边照顾她。如果养母要钱，她可以每个月把工资的一半寄回去，但如果要她回去陪伴养母，那是不可能的。

那个时候，我也不清楚晓文阿姨和她养母之间究竟发生过什么，才让她如此抗拒留在养母身边。只是后来晓文阿姨告诉我，因为从小没有感受过被爱，所以长大后她不知道爱是什么，也不知道该如何去爱别人，当别人给予她爱时，她也不知道该如何回应。因此，在婚姻中，当前夫关心和温暖她时，她会觉得十分不自在，最终两人不得不分开。

我和晓文阿姨相处的时间并不长，不到一周，她就说找到了工作和住处，离开了我家。

我的爸爸妈妈分开了

小学三年级结束后的暑假，母亲忽然说要和父亲离婚。她怒气冲冲地拿着几个装满衣服的包冲出奶奶家的大门。尽管奶奶哭着追上去，也没能挽留住妈妈。奶奶一边擦眼泪，一边搂着哭哑了嗓子的我，说：

"你说你妈妈，咋能忍心把你丢下？"

那些衣服是我看着妈妈收拾的。我还在午睡，就被客厅里的吵闹声惊醒。妈妈和奶奶在争执，我听到"他已经不止一次了"和"我要和张××离婚"。我知道离婚的意思，10岁的孩子其实明白很多事。

那个时候，我认为离婚意味着夫妻分离，两个人不会再住在一起，而他们的孩子也会因此失去父母双方的爱和家庭的保护——变成没人要的孩子。我的母亲平时总是把衣物叠得整整齐齐，物品摆放得规规矩矩，可此刻的她，仿佛完全失去了理智，衣服散落得到处都是。落在脚边的衣物她直接一脚踩上去。

我被她身上散发出来的愤怒吓得大哭起来，哽咽着问她为什么要这样做。母亲缓缓地抬起头，看了看我，我这才发现，她的眼睛里布满了血丝，深深的黑眼圈挂在眼下，整个人憔悴不堪。

"我和你的爸爸，我们两个人过不下去了，没法再一起生活了。"妈妈冷冷地说道，语气中透着深深的疲惫和无奈。

"那我呢，你们还要我吗……爸爸现在在哪里？"我的眼泪止不住地流，一滴一滴落在床上，泪痕渐渐连成一片，像是杂乱无章的太平洋板块地图，在棉布床单上肆意蔓延。

"我要你，我肯定要你，你爸爸我不知道。我们离婚以后，你想跟着谁？"妈妈的这个问题让我哭得更厉害了，我声嘶力竭地喊着：

"我不要你们分开，我要跟你们两个人在一起！"

那一天发生的所有事情，就像一把锐利的刀，在我的童年记忆中留下了一道深深的、难以愈合的伤痕。最后留在我脑海里的画面，是混乱不堪的房间，四处散落着凌乱的衣物，空气中还弥漫着刺鼻的樟脑丸味道。

在我模糊的视线里，母亲的背影在巨大的关门声中渐渐消失不见。奶奶哭喊着推开门，大声呼喊着母亲的名字，可她最终还是没有追出去。奶奶只是时不时用满是泪水的眼睛看着我，满眼心疼地叮嘱道：

"宝宝你别过来哈，你拖鞋没在那边，地上凉，你就在床上待着啊……"奶奶赶忙打电话给父亲，告诉他母亲离家出走了。电话那边传来父亲震惊的"啊？"，紧接着电话就被挂断了，再打过去，一直都是占线状态。

奶奶一下子慌了神，不知所措地坐在沙发上，看上去焦虑无助。她看着坐在床上大哭不止的我，伸手擦干了眼角的泪滴，无奈地叹了口气说："宝宝啊，这可咋整啊，你妈妈去哪儿了啊，她也不带着你，就把你扔给我……你爸爸现在又连人都找不着了！"

我再也抑制不住内心的恐惧和委屈，一下子跳下床，光着脚丫冲进了奶奶的怀里。那一刻，孤独感如汹涌的潮水般将我彻底淹没，我第一次如此清晰、如此深刻地体会到了"被抛弃"的滋味。

我突然觉得，曾经以为坚如磐石、牢不可破的爱，其实是那么虚伪和脆弱；曾经以为如同钢铁般牢固的家庭关系，也并非永恒不变、坚不可摧；曾经以为那些说出口的"我爱你"代表着永远的忠诚，可现实却狠狠地给我泼了一盆冷水。我仿佛独自一人置身于一座荒无人烟的孤岛上，四周一片漆黑，伸手不见五指，内心充满了对爱的怀疑和深深的恐惧。

那天晚上，奶奶因为过度悲伤，整个人显得虚弱极了，仿佛一阵风就能把她吹倒。但她还是强撑着带我去楼下买了两斤手擀面，炸了一些肉丁做炸酱，又切了点黄瓜丝。

她告诉我，等父亲回家就烧开水下面条。六点多的时候，父亲敲响了大门，咚咚咚的敲门声比以往任何时候都要响亮，在寂静的屋子里显得格外突兀，把我和奶奶都吓了一跳，身子不禁哆嗦了一下。

奶奶打开门，只见父亲额头上挂满了汗珠，手里还拿着黑色的西装外套，白色的衬衫被汗水湿透，紧紧地贴在他的身上。

"秋呢？"父亲焦急地冲奶奶问道。

奶奶无奈地摇了摇头，轻声说："没回来。"

父亲一听，直接把外套往地上一扔，转身就冲出门去，一边跑一边喊："你们先吃吧，妈，照顾好宝宝，我去找小秋。"

那一晚，只有我和奶奶一起吃晚饭。我吃了三小碗面条，还放了好多炸酱，奶奶不停地提醒我"太咸了"。

那一刻，也不知道为什么，嘴里的食物竟显得格外美味。只要我一直咀嚼着，脑袋里那些悲伤的念头就会少一些。我直勾勾地盯着碗里的面条，拼命地往嘴里塞着，我想用食物把自己的胃填得满满的，好像这样就能把心里那些不安和恐惧统统都挤走。

食物与我的童年

在我上小学的时候，世界对我而言，处处都是新奇。周围的一切都无比巨大，大人们高高大大的，而我呢，就像一颗刚冒出头的小嫩芽，渺小又稚嫩。小时候爸爸总爱带我出去玩，他喜欢把我扛在肩膀上。我趴在他那软乎乎、带着淡淡香气的头发上，把脸埋进去，用力吸一口气，那是爸爸独有的味道，暖烘烘的，让我心里特别踏实。

妈妈在我心里就像无所不能的超级英雄。每周五放学，她总能一只手稳稳地拎着包，另一只手轻轻松松就把我抱起来，然后从幼儿园一路走回家。一路上，我们准会去安定门的稻香村买上两根炸肉串，一根是香气扑鼻的羊肉串，另一根是鲜嫩多汁的鸡肉串，再配上一盒纸盒装的冰红茶，那滋味，别提多美了。路边总有好多骑着三轮电动车的师傅，热情地吆喝着："走吗？去哪儿呀？"我和妈妈一上车，说出姥姥家的地址，师傅就风风火火地载着我们出发了。

炸串油汪汪的，妈妈总是小心翼翼地抓着我的手，反复擦来擦去，就怕我一不小心把油渍蹭到衣服上。那签子尖尖的，看着就危险，妈妈眼睛一刻都不离开我，满是担心，生怕我被签子扎到嘴巴。也正是因为妈妈的再三叮嘱，我从小就养成了一个特别的习惯——肉串要横着吃。这个习惯一直跟着我，直到现在，只要看到穿在签子上的食物，我就会下意识地横着把食物一点一点撸下来。

上小班的时候，幼儿园的饭菜口味比较清淡，肉和水果也不多。比如香蕉，每个小朋友只能分到短短的四分之一段；肉类大多是巴沙鱼块，或者切成丁的猪里脊。外教英语老师发的山楂片，成了我们在幼儿园里能吃到的唯一零食。为了得到山楂片，小朋友们都抢着回答外教老师的问题。善良又温柔的 Lisa 老师，不管我们回答得对不对，只要参与互动，都会发一片山楂片当奖励。

我会把那些又小又薄的山楂片，一片一片小心地攒在手心里，运气好的话，一节英语课能攒到三四片。接着，我用另一只手的食指轻轻一压，把它们压成更小的碎片，再用指尖捏起这些碎渣，一点点放进嘴里。酸甜的味道在舌尖散开，刺激着味蕾，让我第一次真切地感觉到，一日三餐普普通通的饭菜只是生活日常，而这些好不容易得到的零食就像代表着自己能力的珍贵宝贝。

不过小时候，我对食物倒没有特别大的兴趣。虽说那些好吃的东西一周难得出现几次，可就算有机会吃，我也不会大吃特吃。每周五放学的炸肉串，对我来说更像是回家的快乐标志。这么多年过去了，炸肉串的醇厚肉香和冰红茶的清爽甘甜混在一起的独特味道，还一直刻在我的记忆里，怎么也忘不掉。

现在，我常常回想小时候关于食物的那些事儿，想弄明白自己后来体重怎么就飙升到200斤了。要不是因为体重超标被霸凌，我也不会走上减肥这条路，更不会患上进食障碍。

仔细想想，体重一直增加，很大一部分原因是我把美食当成了能让自己开心、放松、解压的好东西。家里老人心疼我住校辛苦，总爱给我买各种肉类美食。心情好，美食又诱人，我每次都吃得特别多，时间长了，胃被撑得越来越大，慢慢就养成了一种习惯——只有把胃填得满满的，我才觉得特别安心。后来，哪怕肚子不饿，只要没吃到撑，我的嘴巴就停不下来。嚼东西的时候，我的脑子也变得简单纯粹，心里、眼里就只有食物。每一次咀嚼、吞咽，味蕾和食物接触的那种兴奋感，都能让我暂时忘掉生活里的烦恼和心里的孤单。

大餐和零食就像是表现好才能得到的奖励，是只有让爸爸、妈妈、老师高兴了，才能拥有的特别待遇。就像在学校，老师也会把食物和多出来的肉分给学习好、讨老师喜欢的孩子。

上小学后，我还是住校，不过小学的饭菜是我记忆里最好吃的，尤其是红烧肉和鸡翅，简直是"美食天花板"。因为这些美食不常出现在餐桌上，所以每次一端上来，孩子们就跟小馋猫似的，都盼着老师能多给自己分一点。可老师也没办法，虽然有多余的食物，但根本不够每个同学都能分到，老师只能把这些美食当作对平时听话、表现好的孩子的奖励，分给成绩好还拿着小红花的同学。那时候我学习成绩不太突出，自然一次都没吃到过额外的肉。也正因为这样，红烧肉和红烧鸡翅在我心里的地位越来越高，成了我最喜欢的食物。

我觉得家人给我做饭或者买零食的时候，就是在表达对我的爱。奶奶对我的宠爱真是毫无保留。虽然她没能退休后在家照顾我，可在我长大的日子里，她的疼爱到处都能看到。妈妈多次跟奶奶说，别总给我吃零食，怕影响我正常吃饭。可是，一到周末晚上，父母出去和朋友聚会，奶奶就会偷偷带着我去楼下的小卖铺，买各种零食。我觉得火腿肠的包装特别有意思，红色的塑料肠衣上印着一只威风的小狮子，两头还用金属环紧紧扣着。每次拿到它，我都迫不及待地用牙咬掉一边的金属环，然后顺着密封线撕开肠衣，一瞬间，浓郁的肉香就飘了出来，油亮的火腿肠出现在眼前。我对这种工业化生产的食品特别着迷，它们大多香精味重、口味偏咸，好多还含有阿斯巴甜。

平时在学校吃得很节制，周末回家能放开吃了，我就更不会克制自己。吃惯了这些味道重的零食，再吃家常饭，就觉得味道太淡，就像喝惯了好酒的人，再喝普通酒就觉得没什么滋味。其实，我特别珍惜和家人一起吃饭的温馨时刻，家里做的每一道菜都满是爱意。爸爸和姥爷只要一喝酒，就打开了话匣子，家里一下子就热闹起来。在这种欢乐的氛围里，眼前的食物好像也变得更美味了。每到周末在家吃饭，我常常吃到撑得站不起来，直到大人们实在看不下去来阻止我，我才恋恋不舍地放下筷子。

父母分开以后，我的生活变得更加孤单，心里的情绪没处说。去了姥姥家，姥姥和姥爷就一直在我耳边念叨："可怜的孩子，哎，可怜的孩子。"现实生活里总是有很多不如意，有太多我控制不了的事情。和现实比起来，我的能力好像特别小。只有食物，我能靠自己的能力得到，想要就能轻易拿到。它能让我快乐，能让我暂时忘掉痛苦和孤独。

问题儿童

从我小学二年级开始，就变成了老师、同学眼中无法被理解的问题儿童。

学校的公共电话每层只有一个，被安放在教师办公室的墙上。拿起电话会听到提示音"嘟……"然后按照提示输入电话卡卡号和密码，拨下要打的电话号码，从接通电话开始计算话费，直接从卡里扣除。一分钟五毛钱。电话卡分10元、50元、100元，可以在校门口的小卖铺购买。小卖铺老板有一个厚厚的，里面是透明的、类似于相册的可翻页本子，每一页都插着8张电话卡。卡背面是可以刮开的银色图层，这下面就是卡号、密码。

公共电话主要是为了学生临时有事可以联络家里人。因为住宿生一周只能回家一次，所以公共电话也是住宿生和家里唯一的联络工具。

由于课间只有十分钟，每个楼层的住宿生有100多人，因此每个课间都有5～10人排队等待使用公共电话。正因此，我从那个时候起便因为经常占用整个课间使用电话，而成为同学们公认的"敌人"。

在别人眼里，我的一举一动都很诡异。

我拨打电话，然后开始哭着问对方何时有空，求对方接我，然后就开始"喂？喂……"很显然电话被挂断了。拨通下一个电话，不久又被挂断，又拨通下一个电话。说的只有一件事，就是请求对方接我回家。

"为什么你的电话总是断掉？"身后等得不耐烦的同学问我。

"因为……他没时间接我。"

"那你为什么还打？爱哭鬼，没人要的家伙。"我回答这个问题，已经数不清有多少次了。并且，我很害怕。

我很害怕：在自己不知道的时候，家里人一个一个抛弃我然后离开。

我害怕推开门后看到空空如也的房间，害怕大人们说的"我是多余的孩子"成为现实，害怕他们让我去自生自灭。

我觉得姥姥是我整个童年里给予我最多安全感的人。为什么不是妈妈？脑海中母亲一直是一个记忆、情绪很不稳定的人，会不分时间、地点、场合，忽然爆发脾气，然后间歇性失忆。所以和母亲在一起我没有任何安全感，也不敢把心里的想法告诉母亲——我害怕她承受不住任何压力，会因为我的某一句话而焦虑、暴走。

那时候周末回家，我会主动提出去姥姥家。有时候表妹过去，我们就会一起玩。这个时候姥姥总会在一旁看着我和表妹，默默抹眼泪。我问姥姥为什么伤心，姥姥说："我看你俩在一起，就心疼你……你爸妈生下你就不管你了，有妈的孩子和没妈的孩子，笑起来都不一样，每次看你笑我都觉得难过，你妹妹笑得那么天真，你……"

我不理解为什么我开心，姥姥反而伤心，我的笑容和表妹那么不同吗？我只是默默地点头，告诉她别担心我。

因此，第一个电话，我打给了我觉得最有可能同意带我回家的姥姥。她接起来，沉默地听我哭着说"您能来接我吗？"之后，告诉我不行，因为昨天说好了是这周最后一次接我，好孩子说话要算数。

姥爷年轻时因为患肺结核切掉了一叶肺，40年过去了，他的心肺功能很差，还能在世已经是医生口中的奇迹了。骑电动车过来接我放学，风吹打在脸上，姥爷会咳嗽，如果戴上口罩又憋得无法呼吸。所以每一次姥爷去学校接我，都是痛苦又危险的。

姥姥姥爷总是耐不住我哭泣，如果他们心软答应我，这便是我最开心的时候，知道可以回家的消息，我的心情也跟着舒畅，就连听课、和同学交流都会面露笑容。

如果姥姥姥爷就是不同意接我，并且挂断我的电话，我就不得不拨出第二通电话：打给奶奶。那时奶奶还在上班，公司返聘她教育新员工，传授自己在钢铁研究上的成果。奶奶为了自己从事一生的事业能够得到传承，毅然决然放下了照顾孙女的责任。她不愿意请假，也不想坐一小时的公交车从海淀区跑来东城区。

第三个电话打给父亲，大部分时间得到的回应只有两个："我在外地啊，宝儿！"和"我不在北京，回不去啊！"偶尔幸运的情况是，他告诉我他没出差，在北京，又正好没什么事，就会等我下了晚自习，接到我从学校回奶奶家，第二天一早带我去吃馄饨侯的小笼包和馄饨，这是我最喜欢的结果——既不伤害姥姥姥爷，又可以吃到我最爱的早餐。可是这种好事一周顶多有一次。

第四个电话才是打给妈妈的。打出这个电话以前，我必须先做好心理准备，要在下午一点以后拨出去，确保母亲已经起床了，有时候要下午三点以后母亲才会接电话。聊两句学校的事，我能听出来母亲已经清醒了，才敢小心翼翼地问："妈妈，您能下晚自习来接我吗？我想回家……"母亲一般都会不耐烦地吼道："这已经是第几次了？你为什么总想回家？"

我害怕母亲生气，那种恐惧带来的机体反应是心脏剧痛，胸闷。那一刻我甚至会精神恍惚，仿佛在梦游。我知道母亲说的对，我几乎每天都要找借口让家人接我从学校里出去，到家里过夜。每位家人都被我折磨着，被我的哭闹烦得不得不挂掉电话，或者对我大声吼："不要再磨叽了！我不会接你了，你问别人吧。"

住宿班的课程表比走读班要长，别的班下午四点半放学，我们四点半以后还有一节课，到五点半开饭，六点半又开始上晚自习。学校规定住宿班的孩子如果需要回家，家长可以在五点到九点之间接走。这个时候生活老师的对讲机会响起来"×××的家人来接！"只有听到名字，生活老师才会让这个孩子出去。每到晚上五点，生活老师就会打开对讲机的开关，调试音量。坐在下面的所有孩子都睁着水汪汪的大眼睛盯着老师手中的对讲机。我能注意到，大家的眼神中充满了期待。那一刻我觉得自己和同学们都像是被关在笼子里，等待被人挑选的宠物。

直到今天，回忆起当时的情景，我依然感到心中一阵发麻。如果当时的我作为一名旁观者去看待眼前的情景，应该是十分心疼这些孩子们的。

对讲机稍微发出声音，每个人都会抬起头紧紧盯着讲台。大部分孩子一周都不会给家里打电话，家长来不来接走他，纯看心情和时间。毕竟把孩子送到住宿班的家长，不是住得远，就是工作太忙没时间接送。能不能回家对每个人来说都是像抽奖一样凭运气的事。

其实每个孩子都很想念家人，每天放学的时候，看到走读班孩子们欢声笑语地奔向校门口，总有几位同学偷偷抹眼泪。

我的家人如果接我回家，也是晚饭以后才来，因为伙食费包含晚餐，不吃就可惜了。吃完饭回到家里最早也要八点钟，其实只能说说话，躺在家人身边睡个觉。但是哪怕时间短暂，我也感到十分满足。因为亲眼看到家里人还好好地活着，对我来说就足够了。我害怕他们抛弃我，我想亲眼确认他们还安好，否则我一整夜都无法入睡。如果家里人不来接我，我就注定无法睡着，一个人躺在上下铺上，在黑暗中煎熬地等待第二天的太阳，然后在生活老师来叫起床的时候第一个冲出去拿起楼道里的电话给姥姥姥爷打电话，确认他们的安危。

"徐老师！张××又去打电话了！"不知道是哪个女生发出了尖锐的声音。

"别管她！那孩子不正常。"

眼泪顺着眼角滑落，我甚至不知道自己为什么哭泣。心中有很多悲伤的事：不知道家里人是否安好、不知道今晚能不能说通家人来接我、听到同学说的话很委屈、我知道连老师都不喜欢我……心中的孤独感像海中的漩涡一样，慢慢涌动着翻滚起来，要把我狠狠地拉进去淹没。

生活老师会帮大家穿衣服、梳头发，但是一个人带一个班忙不过来，所以同学们会互相帮助，整理衣领，编麻花辫。我的头发短到还不及肩膀，睡醒了以后只要用蘸水的梳子梳理一下就可以算利索了。母亲给我买的衣服都是运动款的T恤和带松紧带的裤子，不用系扣子，不用翻领子，所以我动作快到下床五分钟就可以去教室。

生活老师几乎没有在整理衣物上帮助过我，我也庆幸自己头发短，避免了没有女生愿意搭理我的尴尬。我宁可消失在所有人的视线里，做一个隐形人，这样就不会有人注意到我，说出让我感到无力又悲伤的话。

我就像一块海绵，千疮百孔，不停有人想再在上面挖个洞。只要将我捏紧，水就会从所有的孔洞中喷射出去，所谓捏紧，就是稍微被什么事情刺激一下，比如一句话，或者同学嫌弃的一个眼神。

我并不期待新的一天，应该说还能再次睁开眼，就代表了要再承受一天的痛苦和嘲笑。从第一个课间开始打电话，想着找个什么样的理由，家人才愿意带我离开学校……

我真的很希望、很期待我有勇气结束这样的生活，从小学四年级开始，我就已经不再向父母索要洋娃娃和花裙子，而是每一天都在祈祷，死亡能将我临幸。让我不再需要知道家人是否还活着，让我不再感到寂寞和无助。

妈妈病了

爸爸妈妈在我小学五年级时离婚了。母亲从奶奶家搬出去后，情绪变得极不稳定，常常一个人毫无征兆就哭起来。为了缓解内心的痛苦与煎熬，她开始服用一种药物。只有吃了药，情绪失控时的母亲才会慢慢安静下来，渐渐入睡。

随后，母亲带着我和晓文阿姨住到了一起，租的房子离我的小学不算远。就这样，我开启了和母亲、晓文阿姨三人共同生活的日子。

晓文阿姨私下告诉我，母亲因为伤心过度，被诊断患上了抑郁症。她反复叮嘱我，千万不能让母亲担心、生气，尽量别对母亲哭闹，那些容易引发她焦虑的事情，更是要绝口不提。

"你妈妈在我最困难的时候帮过我，所以我一定会尽全力陪你们度过这段艰难的时光。"有一天，趁母亲睡着，晓文阿姨语重心长地对我说，"你只要专心地好好学习，照顾好自己就行。你妈妈现在的身体状况，先别告诉你姥姥姥爷，他们也没办法解决这些事。你妈妈，就交给我来照顾。"

晓文阿姨还说，母亲如今已经辞去工作，往后她会靠自己上班的收入，负担我们三个人的房租和日常开销。不过，她希望我们能尽量节省开支，一起努力支撑起这个"家"。

那时我就读于一所重点学校，身边的同学们大多家境优渥。新衣服、新鞋子、新书包……这些对于他们来说似乎是再平常不过的东西。每次只要有同学收到爸爸妈妈送的新文具，总会迫不及待地向周围人炫耀一番。而我，却什么都不敢向母亲开口索取。每周五，母亲会递给我20元钱，那是让我周六上课时用来买盖饭当作午餐的费用。望着同学们展示着自己的新物件，再看看自己一成不变的书包和文具，那种深深的落差感让我抬不起头。我知道母亲的状况，所以哪怕心里羡慕极了，也只能把这些渴望默默藏在心底。

"别人的父母会给孩子做饭，为什么我的妈妈不能做饭给我呢？"终于有一天，我再也忍不住，向晓文阿姨说出了心中的困惑与委屈。在那些孤独的日子里，看到同学们分享着父母做的美味饭菜，我是多么渴望能吃上一口母亲亲手做的饭。

"你可千万别跟她提！你妈的身体哪能给你做饭？累着了怎么办？"晓文阿姨急忙劝阻道，语气里满是担忧。

听到这话，我的心瞬间沉了下去。我知道晓文阿姨是为母亲着想，可这也让我明白，吃到家里做的饭菜对我来说，竟成了一种遥不可及的奢望。连这样小小的愿望都无法实现，我又怎么敢再奢求其他的呢？

自卑感愈发强烈，它如影随形，让我在同学面前变得更加沉默寡言。我不敢参与他们关于家庭和父母的讨论，只能在一旁默默听着，心中满是痛苦。

或许是药物的副作用，母亲时常一觉醒来就会短暂失忆，思维像是突然跳跃回了童年，变成了一个"孩子"。一旦陷入这种状态，她就会恶狠狠地盯着我，把我当成欺负她的仇人，对着我大声吼叫，坚称这里是她的家，让我赶紧滚出去。每到这时，只有晓文阿姨知道该怎么安抚母亲。她会先让我到楼道里站着，等把母亲哄睡着，才叫我进屋。

晓文阿姨说，要是我不小心惹母亲生气，她就会出现这种"应激反应"。

生活在这样的家里，我没有丝毫安全感，总觉得自己随时都可能成为伤害母亲的罪魁祸首。在学校里发生的事，我不敢对母亲讲；考试没考好，更是不敢说出口。我感觉自己仿佛是个多余的人，既没有能力在社会上独立生存，不得不依赖大人，又没有一个人真正在意过我的感受。家里的老人也没精力抚养我，如果我在学校哭着闹着让他们接我回家，他们也只会打电话把情况告诉我的父母。

我就像一个皮球，被家人们踢来踢去……

我的家庭破碎了，父亲一门心思扑在事业上，母亲卧病在床。明明我也是在痛苦中挣扎生活的人，为什么就没人看到我的痛苦呢？为什么母亲有人保护，而我却只能孤独一人，连个倾诉心事的家人或朋友都没有？

每次考后需要家长签字，我都只能硬着头皮，小心翼翼地拿着试卷去找母亲。我清楚地记得，有一次我把试卷递给母亲签字时，她皱着眉头问我："卷子怎么湿乎乎的？"我这才发现，不知何时自己早已汗流浃背，汗水顺着胳膊流到手心，把试卷都浸透了。我急忙解释："可能……可能是我不小心把水洒在上面了……"母亲眉头皱得更深了，长叹一口气说："真不想给你签这个字，看看你考的这成绩，大家都在一个教室里学习，怎么人家孩子就能学得那么好呢？"听到母亲这话，我的胸口像被一座大山狠狠压住，闷得喘不过气，一阵强烈的窒息感向我袭来。我忍住眼眶里打转的泪水，两只手紧紧攥着衣角，指甲都快嵌进肉里。

我在心里一遍又一遍地质问：爸爸妈妈，既然你们都不爱我，这么嫌弃我，那为什么要生下我？我到底还有什么存在的价值和意义呢？

从那以后，我彻底失去了对自己"价值感"的判断，我认定自己"毫无价值"，满心都是被世界抛弃的孤独与绝望。

重新看待自己

我就读的初中是一所重点中学，每个年级不论大考小考都要进行排名。每次考试结束，老师就会让学习委员去他办公室裁剪成绩条。成绩条上详细记录着每个人对应的班级排名、年级排名，还有单科成绩的年级排名。同学们得把成绩条带回家，交给家长签字，这对我来说简直就像受刑。我的成绩糟糕透顶，在班里43名同学中，常常徘徊在倒数第10名左右。我们班在年级里排倒数第3，可想而知，在全年级840人中，我的名次稳定在700到800名之间。在很多老师和其他同学眼中，"学习好，成绩排名靠前"是评判一个学生"好坏"的首要标准。家长会上，家长们也都把孩子的成绩当作自己的面子。成绩好的同学家长，总是面色红润，腰板挺得笔直，就怕老师表扬自己孩子时，其他家长没注意到。而成绩差的孩子家长，通常让老人去应付，或者全程低头盯着卷子和成绩单，满脸愁容。

我的妈妈就属于后者，每次家长会后，回家路上她都唉声叹气。对我来说，家长会意味着"假期来了"，可对母亲而言，却是一场对面子的"考验"。回家后，我免不了被责怪：为什么花那么多钱补课，还是学不会？为什么同样听课，某某同学学得那么好？不懂的为什么不问清楚？这些问题我也不知道怎么回答。我只在心里呐喊：我真的很努力学习了，可我真的弄不明白……我甚至想求母亲别再给我花钱补课了，把钱用来给自己买衣服吧，我不值得花这些钱……

初中同学都爱攀比穿着和学习用品。在班级里，最受欢迎的只有两种人：一是学习成绩好的同学；二是家里有钱，总给朋友好处的人。我自然是"双不达标"。我不是故意自卑，当整个环境都以某个标准去做评价时，你很难跳出这个既定标准，潜意识里也会用它来衡量自己。光是看着自己肥胖的身体，听着他人的嘲笑，我都很难对自己做出正面评价。

但我真的特别爱吃东西，母亲给的零花钱几乎都被我用来买零食了。我喜欢在放学回家路上买好薯条，然后偷偷在晚饭后做作业时吃。不是因为吃不饱，而是嘴巴一停下来就觉得寂寞。

母亲和阿姨吃完饭就回大卧室，关上门，直到我去道晚安，她们都不再和我交流。我即便不关自己房间的门，也没人和我说话。屋子外面只有空荡荡的客厅，所以我也会关上自己房间的门。说不出那是种什么感觉，就好像我们虽然是一家人，却各自藏着秘密。"为什么你们总是关起门？小姨就不让表妹在家里关门，说这样不像一家人……"有一次，我鼓起勇气问母亲。"大人的事你别管，我们在说我们的事。"母亲严肃地看着我说。

每次听到母亲说"大人"，我都觉得很无力。仿佛只要我未满18岁，就没有对家人事务的知情权，我的疑虑、困惑和感受也都得不到重视。

后来，在我上初二时，阿姨偶然得到机会，做到了公司高层。销售工作向来多劳多得，当上高层后，阿姨变得早出晚归，拼命和客户搞好关系。母亲则大多时候一个人睡到中午，下午在家附近的书店坐坐。我放学回家的时间和阿姨差不多，我们经常一起出去吃饭。因为三个人可支配的钱变多了，生活质量也一下子提高了不少。

有一天，母亲突然对我说："我约了你们班主任，要去给她送些礼物，让她照顾照顾你。"我没太在意母亲说的送礼，只知道那时有些老师会对送了礼的家长的孩子格外关照。在班主任的鼓励、指导和我自己的努力下，我的英语基础重新建立起来。父亲那时开始第二次创业，有了些资金，阿姨挣的钱也多了，我和母亲过上了比较富裕的生活，搬进了更大更好的房子。我的心思也放回到学习上，用心学英语的同时，开始重视其他科目。成绩从吊车尾一下子飞跃400多名，排到了100名，这几乎震惊了整个年级。班主任对我称赞有加，我的价值感和对自己的认可，也给了我更大的决心去改变自己。

在我的成绩稳定在班级前10名左右后，班主任让我做了组长、宣传委员。我一下子要和同学们打交道，却完全摸不着头脑。因为从小到大我都交不到朋友，不知道怎么和朋友、同学相处才能赢得大家的喜欢和尊重。我只是凭着天生的正义感和道德感，向老师告发了一个经常霸凌别人的同学，让他罚站了一节课，也因此被他仇视。同学们都有各自的小圈子，我又不喜欢复杂的人际关系，以致班里不管男生女生，没有人是我的好朋友。

我也想被人喜欢，讨厌孤独，不想每次活动都体验找不到队友的尴尬。春游、运动会前一周，我都会多次情绪崩溃。我极度怀疑自己，甚至不知道自己做错了什么，才融不进别人的圈子。我把自己关在房间里，焦虑感袭来时，就用拳头使劲捶打墙壁，直到骨头疼得受不了，整个手肿胀起来才停下。只有肉体的疼痛掩盖住心里的疼痛，我才能从"自我厌恶"的愤怒中清醒过来。墙壁上有很多小坑，不仔细看根本发现不了。母亲在我提醒她之前，一次都没注意到。

我试着探寻"受欢迎的同学应该什么样"。我问了班上人缘最好的女同学，她惊讶地看着我说："爱笑？性格好？哈哈哈……好奇怪的问题啊！"我又在电脑上搜索，发现很多回答里都有几个常见词：爱笑、热情、给对方更多认可。我发现这些都是我欠缺的，我笑点高，很难和别人一起开怀大笑，也不会伪装自己，就算周围人都在笑，我也不会附和着假笑。所以同学们不喜欢和我聊天，因为从我这儿得不到情绪价值。

我开始学习笑，与人沟通时强迫自己时刻注意微笑，时刻肯定对方，总以"对！我也是这么想的！"作为回答。大家笑我就跟着笑，没人笑我也时刻准备跟上第一个人的笑声。我其实对别人说的话根本不感兴趣，这么做只是不想再被孤立，不想被大家认为是不合群的女孩。

我也问过妈妈："为什么我融不进现在的班集体？为什么我总感觉面前有一堵透明的围墙？"

"我也是，我从中学就不和班里那群人一起玩，别人都说我高冷。我一个朋友也没有，上班也是独来独往。"母亲轻松地说，"我没觉得一个人不好啊，不和我玩怎么了，不理我我也不理他们。"听完母亲的话，我没感到安慰，反而更自卑了，觉得自己不如母亲心态好。

我从心底害怕孤独感，害怕被当成异类，有股力量驱使我表现得"合群"。身体里有个意识希望我参与社交，找到价值感或获得认同感。努力戴上面具并不容易，为了迎合其他女孩子，有人说别人坏话时，我就得附和。

可这一切不仅没变好，反而让我更厌恶自己。我感觉好累，为什么为了不做异类，就得把自己活成虚假的样子？我讨厌这样努力迎合别人的自己。

从那时起，我更加厌恶这个世界和我的生活。

> 但我必须感谢13岁开始努力融入班集体的自己，经过漫长的练习，我从一个软弱胆怯、被排挤的小女孩，变成了一个可爱又幽默的女人。靠着"社牛"的标签和出色的口才，我获得了更多工作机会和领导的肯定。大学同学和同事，从来没人能看出我经历过多少痛苦才走到现在。大家都形容我是"爱笑的小太阳，蜜罐里的花朵"。
>
> 没错，我不再是那个毫无能力的爱哭鬼了，小时候的我没有表达内心的勇气，也没有独自走上社会的能力。现在的我练就了一颗强大的内心，对生活充满期待，也对自己更加宽容。
>
> 我能够很好地控制自己的情绪，自然地微笑，让所有人都能感受到我的友善。
>
> 我必须重新看待自己。

她为什么和我成为闺蜜？

我的闺蜜玥玥来自一个破碎的家庭。她父亲在她小学时就远赴上海，重组家庭，很快有了第二个孩子。此后他一年仅来北京出差一两次，还要求玥玥除非他主动提出见面，否则不要私自去找他。父爱的缺失像一道无法愈合的伤口，深深烙印在玥玥的童年记忆里。

我们相识已有11年，她只谈过一段短暂的恋爱，以冷战告终。年幼的经历让她极度缺乏安全感，难以相信男人的情话。挑选对象时，她如同在菜市场挑胡萝卜，任何一点小瑕疵都可能被她无限放大，成为未来生活无法容忍的问题。比如有位条件不错的男士，只因鼻头大就失去了玥玥的芳心——她觉得接吻时会不舒服，日常看着也别扭，哪怕对方去整容，她脑海里也会一直留存着原来的样子。玥玥是个婚姻完美主义者，这份执着，旁人难以动摇。

玥玥的母亲工作繁忙，常常加班到深夜，有时甚至直接住在公司。从初中起，玥玥就习惯了独自准备晚饭，习惯了回家后无人交流的寂静。母亲即便回家，也会倒头就睡。为了排解寂寞，她只能看书、写作业、预习新知识。周末，她要去超市采购面包当作早餐，还要洗衣服、晾干并分类放入衣柜。为了节省打理头发的时间，她留了六年齐肩短发。这段孤独的时光，反而让她的成绩在班级里名列前茅。在老师眼中，她是个文静、从不主动交流、脸上难见笑容的女孩。

高一的时候，我的成绩很差，放学常留校改作业。玥玥为避开拥挤的公交人群，会在教室写一小时作业再回家。每次她离开时，我就会借她的作业本拍照，方便回家后"借鉴"。为表感谢，我常给她带饼干和巧克力，课间买水也会多带一瓶给她。

有一次，她拉住我的胳膊，请求我课间多和她聊聊天。讨好型人格的我自然欣然应允。从那以后，每个课间我们都会交流，我给她讲睡前小说的有趣情节，能看到她眼中闪烁的兴奋与期待。她会开怀大笑，也会被逗得面红耳赤，但她很少主动开启话题，若我不找她，她就只会埋头刷题。

其实，起初我觉得玥玥并非理想的朋友人选。她内向、悲观，与我外向的性格截然不同。她长相普通，脸上总是没什么表情，成绩稳居前三，同学们都觉得她眼里只有学习，称她为"学霸"。我不太喜欢单方面主动维持友情，还曾怀疑她是否厌烦我的打扰。后来我发现，玥玥有时会无缘无故不理我，但我知道她并非针对我，因为她对任何人都如此。这时无论我说什么，她都只是低头沉默，过半天又恢复正常。我若关心她为何不开心，她也总是回答"没什么"。

高中时，我们理科班一个年级约240人，共6个班。玥玥的成绩在班级从未掉出前三名，在年级也稳居前20。仅有少数几次考试失利，我印象最深的是一次物理考试，她成绩平平，仅排中间位置。

那天从拿到卷子起，她就一言不发，除了上厕所，一直坐在座位上翻阅笔记和课本。课间，两个打闹的男生不小心将黑板擦扔到她头上，粉笔灰四溅，全班目光都聚在她身上，可她只是随手挥了挥灰尘，头也不抬，继续做题。这一幕让同学们大为震惊，"学霸"的形象由此深入人心。

我问她为何如此看重成绩，她只淡淡地说，因为学习是她唯一擅长的事。每次考试成绩公布时，她作为女生第一名，试卷常被用作讲评展示。看着老师在投影仪下讲解她的试卷，我能看到她嘴角微微上扬。

我常想，她是否将学习成绩视为自己的价值所在，渴望借此获得价值感和他人认可。而我最初减肥，也是为了获得他人认可，追求那种被关注、被羡慕的虚荣，努力维持瘦下来的成果。

我第一次听玥玥解释她偶尔不开心的原因，是在高二下学期。那时，我父亲投资创业失败，欠了一屁股债，还不上钱就向奶奶索要存折，导致奶奶心脏病发作住院。父亲让我去医院给奶奶送衣物，自己却因躲债不敢露面。

挂了电话，我难以抑制情绪，在座位上啜泣起来。一直以来，我都伪装成乐观开朗的样子，将真实的喜怒哀乐隐藏起来，面对他人总是微笑，绝不让负面情绪外露。我以为没人会注意到我的心事，放学便背着书包匆匆离开。

没想到，玥玥拉住了我，把我带到顶楼楼梯间，关切地询问我为何不开心。那一刻，或许是出于长久以来对被理解的渴望，或许是由于从未有朋友关心过我的内心，我第一次向她敞开心扉，倾诉自己从小到大的遭遇和父亲的所作所为。玥玥静静地听着，表情平静，双眼却出神地盯着某个地方，像是在思考什么。倾诉完，她告诉我，她和我一样，童年缺失完整家庭，父亲的离开给她留下了难以磨灭的伤痛。

高二时，我们一起去大连玩。她妈妈开车送我们去火车站，我第一次去她家。那曾是她父母的婚房，是位于北四环的中高档小区，大户型、落地窗，屋内摆满了父母出差带回的装饰品，却也堆满了杂物和照片。我注意到鞋柜旁有个精美的木制大象椅子，颜色厚重、油光瓦亮，椅背布艺花纹复杂，像盛开的花园，十分精美。我尝试抱起它，却发现它至少有80斤重，一看就是很有价值的工艺品。

玥玥的母亲和我想象中不同，她直爽、不拘小节，穿着速干短袖和五分裤，笑容灿烂，露出一口雪白的牙齿。收拾行李时，母女俩的对话像朋友一样轻松自然，能看出玥玥比母亲更熟悉家里物品的摆放。收拾完，我们在她家休息，阿姨让我们再睡半小时，还悄悄问我玥玥在学校的情况，感谢我和她做朋友，担心她性格内向被同学冷落。听到这些，我不禁想起玥玥因父亲在她的生日爽约而难过的样子，心中满是感慨。

玥玥成绩优异，考入了一所"双一流"大学。大学期间，她参加了许多讲座和社团，渴望结识有趣的人，尤其期待遇到一个有趣的男人。

高中毕业时，她就表达了想谈恋爱的想法，但她对另一半的设想更像是理想中"父亲"的形象：大自己5岁以上，成熟、细心、温柔、脾气好，五官端正、身高175cm以上，硕士学位，能给她新鲜感，喜欢刺激的运动（如攀岩）和旅行，不抽烟、不喝酒，北京人。到现在，她谈过三个男友，却都不超过一年就分手了。第一个因为缺乏新鲜感，第二个因为冷战和对方脾气大，第三个则是因为嫌弃对方鼻头大，且其他条件也一般，没有让她心动的地方。

在这几段失败的感情中，玥玥的状态越来越差，常向我倾诉生活的无趣和内心的空虚。她独自和旅友去河北野游，全程电话不在服务区，让我十分担心。她却觉得这种有点危险又刺激的旅行，让她感受到活着的意义。

玥玥很擅长学习，大学时给自己安排了很多考试，英语四六级在大二就顺利通过了，各类从业资格考试也全力以赴。每次考试，她即便成绩优异，也总觉得有遗憾，还没复习到位。她曾说，自己长相、身材都普通，学习好是她唯一拿得出手的优势。我和她一样，在某些方面对自己要求苛刻，是有选择性的完美主义者。比如我对整理房间一窍不通，房间总是乱糟糟的，但对减肥追求极致；玥玥在生活上大大咧咧，对学习成绩却格外专注。

玥玥是个慢性子，做决定前会反复琢磨，确保能接受所有可能出现的问题。和她逛街是件考验耐心的事，一件衣服她会试很多次，还会在线上各个平台货比三家，比较的不仅仅是价格，货品质量还要和实体店一样。她曾和我分享自己在网上买衣服遇到尺码偏小、布料有差异的情况，所以买东西格外谨慎。她也会好奇我的购物习惯，而我更看重价格，一件衣服穿一年就好。但我知道，她心里早有自己的答案，只是想了解我的想法。她很固执，认定的事很难因他人劝告而改变，这一点我们很相似。

我们都有很长时间是孤独的，习惯把想法藏在心里，因为说出去也很难得到理解和帮助。父母在我们的成长过程中没能给予及时的关注和引导，导致我们性格都很"独立"，习惯自己思考和解决问题。

我从小神经大条、做事直来直去，喜欢遵从直觉，这种性格有人喜欢，也有人排斥。玥玥和我相似，我们都没怎么被父母真正关心过，更多的是接受带有评价语气的指导和"关照"。玥玥的父亲每次见她，首先关心的就是学习成绩，这让取得好成绩、获得父亲的认可，成了她最重要的使命。

我发现，只要我分享自己开心的事或取得的成果，玥玥就会不高兴。毕业以后也是如此，她会主动分享自己的快乐，可我主动分享时，换来的往往是沉默，或者是她觉得自己不够优秀、生活不够开心的感慨。为了不让她有落差感，我习惯只报忧不报喜。她也常问我最近有没有开心的事，其实我有，只是选择了沉默。但这并不影响我们成为朋友，我们聊得来，喜欢的话题相同，都喜欢新鲜事物，敢于冒险和创新。

2021年底，很多人居家办公，但玥玥的公司仍要求正常上班。这种两点一线、层层防护的生活让她紧张不安。后来她去精神卫生医院做了心理测试，医生根据测试结果建议也服用一个月药物❶。这个药物我很熟悉，因为我是进食障碍患者，也曾服用过。但在我的记忆中，玥玥除了偶尔情绪低落，并没有其他异于常人的行为，这让我很惊讶，原来她已经抑郁到如此程度。她告诉我，她觉得生活没意思，测试时也是这样回答的。

我们都在成年后寻找童年缺失的情感，就像拼图缺了一块，又像小屋墙上有个洞，风灌进来让人寒冷，总想找东西填补。我们都不完美，也有需要彼此包容的小瑕疵，但我们三观一致，恋爱观也基本吻合，都渴望找到一个能像父亲一样疼爱自己的男人。直到现在，我们相识11年了，每周都会见面，每天都会给对方发消息。我们约定，相处要轻松自在，尽可能展示真实的自己。在我进食障碍康复阶段，玥玥给予了我极大的帮助和鼓励，她没有因我的疾病而疏远我，反而更加关心我。

因为有她，我才勇敢地与朋友们保持联系，慢慢重拾社交的信心。

---

❶ 本小说中所有涉及药物的描写绝不构成任何用药指导。文中出现的药品名称、用法、剂量等信息皆出于文学创作需要，读者切勿对号入座或盲目效仿。若您存在健康问题或出现类似症状，请前往正规医疗机构就诊，严格遵循执业医师的诊疗建议。

迷失

我的第一志愿却非我所愿

大学生活一直是我所向往的，对我来说，读大学不仅仅意味着我终于离开了早七晚十上课的日子，大学校园更是一个可以给我自由的天地。我很早以前就听班主任说，高三是我们最后的"苦难"，只要考上大学，就可以享受"一天只上半天课，上什么课自己选"的权利。

也许在一些同学眼中，上大学仅仅意味着成为成年人，结束苦闷的"题海战术"，可以去谈恋爱，周末不用回家里听父母的唠叨，还可以和同学一起趁着不上课的时间到处闲逛。可是在我眼中，上大学就意味着，我终于可以体验到"自由"是什么样子。

成人之前，我的生活几乎受到母亲的全盘操控，除了在饮食上相对自由以外，什么都是她替我做决定。与其说是替我做决定，不如说是向我发出指令，比如"今天冷，你把这件外套穿上"。如果我不照着去做，母亲就会继续重复这句话，并且皱紧眉头。哪怕我把自己的真实感受告诉她，说我不需要，母亲也会坚持让我照做。又比如我小时候很羡慕其他女孩子能留长头发，可以梳麻花辫，也可以戴好看的发卡，但是因为母亲觉得夏天热，长头发容易出汗起痱子，还总要花时间梳洗，就一直让我保持秃头，直到我上学；我羡慕其他女孩子穿裙子，几次提出要买裙子穿，母亲却觉得女生穿裙子活动起来容易被看到内裤，于是只允许我穿裤子。

所以我从小就在羡慕其他同龄人。羡慕他们可以回家，可以牵着爸爸妈妈的手，可以吃妈妈带的棒棒糖，可以在头上扎五颜六色的头绳，可以在夏天的花丛中做一个靓丽的"花仙子"，风一吹，头发、裙子都是眼前的风景，就像童话故事中的小公主一样。

母亲在学校给我订了杂志《童趣·小公主》，里面是围绕迪士尼的五位公主，画着不同公主的日常生活的漫画。我特别喜欢看美人鱼爱丽儿那一头蓬松柔软的长发，和爱洛公主粉色的长裙。我以为打扮得和她们一样，就可以像她们一样漂亮，过像她们那样幸福的生活，遇到一位英俊的、富有的、爱我的白马王子。

然而我的第一条长裙，是九岁时为了参加舅舅的婚礼，和爸爸在服装批发市场买的——我至今仍记得，那天爸爸答应我可以为参加婚礼买一条裙子的时候，我两只眼睛都亮了。在一堆大大小小的衣服里，我一眼就看中了一条白底蓝色花纹的纱裙。这条裙子却是只剩一件的"孤品"，而那时我已经开始发胖，平时穿童装最大码，要想将自己塞进这条裙子就必须吸住肚子，背后的拉锁需要一位大人用力才能拉上去。父亲虽然皱着眉头，却不忍心让我失望，再三向我确认穿着不舒服也没关系后付钱买下了它。这条裙子我只穿过一次，就是在舅舅的婚礼上做他的花童。后面我因为越来越胖，再也没能"塞"进去过，所以那次穿裙子的经历让我印象深刻，以至于后来我回忆穿着它转圈时的那种兴奋，内心也十分满足。

每周五天住校，周末两天在家里，我很珍惜和父母相处的短暂时光，不想让母亲生气，也不想让母亲认为我是一个不听话的孩子。我想要做一个被父母肯定的乖小孩，为了能看到父亲和母亲的笑脸，我什么事都听父母的。其实在我心里，一直都希望体验一次，如果能按照自己的想法做出选择，究竟会得到什么结果——难道因为年龄与母亲相差27岁，我所有与母亲不同的想法都是错误的，坚持自己的想法一定会让我后悔吗？只是这个念头一次一次地从心底冒出来，又一次一次地沉入心底。我克制着问出"为什么"，因为由年龄所代表的经验仿佛决定了谁说的话更有分量。

可能是因为大人们总是告诉我"十八岁成年以后，你就可以拥有和我一样的权利"，这句话像是到达里程碑后就能获得的奖章一样，在我眼前熠熠生辉。我很希望自己能够早一些成年，这样我说出口的话、我做出的选择也许在父母眼里才会有分量。

成年那天的生日在高三的一个周末，我一大早就出门去上课，母亲还在熟睡。那天早上闹表一响我就睁开眼，我在心里呐喊："终于，这一天到来了，我自由了。"

我冲出门，希望给自己留出足够的时间去吃胡同口的那家包子——那是附近公认的最正宗的小笼蒸包。他家只做早餐，中午就变成了沙县小吃。一到七点就开始排队，七点半以前，包子就卖光了，去晚了的人只能吃馄饨、油饼或者小米粥。

高三的时候我的体重已经超过200斤，同学和老师都劝过我通过少吃减轻体重。但是在我心里，吃是我选择权最高的一件事，压力大时我就想通过吃各种美食来发泄。对我来说，国家法定节假日、星期六、考试结束第二天都是值得庆祝的好日子。我的零用钱平均到每天有30元，而在这家包子铺吃早餐需要花16元，可想而知这顿早餐在我心中的地位。

咀嚼着皮薄馅大的包子，肉汁的鲜味刺激着我的味蕾。碳水摄入体内转化为葡萄糖，我头脑中的神经被食物供给了能量，为身体赋能。我的心情也随着血糖的上升而更加愉快。

我会这么愉快，也是因为我觉得成年人的世界是自由的，是充满了"自主选择权"的世界。自己可以做决定。我经常听长辈们说"三思而后行"，做一个决定之前要权衡利弊，想好自己能不能承受它带来的结果。我认为这是一件充满了惊喜和刺激的事，自己的决定可以影响整个人生的走向，这是多么新奇的事！

那晚下课回到家已经八点半，母亲帮我打开家门，笑眯眯地说"生日快乐！"

我知道母亲早就在一家很贵的蛋糕店订了一个粉色的、爱心样子的蛋糕，用来庆祝这个值得记住一生的日子。她从卧室的抽屉里拿出一个木头盒子，里面是一条彩色的手串。每一颗珠子材质不同，但大小一样，圆润又质地均匀，一看就知道价值不菲。母亲说这叫多宝珠，寓意吉祥如意、幸福美满。她满脸笑容地给我讲述一颗颗珠子的由来，都是她让做珠宝生意的朋友帮忙找来的。

将手串戴在手腕上的那一刻，我热泪盈眶。我知道母亲是爱我的，我为能够感受到这种爱而感动。我从小就很少能够感受到妈妈全心全意或者很用心地为我做一件事，特别是礼物，每次过生日母亲都是问我想要什么然后直接买给我。

我以为十八岁以后我可以主宰自己的人生，但是生活并没有因为成年而有什么改变，我并没有感到自由。

高三的模拟考试结束以后，所有同学都在关注大学院校选报这件事。很多北京孩子不愿意出远门求学，我也从没想过要离开北京去外地读书。

回到家，我拿着画了一堆标记的报考指南来到母亲面前，母亲正在看电视，接过来随便翻了翻问："在北京以你的分数上不了什么好学校，你不考虑去外地？"我惊讶地看着母亲摇了摇头，但是我知道母亲为什么这么说，对于北京考生来说，报考外地学校确实更"划算"。

在选择学校这件事上，爸爸和我的想法一致，我们都觉得应该在北京上大学，周末也可以回家拿衣服，行李不用带很多，不然假期难免要像春运一样拖着大大的行李箱长途跋涉。

过了两周，母亲叫我去卧室，然后拿出那本厚厚的书，告诉我她仔细阅读了，并且帮我梳理出来十个值得报名的院校。我拿过来一看，第一页附了一张母亲写的纸，上面是密密麻麻的潦草字迹，但都被画线表示了"否"。我能够感受到母亲很认真地对待我选报大学这件事，被画掉的大学肯定是经过她的研究觉得不够理想。我看到纸张中间罗列了一串名字，都是以外地城市名为校名开头的学校。只有最后一个用来托底的大学在北京，但我对它的印象很不好，如果只能去那里，我宁愿复读。我知道，以我的成绩，不出意外会落在前面三个志愿学校，所以前三个位置很关键，但母亲却一所北京的学校都没帮我选。

我问母亲为什么这样选择，母亲说："你不要太闭塞，你要去其他城市看看、开阔眼界！"我直接否定了母亲的想法，我认为去旅游比去读书有意思，毕竟这一读就是四年。妈妈的表情严肃起来，她压低声音说："你不要让我失望，你不是那种孩子，在老家一辈子有什么出息！"

我听到那句"你不要让我失望"就像触电一样，它刺激着我的神经，让我感觉到一阵委屈。就像每一次确实努力学习了，成绩出来发现自己分数很低时的感受。我真的想留在北京，想周末回家，想约朋友一起去逛街……我不想一个人去别的、陌生的城市。

"爸爸也说希望我在北京读书。"我忍着泪水说。

"你爸爸？你爸爸管过你吗？他周末让你去他那里住？呵呵，他只是想利用你干涉我的自由！"母亲把音量提高，瞪着眼睛直勾勾地盯着我，"你爸爸就只知道利用你，干涉我的生活！"听到这句话我瞬间感到一阵窒息——我一直害怕听母亲说我是个累赘，哪怕我知道也许这就是她心里的真实想法。我差点脱口而出，"我已经是成年人了"，但是这句话堵在嘴边怎么也说不出。

我想起来了，十八岁生日那天，为什么我那么开心又期待。还有一个很重要的原因，就是我能够有信心，自己不再是母亲的累赘，而是有个人行为能力和权利的独立个体。但是我却忘记了我并没有一份可以养活自己的工作。包括上大学以后的生活，也必须靠父母给我的零用钱，才能付床位费、学杂费，才能买衣服和食物。

我依然还是那个我，和成年以前没有什么不同。而我也没有获得想象中我将拥有的权利。因为金钱掌握在父母手中，所以我必须听从他们的决定。

父亲很少和我见面，也不会直接同母亲面对面交流，而我在对母亲表达我和父亲的观点的时候又说不过母亲和晓文阿姨两个人。她们始终坚持，如果我是个争气的孩子，如果我不想沦为"不争气的北京人"，如果我不想被我父亲利用，我就应该离开北京。为了母亲能过上她自由的生活，为了报答她生下我的恩情，为了向她证明父亲不会利用我，我含着眼泪填报了她选择的学校。

母亲看着我写完学校，露出了笑容，然后特意买了机票、订了酒店，带我去了前两个志愿大学所在的城市。我可以看出来她笑得很满意，也很放松。

你好，南方

开学时间是九月，我们买了八月三十号的机票，母亲陪我一起来到厦门。下飞机的瞬间我被热浪吞噬。

高三毕业，我的体重已经达到了198斤，毕业后放纵了一个月，我明显感觉到我"加大码"的衣服又小了。

这件可怜的洗得泛白的短袖此刻正贴在我身上，被汗水浸湿了。我龇牙咧嘴地从飞机上下来，一边抱怨着为什么不停在接机口，而是要坐摆渡车，一边使劲抱着书包往车上挤。车门在司机一声"关了"后关闭。我注意到旁边一位卷发的中年女人用手捂着鼻子和嘴，正斜着眼睛看我。瞬间，我冷汗冒了出来，刚才还挂在脑门的汗珠流落下去。我的自卑心通过第六感问我："是我的汗味太大了吗？"我记得中学时同桌提醒过我，我夏天出汗有味道，"但是不离近就闻不到啦！你放心！"她还好意地补充道。

我紧张得胳膊都不敢抬起来，僵硬地垂在身体两侧，我知道抬起胳膊，腋下的汗味会比身上的更重。于是，可以被称为"张紫初人生大尴尬事件"中的一件事发生了：司机忽然将车转弯，而我因为没有抓住扶手，顺着惯性向旁边倒去。我身边站着的就是那位捂着鼻子的中年女人，她与我"狠狠"地贴在了一起。"哎呀！"她发出尖锐的叫声，竟直接倒了下去。就这样，我们一起倒在地上，旁边两位中年男子也差点被撞倒。周围的人群瞬间躁动起来。女人站起来，低下头一边拍着自己的裤子一边冲我喊"你怎么回事啊！"我竟然一时间没反应过来，呆呆地坐在地上不知所措。心里却在呐喊："天啊，妈妈，你在哪里？！为什么你没有和我在同一辆车上？！"

"真臭哎！这么大味道！衣服没办法要了！"她尖锐的声音回荡在我耳边。

我的脑袋里面瞬间一片空白——谁来救救我？！为什么我有这么大汗味？！因为厦门太热了……不对，是因为我太胖了才会这么怕热，才会出那么多汗，有那么重的味道！

我真的想人间蒸发，那是我19年来第一次因为自己的肥胖而感到无比羞愧。我支撑着从地上慢慢爬起来，低着头不敢看周围人的眼神，不停地说对不起。脚下的地面上，我刚才摔倒流下的汗水清晰可见。下了车，我找到母亲，她显然不知道我在车里发生的事。我跑过去，告诉她刚才把一位女士撞倒的经过。母亲轻描淡写地问我摔伤了没有，我说没有，她就没再问什么，告诉我胖人的确本就容易出汗。这句话谈不上是一句安慰，但是它至少再一次指明了一个事实——我无论在谁眼里都是个胖子。

那天，从机场到酒店的路上我都保持着沉默。母亲问我为什么看上去不高兴，我没有回答。只是一直看着车窗外来来往往的行人和车流。

厦门这个城市在我眼里是一个完全陌生的地方，虽然同属于中国，但是辽阔的土地使得南北方有着很大的地形和饮食差异。与典型的北方气候不同，地处南方的厦门常高温潮湿，这方水土养育出来的孩子不需要太大的骨骼抵御寒冬，本地的女子大都身材娇小，四肢纤细。

我透过车窗观察着来往行人，想象着自己如果站在那些典型的南方人中间，会不会显得比男人还强壮。恐惧在我心里慢慢浮现，一想到将要在南方生活四年，我实在找不到可以开心的理由。

那天晚上我面对中山路里秀色可餐的各种美食，怎么都提不起胃口，只是与母亲一起在一家海边的小店吃了些海鲜。街边小摊在卖切好的大青芒，一大碗15元，这个价格在北京是绝对不可能的。可是面对自己从小到大最爱吃的水果，我却对它一点欲望也没有。

我和母亲在学校规定的报到日期来到校门口，上午十点，门口已经排了七八个人，队伍的尽头站着一位戴红色袖标的保安，袖标上写着两个大大的白字"迎新"。校门后面是一个一个蓝色屋顶的大帐篷，帐篷里是各个系组织的志愿者。帐篷周围有很多条幅，印着"欢迎新生"之类的标语，志愿者热情地告诉大家怎么办理入学手续。

我排到队列的最后面，站在我身前的男生个头与我一般高，他紧紧盯着前面的保安，看他筛查同学的身份材料。我的注意力却在大家的身材上。果然和我想的一样，虽然不知道我前面的人是否都来自南方，但是他们的肩膀明显比我的窄，整个身形看上去更小。胖一些的人也有，但大多数都不高，显得很可爱。一想到几天以后将要举办的开学典礼，我开始无比紧张。我该不会是全班最肥胖的女生吧？

　　从小我就有一个"毛病"，会在人很多的时候说不出话，尤其在周围都是陌生人的情况下，我可能会大脑一片空白地愣在那里，别人问我话，我也只能很机械地回答，然后那些人就会觉得我很无趣而不再搭理我。我已经因为相同的情况被孤立很多次了。现在来到南方，我更加恐惧，那些我好不容易、相处很长时间得来的朋友现在都离我很远，我独自待在这里，而南北的差异一定不只是在身材上，很多想法甚至生活习惯都不一样。如果我又"社恐"的话，会不会最后连一个能说话的人都没有……

　　母亲在一旁，一会儿用手机给校门口的大字拍照，一会儿又自拍，嘴里时不时来一句"厦门哪儿都漂亮，南方的城市生活多舒适啊"。其实那个时候我就想问母亲，我从小到大那些非我所愿的选择，是不是因为她自己喜欢，但是由于已经没有机会去做了，所以才全部强加在我身上？

　　但我无法问出口，因为答案很简单——"我这都是为了你好，你怎么能这样对我说话！"

　　很多时候，我的想法都会被母亲标定为"不合理"，那些"不合理的想法"最终都要被"大人饱含善意的合理安排"取代。

　　我们最先去的是宿舍，学校的很多楼宇都依山而建，宿舍楼参差不齐，有高有低。有的立在半山腰，需要爬很高的坡才能到楼门口。这个山坡十分陡峭，几乎呈65°，自行车要推着上去，如果是稍微重一些的行李，甚至要叫来有力气的男生帮忙搬运才能拿上去。平时在家我几乎不运动，尤其是夏天，我太能出汗了，上下楼梯后浑身都会被汗水浸湿。如果每天都要爬坡，对我而言简直是一种折磨。

"太好了，你在这里不用特意减肥都能瘦下来！"身后传来妈妈的声音，她的汗水已经把领子浸透了。我心里听了有点不是滋味，但是没有说话。她说的话我无法反驳，因为这确实是貌似可以成立的事实。

我的宿舍被幸运地分在平地上，只要自己爬四层楼梯就可以了，和我做舍友的是三个分别来自内蒙古、广东、福建的女孩。

广东女孩叫七七，福建的叫小夜，内蒙古女孩叫佳茵。第一天返校只有佳茵没来，我们三个人打了招呼，算初步认识了彼此。她们两个身形一样，都很矮很瘦。广东女孩有两个弟弟，她的父母、爷爷奶奶和两个弟弟全都跟来了，一家人把宿舍塞得满满的。铺完床后，七七同家人一起出去吃饭，宿舍里剩下我、母亲和小夜一家。小夜的父亲看了一眼我和母亲说："那个广东女孩一家子都来了！估计出个大学生不容易！"

小夜一家也准备离开宿舍，我诧异了一下，因为她的床上只有一块木板和一张凉席！

"小夜，你没带褥子吗？"我问。

"我从小就不睡褥子啊！我们那边的人没有睡褥子的习惯！"她耸了耸肩膀说，"就像咱俩之间的身材差异一样，南北方人很多习惯都不一样的。"

我笑了笑，心里却越来越压抑。

我很没有安全感，不只是因为要和生活习惯不同的人一起生活，还有我与南方人之间的身材差异。这种差异是否会让我被孤立，或者被人暗讽放纵又懒惰？

内蒙古女孩佳茵是后来我在大学里最好的朋友。她的出现一下子给了我安慰，因为她也很胖，并且不高。我主动约她一起吃饭、逛超市。我们两个的生长环境大体相同，佳茵家的物质条件很好，所以我们在一起没有消费价值观的差异。她是个很善良、很有礼貌的女孩，这也让我忐忑的心得到一丝安慰。至少我有个能说上话的朋友了。只有在佳茵面前，我才不会为自己的身材感到自卑。

　　母亲开学后便离开了厦门。此后，北京的家人和亲戚一起聚会的时候，她会把照片发来让我看。虽然我知道母亲的本意是让我知道家里一切安好，但是我还是感觉很别扭，尤其是当母亲表示出她生活得很自由、很快乐的时候，我的心里就有一种很愤怒的情绪浮现出来，因为我知道这都是用我的孤独做代价换来的。

　　心里有一句话开始叫嚣："你为什么要让她活得如此潇洒？是她夺走了你的一切，你应该让她看到你的孤独！你要告诉她你需要她的爱！"

　　不，我不可能做得到，我不知道该怎么做，才能告诉母亲我其实很需要她。

我的世界开始崩溃

厦门，在我的印象里是中国地图上很靠南的城市之一，距离我长大的北京十分遥远。从小到大我几乎没离开过北京，学校放假我就回到姥姥家，睡到中午，起来吃个饭，下午啃着西瓜写三个小时暑假作业，再抬起头已是黄昏，没有特殊原因，几乎不下楼、不出门。记忆中，我的身边大都是北方人，性格豪迈、不拘小节，好面子、讲义气，朋友兄弟之间经常你请一分我还八分。邻居们从来不会主动用言语伤害他人，大多时候总是展现出善良和大度，这样简单的生长环境让我的性格也很单纯。

我上网查阅了很多关于如何消除南北方差异的话题，大部分回答都是"差异无论怎样都存在，人们身处异地，应尽量扩大交友范围，从中选出适合自己的人做朋友"，这个答案让我很失望。但是从与舍友一个月的相处来看，我和小夜、七七的生活习惯的确有很多区别，我们的想法和思维方式也不太一样。比如舍友帮忙代购水果，我会直接发整数的红包，多出来的几块钱只当是辛苦钱。这是高中生活环境让我养成的行为习惯——高三教室在六层，有同学帮忙跑腿，大家总会多给一两块，以备下一次还能再拜托对方。可是，除了佳茵和我的习惯一样，小夜和七七却让我惊讶，小夜每次都会有零有整地给我正好的金额，精确到几角几分，而七七则不给我转钱，她直接说下次请我（可是从来没请过）。我不好意思提醒她，这些"承诺"也就作罢。

我的性格有些大大咧咧，平时把私人物品放在桌面上（宿舍上床下桌），不会特意把贵重物品锁起来。有一天我发现自己放在桌子上的一个发卡不见了，那是母亲三个月前从英国带回来的礼物，发卡上镶嵌了水晶和精致的小王冠。我很慌乱地到处寻找，却没有找到。七七问我是不是在找东西，我解释以后她摇了摇头，告诉我没看到。小夜看了一眼我和七七没有说话。那时佳茵还没有回来，宿舍里只有我们三个人。过了一会儿七七说自己去洗澡，就拿着脸盆出去了。小夜告诉我她比我早回来半小时，当时她推开门，七七正戴着那个发卡在镜子前面照，看到她回来还笑着打了个招呼。小夜也没多想就坐下学习了。"发卡一定是七七偷的，你没觉得他们家很穷吗？"小夜说，"你千万别说是我说的！"当时这件事因为我没有证据，不敢揭穿而不了了之。

小夜的闺蜜在上海上大学，两人每天晚上打电话到凌晨，我好心提醒她两次，她都以"马上就结束"为理由拖延，我和佳茵一起和她交流多次无果，我们不想把她投诉到辅导员那儿，怕破坏宿舍的和谐。最后我们两个各自买了耳塞。

我不能因为一个人就断言一个城市的人是怎样的，**我的感受是，室友之间的习惯差异，逐渐让我对生活失去了安全感和掌控感。**

来到厦门已经一个月了，大一的课程不算多，有时候一天只有一节课，我有很多时间可以安排自己感兴趣的活动。不同的社团开始在校园里发布公告纳新，各色招牌琳琅满目，每一个社团都让人感觉亲切又向往。我选了几个自己想加入的社团：外联社、辩论队、广播电台、舞蹈社、动漫社、新闻社。一轮面试下来，只有辩论队通过了我的面试。我向负责人询问自己落选的原因，只有外联社和动漫社的社长含蓄地向我表达他们的社团需要社员具备良好的外在形象，新闻社面试人员的回复则是他们认为我身体素质不好，他们需要追求高效率，怕我不适应，所以建议我加强体育锻炼。

虽然很受打击，但是我很高兴至少我进入了辩论队。去报到的那天，队长让大家介绍自己，他会把每个人的优点说出来，然后安排辩位。到我的时候，他略微尴尬地笑了笑说："张紫初同学很有礼貌，面试过程中帮忙把别人忘记关的门关上了，我很欣赏她，让她做一辩吧！"虽然是因为有礼貌被认可，我还是很知足。只不过，第一次辩论赛我做了替补队员，因为据说裁判是个"颜控"，哪个队的辩手好看就会偏心让哪个队获胜。无奈之下我被迅速拉入了替补行列。

天啊，难道胖就这么被人嫌弃吗？因为胖，所以就会失去一切展现自己的机会；因为胖，甚至就连进入某个领域的敲门砖也没有？

那一夜我给母亲打去电话，我哭了，在被子里哽咽地问母亲，为什么我这么胖，为什么我一无是处。母亲安慰我说我的能力会被看到的，只要我一直努力。可是这句话却显得那样"空"。努力到什么样子才算努力？如果我瘦，不用努力也能被注意，就因为我胖，甚至没人再去关注我的能力！

一天下午，我和佳茵去了一趟超市，来到食堂时已经接近七点，食堂只剩下两个窗口可以打饭。我和佳茵排在队伍里，先盛米饭再去前面盛菜。到我的时候，食堂大叔身前的米饭就剩下半个盘子。

"不够了！这队后面还有几个人啊？1、2……6、7，米饭只够5个人了！"他探出头来看了看队伍的尾巴。

"我的天，你这么胖！这么胖了少吃一点吧！"大叔用勺子的勺尖盛了一勺米饭，扣在我的盘子里。那一口米饭的形状和大小就像一个小鸡翅，可怜兮兮地趴着。盯着那口米饭，我的汗瞬间冒了出来，我感觉浑身上下的毛孔都湿了，耳朵里发出一阵轰鸣声。我甚至失去了双腿的知觉，竟迈不出一步。

身后传来佳茵的一句"我们又没吃你家饭！"

那句话一下子把我的意识拉回身体，我回头看到身后的几个同学都在注视着我和佳茵，那一刻我真希望自己能原地消失！我低着头，拽着佳茵的手快步离开了。我打了点菜，佳茵从旁边档口买了一碗面，我们找了个没人的地方坐下。佳茵还在嘟囔着刚才的大叔没礼貌。

那天那口鸡翅大小的米饭我一粒没动，不知道为什么，只要我的筷子碰到一粒米饭，我耳边就瞬间响起那个大叔的声音，然后我浑身颤抖，冷汗直冒，不再有一点食欲。

我和佳茵在回去的路上经过药房，我望着门口的体脂秤发呆。我已经很久不知道自己的体重究竟是多少了，自高三毕业以后，我只能估测它在200斤以上，具体的数字我却不敢去想。不知道哪里来的勇气，我站上了那个体脂秤——217斤！这个数字像在和我开玩笑，就算减去鞋子和短袖短裤，我也已经超过了210斤。

从小学四年级开始，我的体重就已经在超重的范围里，六年级达到肥胖，从此就彻底与标准线决裂了。初中因为太胖，我的胸部发育得很好，夏季衣服比较贴身，就格外明显。因此，我得到了"乳猪"和"张死猪"的外号。

"原来不受欢迎是因为我胖，原来这个世界只欢迎瘦子；原来所有的机会、爱都是留给瘦子的，胖人不配得到。"我的脑海中浮现出这句话。

一切的崩溃，始于学校组织的那次团建。

我们以班为单位组织团建，其中一个环节是把同学们随机分组，九个人踩在一个凳子上坚持一分钟，没有人掉下去则通过。我被分配到第八组，其他几个组员在看到我的名字时表情瞬间僵住了，其中一个男生嘟囔着"完蛋了！"

我很尴尬，也很惭愧，只能低着头一动不动。冷汗遍布全身，我想说我身体不舒服，不参加这次活动了，但是还没等我张口，大家就纷纷行动起来，开始往椅子上站。

"张紫初！你上来！"一个声音冲我喊。

我赶紧跑到椅子前，椅子上大家紧紧贴在一起，女生都在最里面，男生则在外面，椅子上已经没有可以落脚的地方，只剩下一个很小的、月牙一样的边。

我用脚尖踩着那个边，想要站上去，但是左脚刚离地腾空，整个人的重心就开始向后倒，一只手忽然伸出来拉住我的衣领，力气大得惊人，把200多斤的我死死拽住。我就这样倾斜着悬在半空，一只脚尖踩在椅子上。

班干部倒计时的声音响亮地回荡在教室里，我耳边衣领绷线的声音格外刺耳。我甚至想过如果我的衣服当场被撕碎，我就选择退学回家，离开南方，或者直接在这里自杀。

我再也无法忍受自己的一身肥肉了。我痛恨我受到过的所有侮辱和歧视，但这都源于我对自己的身体丝毫没有加以管理和约束。所以归根结底，我是在憎恨自己。

随着衣领绷线，我的世界也开始崩溃，我对自我的认知开始被重新定义。

我再也不是"张乳猪"了

肥胖带给我的不只是精神上的伤害，我还因此被确诊腰椎间盘突出症，两条腿的膝盖也一定程度被磨损，整个高二和高三我都以免体生的身份度过。我确实很懒，而不是因为动起来会有多么痛苦。可是只要我告诉老师我身体有问题，不能做运动，他们便不会再要求我到操场上去。我可以在课间操时间写作业或者趴着休息一会儿。

在经历过被他人嘲笑的阴霾后，我暗自下定决心，一定要做出改变。我知道，减肥这件事对任何人来说都绝非易事，只有坚持不懈，才能收获成果。然而，"坚持"二字本身就充满挑战，需要投入大量的时间，具备顽强的毅力、莫大的勇气，以及坚定的目标。

清晨六点，夜色还未完全褪去，我穿着短袖、短裤和一双登山旅游鞋，小心翼翼地从宿舍走出来，生怕吵醒了还在熟睡的室友。站在跑道的起点，看着眼前延伸向远方的跑道，我仿佛看到了未来那些充满挑战的日子，心里不禁犹豫了一下。就在这时，曾经衣领绷线时那刺耳的声音、同学们的嘲笑声，还有在飞机场遇到的那个女人捂着鼻子满脸嫌弃的样子，一一在我脑海中浮现。

我已经是成年人了，如果再不改变自己，在残酷的社会中，真的不会有人关注我，更不会有人在意我的感受。想到这里，我一咬牙，迈开双腿，闭紧双眼，毅然开始奔跑。

风声呼呼地在耳边刮过，和我沉重的脚步声交织在一起。我能清晰地感觉到身上的赘肉随着步伐一上一下地摆动。我大口大口地喘着气，发出沉闷的呼吸声，仅仅跑了100米，心脏就开始隐隐作痛，我知道，它已经很久没有这样剧烈地跳动过了。

在奔跑的过程中，我的脑海里不由自主地回忆起曾经大快朵颐享受美食的时光。那些吃美食时的快乐，让我沉浸其中，却从未想过身体会因为过度饮食而肥胖到如此程度。难道真的是食物让我变胖吗？不，仔细想想，问题的根源在于我从来不运动，和食物本身并没有直接关系……

当跑到400米的时候，胸腔又疼又闷，我不得不停下来休息。这时，一个又高又瘦的女孩从我身边轻盈地跑过，她身上散发着淡淡的茉莉花香味，带起了一阵微风。我深深地吸了口气，在心里暗暗给自己打气："看到了吗！只要你坚持下去，也一定会像她那样苗条的！到时候，会有很多人喜欢你的！没错！我一定要让那些曾经嘲笑我的人闭嘴！"

随着手机铃声响起，我已经浑身湿透，狼狈地站在操场的外围。我低着头，双手撑在膝盖上，"哈……哈……"猛烈地喘息着。第一天跑步，我真的感觉又累又难受，虽然腰部和膝盖没有出现明显的不适，但我知道自己已经筋疲力尽了。我的小腿在不停地颤抖，双眼的视线也变得模糊起来，口腔里甚至泛起了一丝腥味。我看了一眼手表，发现自己跑了四公里，竟然用了一个半小时。"真夸张啊……哈。"我在心里对自己说，"不过，张紫初，你已经很努力了！"

回去的路上经过食堂，一阵诱人的肉香扑鼻而来。我的肚子像是得到了指令，咕噜咕噜地叫了起来。我感觉饥肠辘辘，于是走进食堂，琳琅满目的面食让人垂涎欲滴，大包子在蒸笼上冒着腾腾热气，菠萝包、蛋挞、肉龙、蒸饺……各种各样的美食摆满了柜台。我毫不犹豫地买了一个肉龙、一个包子和一碗豆浆，找了个空位坐下，狼吞虎咽地吃了起来。

正当我沉浸在碳水带来的满足感中时，刚才跑步的那个女生出现在了我的视野里。她的出现立刻吸引了一些人的目光，但她似乎毫不在意，戴着耳机，径直走到窗口说："请给我一个玉米、一个鸡蛋。"窗口的阿姨熟练地把食物递给她，还关切地问道："你又去跑步啦？跑了多少啊？"

"两个小时，20公里。"女孩微笑着回答，然后转身离开了。

我看了看手中还剩下半个的包子，心中充满了疑惑。她跑了那么久，难道不饿吗？按常理来说，应该吃一些主食补充能量啊，怎么只买了一个玉米呢？那可是蔬菜，根本提供不了多少热量啊！

我和佳茵都是十足的吃货，特别爱吃，也很能吃。自从上次在食堂被人嘲讽过以后，我们就再也没在食堂吃过晚餐。九点下了晚课，我们会偷偷跑到学校外面，点上双份面的部队火锅或者加肉的羊蝎子，大快朵颐。不过，我已经开始有意识地控制饮食了，虽然没有太刻意地节食，但不再吃第二碗米饭了。

坚持跑步一个月后，我已经能够一口气跑完五公里了，时间也稳定在四十分钟。我兴奋地买了一个体重秤，紧张又期待地站了上去。看到体重数字的那一刻，我惊讶得合不拢嘴。短短31天，我的体重竟然从210斤降到了180斤，这已经和我高二体检时一样了。我简直不敢相信，仅仅依靠跑步和少吃一碗米饭，我就能瘦这么多，感觉像变魔术一样神奇。

不知道是不是心理作用，上楼梯的时候，我明显感觉身体格外轻松，就连坐在椅子上时间久了，腰也不会像以前那样疼痛难忍。我迫不及待地把这个好消息告诉了父亲和母亲。父亲一开始根本不敢相信，直到看了我录的称体重的视频，他才半信半疑地让我继续坚持减肥，还说如果假期回家时能再瘦10斤，就给我包一个大红包。听到父亲的话，我心里有点委屈，觉得他不太信任我，但同时也暗自下定决心，一定要让父亲看到我的决心和毅力。

操场附近总有人在发健身体验卡，起初我对这些根本不感兴趣。在我的印象中，健身房主要是用来练习力量的，而跑步完全没有必要花钱去室内跑步机上跑。但是，经不住他们三番五次地劝说，我有些不耐烦地问道："室内健身房做有氧运动到底有什么优势啊？"

那个男生微微一愣，然后笑着说："姐，我看您正在减肥呢，是吧？我们健身房有十台跑步机，这些跑步机都可以调节坡度，能爬坡呢。还有动感单车，您要是想减肥，有氧运动最好换着做，这样效果才会更好！"他的眼睛眯成了一条缝，笑得很灿烂，"而且，姐，咱们健身房有热水，可以洗澡，就在那边宿舍楼下！"我顺着他手指的方向望去，看到了那个健身房的招牌。位置离我的宿舍不到一百米，和超市的后身连在一起。

仔细想想，健身房确实比操场方便多了，距离近，还能随时洗澡，就算下雨也不用担心。再考虑到价格也不贵，还有免费的团课可以上，我便欣然办了卡，从此开启了更加规律、频繁的健身之旅。晚饭后休息一会儿，我就会去健身房跑步，跑完步还能顺便洗个热水澡，这样就不用回宿舍排长队等洗澡了，避免了不少尴尬。

跑完步后，肚子饿了我就强忍着。慢慢地，我习惯了带着一丝饥饿感入睡，这种感觉就像是一种安全感，时刻在告诉我："你的食物和热量都已经被消耗掉了。"

寒假到了，我乘坐飞机回到了北京。因为父母不在一起生活，我有好几个家要回——妈妈家、爸爸家、奶奶家、姥姥家。那个寒假，我已经成功瘦到了160斤——从210斤减到160斤，我整整掉了50斤肉。来机场接我的是父亲，他看到我的那一刻，几乎不敢相信自己的眼睛。他一边惊讶地紧紧拥抱我，一边疑惑地问我是不是吃了减肥药。在确认我只是通过跑步减肥后，父亲还是将信将疑地说："我真不敢相信，你都胖20年了，到底是怎么减下来的？！减了肥简直像变了个人似的，你的朋友们还能认出你吗？"

听了父亲的话，我的心里满是开心和骄傲，嘴上虽然说着"不会呀"，心里却无比期待着假期能和朋友们见面。

母亲、姥姥和家里的其他人看到我也都赞不绝口。一瞬间，我仿佛从一株不起眼的狗尾巴草变成了人人瞩目的红牡丹。母亲甚至在打电话给朋友时都不忘炫耀："哎，你知道吗，我女儿减肥成功了！她靠自己健身，瘦到了160斤呢！"

在得到家人的肯定后，我更加坚信，瘦下来不仅能让我拥有更好的身材，还能带给我价值。它让一直严格要求我的父亲对我刮目相看，也让平时不太关心我的母亲为我感到骄傲。考虑到假期时间比较长，我在家附近的自助健身房办了一张月卡，每天都保持着和在学校时一样的生活习惯：早上五点钟准时起床去跑步，中午之前一定要排便，晚上十点半按时睡觉……而且睡觉的时候依然要带着那一丝熟悉的饥饿感。

现在的我，仿佛脱胎换骨，和以前判若两人。我变得自律、热爱运动，浑身充满了活力。

每天从健身房回家的路上，我都会经过我的高中。有一天，我刚路过校门口，肩膀突然被人拍了一下。我转过身，正好对上了一双惊讶的眼睛。原来是我的化学老师！

"你是张紫初吗？"她满脸惊讶地问道。

"啊，王老师！是您啊！您怎么在这儿？"我惊喜地笑了起来，王老师可是我高中时的恩师啊！

"我来学校拿落下的课本。我的姑奶奶，你可真是大变样了！瘦了这么多，都变成大美女啦！"王老师把袋子往车筐里一扔，双手搭在我的肩膀上，上下打量着我。

我和她聊了一会儿，王老师鼓励我继续坚持下去，"只要再瘦20斤，你就是标准的大美人儿了。再加把劲，再瘦20斤哈！"我心里很清楚，再瘦20斤，我的体重就会降到130斤，对于我的身高来说，这个体重只是微胖，对健康也不再有威胁。

其实，我对自己现在的成果已经非常满意了。我的腿和腰不再像从前那样疼痛，坚持跑步让我的心肺功能得到了很大的提升，现在我爬楼梯、快步走都不会气喘吁吁了。

但是我知道，我不能就此满足，既然已经取得了这样的成效，也得到了大家的认可，那么我就应该按照大家的期望，把减肥这件事坚持下去，直到取得一个让所有人都认可的、更加巨大的成果。

每天在健身房跑步结束后，我都会去楼下的沙拉店吃轻食咖喱。这家店的菜单上有很多种类可以选择，基本上带米饭的套餐，用的都是颗粒分明、有些硬的糙米，菜的做法也大多是涂抹橄榄油烤制的。我最喜欢的是一款绿色的咖喱煮混合蔬菜制作的蔬菜咖喱饭，菜单上还明确标注了这道菜的热量。每次吃的时候，我都会故意剩下一些米饭，这已经成为我坚持很久的"强迫"行为——剩饭强迫。

高中同学小王突然打来电话说："我们假期聚会吧！"听到这个消息，我的心跳迅速加快。我真的一直在期待着这一刻的到来，我要亲眼见证一件事，那就是——只要我瘦下来，就能获得更多的赞美和关注。毕竟，在我眼中，这个世界对瘦人真的有着无比的偏爱！

掌控

所有的人都在赞美我。回到北京后，每一个熟悉我的人见到我，眼神里都写满了惊讶。

"紫初，你怎么减的肥？怎么一下子瘦了那么多？""快说说，你到底是怎么做到的！""天啊，简直判若两人！你也太自律了！"这些赞美如同迷人的乐章，在我耳边不断回响，轻易地俘获了我的思维和身心。我仿佛被施了魔法一般，内心深处渐渐接纳了为减肥所遭受的种种折磨。

那些在黑暗中与饥饿苦苦抗争的夜晚，肌肉酸痛却仍咬着牙坚持跑八小时的煎熬，吃着毫无滋味的水煮菜、蘸着陈醋咀嚼菜叶子时涌起的自我厌恶，在听到这些赞美后，似乎都不再那么可怕。相反，我竟觉得这一切的痛苦都是值得的，它们成为我荣耀的勋章。

我就像童话里那只蜕变后的丑小鸭，尽情享受着朋友、亲人态度的转变。曾经遥不可及的梦想——随意挑选商场里青春品牌的服装，如今已成为现实。我再也不用像过去那样，只敢偷偷摸摸地去外贸服装店挑选特体服装，逛商场也不必只局限于运动品牌专卖店，只挑选那些宽松得毫无板型可言的衣服。曾经是衣服挑选我，现在的我终于有了挑选衣服的权利。

"请问那件衣服我能穿吗？"曾经，这句话无数次出现在我的梦里，每次我都会从梦中惊醒。我惶恐地坐起来，双手不由自主地在自己身上摸索，从脖子一路摸到小腿，反复确认我的骨头依旧突出、锁骨深陷、肚子平坦、胳膊纤细。

只有确定自己瘦得皮包骨头，我才能稍稍安心，重新入睡。

如今，我可以尽情购买各种衣服，大胆尝试不同风格。过去，我对裙子望而却步，因为大腿太粗，走路时双腿内侧总会相互摩擦，一不小心就会磨破皮肤；即便穿上裙子，也得再套上长袜，可腿太粗，长袜总是很容易就被撑破。我害怕别人把我当成爱臭美的胖子，只能默默放弃裙子。而现在，瘦下来的我尽情享受着可以"任意驾驭服饰"的特权。不知是不是我的错觉，家人似乎也因为我减肥成功，改变了对我的态度。爸爸不再唠叨让我少吃点，妈妈也不再提醒我吃完饭多走走、别老坐着。全家人好像突然之间都收起了往日的"恶意"，变得格外关心我。

"吃饭的时候多吃一点吧，要不要吃主食？还要不要再来一点？"他们突如其来的关心，让我渐渐意识到，原来我可以通过减肥来赢得父母的认可与关爱。

曾经那个普普通通，因为胖被人嘲笑、忽视的我，仿佛一下子消失了。如今的我，因为达成了别人难以企及的减肥成就，成了众人眼中的宠儿。然而，我自己却明显感觉到，我的脾气变得越来越急躁，情绪波动越来越大，人也变得愈发敏感。只要别人反驳我，阻止我做想做的事或说想说的话，我就会莫名地委屈，随后忍不住反击，冲对方喊"你凭什么""你别管我"。

父母和当时的男朋友应该是最早察觉到我这些变化的人。男朋友曾忧心忡忡地对我说："紫初，我感觉你最近性格变得好怪，你以前这么容易急躁吗？"他也注意到我吃的东西越来越少，有时会忍不住问："你是在刻意控制饮食吗？是不是在节食啊？你已经不用再瘦了，现在这样就很好。以你现在的体形，没人会说你胖的。"

他的这句话一下子戳进我心里，让我回忆起了当初减肥的初衷，其实就是想要找到一个男朋友，可以有一份属于我自己的爱情。

但是这个愿望在我减肥到140斤的时候就已经实现了，我和我的初恋男友在一起时，他才120斤，之后，我一直在不断地减肥，努力每天都坚持当初刚瘦下来时养成的各种"好习惯"。

我对男友说："如果我胖了，你一定就不爱我了。现在你之所以越来越爱我，就是因为我越来越瘦，越来越漂亮！"他不敢置信地看着我，用坚定的语气说："无论你胖还是瘦，我只在乎你的健康！我喜欢你140斤时候的样子！那个时候咱们一起逛街、吃饭，难道不快乐吗？我喜欢你胖一些啊，胖一些很可爱！现在的你好瘦，你看你的肩膀都只剩下骨头了……别再减肥了，好吗？"

我不相信，我不相信……只有瘦女孩才会被大家喜欢，只有瘦女孩才能脱颖而出被大家看到，只有瘦女孩才有资格撒娇，否则就会被说"死猪真恶心"……只有瘦，才有资格获得友情、爱情、事业……

随着我的体重继续下降，我能够感觉到，每当我和男朋友在一起的时候，我没有原来那么容易心动了。以前他拉着我的手亲吻我的脸颊时，我会感觉到心跳加速。现在，即便他紧紧地抱着我，我也只是感觉到他在浪费我可以走路消耗热量的时间。

但是，又能怎样呢？想要得到其他人的赞美和肯定，是需要付出代价的。也许瘦下来以后，我会有更多追求者呢？

我在情感上的需要，逐渐从"相爱"走向"被爱"。被各种人爱，被越来越多的人爱。

我也逐渐意识到自己有一些明显的强迫观念。比如，每天上午我一定要在健身房待满3个小时，谁也别想阻拦我。就算妈妈说今天风大，让我先别去，我也会觉得去健身房是我必须完成的使命。还有，晚上过了7点半，我坚决不再吃任何东西。

这样的"自律"也逐渐开始影响我与朋友们的社交。为了能够保持健康的饮食习惯，我拒绝掉了很多同学的聚会邀请。因为聚餐的时候难免要面对高热量的食物。

我不想因为一顿饭让我两天的努力白费。

如今获得的赞美和曾经遭受的评价形成了鲜明的对比，极大地满足了我的虚荣心。我已经无法想象没有这些赞美的生活，我不想再变回那个普普通通、无人在意的"丑小鸭"。

如果非要在"继续瘦下去"和"社交"之间做选择，我宁可选择回避所有人。"不要干涉我，不要让任何事耽误我减肥的进度。"这个声音在我心底不断呐喊，如果不听从，我就会陷入深深的自责、懊悔和焦虑之中。

我的体重从一周一测量，变成了每天都要测量。我会对比每天的晨重和当晚的体重，我不允许第二天的晨重比前一天的体重高……所以我必须越吃越少，同时还要增加运动量。

假期很快就要结束了，我即将迎来大二生活。这时，我的体重只剩下98斤，身体也出现了各种问题。生理期断断续续，这个月来，下个月可能就不来了。每次洗完澡，地上都是大把大把掉落的头发，顺着水流向下水道涌去，我得在它们堵塞下水道之前把头发捞出来……可即便看到身体出现这些不好的变化，我却并不害怕，因为在我心中，还有更重要的"使命"等待我去完成。

我把"吃饭"当成每天最神圣的事，一日三餐都精心计划。我给自己规定每天可以摄入的热量，仔细计算食物的重量，认真记录日常饮食。我还沉迷于看"吃播"、浏览美食图片。每当有人问我为什么这样做，我都会回答："这是我的爱好！"

我的精神很"饥饿"，我却把自己的行为牢牢地控制着。

失控

在我还很胖的时候，腰椎间盘突出，右腿膝盖长了个血管瘤，身体的沉重负担让我从高二起就很少上体育课。高考前，母亲帮我开了假条，我也因此不必参加体育考试。

可是看看如今正在减肥的我，哪怕腿疼难以忍受，我也咬紧牙关，每天强迫自己跑完四个小时。腿上、腰上传来的疼痛感让我难以忍受、冷汗直流，最严重的时候我不得不吃一粒止疼药，才能继续。

"你不怕死吗？万一膝盖的血管瘤破了，或者膝盖磨损了怎么办？"心里有一个声音在对我呐喊，"停下啊，停下吧！"

但是我无法控制我的四肢，我奔跑着，奔跑着……

我只想多吃一口老玉米，我只想多吃一口圣女果……

为了满足自己"可以多吃一口"的愿望，我要让自己把"多吃"的热量用跑步消耗掉。多跑一小时，就相当于我可以多吃半根老玉米，还不用担心长胖。如果有谁在我的运动时间和进食时间打扰我，我就会瞬间火冒三丈，认为他破坏了我心中神圣的、充满仪式感的事。

母亲大概是最早发现我不对劲的人。有一天，她突然问我："为什么你假期在家，每天都要去健身房？我都没见你休息过。"我回答道："哈，我觉得得坚持，一鼓作气让自己变成瘦子。"母亲反驳我："你现在看上去已经很苗条了！什么事都该适可而止，你不需要再减肥了！"可每当母亲阻拦我，或者唠叨让我停止减肥时，我就会用尖锐的言语攻击她："要不是因为你一直不阻止我吃东西，我怎么会长这么胖！如果不是这身材，我又怎么会被所有人嫌弃！"母亲听了，无法反驳，只是用复杂的眼神看着我，长长地叹了口气。

起初，健身结束后，我还会在健身房楼下的餐厅吃一碗紫米咖喱饭。直到有一天，我在网上看到一篇题为"健身后吃东西你不胖谁胖？"的帖子，从此，"健身结束吃东西"这个习惯就被我深深地锁在了心底不再触碰。

我不允许自己不自律，不允许自己在减肥这件付出了巨大努力的事情上有任何瑕疵。

"跑步一小时消耗600大卡""走路一小时消耗350大卡"……"一根甜玉米120大卡""一个猕猴桃60大卡"……大一假期结束，回到学校里，我遵照网上的减肥方法，开始给自己制造热量差。我计算每顿饭的摄入和我一天的消耗，把热量摄入降低到一天800大卡，把热量消耗提升到一天2400大卡。

我的体重掉得很快，头发掉得也很快。哪怕在很温暖的环境中，我的手指也是冷冰冰的。偶尔半夜起床上厕所时，我会耳鸣很久，然后听到自己心脏跳动的声音。

"紫初，最近你怎么脸色那么差？"舍友佳茵问，"每天你很早就去健身房了吧？"

"啊，没事！我可能最近上火了！"我赶忙解释。每天去健身，路上我会带早餐回来给佳茵。

有一件事普通人听了根本无法理解：我看到佳茵吃早餐，我会觉得心里很舒适，我会觉得自己摄入比她少，是一件有安全感的事。听到身边的同学们每天念叨减肥，看到她们吃沙拉或者节食，我就像心中有蚂蚁在爬一样烦躁。我知道自己每天看吃播、关注其他人饮食的行为已经不正常了，但是我意识不到它们带给我的，即将是无法忍受的孤独和无法让自己维持健康状态的焦虑。

佳茵喜欢半夜打游戏，以前我们还会一起组队冲高分。但随着我去健身房的时间越来越早，次数和时长不断增加，我们一起打游戏的机会越来越少。佳茵不上课的时候，经常打游戏到凌晨甚至天亮，然后直接睡到傍晚。这让我内心备受煎熬，因为我已习惯了按时按点吃固定热量的食物，佳茵却因为作息颠倒，一天只吃一顿饭。每次她熬夜打游戏，我就会在床上翻来覆去睡不着，满心焦虑第二天怎么叫她起来吃东西，怎么劝她别总是熬夜。

现在想想，当时那些想法，连我自己都觉得羞耻。

我与他人对比的，不仅仅是外表、体重、成绩，而是加上了"摄入量"。看到身边的人都吃的比自己多，我才会安心，看到自己是人群里最瘦的，我才能放心大胆地吃一些"安全"的食物。

"吃饭"变成了我心中的锁链，它束缚了我的自由和我的情绪。我变得越来越自卑，也知道自己的状态变得很奇怪。镜子里的我面容枯瘦蜡黄，头发稀疏；体重秤上显示我只有90斤……我的身体快要支撑不住了。

隔着电话，我与男友徐文开始频繁吵架。

我对他不再有最初的好感，反而感觉他就像一个"我被爱着"的证明。我希望爱我的人、注意到我的人越来越多，我希望自己作为女生是有特点的，不会被淹没在人群里。我对他已经不是爱情了，变成了一种占有。当我对他的控制欲越来越强烈的时候，我甚至不允许他反驳我的观点。

"你总是在验证我是不是深爱着你。"他说，"我只要不顺着你说话，你就会说我不爱了。你用这样的方式来控制我有意思吗？"

父亲极力反对我们在一起，他执意要我嫁给一个本地人。和男友在一起后，我多次尝试说服父亲接受他，毕竟我深爱着男友。可父亲却坚决反对："他没学历、没家庭背景，你跟着他不会幸福的！"这句话在我听来，就像一句恶毒的诅咒。母亲也支持父亲的观点，每次只要听到我说去约会，他们就会立刻问我为什么还不分手。父母的反对就像一颗种子，深深地埋在我的脑海里。每次和男友见面，这颗种子就会生根发芽，不断提醒我"和他在一起你不会幸福的"。

到底怎样才能得到幸福？那我应该怎样得到幸福？

父亲与母亲在我上幼儿园时，就替我做出了住校的决定；后来，他们在我的童年里上演了一场悲欢离合的闹剧，让我变成一个问题儿童，在学校里饱受孤独感的折磨；又在我上大学的时候，逼迫我做出离开家乡前往外地的选择。他们出于"为我好"的考虑否定我，让我放弃了很多我想要去做的事情，又把"为我好"的意志强加在我身上；当我感受到孤独时，向他们发出求救，却没有一个人向我伸出手。我置身于黑暗中，恐惧与寂寞只有自己一个人承受……我一直以为一段美好的爱情可以治愈我的童年，与爱我的人结婚，我会拥有美好幸福的家庭。如今，我寻找到一个不论我胖瘦都爱我的人，而他们又直接一口否定，想要拆散我们。

"也许他不优秀，但是他爱我，对我好！"我大叫着对父亲吼道，"你优秀！你让我妈妈幸福了吗？"

父亲愤怒地瞪着我，"好啊，如果你执意和他在一起，我就当没你这个女儿！"

我震惊地望着父亲，心里感到绝望。

所有的人都在光里，我却在黑暗里。没有人看到我，更不会有人看到我的心。

就在假期快要结束时，我非常冷静地和他说了分手。我知道，其实是我给不了他幸福。随着与他分手。我越来越憎恨我的生活和这个世界。我的内心变得无比空虚，我不知道自己在追求着什么，我不知道生活的意义是什么。我不想活在面具下了。我也不想再去讨好任何人了……我一直在为了取悦父母而放弃自己的选择，所以当我有权利自己做决定的时候，我反而会问父母"我应该怎么做？"我的决定不重要，因为只要不是让父母满意的结果，就会被否定和指责。还不如乖乖等待他们告诉我怎么做，可这样又会被其他人定义为"过度溺爱，什么都听父母的，没主见"……

与初恋男友分手以后，我彻底感受到了那条缠绕在我身上的名为"爱"的枷锁。

我无法挣脱血缘对我的约束。那些"为我好"并不是我要的爱，不会让我幸福。他们只会把我的自由夺去。我想反抗，我想要自由，我想自己掌控我的生活……

从体重上获得的成就感，让我感受到了强烈的掌控感、价值感。我找不到生活的意义了。我一定要把减肥这件事坚持下去，如果我能拼尽全力做出让所有人都对我刮目相看的成就就好了。

反正除了"瘦"，我已经再无他求了。

我的母亲来了，父亲也来了

母亲第二天就赶到了厦门。我怎么也没想到，会在放学回宿舍的路上与她相遇。她穿着超短裤和白色T恤，戴着墨镜，在人群中显得格外惹眼。我骑着车，瞪大了眼睛，不敢相信眼前那个越来越熟悉的身影就是母亲。直到她嘴角上扬，轻轻喊出"紫初！"，我才终于相信这一切都是真的。

"您怎么来了？"我急忙下车，快步冲到母亲面前。

"你昨晚打电话的状态让我有些担心，就过来看看你。"母亲轻声说道。

见到母亲，我心里涌起的并非喜悦，而是满满的恐惧。我担心她看到我极端节食的状态会生气，害怕她逼迫我正常吃饭，打乱我原本的饮食时间，更怕她阻止我去健身。

我告诉妈妈，她在这里会让我不自在，让她回北京，还说："哪有大学生还让妈妈陪着读书的！"

"我不会打扰你的，你当我不存在就行。"妈妈回答。

可这句话直接激怒了我，那些母亲从小干涉我人生的"关键时刻"、将"为我好"强加给我的回忆瞬间涌上心头。节食加上晚课的疲惫，让我的情绪一下子爆发了，冲母亲吼道："你别总是擅自做主，来破坏我的生活，行不行！"

母亲在学校外面的民宿住了下来，我每晚下课后都会去找她，有时还会和她一起睡。其实我很爱母亲，虽嘴上说希望她回去，可实际上是害怕她强迫我增加体重。

几天过去，妈妈并没有给我太大压力。她只在我晚饭后去找她时才出现，白天就一个人在周边散步。渐渐地，我对母亲的戒备也放松了下来。

佳茵很好奇我母亲为何突然来厦门，还一住就是好多天。我告诉她，因为我心脏不舒服，经常心律不齐，爸爸以前又得过心肌炎，我担心会受影响。母亲不放心，所以特意从北京飞过来陪我。好在佳茵没有再追问具体原因。我不敢告诉她，由于节食，我的神经已经极度衰弱，根本无法熬夜，而且不规律的饮食让我焦虑不已，我满脑子想的都是食物，根本没办法认真听课。

"你妈妈没带你去医院做检查吗？"佳茵关切地问道。"还没呢，打算放假再去。"我回答道。佳茵点了点头，看着我说我最近瘦了好多，气色也不好，让我赶紧和母亲去市区的医院看看。

实际上，母亲来的第三天，我们就去了厦门市的三甲医院体检。当时妈妈说带我看看我睡眠不好是怎么回事。我早已习惯对母亲言听计从，便去抽血化验。拿到化验单时，母亲皱着眉头，嘴里嘟囔着："到回家还有半个月……"我根本没心思管妈妈在念叨什么，一心只想着问她准备去吃什么早餐，手里还紧紧拎着从学校买的那袋圣女果，想着一定要等母亲吃早饭时，我才能一颗一颗地吃它们。

"我真的好想死，妈妈……"有一次，我突然对着母亲放声大哭，"我每天都活得好痛苦，我再也没办法吃正常的食物了……现在我每天最开心的事，就是能买到一根好吃的老玉米……"

母亲看着我，嘴唇微微颤抖，久久没有说话。她缓缓闭上双眼，两行眼泪顺着脸颊滑落。

母亲来后的第二周，父亲也来了。一天下晚课，我收到父亲发来的消息，他温柔地唤我"宝儿"，还说打算来厦门看看我。在我的印象中，父亲一直都十分忙碌，他曾说很少能在一个城市停留太久，和我相处的时间大多是他好不容易挤出来的。

"老爸，你到底是做什么工作的呀？"我不止一次这样问他。可什么样的工作会忙成这样呢？

"你不用管我，我做这些都是为了挣钱。你把自己照顾好就行。"父亲每次都不耐烦地回答，从来没有明确告诉过我他的职业。

所以当父亲主动说要来看我时，我心里既紧张又恐惧。我觉得自己耽误了父亲的时间，更没勇气让他看到我现在的样子。尽管我一再请求他不要来，可父亲还是来了。

终于不用再假装正常人

"你不忙吗？怎么有时间来厦门？"见到父亲的第一眼，我带着些责怪问道。

"宝儿，你在我心里是最重要的。我好久没见你，太想你了，再忙我也得过来！"父亲放下两个大行李箱，伸手摸了摸我的头，"看看这小脸，都瘦成什么样了！"

我的心里突然有些压抑，回想起从小到大，每次我需要父亲的时候，他总是找各种理由推脱。如今我好像得了"怪病"，他却出现了。是因为我曾说想死，他害怕了吗？那一刻，我第一次感觉到父亲在为我担心，因为我轻视生命；也是第一次意识到，原来我可以用这种方式获得父母的关心。

从那以后，下课后我见到的不只是妈妈，还有爸爸。我们一家三口居然待在了同一个城市的同一个房间里。上一次我们三人共处一室，还是十二年前父母在我眼前争吵，然后母亲摔门而去的时候。我从未想过，这么多年过去，他们还能同时出现在我面前。

妈妈显得很不自在，对父亲也十分冷漠。爸爸却变得温柔又绅士，他主动给了母亲一笔钱，感谢她对我的照顾，还付了房费。他租了辆车，在我白天上课的时候，带着母亲去周边散步。

爸爸知道我用西红柿代替正餐，就洗了一大碗西红柿，放在母亲住的房间一进门的桌子上。我惊讶地看着那碗西红柿，父亲只是笑了笑，说因为我爱吃，所以准备了一些。

父亲的房间收拾得很整齐，洗干净的短袖上衣晾在阳台上，下方的衣架上晾着袜子。

"这是谁洗的衣服呀？"我好奇地问。

"当然是我自己洗的。"父亲回答道。

"你爸现在可厉害了，以前没离婚的时候，内裤袜子可都是我洗。"母亲笑着说道。

我发现父亲变了，他不再是我印象中那个不负责任、逃避现实的男人。可我心里还是有些不安，总觉得父亲是不是在伪装，就像小时候他利用我那样，装出可怜的样子，满足我一些小愿望，博得我的同情和信任，然后让我去劝母亲回家。所以，尽管父亲那段时间一直陪着我和母亲，我心里却始终告诫自己："千万不能沉溺在这种不知真假的幸福里，说不定过段时间，一切就又都没了。"

那段时间，西红柿、菠菜、生菜几乎成了我全部的食物。虽然我的体重迅速降到了98斤，但胃并没有明显变小，饥饱感也还在，我还是经常感到饿，只能吃大量的生菜、圣女果或者水煮菜。我不喜欢买商店里又贵分量又少的沙拉，为了能煮蔬菜，自己做低热量食物，也为了不让别人看到我的饮食习惯，我请求母亲在学校外面租一间房子。让我没想到的是，支持我并且付钱租房子的人是父亲。他看了学校周边所有的小区，最后选了一个位于学校北门外、隔一条马路的二居室，虽然价格较高，但环境还不错。

"宝儿，我帮你租了个房子，以后你妈妈可以陪着你住在这里。"

父亲摸着我的额头，微笑着说道。

"那你呢，住哪儿？"我问道。

"我要是来了就住酒店，和你们两位女士住在一起不太方便。"父亲说着，脸上露出了更灿烂的笑容。

我看向母亲，她正若有所思地望着父亲。母亲向来藏不住心事，相处几天后，我明显感觉到她对父亲的态度有了变化，看父亲的眼神也从防备和仇怨变得放松，有时候甚至会被父亲的玩笑逗得不自觉地笑出声来。

其实，在我眼里父亲也变了。即便那时我思考问题都觉得很疲惫，但每次父亲温柔地抚摸我的额头，我就像被一道光照亮，原本被黑暗笼罩的心瞬间泛起波澜，感受到了久违的爱与温暖。父亲似乎真的不再是那个自私的人，他正在为了我而改变。

和房东谈好租期和价格后，我和母亲就搬了进去。我一次次去宿舍收拾衣服和个人物品，佳茵察觉到了我的异样，问我是不是要搬出去住。我有些不好意思正面回答她，毕竟当初我们一起搬进二人间时，还想象着能成为很好的闺蜜，像亲姐妹一样一起毕业。可如今我患上了奇怪的心理疾病，我既不想让佳茵觉得我是个食言的骗子，更不想让她知道我得了这种难以启齿的病。

"我只是暂时陪我妈住在外面，很快就会搬回来的。"我回答她的时候，始终不敢抬头看她的眼睛。

佳茵坐在床上，正用平板电脑玩游戏，一会儿喊"上啊"，一会儿又对我说："确诊后你可一定要告诉我你怎么了！"

"好的。"我说完，拖着装满衣服的行李箱离开了宿舍，还强装轻松地说，"咱俩每天上课还能见面，别太伤感啦！"

"好……快去吧，冲啊，上啊！"

我关上门，佳茵的声音渐渐消失在身后。那一刻，我突然感到一阵轻松。我终于不用再假装自己是个正常人，不用再熬夜、打游戏，也不用为了迎合别人去点自己不太想吃的外卖。只是佳茵还不知道事情的真相，我欺骗了她，她并不知道我患上了这种精神类疾病。

我回到新租的房子，爸爸妈妈已经在床上铺上了崭新的床单。房子有一个很大的阳台，站在阳台上，不仅能俯瞰半个校园，还能远眺大海和码头。我把钥匙插进锁孔转动，他们并没有注意到我开门。只见父亲和母亲并排坐在阳台的长椅上，母亲从父亲手中接过水杯，喝了一口后又还给父亲。父亲接过杯子，笑着看向母亲，问道："我做的咖啡味道怎么样？"

母亲没有回答，只是看着远处的海湾，像个孩子般欢快地说："你快看！那是回来的游轮！"父亲嘴角上扬，顺着母亲的视线望去，两人就这样静静地眺望着远方。

那一刻，在我眼中仿佛出现了一幅画：父亲与母亲并排坐在大海与蓝天交汇的海平面旁，海面被日出的霞光染成了五彩斑斓的颜色。看着这一幕，我的眼泪忍不住流了下来，模糊了眼前的画面。那些混合在一起的颜色顺着我的脸颊滑落，流淌在我的身上，渗透进我原本黑暗的心里。

他们的到来，就像一束温暖的光，照进了我黑暗的生活，让我原本失去希望的日子里重新充满了爱与感动。父亲和母亲的出现，仿佛把我从不得不面对的社交恐惧中解救了出来。我可以暂时躲开校园里的同学、舍友，回到这个充满温暖的"家"。

我被爸爸妈妈一起照顾着

父亲和母亲一直都陪伴着我，那段时光如梦似幻，让我不愿醒来。然而，我并没有因为看到父母在身边而感到十足的安全。

"妈妈，你和爸爸是不是因为我生病了，才突然这么关心我？"有一次，我躺在床上，妈妈坐在我床边，轻轻将我额头的散发捋到一边。

"怎么会呢，你永远是爸爸妈妈的宝贝。"妈妈温柔地回答。

我的脑海里浮现出母亲在我高中时，每一次"失忆"后，看向我时那如同看到敌人般警觉的眼神，与此刻的温柔截然相反。然而，她每一次对我的伤害，却都已被她遗忘。那段时间发生的事，仿佛只存在于我一个人的记忆中。

我几乎每晚都需要妈妈陪在身边才能入睡。妈妈的手上有一种特殊的味道，闻到那个味道，我就知道是母亲，然后我会感到无比安全，仿佛变回了一个小孩，对母亲撒娇，在她的手臂与身体之间蹭一蹭我的头。

"多大了，还像个小宝宝一样？"母亲轻轻捏了捏我的脸颊，那一瞬间，我仿佛躺在了云朵中，身心都沉浸在母亲的温柔里。我的精神逐渐放松，一天的疲惫瞬间席卷全身，我在困倦中沉沉入睡。那时因为营养不良，我一晚上可能会醒来两三次，梦里常常会回到初中或高中，记起那些让我伤心的事和人。

初中时，我有两个很要好的女生朋友。其中一个叫张琳，是我从初一开始就主动接近的女孩。她很漂亮，身材也好，性格乖巧安静。因为从小跳芭蕾舞，她的脚背可以弯曲成半圆。另一个女孩叫杨洋，她则是被原本和她要好的几个同学排挤，才夹在我和张琳中间。

杨洋很会挑拨离间，她会对张琳说我的坏话，在我和张琳之间制造误会。有一次，她无中生有地说我把张琳的秘密散播出去，恰巧被我听到了。

我生气地质问她为什么这样做，而杨洋却对我说张琳也对别人说了我的"小揪揪"。最后，我们三个人的关系都破裂了，因为我和张琳都没有坚定自己的立场，相信了杨洋的话，疏远了对方。这段关系让我们都很累，最后为了从互相猜忌中解脱，我们选择了分道扬镳。虽然毕业后再也没有见面，但那件事给我的心里留下了很深的阴影。

从那以后，我无法对任何人报以十足的信任，也无法对任何人敞开心扉。我不习惯对他人表达心事。我的整个童年都很孤独，既没有理解我的家人，也没有可以相互帮助的朋友。

我想这也与我的性格有关。我不够阳光，不够会开玩笑，有时候抓不住周围人的笑点。我也不知道自己怎么了，仿佛能把大家都逗笑的事情，却不会打动我分毫，有些事在我看来甚至过于低级趣味。

小学时，我因为爱哭受到同学和老师的冷落。初中时，我因为替被欺凌的同学伸张正义变成了被欺负的对象。从那时起，我开始试图自杀，也在自杀失败后学会了戴上"微笑"的面具。高中时，受到小学和初中的"阴影"影响，我自觉地对所有人礼貌和友善，所以同学们对我也比较友好，不会刻意区别对待我，但也没有对我很热情的人。我主动结交了三个女生朋友，我们课间可以一起聊天，周末也会相约去看电影、逛公园。我们的关系很简单，没有人拉帮结派，这让我在人际关系中找到了一些安全感。

但我在这时发现，我的内心出现了一种感受，我在与人交往中始终感觉自己与他人之间挡着一堵墙，看不见也摸不到。身边人多的时候，我会感觉大脑一片空白，忽然不知道该说什么。

说什么才能表达我是友好的？说什么才能让对方认为我很有趣？我很害怕让大家失望，害怕别人在与我交流后认为我是"不能满足期待的"，甚至害怕周围的人用充满期待的眼神看向我。

从来没有人对我表示认可，周围的人无论是学习、性格，还是个人能力似乎都比我要好很多。我记得很清晰，在小学五年级时我是全班最高的女生，那时重点中学的排球队教练来学校选预备队员，合格的同学能够获得直升重点中学的机会。而我在教练的名单中被打钩后又被画了叉。我问教练原因时，他说虽然我身高够，但体重超标会影响弹跳。那一次对我的打击很大，也是我第一次被告知，不被认可的原因之一是肥胖。

我不被认可并不是别人的错误，而在于我自身。

我很感谢进食障碍，让我有机会被父母关心。我无数次在心里感谢这个"小恶魔"，它虽然摧残了我的身体，却让我有了获得父母重视的权利。

我想我离不开它了，这只"小恶魔"，与其说是它控制了我的思想，让我无下限地追求低体重，不如说是我做了一个"牢笼"，将我和它关在一起，强迫它成为被人们咒骂的"魔鬼"，这样人们就不会把错误归咎在我身上。

看上去我是一个被心理疾病控制的青少年，但实际上是我利用"进食障碍"对自己造成伤害，让自己"弱小、可怜"，从而"备受关注"。

爸爸和妈妈陪伴我读书的日子里，我受到了他们无微不至的照顾。我也尽可能地从他们那里汲取更多的"爱"。我像个孩子一样用撒娇的方式去获得父母更多的关注、照顾和妥协……我开始为新租的房子买我喜欢的各种家居用品，理由是"为了让这个家看上去更温馨"。不仅有彩色的挂饰、卡通的沙发抱枕、粉色带着流苏花边的床单和枕套、两个卧室的宫廷风台灯，还有各类厨房餐具……

父亲在那期间给我转了好几笔钱，他经常一千一千地转给我，哪怕我的理由只是简单的"买我喜欢的×××"。父亲不敢多问，因为如果他再细问具体买了什么，我就会爆发，开始摔东西，打自己的脸，愤怒地朝父亲吼"是不是我不配买任何我喜欢的东西？"父亲拿这样伤害自己的我没办法，他只能尽可能满足我的物欲。起初父母认为这样就可以填补我心中空缺的爱。而我已经疯狂了，我这样做不只是为了用物质填补内心的空白，也是想让父母为他们过去的所作所为付出代价。

房间里逐渐堆满了我喜欢的装饰和根本用不上的各种器物。大大小小的快递码放在墙角。我看得到父亲和母亲在我每天拆快递时露出了皱眉的表情，但两个人每次都是看看我，再看看对方，最后谁也没有说话。

我开始变本加厉，在确认父母已经"不敢反抗"以后，我开始要求他们完全接受我的饮食和运动习惯。我每天早上五点起床，煮一些蔬菜，吃完后穿上运动服去健身房跑步，跑完步再买一些西红柿回家，等待父母起床。中午我通常还是吃水煮菜，我会买一些学校里做的茶叶蛋，把蛋黄抠出去后只吃蛋清。中午我还会去健身房跑步，晚上吃完饭以后，我必须围着操场转几圈，确保一天的步数达到四万步（四万步是我那时的安全感底线）。

父母坐在沙发上，看到我开门回家，两个人相视几秒，然后会一起朝我咧开嘴笑，高兴地说欢迎我回家。

厦门一年四季都不冷，夏天很燥热，每次从外面回来我都会出一身汗。我记得有一次晚上洗澡时，母亲进卫生间拿毛巾，我从镜子的反光里看到母亲一直注视着我的后背。

"您在看什么？"我问。

"啊……没看什么，紫初你看到过你的后背吗，你的脊柱很明显……一条棱一条棱的。"母亲回答，她好像还想说什么，但犹豫着始终没有张口。

听到关门声，我转过身，看着镜子中的自己，明显的骨骼轮廓，皮肤暗黄无光，整个人仿佛跟着体重一起回到了15岁。

那天晚上我哭了，蜷缩着身子，依偎在母亲怀里。"我也觉得我很丑，我的头发每一次洗澡都掉落很多……"我啜泣着，"而且我的生理期也已经六个月都没有了，我好讨厌自己，我想吃饭，但我好像不会吃饭了……"

母亲抱着我的手忽然收紧了，她声音颤抖着，温柔地说："乖，宝贝，妈妈一定会救你。"

听到母亲说会救我，我的心里无比踏实，充满了"妈妈好爱我"的感受。

我在满满的安全感中睡去。

绝不住院

很快，我迎来了假期，大二的生活也过了一半。父亲在我期末考试的前一天回了北京，母亲则等我一起回去。我们回到北京的第三天就去了北京大学第六医院，在那里我见到了李雪霓，一位被母亲尊称为李主任的女医生。

她端坐在一张宽大的桌子后面，面带微笑地看着走进房间的我和母亲。具体聊了什么我已经记不清了，她问了我一些关于食物和体重的问题，简单交流后，李主任问我是否愿意住院。在得知是封闭式管理、住院天数不固定后，巨大的不安全感让我当场就说了"不"。

母亲和父亲显然也被医生的建议震惊了，父亲出门后嘀咕着："怎么是封闭的呢？那不是越住越焦虑？"

母亲沉思了一会儿说："他们有专业的医生和护士，可能开放的病房会影响治疗效果。"

"我不住！我绝对不住！我从小就被你们抛弃了，我害怕孤独！"我大叫着走向电梯。

父亲和母亲没有说话，他们拿着检查单和病历本，陪我一起站进电梯里。

回到家后，父亲为了告诉我他爱我，经常来母亲家接我出门，陪我去附近的商场买衣服和鞋子，带我去公园散步、拍照。我们在四个月前申请了日本签证，那时父亲同意陪我来一场"亲子旅行"。我们约定好寒假一起去日本，父亲会给我买我喜欢的动漫周边，答应我去东京住"恐龙酒店"，带我去北海道泡温泉。他告诉我，为了证明他是爱我的，他愿意重新给予我那些童年缺失的父爱。在征求了我的意见后，他把行程定成了七天六晚。

让我至今回忆起来都脸红羞愧的事，就是我从北京带上飞机，又在日本落地后带出飞机的自制沙拉被日本机场的警犬闻出来了。那时我为了下飞机后能有饭吃，并且有安全感，自己头天晚上洗了生菜、黄瓜、圣女果，装进餐盒里，带上了飞机。

安保人员看到警犬一直在闻我的背包，便把我和父亲拦了下来，提示要我们打开行李做检查。我当时吓坏了，我拉开背包的拉链，安保人员一下子就看到了我的饭盒。他将饭盒打开，我瞬间闻到了一股酸臭味。他皱着眉头，显然也被味道吓到了，用英语问我这是什么。父亲急忙回答说："饭！她的饭！"那个人显得更加疑惑了，叫来了同事。我看到父亲不知所措的表情，他转头问我："紫初！咱们能把那个扔了吗？"我点点头。

父亲和他们道歉，并表示可以把那盒沙拉倒掉。一位看上去职位更高的工作人员走了过来，他身着西装，一脸严肃但礼貌地用英语说："Sorry, raw food cannot be brought into Japan as we are concerned about the presence of bacteria."（很抱歉，生食不能带入日本，我们担心有细菌。）说完，他拿出了一个袋子，把一整盒腐败的菜叶子都倒了进去，并把餐盒还给我。空气中似乎都飘散着酸味，我尴尬极了，不敢看周围人的眼神，但能感觉到有不少审视的目光打在我和父亲身上。经过一番身份确认后，我们被放行。我紧跟着父亲的脚步，想赶紧离开这个有糟糕回忆的地方。

"对不起。"我小声对父亲说。我们放下行李，从酒店里出来时，已是傍晚，夕阳洒在歌舞伎町的巷子里。

"为什么道歉？"父亲问，"我昨天和你说了不要带，我们下了飞机可以买。"

"我不想买餐厅几十元一盒的沙拉……太贵了。"我说，"而且我不想浪费，昨天冰箱里剩下的菜不吃就会坏掉……"

"那是一种什么样的感觉？不配得感？还是不想吃亏？"父亲回过头，停下了脚步。

我心里忽然感到烦躁，至今都记得当时脑袋里一片混乱，很多声音在对我叫嚣：

"你父亲说得对！""你糟糕透了，这下你丢人丢到了国外！""你真让父亲失望！""看看吧，食物永远是你的敌人了，你今后的人生都会遇到这样的尴尬，你会被更多人看作怪物！"

我忽然大叫一声："求求你让我去死吧！"然后冲向马路中心。

日本人很遵守"红灯停、绿灯行"的规矩，车辆绿灯时，马路上不会有行人。我就是在这个时候冲上去的，一瞬间马路两侧的行人都看向我，我直冲车辆驶来的方向，张开双臂，闭上双眼，视线的尽头是一辆满载乘客的巴士。我真的希望，连我自己都厌恶的自己能够消失。

就像初中时第一次自杀那样，我对死亡从来都不恐惧。

"你疯了吗？！"胳膊被用力拉扯，我被父亲一把拉了回来。他愤怒地、不敢相信地看着我，瞪着眼睛，里面布满血丝。

我被吓坏了，"哇"地哭了起来。

身边传来了红绿灯的"嘟嘟"提示音，模糊的视线里，身体两边都是来来往往的各式各样的腿和鞋。父亲的大手依然紧紧地抓住我的胳膊。

待我冷静以后，我和父亲逛了一个便利店，父亲给我买了即食黄瓜条和山药泥，之后我们走进了一家父亲选择的烤肉店。烤肉店里人很多，服务生都很年轻。我和父亲被安排在吧台坐下，父亲点了一小壶酒，两盘烤肉，一碟毛豆，一碗米饭。然后他微笑着看向我，问："你也点一些东西吧！想吃什么吗？"

我看着菜单，每一种肉不是红白相间，就是已经料理后包裹了酱汁和面包糠的炸物。仅有的小菜是毛豆、纳豆、味噌海藻。我摇了摇头，打开了在便利店买的黄瓜条，扔掉调料包，把少得可怜的黄瓜一根一根放进嘴里。父亲在我旁边吃着烤肉，他把肉蘸着甜酱放在米饭上，然后夹起一大块肉包米饭放进嘴里咀嚼。他一脸享受地看着我问："真好吃，你不来一块吗？"

"不行，吃了我会难受。"我放下筷子，喝了些水，转头观察着昏暗的灯光下，满脸通红的男人女人们一边喝酒，一边吃肉，一边聊天的样子。

我深刻地感受着自己与其他人格格不入，也深刻地感受着无法吃东西的痛苦与孤独。我流下了眼泪，回头看向父亲，与他四目相对。父亲的双眼红红的，在与我视线交会的瞬间，豆大的眼泪一滴一滴滑落。

"爸，你怎么了？"我低声问。

"爸没事，爸心疼你……"父亲温暖柔软的手轻抚我的脸颊，他用力揉了揉，用手指擦去我的眼泪，"爸求你了，回北京以后我们再去看看别的大夫，行吗？爸听说还有个很好的私立医院，费用贵一些但也许可以自由一点。"

我看着父亲的表情，感受着他的温柔。我知道爸爸真的很爱我，他看到我痛苦的样子，打心底里不忍心看我无法进食的样子。

我答应了父亲，并且查看了很多关于治疗进食障碍的文献，也了解了全国仅有的几家设立了进食障碍专科门诊的医院及其理念。治疗进食障碍，就要做好花费大量时间、金钱的准备，而父亲所说的私立医院住院费高达一天上千元，且不在医保范围内。我从心底里不想治疗进食障碍，一方面很心疼父亲挣钱不容易，不想他把钱花在我这个根本"毫无价值"的人身上，另一方面，我自己心里很清楚，我根本无法康复，因为我对待生活不抱任何希望，对待生命也毫不珍惜，甚至可以称作厌世。

接下来的几天，父亲小心翼翼地与我相处。我看到他经常一个人抽烟，陷入沉思。

父亲按照我的要求，买了很多我"梦寐以求"的礼物，香水、手办、书包……我毫不犹豫地把成双成对的护肤品放进购物车里，并声称"我要好好保养自己，一定会康复"。临走前一天，我偷看了父亲的手机，里面父亲对母亲说了我在日本的情况，和我不停买东西的事。母亲说了很多次"回来带她看病吧，她必须吃药"。我很委屈、很难过，即便我知道自己不正常，但看到父母讨论我生病了，要带我去医院的时候，我的心里深深地感到恐惧和不安。小时候父母将我推给别人的一幕幕情景在脑海里浮现。

我痛苦极了，我知道在父母心里，我已经不是个正常女孩了，他们试图通过医院来救我，并十分相信医院可以治好我，或者可以通过吃药唤回我的理智。

可他们并不知道，我做的这一切，为减肥生不如死，其实都是我自愿的。

现在我已经康复并写下这本书，我能够更加肯定地告诉读者：

"是我把进食障碍同我捆绑在一起，我在利用它，我想要用它获得更多来自父母的爱，获得关注、认可、价值感，我想用进食障碍来控制其他人对待我的方式和态度。我找不到价值感，也找不到我的'道路'。我想要逃离这个我无法接纳的现实生活。"

请不要以为药物和医生的开导能够让进食障碍患者彻底痊愈。

囚笼

第一次接受药物治疗

下了飞机，父亲打车把我送回母亲家后便匆匆离去。

回到家，我迫不及待地一件一件向母亲展示此次出行的"战利品"。可当母亲问起这次去一周花了多少钱时，我才惊觉，自己竟然从未问过父亲。

我一脸茫然地回答"不知道"，母亲听后，轻轻叹了口气，默默转身离开了房间。

我心里有种"第六感"，猜测母亲是去发微信询问父亲具体金额了。我呆呆地望着手中的钥匙扣，思绪不由自主地飘远。自小学五年级父母离婚后，我的开销便由他们一人承担一半。我的抚养权归母亲，父亲每月会给母亲打一笔生活费。遇到其他大额支出，母亲就会让我打电话向父亲要钱，等父亲把钱转给我，我再交给母亲。

高中时学习压力特别大，每天放学后，我都要去上家教课。七点半放学回家，随便吃两口饭，就得从八点一直上课到十点。每节课的费用不便宜，一周下来就要花掉一万多。每次母亲让我向父亲要钱，我的心里就像压了一块大石头，无比焦虑，甚至上课的时候手都会不自觉地发抖。那种深深的负罪感和不配得感一直折磨着我。我心里明白，自己学习并不好，家教课对我来说就像救命稻草。要是不上课，我的成绩肯定会掉到年级末尾。可每次上课，就意味着我又要面临"要钱"这个难题。父亲每次接起电话，听到我要钱，总会立刻质问："怎么每次接你电话，都是来要钱？"我被问得哑口无言，只能沉默。紧接着，父亲便会冷冷地说："我有事先挂了，等我抽空转你。"然后啪地挂断电话。那个时候，我常常陷入自我怀疑，甚至希望自己从未在这个世界上存在过。我觉得自己的存在只会给别人带来麻烦和无奈，我既讨厌学习，又厌恶向父亲要钱的自己，更嫌弃学习不好的自己。

思绪猛地被拉回现实，我突然感到一阵莫名的恐惧。回想起在日本时，父亲给母亲发过的消息，那种被人在背后"说坏话"的不安全感，像潮水一般涌上心头。

我急忙追过去，问母亲是不是在和父亲联系。母亲被我问得愣在原地，反问我为什么会这么想。我心中的怒火噌地就冒了起来，一股脑地说出偷看他们聊天内容的事，还告诉母亲，我感觉自己就像个包袱，被他们"推脱给了医生"。母亲似乎并没有理解我真正的意思，她以为我只是在气他们背着我议论。于是不停地解释："父亲只是担心你，他是被吓到了。"

其实，那时我的内心十分矛盾，既想结束生命，又想彻底"摆烂"，把自己完全交给父母，让他们去治疗我的身体。我心里很清楚，药物和医生对我的状况可能并不会有什么实质性的帮助。但看着父母坚信看病吃药就能让我恢复正常，我又觉得他们很可怜。为了让父母彻底死了这条心，我主动提出去怡宁医院看病。

父母一听我同意治疗，激动得第二天就带我去了医院。

怡宁医院是一家规模很大且十分安静的私立医院。一走进大厅，一位穿着考究、举止绅士的管家便迎了出来，带着我们参观了医院的各项设施。不得不说，这确实是一家高端医院。患者可以自由进出，吃饭有专门的配餐师，也不会强制患者吃完所有食物或者要求他们静坐。医院的条件很符合我的心意，即便如此，我还是对住院这件事十分抗拒。

在车里，父母陪着我坐了很久，不停地说着"住了院、吃了药病就好了，长痛不如短痛"之类的话。我心里明白，自己根本没有能力违抗父母的决定。最终，我还是妥协了。我们回到医生办公室，医生给我开了一盒药，叮嘱我每天吃一粒，早餐后服用。

"这个药有什么作用？"我疑惑地问。

"它能让你少想一些事，整个人轻松很多。"医生微笑着回答，还嘱咐我要好好吃饭，鼓励我勇敢战胜焦虑。

拿着药回到家，母亲把药放在餐桌上，叮嘱我第二天早上去健身之前记得吃一粒。我心里也好奇这药是否真能战胜我的"心魔",所以第二天早上,我还是按照母亲的嘱咐吃了药。感受着那粒白色药片顺着喉咙滑下去,我的心里突然咯噔一下,有些害怕。我担心这药会彻底改变我,毕竟我一直很讨厌任何试图控制和改变我的人和事物。

服完药后,我换上健身的衣服,准备像往常一样去健身房。母亲还在熟睡,我像平常一样轻轻关上门,离开了家。刚走到小区门口,我就明显感觉到一种从未有过的异样。我的腿就像踩在棉花上,软绵绵的,膝盖也好像不受控制,仿佛被打了一针麻药。这种感觉让我心里直发慌,但此时我的脑海里只有一个念头:去健身房。我好像被这个念头支配了,根本无法思考其他事情,就这样朝着去健身房必经的十字路口走去。

红灯前,我和周围的人一样停了下来。这时,我才渐渐回过神:我要不要去健身?我感觉自己好像还没睡醒。看到旁边的人开始往前走,我也下意识地跟着迈出腿。

可此时,我的耳边仿佛蒙了一层膜,所有的声音都变得模糊不清,像是被拉长了一样。我的视线也变得模糊,眼前像是被一层雾蒙蒙的滤镜挡住了,看什么都要反应好一会儿才能分辨出来,只能知道有物体进入了视野,却怎么也想不起来这个东西叫什么。

突然,耳边传来一声尖锐的喊叫。我定睛一看,眼前出现一个男人。他骑着摩托车,戴着头盔,皮肤黝黑,穿着一身军绿色的棉袄,正满脸惊恐地看着我。我们对视了片刻,我才感觉到脚尖有点痛。低下头,我惊讶地发现,他的摩托车轱辘离我的脚竟然只有两厘米的距离,我的黑色旅游鞋上还留下了一道明显的白灰色印记。我这才反应过来,这个男人差一点就撞到我了,而且他的车刚才已经压到了我的脚!男人见我没什么反应,迅速转过头,呜的一声,骑着摩托车又向前驶去。

其实我不是无动于衷,而是整个人都像失去了条件反射一样,只知道自己被伤害了,身体却完全无法做出自我保护的反应。那一刻,恐惧和不安瞬间笼罩了我，我感觉自己完全失控了，并且清楚地意识到，有什么东西在阻止我控制自己。我心想，今天大脑肯定是出了什么问题，这说不定和我吃的药有关系。

到了健身房，我开始在跑步机上跑步。可跑了四十分钟，我却一点都感觉不到四肢的酸痛感，反而觉得浑身软绵绵的，困意阵阵袭来。我就像在睁着眼睛做白日梦，或者说像在梦游一样，整个人迷迷糊糊的。我不敢再继续运动下去，赶紧结束锻炼，往家的方向走去。我对自己吃的药一无所知，也不确定刚才那些是不是药物的不良反应，更不知道还会不会出现其他更严重的症状。

我心里害怕极了，只想在自己意识还清醒的时候，赶紧回到安全的家里。

回到家，我看到母亲的房门依旧关着，知道她还没起床。餐桌上那板银色的药片和包装盒格外显眼，看着它们，我的头一阵发晕，心里烦躁不已。我拿起药品说明书，仔细找到不良反应那一栏，上面写着"嗜睡，步态不稳，食欲增加……"，还特别提到服用者必须有监护人陪同。看到这些，我心里咯噔一下，这简直太危险了。这时，母亲推开门走了出来，看到我后问道："你怎么回来得比平时早？"听到母亲的话，我心里的委屈一下子爆发了，哇的一声哭了出来。母亲被我的哭声吓了一跳，慌慌张张地跑过来，焦急地问我怎么了。

我一边哭，一边把早上发生的事、身体的感受，还有内心的恐惧、不安和烦躁一股脑地告诉母亲，并且坚决表示再也不吃这个药了。"我差一点就要被撞飞了啊！妈妈！这个药差点就要了我的命！"母亲听后十分震惊。她沉默了一会儿，拨通了父亲的电话，要求父亲带我去找开药的大夫，问清楚我出现的这些症状到底是不是药物的不良反应。

一个小时后，父亲赶到母亲家楼下。我们坐上父亲的车，再次前往怡宁医院。见到医生后，我详细描述了事情的经过。医生听后，迟疑了一下问道："我难道没有嘱咐你们，她吃了药以后不要离开她身边吗？"我转头看向身后的父母，只见他们俩的表情就像被吓傻了一样，直勾勾地盯着医生，嘴巴张着，一句话都说不出来。后来，母亲回忆说，医生好像确实提示过"你们要陪着她出门"。但她当时理解的"出门"，是指出远门，比如离开北京去厦门读书。而医生所说的"出门"，仅仅是走出家门这么简单。

"我没想到你都这样了，你父母还能让你去健身？"我至今仍清晰记得，医生听闻我服药那天差点在去健身的路上被车撞死后，满脸诧异，回头看向站在我身后的父母说："这个药物吃了以后是绝对不能一个人外出的，需要监护人的陪同。"

母亲沉默不语，父亲也回头看向母亲，一脸茫然。医生似乎察觉到了我们家庭成员间微妙的关系，转而问道："孩子是不是主要由妈妈管教？"

"是……我平时出差，在北京的时间不多，孩子和她妈妈一起生活。"父亲如实回答。

"这样的话，我还是建议住院治疗，这对孩子和母亲都好。"医生说着，意味深长地看向母亲。

母亲的眼神复杂难懂，犹如一潭清澈却泛着层层涟漪的湖水，她似乎在急切地探寻着什么，眼神中满是迷茫与期待，任谁见了都忍不住想要帮她一把。

医生嘴角始终挂着微笑，对我们说希望我们回家后认真考虑是否接受住院治疗。"你们可以陪着孩子增加体重，尝试一下。如果两周后，体重依旧持续下降，就来住院。"医生给出建议。

"这么危险的事，医生根本没强调清楚！"回家的路上，父亲气愤地说道。

"怪咱们没理解到位，当时我要是问问药的副作用就好了……咱们确实没什么经验。"母亲无奈地叹了口气，接着说，"刚才大夫还提议换成其他药试试，张紫初没答应。"

"我绝对不会再吃药了，我确定这药不仅没让我好受，反而让我更痛苦，我特别讨厌那种不真实的'幻灭感'。"我斩钉截铁地说。

"那你焦虑怎么办？"母亲担忧地问。

"忍着，总比被药物控制强。"我回答道。

没错，我真的特别痛恨失去对自己身体和意识的掌控感，讨厌药物带来的那种不真实的感觉。我不是不想减轻焦虑和强迫的症状，而是再也无法相信有人能真正帮助我了。

很明显，如果那天我被车撞到并受伤，医生是不会承担责任的，所有的疼痛都得我自己承受。这和童年时父母因为疏忽给我造成的创伤又有什么区别呢？

一开始我同意吃药，不过是为了满足父母的愿望。现在，我不想再做任何违背自己意愿、只是为了满足他们想法的事了。在尝试药物治疗无果后，父母彻底放弃了与我"沟通"。他们理解我对药物的恐惧，第一次服药后产生的不良反应，给我们双方都留下了难以挥散的阴影。

我暗暗发誓，绝对不会再接受他们提议的任何"治疗"和"帮助"。

从那以后，我便不再吃任何药物。因为不信任医生，也不信任药物，我在康复的道路上走了很多弯路，独自承受了许多痛苦。在这里我也想提醒大家，任何药物都一定要严格遵照医嘱服用，提前问清楚药物的服用时间、服用方式和剂量。

最好能在住院期间服用和调整药物，因为任何药物或多或少都会对身体有伤害或者副作用。住院时，医生可以随时监测身体指标的变化，及时进行调整。正确使用药物，能够帮助大脑神经不再过度兴奋，得到充分休息，从而缓解焦虑症状。

被骗入院

"我坚决不会住院。"坐在回家的车上,我回头看向后座的母亲,态度坚决地说道。

医生说得没错,在这个家里,从小到大,我的心理健康从未得到父母应有的重视,可我的"未来走向"却完全掌控在母亲手中。在奶奶口中,我两岁就被送进幼儿园,并非因为父母忙得无暇照顾,而是听了亲戚的建议,想让我从两岁起就学习独立。"你上的可是双语幼儿园!学费贵着呢!我们要是不爱你,怎么会送你去那么贵的幼儿园?"这是长大后父母给我的解释。

而姥姥却说,那时父母每晚都出去和朋友玩乐、吃夜宵,送我住校是为了不让我打扰他们的"二人世界"。我住在学校,他们就能自由自在地享受属于两人的甜蜜时光。

关于我为何从小就被双亲"疏离",亲戚间流传着各种说法,每个人回答我时,都带着同情的目光。答案越多,我就越想弄清楚究竟哪个才是真相。为什么不直接问父母呢?因为得到的往往是他们想让我知道的答案,不过是用来安慰我的谎言。就像我至今都不清楚父亲和母亲究竟从事什么工作,即便我直接说出心中的疑惑,他们也不会对我说实话。"大人的事小孩子少管。"这是他们一成不变的标准答案。

回到小区门口,一个身影深深吸引了我,是我的前男友徐文。我认出他,是因为那双我送他的篮球鞋,那是独一无二的限量款,43码,黄金尺码,是我送给他的第一份生日礼物。

我还记得,为了送出这份礼物,我提前三个月拜托朋友帮忙高价收购。当时它本就不菲的价格一路飙升迅速翻倍,我为了证明对他的爱毫不犹豫地抢了一双,还在上面定制刻印了我的名字。再次看到这双鞋,他那句温柔的"我爱你"仿佛又在我耳边响起。他是第一个对我说"我爱你"的男人,也是第一个无数次经受住我对他真心考验的人。我相信他对我的爱是真的，而我对他的爱却有些畸形，是建立在"爱我就要被我掌控"的潜规则之下，这一切都源于我对父亲出轨的怨恨以及对男人的不信任。所以我始终觉得，无法正确对待青春期的第一段爱情，根源在于原生家庭的阴影。

我满心愧疚，小心翼翼地顺着那双鞋看向它主人的脸。徐文坐在小区围墙下的花坛边，低着头用右手划着手机，他戴着卫衣的帽子，我看不清他的脸。但从他疲惫的、倚靠着墙的身影，我能感觉到，大概自从我说分手以后，他就没好好休息过，腿似乎都瘦了一圈。为了让他彻底死心，我按照父亲的指示，将他的电话拉进了黑名单。父亲说只有这样，他才会放弃。如果我不想伤害他，就千万不能给他任何幻想的机会。"不合适的爱情带来的伤痛，就交给时间去抚平，越纠缠越痛苦。"

我默默望着徐文，又转头看了看父亲的背影，除了我，没人认出他。即便我认出了他，也知道他在等我，我还是选择了沉默。然后，我跟在母亲身旁，走向回家的方向，用余光与他做了最后的告别，与给予我渴望的关爱与安全感，愿意对我不离不弃的爱人说了最后一次"再见"。

我在这个家庭中，到底为何而存在？仅仅是为了变成父母理想中的样子，为了符合父母设定的标准，如此才有存在的意义吗？我就像一只等待被盖上"合格"印章的待检小动物。带着满满的愤怒、悔恨与不甘，我真切地感受到，自己从未作为一个真正需要被爱的女孩，在爱中成长。更客观地说，我仿佛是带着"使命"降生的。

临近开学，我的状态并未好转，我拒绝住院，拒绝服药，这对父母来说，无疑是我拒绝了所有帮助。那时，他们从未从心理层面思考我生病的原因，甚至觉得即便真有他们的责任，也该先由医生和医院把我治愈成"正常人"，再和我探讨我生病的真正缘由。

我觉得，这是他们在推卸责任。愤怒加剧了我想要"报复"父母的情绪：既然你们觉得我能被外界治愈，那就尽管用你们认为可行的方法吧，最后你们会发现一切都无济于事，只会让我离你们期待的"健康女孩"越来越远。

本就厌世的我，对待死亡的态度格外从容，这也让我的仇恨肆意蔓延。在神经缺乏营养的这段日子里，我的情绪波动极大，时而平静，时而愤怒，情绪轻而易举就能操控我的行为，我变本加厉地任由心中的不甘叫嚣，对父母进行言语和行为上的攻击。

父亲以断绝关系逼我和徐文分手后，我也彻底放弃了网络游戏。我的内心变得空荡荡的，对爱情和这个世界再无期待，面对仇恨和死亡时更加坦然。我每天无所事事，生活只剩下吃和计划如何吃，我的时间仿佛陷入了一个莫比乌斯环，运动、吃饭、运动、吃饭、运动、吃饭、睡觉……

整个假期，母亲似乎每天都在思索着什么。我吃水煮菜时，她会静静地看着我；我运动完回家，她会主动提出帮我洗衣服。一天，她突然提出想和我聊聊，是关于她和父亲都希望我休学在家调整一学期的事，他们说我月经不调，时间长了会影响身体健康。

我几乎没怎么思考就同意了，对我而言，在学校就得上课，而上课意味着规律作息会被打乱。所以休学就像一根救命稻草，让我得以逃离人群、社交和学习。

父母帮我挂了北大六院进食障碍门诊的专家号，并带着我一起来到医院。刚踏入医院，父亲便在一层的大厅里打起了电话，结束后，他一脸认真地告诉我，要先去楼上做个检查，只有拿到检查结果，医生才会给我开假条。我向来对父母的话深信不疑，便乖乖地点了点头。

这时，一个身着白大褂的护士从电梯里走了出来，她的目光在人群中扫视一圈后，朝着我们喊道："是张紫初和家属吗？"

"啊，对！您好！"父亲赶忙拉着我的手快步走上前去，脸上带着几分急切与期待。

我们一同走进电梯，轿厢缓缓上升，很快便来到了5楼。走出电梯，一扇看上去十分厚重的金属门赫然出现在我眼前。带领我们的护士从衣服口袋里掏出一张卡,在墙上的刷卡器上轻轻一刷,只听砰的一声,大门在我眼前缓缓打开。

"来吧来吧,先进来吧。"护士突然向我招手。还没等我反应过来,一股力量猛地把我推进了那扇大门,随后又是砰的一声,大门重重关上。我惊恐万分,三个护士围了过来,一个询问我的体重,一个让我上交手机。我急忙掏出手机,一边给闺蜜拨打电话,一边大声喊道:"这里是哪里?!"

"这是北大六院的进食障碍病房……"一个柔弱的声音传来。顺着声音望去,这时我才注意到,眼前有两张大桌子,是由许多小桌子拼接而成的。桌子周围满满当当地坐着一圈孩子,她们个个面无表情,身形消瘦,眼神黯淡无光,静静地望着我。

（来自母亲）女儿得了进食障碍

"妈妈，我最近感觉不好，总想哭，每天都不开心，还经常头晕，什么都提不起兴致。每天最高兴的事就是今天的玉米好吃，我现在减肥只能吃玉米和苹果。妈妈，我好累，在跑步机上跑步停不下来，怎么办？"女儿在电话里哭起来。我的心一下子揪紧了，这已经是她第三次在电话里情绪失控，意识到事情不对，我轻声安慰她，聊了一会儿，女儿挂断了电话。

女儿张紫初在厦门上大二，大一下半学期开始减肥，节食加运动，很快她的体重从190斤降到108斤。"我还要继续减到90斤。"每次她这样说的时候，我都很担心她身体会出问题，现在看来真的出问题了。怎么办？我的脑子开始高速运转，挂北医六院的号，然后过去看她。事不宜迟，挂好了下周一的号，今天是周五，定好周六最早一班飞厦门的机票，这一夜心怀忐忑根本睡不着。天蒙蒙亮就起来了，到机场很顺利，因为经济舱订满了，只能选择头等舱，好处是头等舱有无线网。快落地的时候紫初打来电话，带着哭腔说："妈妈，我好像不太对劲儿。"

"别怕，我在飞机上，马上落地，然后就去找你。"我温柔地说。

"你要来学校吗？"她很惊讶。

"是的，我不放心。过来看看你。"我语气笃定地回答。

"好啊，那我等着你。"电话挂断了。

拖着行李从出租车上下来，正好遇到骑车经过校门口的紫初，她的脸瘦成了三角形，脸色蜡黄，眼角还有泪痕。

"我的宝贝，怎么成这个样子了！"说着话，我的眼泪夺眶而出。

"妈妈……你怎么来了？！"我像之前一样将她搂到怀里。以前抱着她190斤的身体感觉像一堵墙，如今怀里的小丫头单薄得好像一张纸，隔着衣服都能摸到后背的骨头，我倒吸了一口凉气。

来到定好的民宿，紫初扎在我怀里开始哭诉。整整一个小时，抚摸着她瘦削的后背，我安慰她："别怕，妈妈带你回北京，咱们去看医生。"

因为不知道看病需要多久，我们跟辅导员请了一周假，在周日下午回到了北京。

看病过程挺顺利，张紫初被确诊为进食障碍——神经性厌食症。这个病我以前有耳闻，有明星和模特患病后失去了生命，虽然害怕，但我还没有意识到这将是一个多么可怕的噩梦。

医生建议张紫初住院治疗，最少需要住两周甚至一个月，而且病房是封闭管理，每周可以探视两次。由于小时候幼儿园寄宿的阴影，紫初无论如何不同意住院，临走时医生说了一句："照这个样子下去，也就两年。"起初，我并没有意识到这句话的真正含义，以致后来我差点失去她。

我们又回到了学校，说好坚持一个月，等期末考完试就回北京治病，如果需要就休学。

我们在学校对面租了房子。备考的一个月很难熬，紫初每天都要去健身一个小时，复习的时候从来不坐着，而是站在桌子旁边三四个小时。三餐只吃水煮菜蘸醋，只有睡觉才躺在床上。她的身体日渐衰弱，嘴唇苍白，大把掉头发，情绪也时常失控，大哭大叫成了日常，以前听话懂事的乖乖女俨然变成了"疯子"。

期末考试对张紫初来说成了梦魇，压得她夜不能寐。因为营养不良，一到晚上她的心跳就会非常缓慢，最慢的时候只有三十几下。每晚我都会起来到她房间，趴在她嘴边听听还有没有呼吸，现在想起来那真是一段心惊肉跳的日子。为了让她顺利通过考试，我依次找了九位任课老师，逐一跟他们沟通张紫初生病的情况，取得老师的理解，争取能照顾她的成绩。让我感动的是，每位老师都非常善良、温暖，表示会在规则范围内给予照顾。

期末终于结束了，没有挂科，这是那段时间以来最让人欣慰的消息。接下来经过讨论和做思想工作，紫初决定休学治病。简单收拾了一下，我们再次回到北京。

这段时间，通过看书学习，我对疾病有了更多了解。进食障碍不是简单的不吃饭，它是一种身心疾病，不吃饭只是表象，病根在心理，同时它也是所有精神类疾病里死亡率最高的疾病之一。这个病没那么容易痊愈，病程可能持续数年甚至数十年。

到此时，我依然没有意识到女儿生病，与其说是上天加诸我的灾难，倒不如说是一份恩赐。我的生命历程将就此发生改变，我对生命的理解将得到刷新，更是从此打开了探索宇宙与生命个体之间关系的一扇门。

很快到了春节，紫初跟父亲去日本旅游。之前她父亲对休学一直持怀疑态度，但是日本之行紫初的表现让他坚定了先治病后学业的决心，并且越快住院越好。但是，用什么方法让紫初入院成了难题。春节假期很煎熬，我一直在绞尽脑汁想办法，只能先把准备工作做好。我在求医软件上约了北医六院李雪霓主任的电话问诊。没想到，假期还没过，李主任很快给了答复，让我初八一上班就去门诊找她开住院单。心里稍微踏实了点，一半的事情完成了，就差想办法说服紫初住院了。

开住院单很顺利，简单跟李主任说了病人不想住院的情况，主任说："这就看家长的智慧了。"天呢，赐予我力量吧！怎么办呢？我开始夜不能寐，在头脑里疯狂寻找办法。终于，一个设想产生了——骗进医院！

设想变成计划还需要很多细节，跟紫初的爸爸商量好每一步行动，我的心里终于没那么紧张了。医院很快来了通知，我骗紫初说带她到医院开休学证明。早上，我们顺利地出门了。

到医院停车场，由于提前一天跟保安打招呼留了车位，在张紫初因为堵车不耐烦要情绪爆发的前一秒，我们进了医院。径直来到病房，紫初警惕地问"到这来干吗？"爸爸一下怔住了，我赶紧故作轻松地说："开证明要到病房。"

从小到大，我对紫初的教育是不能说谎，即使发生了再不好的事情都有解决办法，但一定不能说谎，所以，紫初对我的话没有丝毫怀疑。这时，病房的铁门突然打开了，一名护士叫着张紫初的名字走出来。"太好了，时间刚刚好。"我暗自松了口气。

"只能进一位家属。"护士跟在张紫初身后对我和她爸爸说。

"我进去吧。"没有思考的时间，我跟着走进去，门在身后锁上了。

又进了一扇有锁的门，病房呈现在眼前，没等看清楚里面的环境，我们被带到一个大概10平方米的房间，护士取来一套病号服说："先换衣服吧，一会儿有医生过来。"

到这个时候，紫初好像突然醒悟了，她瞪着眼睛不可置信地看着我。

"你不是说开休学证明吗？这是干什么，为什么要换衣服？"

"妈妈没办法，你不肯住院，只能骗你说开证明。不住院你的病不会好。"我扶着她的肩膀努力镇静地说。

"你骗我！你骗我！你竟然骗我！"一连串怒不可遏的发问让我没法回答。

空气都要凝固了，我没想到她的反应这么激烈，她冲上来用两只手掐着我的脖子把我逼到墙上。最终她没有使劲儿，而是放开手哭了起来。我也慌了，要是她还有什么过激的行动怎么办？关键时刻，医生推门进来了，看到我们的架势知道情况不妙，赶紧对我说："家属出去吧，护士会帮忙换衣服。"我赶紧顺势冲出房间，没来得及再看一眼病房，就跟着医生走出了第二道门。这个时候，我听到了自己心跳的声音，甚至手都在抖。眼泪不受控制地流出来，"就那样被骗进去，要是不适应怎么办？晚上睡不着怎么办？像小时候一样害怕怎么办？"无数个担心、焦虑的念头让我只剩下流眼泪。抬头看见铁栅栏外紫初爸爸焦急的眼神，我再也控制不住崩溃大哭。医生过来温和地说："您先调整一下情绪，接下来要问您一些问题。"

大概一个多小时，详细跟医生交代了张紫初的生病过程和我能想到的生病原因。终于，入院手续办完了。我和她爸爸又去医院旁边的超市买了一应物品，中午的时候怀着踏实又不安的心情离开了医院。踏实的是进了医院人就有救了，不安的是不知道接下来将会发生什么。

不管怎样，这第一步迈出来了，虽然接下来的路一片漆黑，完全没有方向，但有一点我知道，那就是抓紧学习，了解疾病，只有这样才能救我的孩子。

自此，我们正式踏上了一条荆棘丛生、雷电交加的漫漫长路。

我终于有了活下去的"信念"

电话那边传来闺蜜的声音，我喊道："救我，我被我爸妈关在医院了！快帮我报警，救救我！北大六院的进食障碍病房！"闺蜜难以置信地问："你在说什么？怎么会这样！"

一个护士走过来伸手想要夺走我的电话，我死死地攥住手机，挣扎中不慎碰了挂机键，我又赶忙拨打110，按了免提。电话那边传来声音，护士一脸无奈地看着我说："你就算叫警察来也没用，你打吧……"随后便不再碰我，往后退了两步。我赶忙告知警察我的位置，听到他们答复"知道了，我们马上派人过去"，我才稍稍恢复些许冷静。

我看向母亲，她冷冰冰地站在门口。我的心中满是愤怒、震惊与仇恨。那是我此生感受到的最为真切的怨恨，比任何时刻都令我癫狂。眼前的一切宛如噩梦，那般恐怖且残忍。我最爱的妈妈，背叛了我，又一次抛弃了我、欺骗了我。她再次把我推开，就像二十年来的每一次那样，丝毫没有对我的怜悯与理解。

我冲向母亲，伸出双手揪住她大衣外的领子，然后又紧紧掐住她的脖子。

"你为什么要骗我？！"我发疯般大叫，那一刻我只想杀了她，然后再自杀。这个世界于我而言毫无留恋之处，活着的每一天都是痛苦的煎熬。我必须面对自己无法再以平常心对待食物的现实，也不得不忍受着压抑食欲的折磨。这样的生活，就像惧怕池水的鱼，活得生不如死。

一下子围上来一群人，保安也围了过来，硬生生将我和母亲分开。旁边的孩子们一个个瞪大眼睛。就在这时医生的对讲机响了，我听到里面传来"警察"的字眼，我警觉起来，紧盯着护士。她抬起眼睛瞥了我一眼说："那你等着，我把电话给她本人。"说完便把对讲机递给了我。我接过来，里面的人告诉我他们是警察，核对完我的身份后，对方说我已经被确诊为精神病人，即便我成年了，也必须受到监护人的保护，他们有权将我"关"在精神病院里。

"这不可能！我不是精神病！"我怒吼着。随后对讲机被夺了过去。

我瞬间陷入绝望，望着那些瘦得可怜的孩子们，我倒吸了一口气。

"怎样才能让我出去？"我问。

"你好好吃饭，恢复体重我就让你出去，"母亲冷冰冰地说，"还有就是你的情绪也必须正常。"

昨天还哄我入睡的温柔妈妈，如今却是这般冷酷无情。原来一切都是她早就谋划好的，她肯定很早之前就来医院打听清楚像今天这样骗我入院的办法。

一切都丝毫未曾改变。我被她全权掌控，哪怕我成年了，哪怕我上了大学，哪怕我报了警……没有一样东西能够改变我被操纵的命运。

你真的爱我吗？一次又一次地伤害我，推开我，一次次地欺骗我……你无数次告诉我你爱我，你甚至对我承诺你会用生命保护我。午夜我焦虑得无法入睡，那个温柔亲吻我额头的女人是你吗？那个泪眼汪汪，请求我健康起来，希望我幸福安康一生的女人是你吗？

我不敢相信，却又瞬间明白了。我一直找不到生命的价值和我这一生活着的意义，原来是这样，"恨你"才是我活着的意义……既然你夺走了我的一切，撕碎了我对你的信任，那么我就用你"最爱"的东西来折磨你，让你也感受到绝望吧。

你不是说你爱我吗？那你就去证明这句话是真的吧！

我来毁了你"最爱"的女儿，我要看你痛苦的表情，来证明你爱我是真的。

我紧紧闭上双眼，心里只剩下一个"忍"字。

一名护士见我冷静了，让我把衣服脱掉，只留下秋衣秋裤然后上秤。我乖乖照做，手机也被母亲一把夺走。我看到自己的体重：43kg。

我和母亲被安排在同一个房间里，护士让她帮我把裤子换成医院的条纹裤，上衣只留下秋衣和卫衣。摘下所有首饰，又被要求搜身。确认我身上没有任何违禁品后，他们离开了，只留下一句"等一会儿医生过来，问完了问题家长就能回去了"。

我听到了房门被锁的声音。房间里只剩下我和母亲相对而立。

"如你所愿了吗？"我率先开口问母亲。

"你只是得到了应有的帮助。我的愿望是你健康。"她说。

"你所谓的健康是怎样的？心理上，还是身体上？"

"全部。"

我冷冷地笑着，看着母亲。我与母亲对视着，那是第一次，我敢如此无所畏惧地直视母亲。脑海里想象着我冲上前用刀把她杀死的画面，我感到内心的兴奋与解脱，这个女人要是死了，我就彻底自由了。

想到这里，我才发觉自己是多么的可悲。成长的过程中，人们把我像皮球一样踢来踢去，我所有的选择都是被迫的，而每一个选择背后的道路都异常艰难。我不得不独自面对困境与孤独，每当我向说爱我的人们伸出手，回应我的只是他们从未停留的背影。我原本指望自己不健康以后父母就会发现我渴望的其实是他们的关心和爱，而他们却依然用老办法——直接把皮球踢走。

我会报复你的，妈妈。我一定会让你的所作所为成为你一生最后悔的事。你辜负了我对你的爱，对你的信任和期待。无论是你，还是我的父亲，都愚蠢至极。我要用生命为你们上最后一课。

我轻叹口气，内心竟然获得了前所未有的平静。**我终于有了在这个世界活下去的信念。**

过了一会儿，一位身着白大褂的女人走了进来，女人姓张，她自我介绍说是我的主治医生。我坦然地和她打招呼，她面露诧异，问："我刚才还在办公室听到很大的动静，以为是你发出的喊声，可我看你的情绪很平稳啊？"

"嗯，张大夫，我一直性格很好，请问这家医院是怎么定义收治的病人的，什么样的病人必须住像这样被铁门封锁的病房？"我问。

"我们诊断你为进食障碍，你自己是怎样看待你自己的？我看你挺瘦的，可是听你母亲说你以前二百多斤，真不可思议，你是怎么减了一百多斤的？"张大夫笑眯眯地问。

"就是跑步和节食。"我回答，"那我们怎样才能出院呢？"

"嗯……这个不确定呀，要看你的体重和状态。"

问了一些身体情况、过敏原，张大夫拿着一个本子记录着。然后她思索了一下，问我能不能吃固体食物，我说可以。

"那么我把你的饮食定为半份，我们从这里开始如何？"张大夫微笑着看着我。

"都可以。"我冷静地回答，"请问可以让我母亲离开了吗？我想一个人静一静。"

母亲和张大夫愣了一下，对视了一眼。

两个人很快离开了房间。我恶狠狠地盯着那个铁门，和母亲最后看向我的脸。我要制定一个计划，这个计划必须能达成我想要的效果。

首先，我必须设法用最短的时间离开这个医院；其次，我必须获得自由，摆脱由他们掌控的生活；第三步，我要减肥来报复我父母，把他们所有的"成果"推翻；最后，我会看着母亲痛苦的脸把她杀死，然后我再自杀，最好让她看到我杀死自己的样子……

"哈哈哈"，我发疯一样笑着，引来了门外一个护士的注意，我马上扭过头看向窗外。此时此刻我必须做大家眼中的正常人，先达到刚才医生说的其中一个出院标准。剩下一个，我还需要一些信息才能做具体的行动方案……

复仇行动

我敲了敲门，示意护士我有话要说。一个护士走过来，问我怎么了，我说我要去厕所。护士回头看着一个老护士，老护士犹豫了两秒，点了点头。我被放了出来，来到大厅里。我礼貌地和护士道谢，被叮嘱不可以再情绪激动。我被带着朝一个楼道走去，房间外面是一个公共的空间，一个护士站，两个走廊一长一短，走廊两边全都是挨着的门，门上有一个玻璃门条可以看到里面，每个房间有四张床。

一个小女孩站在墙边，看上去十四五岁，我微笑着和她打招呼。女孩皱着眉头，疑惑地盯着我。忽然她问："姐姐你是被你妈妈骗进来了吗？"

"是呀，你呢？你们都是吗？"我问。

"没……我是半自愿的，但是我们也有和你一样被骗进来的。"女孩回答道，我注意到她手里拿着一个勺子，远处的时钟上，指针指着十点五十。

"这里十一点要吃饭了吧？"我问。

女孩点点头。身后的护士用手拉了拉我的胳膊，温柔地说："你们以后有的是时间互相了解，快去厕所吧，一会儿吃饭了。"

我回到房间里，屋子外面忽然喧闹起来。我听到很多孩子的叫声，隐约中可以听到："啊！太好了不是油茄子！""太好了，安全了。"

"安静！再吵明天吃茄子了！"一个护士大喊，然后此起彼伏的声音逐渐平息。

又高又胖的护士拿着饭盒朝我走来，嘴里嘟囔着："我没记错的话，张大夫给你安排的饮食是半份吧？"

"嗯，对。"我说，"请问姐姐您贵姓？"

"我姓潘，你可以叫我潘护士。"她微微一笑。北大六院的护士给我的感受是，她们真的都很爱笑、很温柔。

潘护士把餐盘端到我面前的床头柜上。不锈钢饭盒上扣着不锈钢的盖子，盖子上贴着一张口取纸，上面写了一个"半"字。

"你没有餐具，一会儿我让阿姨拿一把勺子过来。我们已经把住院需要的物品和要求告知你父母了，下午他们会送过来。"她说着打开了餐盒的盖子。

映入我眼帘的是四个格子，其中一个格子空着，另外三个格子分别盛着米饭、油菜、豆角炒肉片。我看着许久未曾吃过的"正常的"食物，内心满是焦虑和害怕。我的胃从昨天晚上吃了几个圣女果以后就再没装进食物，早上有了些饥饿感，却因要做检查而保持空腹状态。如今看到一盘食物，我却仿佛吃饱了一般。

另一个护士走了进来，手里拿着一把勺子。她把勺子递给我说道："你能吃完吧？我们这里的规矩是盘子里不可以剩下食物，菜汤也不行，你最好把米饭拌着菜吃，这样才不会剩下。吃饭时间是半个小时，早晚吃完饭要静坐两小时，中午吃完饭午睡。"她停顿了一下，补充道："如果吃不完或者超时，或者你藏、扔食物，被我们发现都会记录下来，超过三次违纪你就会受到惩罚了哦！"

我听得一头雾水，本来心里就难受，一听到还要喝菜汤、静坐，还要被惩罚……我一下子委屈得哭了。眼泪一滴一滴落在裤子上，看着医院的条纹裤，我感觉自己宛如一个囚犯。眼泪不受控制地流淌在我的脸颊上，我难以想象曾经被人们嘲笑饭量大、小胖子的我，如今却因不得不吃饭而痛苦不堪。

其实餐盘里的饭菜量不大，甚至对于普通人来说这点饭量根本吃不饱。但我真的觉得看到那盘饭菜就很撑，好像胃里塞满了看不见的食物。不知从何而来的气体顺着喉咙一口一口涌上来，我强忍着内心的恨意、委屈，以及想要立刻冲出牢笼的冲动……嗅觉因悲伤而变得迟钝，眼前的饭菜失去香味后更像毒药。

可是现在的我比以往任何时候都要清醒，都更能忍受痛苦。我接过勺子，把熟悉的米饭放了一小口在嘴里，唇齿间很快弥漫着甜味，我用余光看到护士走出房间，紧张的心放松了一些。我很慢地一口一口吃着。出乎我意料的是，这么久的节食并未让我完全忘记如何吃饭。我的动作仿佛带着记忆，自然而然地把菜放在饭上，又用勺子带着米饭放进嘴里。但吃到最后，我还是无法接受那飘着油的汤汁。

我想起来曾看到一个博主发文说让人胖的元凶就是菜汤，还声称自己从小就胖，归因于家里人喜欢给她吃汤泡饭。我平时也喜爱研究烹饪，很早以前就研究过"菜汤胖人"的理论。结果当然是它不完全正确。胖人不一定是因为喝了菜汤，更多的是后天饮食出了问题，才会导致脂肪堆积。

我一边安慰自己，一边用勺子去盛菜汤喝。我看了看空的盘子和时间，十一点一刻。我吃下这顿饭用了十五分钟。

门外只有勺子碰到盘子的声音，我坐在床上发呆。我的位置看不到门外大厅，真想出去一探究竟。虽然我觉得我得赶快弄明白医院的"套路"并制定我的出院计划，但是饭后静坐的规定我也不能违背。我灵机一动，拿起饭盒走到病房门口，探出头看向门外的大厅。护士们正围着桌子站着，看着周围的孩子们。其中就有给我送饭的潘护士。所有护士都背对着我，没人发现我出来了。我心中暗自窃喜，这下护士们不会知道我吃完饭站起来了。

我把头收回来，贴着墙站着，享受这短暂的自由。但没过几秒就走进来一个护士，她见我贴墙而立，问我为何站着。我慌忙解释我去归还空饭盒。护士将信将疑地盯着我，她低头看了看我的盘子，接了过去，说："行了，你快回去坐着吧。"我朝她笑了笑，坐回床上。

忽然一声哭喊冲破只有餐具碰撞声的病房。

"别让我喝安素！我不喝！我不敢了，我不扔了……"

我被声音吸引着起身向门口走去，餐桌旁两个护士站在一名女孩身边，还有一位护士正从地上捡起什么。女孩涨红了脸，一边哭一边低头看着身边搜查着的护士。不一会儿那名护士站了起来，手里拿着一张纸，上面是一块一块的米饭，还有一些有油的食物碎块。

"你已经三次了。"一位站着的护士朝护士站走去，"我去问问你的大夫，是先补三勺安素，还是直接保护。"

"求你了！别！我把它们都吃了！我不喝安素！"女孩的手伸向纸巾，想夺过来。

"那不行，我给过你机会了。"护士说，"或者就直接保护？"

哭声愈发激烈了，我听着这样的哭喊，眼泪又随之掉落。我想起了自己儿时被父母寄宿在幼儿园的时候，每次分别，我那毫无用处的哭声。这个女孩想必是痛苦的，可她又十分可怜，与人类赖以生存的食物为敌，每一分每一秒都像被枷锁紧紧束缚，她的心里肯定也有一种不安全感，只要想到"会发胖"就感到恐惧和焦虑。

以前听闻"厌食症"，我甚至会羡慕——那种得了就会瘦的心理疾病犹如魔法，只要得了厌食症，我无须强迫自己努力运动和节食，就能拥有众人羡慕的苗条身材，获得周围人们的认可和关注。直到我也患上这个病，才知晓不得不与那些美味的食物为敌，是何等残忍。如果进食障碍是一簇绽放的花朵，那么它的种子必定是对自己的不接纳。滋养它的养分一定是一次又一次自卑和低价值的感受。

为了更好地保护病人，也为了治疗能够有效，医院严格规定了违禁品的范围。一些违禁品让我觉得很奇怪，比如自动铅笔、70cm长的普通毛巾（可以带方毛巾）、有鞋带的运动鞋（要穿没有鞋带的鞋）、带环的线圈本、有线耳机……这些规定从住院第一天起就必须遵守，所以大部分入院的病人都会不适应，好在医院允许家人送生活用品。住院还不能带手机，我让医生传话，让父母帮我送来了平板电脑和一些杂志，每天晚上我会用电脑和父母视频，时不时会发微信给父母，告知他们我过得多么痛苦。

我会用不文明的词语恶意攻击他们，并威胁如果再不接我出院，我就要用自杀来报复。"被要求喝油""被绑着喂饭""被一堆精神不正常的孩子影响"……我把进食障碍病房描述得极其可怕，让爸妈以为我每天都在遭受精神折磨。

实际上在医院里，我结识了同病相怜的病友——一些也和我一样对食物有恐惧的女孩子，我们交流自己减肥或者受伤害的经历。**我发现原来世界上不止我一个人曾在童年被父母忽视，不止我一个人总是在人群中感到孤独、自卑。**

住院期间，我被动接受了许久未碰过的正常食物，油脂重新回归身体的愉悦让我不得不承认，尽管住院的环境不如家里自由，但是让我感到安全和放松。

有一次我给母亲打微信电话，她没有接，过了一会儿她回过来，我听到她的周围很嘈杂，有纷乱的说话声，器皿碰撞的声音。我问母亲在做什么，她一开始回答"没做什么"，后来在我的追问下，又变成了"我在外面和朋友吃饭"。母亲说的朋友我认识，她是母亲从小学起唯一的玩伴。在听到母亲和朋友吃饭的消息后，我瞬间怒火中烧，怒吼她把我关在医院里却独自出去享乐。母亲解释了很久，但我根本不听她的解释，一边哭一边咒骂。那次医生给了我警告，他们认为我的情绪极度失控，给我加了一种控制情绪的药物。

我被分配到普通病房以后，医院安排了一位姓范的阿姨，作为我住院期间的陪护。范阿姨会帮我叠被子、洗衣服，还会在我半夜去厕所时陪着我，那个时候陪护的阿姨只能睡折叠床，平时也和我们一样被禁足在病房里。医院的病友们总是吐槽某某阿姨的呼噜声太大，或某某阿姨太胖，翻身压得床吱呀呀响。在一同吐槽、一起聊天的日常中，我们也会感受到"被理解"和"共情"。但是，每当我看到某些病友日常的"不良行为"，我依然会焦虑，觉得自己如果不吐一口菜汤、不藏一口食物、不多走一走，就很吃亏。

"我的眼里容不得沙子，"我对母亲说，"你还是赶快让我出院吧，这里的孩子全都喜欢吐，我如果学会催吐，到时候出院了，我就去自助餐厅暴食催吐，这样怎么吃都不会胖了。"

我为了报复父母，认真地和病友学习了催吐，还从她那里了解到了催吐的很多种类和方法。

那时，我并不爱自己，怎样糟践这具身体都无所谓。如果可以，我恨不得用我的这条命去折磨我父母的心，报复他们对我的欺骗。

这一切都在我的复仇计划里，我知道，最残忍的伤害不是"杀人"，而是"诛心"。

"妈妈，我饭里有虫子"

在医院里，我表现极佳，几乎是所有病人中最"听话、守规矩"的。

我出了隔离病房，很快就和其他病友打成一片。那时病房里年龄最大的病友是一位二十七岁的姐姐，其他的几乎都是与我年龄相仿的青少年。最小的仅有十二岁，我很惊诧这么小的孩子居然也有减肥的理由。

在一次交流中我获悉，十二岁的妹妹叫小翠，她的父母从小就总是在亲戚面前笑她胖，也会在饭桌上开玩笑说"小翠的脸再吃就像个小皮球了！"小翠不知从哪个同学那里听闻"胖子没有人爱"，便开始用母亲的手机上网查找减肥方法。后来，父母发现她的情绪时常失控，人也越来越瘦，逐渐变得大头小身子，这才察觉不对劲——怎么孩子像变了个人？直至小翠被带到医院检查出进食障碍，父母才意识到儿时的玩笑话已对孩子造成了严重的心理创伤。

还有一个女孩叫七七，她已是第六次住进这个病房了，因改不掉强迫运动和藏食物的行为。当我问她为何会生病时，她说："大概是因为我爸爸总是打我……我很紧张，很焦虑，我就忍不住这么做……"每一次住院都是她主动要求的，因为住院的环境让她感觉安全和放松，顺便还能学习自己的功课。七七很少和我们交流，没人主动找她时，她就抱着一本又一本的书读，因为梦想是考入一所"双一流"大学，所以她即便被进食障碍困住了心灵，也依然努力"奔跑"着。看到她"身残志坚"，我由衷地钦佩。

其实北大六院的进食障碍病房里，和七七一样出色的病友太多了。几乎所有还在读书的人都是班里的"学霸"，还有从海外名校留学归来，掌握三门外语的才子。与他们相比，我很自卑，自己似乎根本未曾热爱过学习，也毫无天赋。我从小学习成绩平平，学什么知识都慢，无论在哪方面都没有超越他人的特长。记得从小学开始，母亲每回收到家长会通知都会皱起眉头，长叹一口气。她说她希望由我的父亲或者姥姥出席会议，因为她觉得我的成绩在班里靠后很丢脸。

"你瞧瞧人家的学习成绩，你再瞧瞧你的……唉，给你开家长会真丢人，你怎么不让你爸爸去！"母亲的话会让我心跳加速，冷汗直冒，甚至每一次在得知要开家长会之后，我都很期盼自己能够人间蒸发，这样就无须把家长信带给母亲，一遍又一遍求她在回执单上签字，也能够不再面对母亲拿到通知时那种嫌弃又无奈的表情。

我真的好厌恶自己，那一刻我好希望自己没有诞生在这个世界上，真希望自己不是母亲的孩子。

"你真是除了能吃没什么优点。"每次带我出去吃饭，看到我盆干碗净后，母亲都会如此感慨。

"真的对不起，我就像个废物一样，除了让您丢脸，就是花掉您辛苦挣来的钱。"我在心里默默回应……

每天上午十点，一位温婉的女医生会带着画笔或者彩纸来病房里带领我们做游戏。因为北大六院的病房中住院的孩子年龄都不大，封闭的病房里，大家每天都必须经历"吃饭、睡觉、吃饭、睡觉……"这样循环又焦虑的生活。我们要面对的不只是内心对于食物和热量的恐惧，还必须承受住每周都要亲自感受到的体重增长。

医院里每周四都是称体重的日子，所有进食障碍患者都会在前一天晚上上交水杯、饭盒，还有洗脸盆。医院担心我们为了称出虚假体重喝很多水，让自己"临时发胖"，于是将所有可以盛水的容器统一锁在一个房间里。只要体重较上一周涨幅超过两斤，就是"优秀"；两斤以内，超过一斤是"比较好"；一斤以下是"不合格"，就要被增加饭量。大部分体重涨得少的人都是因为过度运动，或者有偷偷少吃的不良行为。

护士们平时虽然很少主动干涉，但是她们会仔细观察每一个人。我们的饮食习惯、情绪波动，她们都会记录下来，反馈给医生。如果医生得知某位病人体重涨幅不大甚至下降，而原因是她的不良行为，那么就会与她谈话，并告知她需要增加某餐的热量，如果不改变行为，可能还会再增加。

我一直以出院为目标而强迫自己保持镇定，虽然每一次饭后我都极度焦虑，但是我尽可能轻松愉快地玩电脑游戏，或者和周围的人聊天。我的表现让护士和医生都很诧异，他们甚至问我："你这么乐观的女孩，怎么会得厌食症呢？"医生评估我每周的体重上涨都是"不错"，我推测这个"不错"的意思应该是涨幅不到两斤。

医院每周二到周四都会有新的病人进来和被诊断合格的病人出院。进来的人很多都并非自愿，情绪非常不稳定，就像当初的我那样，被突然来临的"禁闭生活"惊吓到，或者在想到每天都要如此痛苦时放声大哭。

按照病友们提供的信息，BMI达到16是出院的标准之一，其次是情绪、行为方面的表现和家长的同意。第一条我进医院那天就达到了，所以住院过程的长短完全取决于我的"演技"。

随着住进来的病人增加，我也观察到了一些奇怪的事情：孩子们面对年龄相仿的病友时，总会展现出友善且天真无邪的模样。他们甚至会主动靠近对方，热切地攀谈各种与食物有关的趣事。有些病友特别愿意分享自己那些不太美好的经历，讲述与食物之间的爱恨情仇。仿佛小病友们都热衷于互相比惨，或是比较彼此缺失的部分。有个病友，甚至将自家爷爷奶奶年轻时的事儿和盘托出，只为表明自己的父亲也曾是家庭伤害的受害者，进而说明自己有个不称职的父亲。这一番话，听得我瞠目结舌。心里不禁犯嘀咕：不就是想表达自己从小缺爱嘛，犯得着把父亲的身世也拿出来讲给大家听吗？

孩子们这边在电话里对父母恶语相向，非要父母接自己出院；那边又笑脸盈盈地对医生说，自己已经好得差不多了。

我们似乎只能从彼此相似的身世中获取些许安慰。在这家医院的病房里，我能深切感受到，每个孩子都仿佛背负着难以言说的痛苦和抑郁情绪。

有个舍友的话，我印象格外深刻。她曾对我说："我感受不到快乐，也体会不到极度的痛苦，我的情感仿佛变得麻木而淡漠。"我对此感同身受，因为我亦是如此。别人觉得好笑的事，我抓不到笑点，也体会不到快乐与幸福。

似乎从初中刚出现抑郁情绪起，我就很难感到开心。自那以后，生活于我而言，更多是平淡与无趣。白天，我得满脸笑容地面对同学和老师；晚上回到家，迎接我的只有空荡荡的房间和写不完的作业。我不想靠食物麻痹自己，可除了吃东西，似乎再难找到能让我兴奋、快乐的事。

"嘿，医生，我饭里有个像虫子的东西，快来看看！"舍友小宁朝着护士站大声呼喊。护士听到声音赶忙过来，发现只是青菜上有个极小的黑点。

一瞬间，整个桌子热闹起来，病友们纷纷争着要看小宁的盘子。这时，我瞥见一个病友趁乱偷偷把一小口饭塞进袖子里，我俩视线交汇，我尴尬地低下了头。

那天晚上，我听到好几个病友打电话，哭着跟父母说："医院的饭不干净，有虫子，难吃死了，快点接我回家吧！"

我也拨通了母亲的电话，学着他们跟父母说话的语气："妈，我饭里有虫子。"

踱步，停不下来地踱步……

我讨厌医院里的每一个病友，那些在走廊里踱步的身影，都让我心生厌恶。实际上，这家医院里的每一个人，都难以让我有好感。

"医院太可怕了，我要被折磨疯了！"我对着电话那头的母亲声嘶力竭地大吼，"你要是再不接我出院，我就死给你看！我出了院肯定会去自杀的！"

在北京大学第六医院的进食障碍病房里，像我这样对着家人歇斯底里的人并不少。我们都极度渴望摆脱这被动增重的困境，那种急切的心情，如同困兽想要冲破牢笼。

朵朵对着医生急切地解释："医生，我真的已经康复了，我一点焦虑的情绪都没有了……我的体重没增加，很可能是因为这周我走动得比较多……"

医生温和地回应："哦，你不再焦虑真是太好了！不过体重一周都没有增长，确实是个问题。要不我们增加点饭量？我把你的主食量从半份改成全份吧。"

朵朵立刻慌了神，连忙拒绝："不行！我现在真的吃不下了！再吃我就要吐了……"

医生耐心地询问："哦？看来你还是很害怕体重增长呀。那你能接受的体重范围是多少呢？"

朵朵眼神坚定地说："我的身高是163cm，我觉得80斤左右很合适，我想把体重稳定在80斤，试试调养月经。"

医生继续追问："那如果月经一直不来，你还愿意继续增重吗？你这还是在控制体重呀。"

朵朵急忙辩解："真的没有！医生，我只是觉得80斤的体重让我感觉很舒服。"

我听着不远处病友和医生的这番对话，心里满是苦涩与无奈。每一个进食障碍患者都异常敏感，我们仿佛有着敏锐的触角，能轻易感知到自己身体的细微变化以及周围环境的风吹草动。我们对自己的状况了如指掌，话语的真假，对于我们这些患者来说，一眼便能看穿。所以，当我听到有人在医生面前伪装自己已经康复的样子时，心里涌起一股难以抑制的厌恶。

我能理解病友们为何要把自己伪装成"正常"的，他们迫切地想要告诉医生，自己已经不再那么在意身材，希望医生能同意缩短住院时间。然而，在医生的视线之外，他们又会在楼道里来回踱步，脑子里盘算着如何消耗更多的热量。明明知道安安静静地坐着或躺着，饭后减少运动，更有利于体重的增长，这样也能更快地出院，可我们总是装作不懂，就像那句俗语说的："你永远也叫不醒一个装睡的人。"

"这个病，只要我不想好，你们谁都别想让我好，关我多久都没用！"不远处传来一个女孩子愤怒的声音。她正对着电话，情绪激动地大喊："你们要是不马上让我出院，出了院我就立刻减肥！"

护士站里，一位护士快步走了出来，走到女孩身边，想要轻声提醒她。可她刚把手搭在女孩的肩膀上，就被女孩用力地挥开了。女孩满脸泪痕，眼睛里燃烧着怒火，恶狠狠地瞪着护士，大声吼道："别管我，给我滚开！"

护士神色平静地看着女孩，严肃地说："你自己选吧，要是再这么闹下去，我们可能就要采取保护措施了。但如果你能从现在开始安静下来，我们就不干涉你。"

女孩却丝毫没有收敛，依旧大喊大叫，声嘶力竭地对着电话喊："你们都去死吧，都去死吧！"

护士并没有离开，她静静地站在那里，目光紧紧地盯着女孩。我注意到，她并没有要去喊人用约束带控制女孩的意思，或许她是在等女孩自己冷静下来吧。毕竟，没有人愿意在众人的注视下出丑。如果真的叫医生来把女孩约束起来，可能会给她带来更大的伤害。

我在一旁看着这一幕，被女孩的愤怒和疯狂吓得不敢出声。我环顾四周，发现所有人的目光都紧紧地锁定在护士和女孩身上。那一天，我第一次以旁观者的视角，真切地看到一个人在情绪失控时的样子，那是一种让人既害怕又心疼的模样。

就在大家都紧张地注视着她们的时候，女孩突然狠狠地用头向墙壁撞去。护士吓了一跳，急忙转身看向护士站，大声呼喊："快叫医生！"她和另一名匆匆赶来的护士迅速用身体挡在女孩和墙壁之间。其中一个护士弯下腰，仔细检查女孩的额头。医生很快从办公室的铁门里快步走了出来，他迅速走到女孩和护士们面前，低下头查看女孩的额头。

两个护士向医生讲述了事情的经过，此时女孩也渐渐冷静了下来，她抽泣着对医生说："对不起，大夫，我真的太难受了。"大夫温柔地弯下腰，轻声说："没关系，我给你开点药吧。你能控制住自己吗？要不要打一针，让你好好睡一觉？"

女孩拼命地摇头，带着哭腔说自己不想打针，也不想睡觉。说着说着，女孩又大声哭了起来。医生没有再继续和女孩交流，他站起身，走向护士站，简单交代了几句后，便转身走进了办公室。

"他们会怎么处置她？"我紧张地问坐在旁边的小苒。

小苒淡定地说："要么就是打针，要么就是下医嘱用约束带……你看等会儿医生出来拿的是什么就知道了。"

最终，那个大喊着撞墙的女孩，被医生用约束带绑在床上三个小时，还被打了一针镇静剂。

在这家医院的进食障碍病房里，病人大致分为两类：一类是自愿来求医的；而另一类则和我一样，是被家人半强迫着住院的，有的是被家属找理由骗到医院，有的是被半推半就地送进来。不管是自愿还是被迫，我们内心深处都难以抑制那种想要稳定体重、维持低体重或者减肥的想法。我们对身材的认知存在偏差，对体重的重视程度远超常人，正因如此，我们才需要医院的专业帮助。

医院的治疗方案是先调整饮食，让身体恢复营养平衡，再逐步矫正认知。

然而，为了维持所谓的"理想体重"，我们总会耍些小手段。比如通过强迫自己运动来消耗摄入的热量，比如吃饭时偷偷藏起一小块食物……一旦被发现，医生总会耐心地提醒我们："你不会因为这一小口饭就长胖，也不会因为多走几步路就消耗掉大量热量。"但这些行为对我们来说，就像是一种心理安慰，明知在这家医院里，体重不增长就意味着要增加食量、延长住院时间，可在焦虑感袭来时，我们还是会用这些行为来寻求一丝慰藉，尤其是那些非自愿入院的病友，这种行为表现得更为明显。

病友之间的不良行为还会相互影响。我们都不愿意看到别人吃着和自己差不多的食物却不长胖，而自己吃了就会长体重。于是，我们总是忍不住相互比较：对方的主食是不是比我多？菜汤是不是比我多？肉是不是比我多？有些病友正义感十足，自己不喜欢这些不良行为，看到别人这么做时就会感到不适，甚至会偷偷向医生告发。这也导致了病友之间偶尔会出现一些不和谐的情况，而这种不和谐的根源，就在于我们的攀比心和对"不公平"的敏感。

记得有一次，我发现同房间的女孩偷偷藏饭，便将这事告诉了她的医生。当天，医生就让护士盯着她吃饭，结果真的抓到了她把馒头藏进内衣的行为，随后给她补充了营养液。看到室友被惩罚，我的心里竟涌起一阵兴奋，仿佛有个声音在耳边低语："太好了，她终于被发现了！"

每一名进食障碍的患者，都不希望被当成"病人"。只有我们自己心里明白，在进食障碍成为"心魔"以前，我们只是希望通过身材来得到一些价值感和关心。

我们的心底，潜藏着强烈的不配得感。这样的感受间接地让我们产生"厌世"的情绪。

我们在生活中，努力了却难以收获想要的成果，渴望被认可却常常期待落空，在人群中努力想要崭露头角，却很难得到关注⋯⋯明明在很多方面都足够优秀，可唯独在身材这方面不尽如人意，它仿佛成了我们的短板。于是，我们的心中不禁产生这样的疑问：倘若身材也能变得出众，是不是就能成为那个想象中的"完美女孩"了呢？我们幻想着，拥有了令人羡慕的身材后，就能自信地走在人群中，迎接他人赞赏的目光；就能摆脱内心的自卑与不安，发出属于自己的光芒。怎么会意识到，这种对身材的过度执着，已经将我们推向无法自我接纳的、追逐极端的扭曲心境。即便已经失去健康也无法停止对于低体重的追求，我们迷失了初心。

在狭窄的楼道里，一群身形又瘦又小的孩子正来回地踱步。他们的身影显得如此单薄。每一个孩子的眼神中都带着警觉，只要护士的目光朝这边投来，原本还在匆匆走动的大家便会立刻放慢脚步，小心翼翼地观察着护士的反应，生怕自己的行为被发现。

而我，也是这紧张氛围中的一员。我的心里只有一个想法：要是不加入，我可就吃大亏了。哪怕只是多走五分钟，说不定这周体重增长的速度就能慢一些。毕竟，住院的天数是有最大限制的，只要我能持续地消耗热量，尽量减少体重的增加，等到出院的时候，也许我就不会变得像自己想象中那样胖了。我们都在为了那看似遥不可及的"完美体重"而努力着，哪怕这种努力在旁人看来是如此的荒唐和执着。

欺骗父母以后，我出院了

我每日都会向父母施压，让他们意识到我在医院面临的困境，不单单是不自由的环境，还有那些症状各异的病友，他们的言行时刻影响着我。他们总是用充满负能量的思想和言语，倾诉着对体重和身材的焦虑。我跟父母形容自己快要被逼疯了，还说要是再继续住院，他们就会彻底失去一个健康的我。

一开始，母亲态度十分坚决，她告诉我，医生对我的评估结果是至少需要住院六周，如今才刚刚开始，根本不可能出院。后来，我多次向医生提及，我对进食障碍的认知已经基本得到了修正，而且现在我以积极乐观的态度对待自己的身体，不再为体重而焦虑。

因为我从不藏匿食物，没有过度明显的运动行为，情绪也一直保持平稳，医生给父母的反馈很不错。

我心里始终有个强烈的声音：我想快点离开这家医院，我不希望自己的体重增长太多。

上午的游戏时间里，由于我和这些初中、高中的孩子们没有太多共同话题，所以我大多是在一旁静静地看着他们聊天、做手工。

他们的聊天内容大多和食物相关。餐桌上，有个叫小丹的女孩儿对旁边的小伙伴们说，自己小时候成长在一个非常和谐的家庭里，可因为家里的老人太疼爱她，总喜欢给她做好吃的，所以从小她的身材就比同龄人胖一些。她的爸爸还经常安慰她："没事儿的，小丹，你非常可爱，而且你活泼善良，没有人会因为你胖就欺负你。"

"可事实是，自从上了初中，班上的男生都嘲笑我是小胖墩儿，女生也常常拿我打趣。"小丹无奈地说，"我感觉自己在同学中就像个异类，因为我比身边的人都胖，初中时我就已经140斤了！"

我在一旁听着，默默不语，因为我上初中的时候体重也达到了140斤。那个时候，班上的男生会嘲笑我过早发育的身材。夏天时，我不太敢穿薄短袖，总是穿着厚厚的棉质衣服。我的胸部发育得比较快，女性特征明显，这也是我极度自卑的原因。我害怕同学们的评判，害怕听到他们说"你就像一头猪一样"。

因为肥胖的身体，我遭遇了不少不公平的待遇。比如在公交车上，我会被人用异样的眼光打量；在电梯里人多的时候，周围的人也会故意嫌弃地往旁边躲。初中时我没有减肥，是因为没有足够的动力。每周末能外出吃两顿丰盛的饭菜，是我放松和解压的方式，也只有在这个时候，我能和家人面对面坐下来聊聊天。但只要我说出自己"有压力"之类的话，家人就会告诉我，这是我这个年纪应该经历的磨炼。其余时间，就是听他们聊工作，聊他们认识的某个同事……这些话题我根本插不上嘴，只能默默吃饭。或许那时的我比较单纯，只觉得食物是能让我快乐的东西。而且当时我能力有限，只有食物是我想要就能得到的。相比之下，获得家人的理解和共情，简直是一种奢望。

小学时，我曾跟母亲说，自己心理可能有些问题，希望能得到医生的帮助。母亲带我去了儿童医院，医生随意问了我几个问题后，就对母亲说我没什么事，可能只是我自己的感觉不好。走出儿童医院的大门，母亲就对我说："这下你满意了，别总是无病呻吟！"那一刻的感受我至今记忆犹新，我只觉得手心发凉，心跳声在耳边回荡。我不断地告诉自己，我的感受是错的，是不对的，我只是想多了，就像大人们说的那样，我只是想多了……从那以后，即便我常常感到孤独和焦虑，也不再愿意向家人倾诉，因为我害怕被家人当成不正常的孩子。我也不希望在家人眼中，我是个自恋、自私，只关注自己的人。

不只是小丹一个女孩在讲述自己的经历，餐桌上的病友们一边折纸，一边讨论着类似的话题。

就在这时，病房的门突然被推开，一位新的病友被送了进来。她看上去很虚弱，骨瘦如柴、脸色苍白，眼神中透露出深深的恐惧和不安。护士们忙碌地安置着她，给她拿去医院的条纹裤，带她走进隔离病房里换衣服。病友们也暂时停下了手中的动作，投去好奇的目光。

静坐结束以后，我和另一个年龄相仿的女孩来到了这个新病人的病房门口，透过门上的玻璃窗向里面看。女孩坐在床上，呆呆地望着窗外，她仿佛感受到了视线一般，忽然把头转向了我们。在看到我们以后，她朝我们慢慢地走过来。

我赶紧回头看了一眼护士站，发现护士们都在忙着找病人测量血压和谈话，便偷偷地打开了女孩房间的门。我介绍了一下自己，女孩也告诉我们她叫欣睿。紧接着，她迫切地问了我们一些和住院有关的问题，比如"饭好不好吃""会不会强迫喂饭""住院时间有多长"。我耐心地回答完她的问题，女孩低下头，沉默了几秒钟，然后露出一个温柔的笑容，"谢谢你。"她说。我轻声说："别害怕，这里的人都很好，大家会互相帮助的。"她抬起头，看着我，眼中闪过一丝感激："谢谢你，我真的不知道该怎么办了，感觉自己没办法好起来。"我赶忙安慰道："别这么说，我能理解你的焦虑。你愿意的话，可以和我说说你的事情。"

她犹豫了一下，然后缓缓开口："我一直都很在意自己的身材，为了减肥，我什么方法都试过。节食、过度运动，甚至吃减肥药。一开始还真的瘦了一些，可后来身体就越来越差，精神也变得很不好。家里人不理解我，他们觉得我是在瞎折腾，还总是说我太敏感。"

听着她的讲述，我仿佛看到了曾经的自己，那些被误解、被忽视的痛苦又一次涌上心头。"我懂你的感受，曾经我也和你一样，因为身材的问题受尽了委屈和嘲笑。但你要知道，这不是你的错，我们不应该为了迎合别人的眼光而伤害自己。"

那一刻，我打心底希望自己的想法能如口中所说的那般坚定。只可惜，那些看似充满力量的话语，不过是用来安慰这个女孩的罢了。

面对医生的时候，我也是这般描述自己的。我认真地告诉医生，等出院以后，我绝对不会再盲目减肥了，也不会再为了任何人去伤害自己的身体。我还郑重地对医生保证，我会把"健康"置于"外表"之上，不会再为了迎合网络上那些畸形的审美观而迷失真正的自我。

每天晚上，我都会和父母说起自己一天里遇到的事情，还有自己取得的进步，然后再半带威胁地让他们快点帮我办理出院手续，不然我这些好不容易才树立起来的"健康"想法，很快就会消失。

这种在医生面前"笑脸相迎"，对父母却"恶语相向"的伪装，真的成功让父母妥协了。在我住院第23天的时候，他们来到医院办理了出院手续。病友们都惊讶不已，纷纷说我是极为少见的住院时间不足一个疗程（四周）就出院的病人，甚至大部分病友都是见证了我入院，又看着我离开的。

我在离开病房之前，特意到厕所去照了照镜子。看到自己明显圆润发胖的脸，还有那不再清晰明显的锁骨，我的嘴角微微上扬。

"你又变回了那个让人厌恶的胖子。"我对着镜子里的自己轻声说，"不过没关系，离开医院以后，你就又可以继续减肥了，你得让你的父母为他们对你的不理解付出应有的代价。""你可真是个厉害的伪装者，你把所有人都骗了，就连医生也不例外。大家都以为你住了二十多天院，就已经能坦然接纳食物，与自己和解了呢。"

镜子中的女孩早已不是曾经那个纯粹的张紫初了，我将刚洗完还带着水珠的手放在镜子中自己的脸上。水珠顺着镜面缓缓流淌下来，看上去就好似镜子中的我在无声哭泣一般。

那么，就和过去的生活彻底告别吧。既然你们都如此希望我"健康、快乐"，那我就再一次为了你们变成你们期望的样子吧，不过之后我会将自己连同那份期待一起彻底摧毁。因为为你们而活的我，根本就不是真正的我。

来接我出院的是父亲和母亲，父亲是因为我在出院前几天的苦苦哀求，才推掉了原本的出差安排，特意开车带着母亲来医院接我。

"你看看，我多爱你，为了你我把工作上的事儿都推掉了。"一上车，父亲就看着我，脸上挂着笑容说，"你现在这样子看起来健康多了，以后可千万别再减肥了啊！"

我故意装作自信满满的样子，笑着告诉父亲，我坚信自己肯定不会再回到从前的状态了。"但是我必须自己住，我就想一个人生活，不想再和妈妈住在一起了。只要和她在一起，我就会一直沉浸在被欺骗的仇恨里。"我故意转过头，看向坐在后座的母亲，"每次一想到你们骗我住院，我心里就充满了愤怒，就想要再次通过减肥来报复你们，我真怕自己控制不住。尤其是现在，我心里甚至有过想要杀了你的念头，妈妈。"我狠狠地盯着母亲，这个曾经在我心里最值得信任、最让我深爱的妈妈。

母亲也回望着我，我清楚地看到她的眼神中满是悲伤和无奈。我曾经是多么地渴望能得到她的关注与疼爱，渴望得到她的肯定和安慰。然而，她却一次又一次地辜负了我对她的依赖，把我无情地推向痛苦的深渊。是她让我的生活变得如同地狱一般，每当我奋力挣扎着想要抓住那一丝希望之光，拥抱自由的生活时，她却紧紧握着束缚我的锁链，将我牢牢困住。让我失去了选择的权利，也彻底失去了对生活的美好期待。

医院或许能够治愈我身体上的疾病，却终究无法抚平我内心深处的伤痛。

出院后，我和母亲一起生活了两天，我每天都会毫不留情地恶意嘲讽她过去的愚昧无知，还故意把自己不开心的样子展露无遗，就想让母亲看到。经过这两天的"努力"，父母最终还是妥协了。于是，我简单收拾了一些衣服，坐着父亲的车，独自一人住进了郊区的房子里。

深渊

奶奶来了，奶奶走了

接我出院后，我便郑重地告知父母，我绝对不再和他们同住。对我而言，那无疑是一种伤害，我会因他们骗我住院这件事，始终心怀仇恨地生活下去。

父母早已被我出院前传达给医生的"认知"和"计划"所蒙蔽，他们深信我会自己看开"以瘦为美"这件事。我告诉他们，只要答应让我自己调养身体，我就会顺应母亲让我休学一学期的要求。由于父亲长期出差，昌平的房子一直空着，我提出搬过去住，父母没有阻拦，只是关切地问我，一个人住上下四层的房子会不会害怕。我坚定地回答不会。

我已经不是原来的自己了。我从小就不喜欢独自待在一个空间里。生病前，只要我在家，就必须有一位大人陪着。我不敢独自睡觉，奶奶、姥姥、母亲的床上都放着我的枕头。半夜要是被尿憋醒，我就会把身边的大人拍醒，陪我一起去厕所。我仿佛能感觉到黑暗的房间里，有某些我看不到却一直紧紧盯着我的东西。虽说我从未在黑夜里真正受到惊吓和伤害，但就是觉得黑暗让人毫无安全感。

这一次，我独自搬进房子，起初确实感到异常孤独。第二天，我就让父亲把奶奶从家里接来陪我一起住。我和奶奶分开睡，各自待在自己的房间。我把这段时光当作一种过渡，等我能接受独自居住时，就让奶奶回家。

自从出院，我的脾气就像炸弹，随时可能爆发。父亲在接奶奶过来的路上，反复叮嘱她，千万不要和我起冲突，一定要能忍则忍，迁就我这个精神病人。

奶奶和我生活在一起，事事都得顺着我的想法。

其实，很多次我都看到奶奶在看到我的某些行为或听完我说的某些话后，眉头紧皱、嘴唇紧抿。每次看到她露出这般表情，一阵罪恶感便会在我心底涌起。我厌恶那个让奶奶的生活变得痛苦的自己，也自责情绪如此不稳定，使得家人们不得不远离我，对我小心翼翼。

每天凌晨五点，我就从床上爬起来，为自己和奶奶做早饭。我的早饭极为简单，就是水煮蔬菜拌上酱油或食醋，再撒上少许盐。但我给奶奶准备的早餐，必须是我认为的高热量食物，比如用黄油和鸡蛋裹在面包片外面油炸，或者把从外面买来的油条再过油加热……

准备好早餐后，我会在六点钟准时叫奶奶起床。奶奶皱着眉头央求我，让她再躺一会儿，可我心里只有让奶奶起床吃早餐这一个念头。如果她不起，那么中午十点半她就没法吃午饭，下午四点半更无法吃晚饭。我对奶奶的控制欲强烈到，希望她完全依照我的作息和时间来生活。我给自己规定的所有时间都比常人早，因为我觉得，早些吃完一天的饭，我才有安全感，我不能是最后一个"完成任务"的人。

我把那盘裹着黄油和鸡蛋的面包摆在奶奶面前，央求她赶紧吃早餐。奶奶每次都一边吃一边夸赞。虽然她牙口不好，吃得很慢，但每回都会全部吃完。有一回，当我问她是否需要在厨艺上改进时，奶奶犹豫了一下，然后小心翼翼地说："油放得有点多，挺香的……除了油多了点，其他都很好。"

我知道奶奶是怕我生气，在故意迎合我。我也明白奶奶已经八十岁了，饮食不能高油高糖，更不能吃不好消化的油炸食品。但我无法忍受焦虑，为了让自己舒服些，我竟自私地把痛苦转移给了奶奶。她消化很慢，中午吃不下饭，我却强迫她陪我吃。我炒菜只滴几滴油，为了防止干锅，会倒两碗水，所以菜都像水煮的一样。奶奶坐在我对面，迟迟不肯动筷。

"您怎么不吃？我做的很难吃吧？"我控制不住情绪，生气地质问。

"没，奶奶是不饿。我吃，我吃几口，你先吃，我等饿了再吃……"奶奶随意吃了几口菜，便放下筷子，转头看电视。

我强忍着心中的愤怒和委屈，其实我也很纳闷，自己为何会委屈。每次我都会意识到，"这种情绪并非正常状态下的我会有的"。

没多久，我就让奶奶回家了。因为我打心底里爱奶奶，实在不忍心伤害她，更不忍心看着"另一个我"去做损害她健康的事。在意识清醒时，我很认真地告诉奶奶，她最好尽快回去，我要尝试独自生活。

也是从那时起，我才意识到我那种"委屈"的情绪，并不属于曾经的我。那种委屈源于他人不顺从我的安排，让我觉得自己没有被爱、没有安全感，感觉受到了欺骗，所以我才愤怒，甚至想要通过伤害自己来再次证明对方是爱我的。

疼痛感能给我带来一些"愉悦"，我会通过给自己制造疼痛感这种方式来缓解心中的焦虑和委屈。后来我在一本书里看到，一些抑郁情绪强烈的人会通过伤害自己的肉体，产生疼痛感，让大脑分泌多巴胺，产生令人愉悦的物质来缓解内心的不良感受。于是，我开始在坏情绪到来的时候自我伤害。

通过和奶奶同住的三周，我也明白，我已经是个"精神病人"了。若我爱一个人，我最好远离他，这样才不会伤害他。很抱歉，奶奶，我并非有意要伤害您，我已经迷失了，忘记了减肥的初心，陷入了一种执着和痴狂。

然而，自奶奶回家后，我的生活越发不像正常人的生活了。

我曾在自媒体平台上发布了关于这段经历的图文笔记，那篇笔记的热度相当可观，但也招来了一些负面评价。点赞最多的一句评论是"请不要用疾病掩盖你本身就是个坏人的事实"。

我难以形容那种后悔、羞耻又罪恶的感觉。但倘若我本就是个坏女孩，又为何要主动把自己曝光在公众面前，遭人指责呢？我之所以敢把它写出来，是因为我在康复的路上不止一次地发现，我和其他患进食障碍的伙伴们有着相似度极高的行为。**而在这些行为的背后，我们也怀着相似的企图。**是进食障碍让我们的"比较心""占便宜的欲望"和"不配得感"愈发强烈，甚至让我们几乎丧失了思考对错的能力，只在乎能否通过某种行为减轻内心的焦虑。

"我只配吃打折的食物"

我没有任何理想，也没有想做的事。内心深处，我害怕自己再次被父母左右想选择的道路。与其感受想做一件事却被否定后的失望，不如对任何事都不抱期待，让大人们去解决困扰他们的难题。

"大不了就去死，这已不是我想要的人生，活着还有何意义？"我站在体重秤上，看着脚下的数字——88斤。距离我出院已过了三周，体重从94斤掉到了88斤。心中一阵欣喜，我一直担忧自己减不下去了，没想到还能继续瘦。

重获信心后，我开始增加运动。由于独自生活，我多了一种危机感：我必须囤积食物。我以此为使命，像一只以一日三餐、吃东西为快乐的小动物，护食、暴躁、直线思维、偷偷摸摸……变成了比人类低一等级的存在。在那段时间，食物成了我的安全感来源。"吃"这件事于我而言就像任务。若不能很好地完成任务，我就会焦虑。所以我给自己规定了严格的进食时间，任何影响我进食计划的人或事，都会让我情绪失控。

为了能吃些有热量的饭，我凌晨两点起床开始跳操，做波比跳、蹲跳起，仰卧起坐，高抬腿跑……这样消耗掉约600大卡热量，我就能放心地给自己做早饭了。早饭通常是三分之一根玉米、一个水煮鸡蛋的蛋清、30g熟重的牛肉切片、一些水煮菜……吃完后，我会服用一个"酵素梅"，再喝一杯温水。餐前餐后都要运动，每日三餐几乎皆是如此。

有一天，本该正在出差的父亲忽然回来了。他风尘仆仆地走进家门，见到我以后，第一句话就是："你怎么又瘦了？"

这句话就像是一发子弹，瞬间点燃了我心中积压已久的仇恨与怒火。我对着父亲大吼："我怎样要你来管？我说了我会好好吃饭的，你不要总是对我指手画脚！"

父亲瞪大了眼睛，直勾勾地盯着我，那眼神仿佛要把我看穿。紧接着，他径直朝冰箱走去，一只手用力地打开冰箱门。我看到他脸上的五官瞬间拧在了一起，露出十分痛苦的表情。他用手捂住鼻子，质问道："这个冰箱里是不是有变质的食物？怎么这么大的臭味！"

"你别开我的冰箱！"我大叫着冲过去，试图阻止他。

"什么时候成你的冰箱了？这冰箱可是花我的钱买的！"父亲的语气里满是愤怒，"你这一冰箱的食物都不能吃了！这么大味道，你自己闻着不恶心吗？"

父亲说着，便从柜子里拿出来两个大垃圾袋，又拿出抽屉里的橡胶手套。他迅速戴上手套，然后一把一把地从冰箱里把我所有的囤货装进垃圾袋，每一个动作都带着不容置疑的强硬。

看着他的举动，我的内心五味杂陈，愤怒、委屈、无奈交织在一起，泪水在眼眶里打转。我一言不发，直到父亲把它们全部从冰箱里扔进垃圾袋，整个冰箱被清空，我一下子委屈得号啕大哭。

"你哭什么？你闻不到这股恶臭吗？为何要吃腐烂的食物啊！"父亲怒吼着，眼睛瞪得像铜铃一样。

"我觉得自己只配吃打折的食物，因为我是个失败者，没为社会做任何贡献……我毫无价值。"

父亲听我说完，沉默了许久，然后他摇了摇头说："你囤了一冰箱的食物，可你一个人怎么吃得完呢？这些水果都烂了，你还吃吗？"

我看到父亲瞳孔中反射出我的脸，虽只有一个模糊的轮廓，但那脸凹陷进去，十分可怕。我知道我已瘦得很难看了，我在脑海中拼命回忆，却忘了"好看"该如何定义。

曾经在我减肥的过程中，也有人夸我好看，说我可以维持在这个体重，可当我站在镜子前，想要欣赏自己时，却发现我的腿依旧那么粗，胳膊下好像有很多肥肉耷拉着，眼睛也没因瘦而显得大些。我的锁骨并不明显，脖颈的曲线也没有杂志封面上的女人那般性感……我认为一定是我还未做出足够的改变，还不够瘦。既然我已付出如此多努力，为减肥忍饥挨饿，拼命在跑步机上挥洒汗水，那么我就一定要这个结果得到所有人的认可，包括我自己。

我要让减肥后的我是"完美的"，是"被所有人羡慕的"，而不只是简单的"好看"。

我知道，父亲看到我的生活状态很烦恼，他也很心疼我——吃的食物这般不干净，整个房间弥漫着腐烂的味道。我想奶奶若还和我住在一起，被我要求去吃那些发霉的食物，她定会很痛苦。

我最初的心愿并非减肥后过这样的生活，也不愿为了继续瘦而去伤害自己和亲人。我只是想要得到认可、被理解、被关注……

"吃"使我变得孤独

一个人住在北京郊区的房子里，我每天都会强迫自己凌晨两点起床运动，下午五点半左右睡觉。这样的生活作息几乎无法与任何人同居，社交也受到阻碍。我不能接受在计划外的时间吃东西，也不能接受吃正常食物。一旦知道有人或者事情打乱我的计划，我会感觉非常恐惧、焦虑。

那种恐惧难以形容，不是一般的害怕，而是心底里的不安全感，感觉我好像要被什么东西控制、伤害。

为了给自己营造"安全"的生活，我会提前计划好每天的饮食。计划中包括：菜的种类、数量、烹饪方式，吃饭地点，吃饭时间。比如今天上午去超市采购到白萝卜和菠菜，冰箱里剩有西红柿和白菜，那么第二天中午可能就是炖白萝卜和菠菜拌酱油，晚上则是西红柿炒白菜配一些番茄酱。如果第二天冰箱里拿出来的菜确实已经烂了，我会很烦躁，责怪自己提前囤的菜太多，浪费了钱和食物；同时告诫自己绝对不要再做这种傻事，当天想吃什么就买什么，可这样又无法获得那种只有囤积食物才能获得的安全感。所以，只要到了超市，看到成捆的打折蔬菜，我就忍不住放进购物袋里。

得了进食障碍以后，我必须自己掌控饮食。

有一次父亲给我打电话，说过两天打算回来看看我，顺便拿几件换洗衣服。从知道这件事起，我就焦虑得睡不好觉。第二天我给父亲打去电话，让他答应我拿了衣服，当天就必须离开。

"这是我的家，你让我走，我去哪住？"从电话里父亲的声音可以听出他对我的要求感到非常不可思议。

"酒店，或者去奶奶家。"我说。

"你为什么不能允许我住在这里？"父亲问。

我没吭声，过了一会儿便开始哭泣。我心里知道是为什么，因为不希望父亲看到我吃的食物不干净，而且吃完以后就开始运动；我也不希望他打开冰箱门，更不希望他看到我的作息是那样诡异。父亲并不知道我给自己规划的时间是：凌晨两点起床运动，四点吃早饭，十点吃午饭，下午三点吃晚饭，五点睡觉。而我十分害怕父亲或者其他家人知道我生活得这样不正常，他会告诉母亲我的"非人类"行为，然后母亲又会把我送回医院去。最后我成功地阻止了父亲回来，他非常生气地在电话里说："好，我不回去，你就一个人在那待着吧！"

挂上电话，我又哭了很久，看一眼表，已经三点五十了。我赶紧开火做饭，把切好的菜倒进锅里，加进两碗水、酱油、生抽、鸡精、木糖醇，盖上锅盖开始焖煮。出锅以后时间已经过了四点。我的心里委屈极了，因为给父亲打电话，错过了计划好的吃饭时间，一股愤怒涌上心头，我一边大哭，一边用手攥紧拳头捶打餐桌。心里埋怨着父亲要回家的事，又生气自己花了太多时间去处理这件突发事件。

那天傍晚，我跪在床头，双手合十祈求着，让我的生活日复一日，不要有变化，不要有任何人靠近我，也不需要任何人爱我，谁都不要再打乱我的作息。

在常人眼中荒谬而不可理喻的生活状态确实是真实的我的过去。进食障碍让我变得很孤独，害怕社交，远离家人和朋友。

我的同学们2021年还在读大学。平时大家很少联系，偶尔周末才会约出去见面。与高中的闺蜜约会，我都是挑一个周末的上午，因为到了下午我就会手脚冰凉、头脑发木，视线有时轻度模糊，所以我们必须一早就见面，以确保中午我能回家。七点半我就从北五环出发，坐出租车到闺蜜家附近。大部分时间我们会约在公园里（因为见面时间太早，只有公园开门），聊聊天、散散步，然后十点半我打车回来吃自己做的午饭。

那时候闺蜜已经隐约感觉我不正常了，虽然当时我的体重还在80斤以上，但无论是我的精神状态还是我的行为，看起来都"不对劲"。我对所有朋友解释我休学的原因是水土不服，回北京休养。

但是有一次临别时，闺蜜问我："紫初，我感觉你休学以后一直不太对劲……为什么每次见面后，你离开的都这么早？为什么我每次想约你吃饭，你都拒绝？为什么我晚上六点给你发的消息，你第二天才回我？"面对她的问题，我只能用"为了不因为休学耽误学校的课，我自己报了网课自学，所以下午的时间都在上课"来搪塞。闺蜜虽然还是一脸疑惑，但是她给了我一个很大的拥抱，说她相信我，希望我照顾好自己，因为我看上去很憔悴。

我坐在出租车里，回家的路上，眼泪顺着脸颊打湿了衣领，车窗的玻璃中映出我的脸枯瘦、单薄。夏天37℃的天气，我却穿着长袖衬衫和牛仔裤，为了把自己骨瘦如柴的四肢遮盖起来……这副打扮怎么看也不像一个只有22岁的女大学生。而我的闺蜜，却穿着向日葵图案的浅黄色纱裙，头戴花朵装饰的发带，像一只知更鸟一样活泼，她的笑容在阳光下就像一幅可以治愈一切悲伤的油画。

我心疼玻璃窗中的自己，但是我也知道我没有办法改变自己。我厌恶这样无趣而重复的生活，厌恶枯瘦却停不下减肥和节食的变态心理，厌恶为了吃饭、为了瘦而远离朋友和亲人的自己。女孩子最美丽的青春被我虚度了。我悲伤，却无力。

我和第二任男朋友王建就是在这个时期开始交往的。我们是高中的前后桌。巧合的是，我们和初恋分手都是由于父母反对，也因此有了最初的话题，我们讨论自己以后想做怎样的父母时发现，我们在对待婚姻和家庭上有一致的看法。在那之后王建经常给我发消息，周末就约我出去逛街、吃饭。几次见面以后，我们就确立了关系。那个时候我虽然每次约会都以"要上课"为由下午提早回家，王建却并没有怀疑。在他眼里我还是和高中时一样，清纯善良，从不说谎。那时我也想过，为了他而努力恢复身体。但是我发现我很难做到。王建并没有给我安全感，因为他没有在我200斤的时候喜欢我，而是在我瘦下来以后才表白。我在潜意识里认为，王建喜欢的并不是我本身，而是我的外表。

当我问起他如果我胖了是否还爱我，他说："无论你是胖是瘦都无所谓，只要你健康。"

当时听到他的回答，我很失望，我认为他是在敷衍我，刻意避开"你胖了我也爱你"的答案。而现在再回忆，实际上他想告诉我"我爱的是你，无论胖与瘦"。我也不知道患进食障碍时的自己为什么那么容易感到委屈。只要别人说的话让我听到后感觉有"瑕疵"，我就会愤怒。

为了保持瘦，和王建出门约会我们都会选择吃沙拉，或者去有沙拉的餐厅。那时，我的饮食已经相当"干净"，对餐厅里的油盐完全无法接受，哪怕是白灼蔬菜上淋的一小勺油。

"沙拉上桌了……能倒沙拉汁吗？"王建小心翼翼地拿着一个盛满酱汁的小碟，举在沙拉上问。

"不要！我不吃酱！"我赶紧拒绝，然后告诉他可以只把自己吃的部分倒上酱汁。

王建无奈地看着我摇头，说我不需要再减肥了，现在已经偏瘦了。可是王建的话并不能给我安全感，反而让我觉得我应该再把自己饿瘦一点，留出体重上涨的富余，这样就不会害怕吃胖了。

同一时期，我也很少去姥姥姥爷家里。他们住在北四环，其实和我住的房子只有半小时的车程，但是我害怕去姥姥家，姥姥会留我吃饭，或者会因为看到我瘦得吓人的脸颊而担心。还有一个最重要的原因就是：我害怕去姥姥家会打乱我吃午饭的时间和下午运动的时间。因此，只要是去看望姥姥姥爷，我就会提前起床，把中午的菜切好，放进冰箱里。这么做的目的是中午回来能立刻做菜、吃饭。

一到姥姥家，姥爷看到我后，会给我一个大大的拥抱，每一次我都觉得自己快要被姥爷的双臂挤"碎"了，忙着喊"轻点"。姥姥姥爷知道我得了厌食症，却不清楚这究竟是什么病，他们以为我只是故意不吃饭，讨厌食物。每一次见到我都会苦口婆心地劝我"好好吃饭，长点肉"。

有一次我听了以后，觉得很烦躁，就对姥姥大声怒吼："你以为我不想吃饭吗？我不敢吃！你明白吃了饭以后我的身体会有多痛苦吗？！我会活成今天这样都是因为我妈妈！"说完我就摔门冲了出去。等了一会儿，见没有人追出来，我便站在树荫下，叫了一辆出租车。抬眼望向姥姥家，窗户是打开的，窗户后面是姥姥和姥爷。他们在四处张望，我的眼泪一下子涌出来，我知道我再次把爱我的人伤害了，我说了那么过分的话。

我无法压制自己的情绪，我所知道的唯一避免伤害的方法，就是不去见家里人。

自那以后我回去得更少了。

我现在最后悔的事，其中一件就是当时没能和姥姥姥爷好好地再吃上一顿饭。

双眼的21针

我的两只眼睛上眼皮，一侧缝了10针，另一侧缝了11针，总共21针。这些伤疤，是我两次晕倒后被利器划破留下的。

不知从何时起，我频繁摔跤，哪怕是平坦道路上一个小小的坑洼都能让我摔倒。父亲给我打电话时，总不忘叮嘱我走路要慢、要稳。可那时的我，被规律却极端强迫的生活支配着，对时间分秒必争。一旦临近某个既定时间，若我还没完成相应的事，就会格外着急，头脑中只有一个念头——按计划行事。

我的第一条伤疤，留在左眼皮上。那是我康复前最后一次骑自行车。此后，因为对这次受伤心有余悸，直到双腿恢复力气后能跑步了，我才敢再次骑车出门。

记得那天，我特别着急，害怕逛超市耽搁了回家做饭的时间。扫码解锁一辆共享单车后，我便匆匆骑行。有一段路需要逆行，我便骑上了人行便道。这条便道很宽敞，正常情况下，行人和自行车完全能轻松保持安全距离。可当时的我太过慌张，车轱辘一下子就进了树坑。整个人瞬间失去平衡，重重地摔倒在地。那一刻，我两眼一黑，耳边传来一阵轰鸣声。双手下意识撑地，膝盖传来火辣辣的疼痛。眼镜也在摔倒时掉落，我在看不见的情况下，心急如焚地在周围摸索。幸运的是，它就在我手边，我赶忙拿起戴上。

视线逐渐恢复，耳朵也渐渐能听到周围汽车的声音。抬起头，我看到倒在一旁的自行车，不远处手提袋里的酸奶盒子被摔裂了，洒出的酸奶弄脏了袋子里的其他物品。我着急去拿袋子，却发现右侧小腿使不上劲，回头一看，原来是被自行车压住了。

突然，我感觉有水滴在手背上，低头一看，手背上、地上有几滴鲜红的液体。还没等我反应过来，就听到一个声音喊道："那姑娘！你眼睛流血了！"我当时一点痛感都没有，根本不知道是哪里受伤了。用手摸了摸左眼，手心里瞬间沾满了血迹，这时，左眼眶才传来一阵一阵的刺痛。我彻底吓傻了，慌乱地在兜里摸手机，还好手机没被摔坏。血迹弄脏了屏幕，我下意识地在身上蹭，想把血蹭掉，好看看眼睛的情况。

周围围过来两三个人，一个青年男人帮忙把压在我腿上的自行车抬起来，关切地说："姑娘你快看一下腿有没有事？"一位穿着碎花裙的中年女人向我伸出手说："你试试看能不能站起来？"我抓住她的手，借力缓缓从地上站了起来。还好，除了小腿和膝盖擦破了皮，骨头没什么大碍。

那个女人的手，柔软又温暖，相比之下，我的手却冰冷无比。我不禁心想，上一次摸到这么温暖的手是什么时候呢？好像上次和父母见面，也是很久以前的事了。每次见面都匆匆道别，因为我必须严格遵守时间安排，不能影响每天的吃饭和运动计划。

"谢谢您，谢谢！"我连忙向两人道谢，又接过女人递来的纸巾。看到女人手上也沾上了我的血，我赶忙提醒她快点擦掉。女人抬头看着我，眼中满是同情："姑娘你赶紧去医院吧，我看那个伤口不浅呢！在外面伤口容易感染！你怎么这么瘦啊……"听到她让我赶紧去医院，还说伤口不浅，我一下子慌了神。我这副模样怎么去医院？谁能陪我去呢？难道要一个人浑身是血地打车去医院……想到这儿，我的眼泪夺眶而出。

再次道谢后，我冲进街边的便利店，买了一包湿纸巾，简单擦拭了脸颊和手。好心的店员递给我一面小镜子，我看到左眼眶上有一条和眼睛差不多长的红线，轻轻一碰，红线就像一张嘴，鲜血从里面渗出来。我赶紧用一张干净的湿纸巾敷在眼睛上，拨通了父亲的电话。电话那头传来一声温柔的"喂，宝儿？"，我的眼泪又止不住地流下来，哽咽着告诉他我摔了一跤，眼睛摔破了，现在需要他带我去医院。父亲的声音瞬间紧张起来，问我在哪里，让我把位置发给他，说会尽快赶来。

挂了电话，我靠在门口的货架上，眼泪不停地掉，顺着下巴一滴一滴打湿了领口。店员在给排队的顾客结账，时不时抬头看我一眼。我心里好像有个声音在说，应该去道谢并说明情况。于是，我犹豫着走到收银台边。排在队伍前的一个小女孩，一只手抓着她母亲的衣角，另一只手捂着嘴，抬头小声对母亲说："妈……那个阿姨是来要钱的吗？"她母亲瞥了我一眼，没说话，却皱着眉头把女孩拉到了身后。

自卑感瞬间涌上心头，我额头开始冒冷汗，赶忙低下头，不敢再看周围人的目光。我这才发现，裤子很脏又沾上了血，鸭舌帽也因为脏了被我摘下来，稀少的头发和头皮就这样暴露在众人面前。我彻底绝望了，心想下一秒店员可能就要请我离开。

"她刚才骑车摔了，所以只是进店来买一包纸。"店员温柔的声音传来，接着是小女孩的声音："啊，怪不得！她身上好脏！"虽然小女孩的话让我心里不太舒服，但我还是特别感激店员帮我解释。我抬起头，向她道谢。店员微笑着问我："有人能陪你去医院吗？"我告诉她父亲一会儿来接我。她点点头，叮嘱道："我看你身体好像不太好，以后可别一个人出门了！"

这时，父亲的电话号码出现在屏幕上，我还收到一条消息"我到了"。看到父亲的车，安全感瞬间填满了我的心。我打开车门坐进去，激动地喊："爸！"父亲回过头，眼神严肃，眼睛睁得很大，上下打量了我一番，焦急地问："你眼睛还流血呢？身上这么脏，其他地方没受伤吧？"

"没……爸，对不起。"我哭着骗他说是走路没注意才摔倒的，没敢说自己是骑自行车摔的。父亲早就提醒过我，随着体重下降，反应能力会降低，遇到危险可能来不及保护自己，还警告我别骑自行车出门，可我却把这些话当成了玩笑。

"你实话告诉我，你有时候是不是都抬不起腿了？你现在多少斤了？"父亲继续追问。我看向车窗外，刚刚跌倒时摔在地上的购物袋还在，酸奶也洒了一地。

"你能不能别问了，先带我去医院！"我哭得更委屈了，催促他赶紧开车。父亲给母亲拨去电话，让她过来安慰我。我们先在附近一家三甲医院挂了急诊，医生检查完伤口后说划伤比较深，在这儿缝针会留下很丑的疤痕，建议我们去整形外科门诊，用可吸收的线缝合。

"你们赶紧去吧，这伤口超过三小时，肯定会留疤了！"一位经验丰富的大夫催促道，"直接去缝医美针！"就这样，在医生的建议下，父亲开车带着我和赶来的母亲前往医疗美容医院。我躺在手术室里，医生一边嘀咕着伤口怎么划得这么深，一边对伤口进行消毒。她提醒我缝合需要局部麻醉，随后便开始了手术。虽然打了麻药，感觉不到明显的疼痛，但我还是能清晰地感觉到针和线在眼皮里穿梭。那一刻，我心里不禁对自己产生了怜悯，曾经这么好看的一张脸，如今再也不"完整"了。

这就是我左眼缝10针的经历。后来母亲告诉我，我不是低血糖，而是更严重的低钾血症。由于营养不良，身体里的钾元素缺失，除了心跳慢、血压低、身体冷，还容易突然昏迷。

之后不久，父母退掉了我住的房子，我只好搬去和母亲一起住。有一天早上，我遛弯回来，又走进楼里的器材室，熟练地从背包里拿出各种食物，准备暴食一顿。突然，视线开始模糊，耳朵也嗡嗡作响。我以为是熟悉的低血糖症状，赶紧从包里拿出准备好的沙糖橘和奥利奥。当时我几乎看不见东西了，只能凭感觉剥开橘子皮，把橘子放进嘴里咀嚼，又撕开奥利奥的包装袋，快速嚼了几下咽下去。可这些都无济于事，我开始摇摇晃晃，心里明白已经来不及再做什么了，紧接着大脑一片空白。

不知过了多久，再次醒来时，鼻腔一阵剧痛，我忍不住打了两个喷嚏，接着剧烈咳嗽起来。眼前依旧漆黑一片，我只能从地上爬起来，跪着大口喘气，胸腔里的心跳声仿佛就在耳边。我心想，我会死在这里吗？心脏好累，胸腔好闷，刚才的咳嗽耗尽了我所有的力气。这样痛苦的生活终于要结束了，我终于能解脱了？！

眼前出现了一丝光亮，我的视线就像小时候的电视屏幕，布满了黑白相间的条纹。在微弱的视线中，我看到地上有一滩黑红色的液体。我赶忙检查衣服，害怕弄脏了回家没法交代。可起身时，又有几滴液体滴落在眼前的地上。空气中弥漫着血腥味，我这才反应过来，连忙用手摸额头、鼻子、脸蛋、眼睛……原来是眼睛受伤了！我惊讶地发现，右眼眼皮有一个很大的缺口，鲜血顺着脸颊流下来。

"完了……"我在心里绝望地呐喊，这下该怎么向妈妈解释？我几乎用光了能找到的所有纸巾，才勉强止住血。我知道衣服是擦不干净了，地上的血肯定也会引起保洁阿姨的注意。我的事会不会被发现？母亲会不会送我去医院？我满心懊悔，却又无处可躲。回到家，我用水尽量擦拭了伤口附近的泥土，换了一身衣服。我猜自己是脸朝下摔倒的，眼镜划破了眼皮，眼镜腿都折了一个。

我拨通了父亲的电话，告诉他可能又要去上次的医院缝针，然后去卧室叫醒了母亲。我告诉母亲我低血糖晕倒了，母亲气得一下子从床上坐起来。她用手指轻轻摸了摸我的伤口，厉声问道："张紫初，你都做了什么？你告诉我你去哪了？！"我一边哭一边解释只是晕倒了。母亲皱着眉头，眼神里满是无奈和恐惧，两眼也湿润了，她轻轻擦了擦眼角。

"我真的好害怕你死了，你知道吗？我好担心哪天你回不来了，警察给我打电话……"母亲声音颤抖地说道。我一下子慌了神，心里就像被一只无形的手紧紧揪住，越来越难受，越来越窒息。

这次父亲直接带我们去了上次那家医院。我的右眼皮相同位置又缝了11针。医生说这次划伤比上次更深，都能看到眼球了，差一点就会失明。我静静地听着医生的话，感受着针线在眼皮上穿进去，又穿出来……

彻底失去健康

随着我摄入的食物越来越少，饮食也越来越"无糖无油"，我的体重持续下降，终于跌破了85斤。在这个过程中，我的强迫变得越来越严重，逐渐脱离了正常人的生活轨道。

渐渐地，我的身体开始出现各种问题。便秘、脱发成了常态，一到下午，手脚就会变得冰凉。有时，我能明显感觉到胸闷，呼吸困难，就像被人捂住了口鼻，每一次呼吸都要费好大的力气。四肢软弱无力，以前我可以轻松一步迈三级台阶，现在却只能一级一级缓慢地往上走。我的身体状况急剧下滑，每一天都比前一天更加虚弱。

偶尔，我也会感觉身体舒服一些，呼吸顺畅了，或者腿上有了些力气。但这种舒服反而让我心里难受。我会忍不住猜测，是不是头天晚上吃多了？难道我长胖了？对长胖的恐惧已经完全压倒了对健康的追求，在我心里，甚至觉得浑身无力、难受才是让我安心的状态。

那时，我已经完全不吃主食，任何根茎类植物也都被我列入了禁食黑名单。很多次，我在心里告诉自己"今天得吃主食"，也会因为昨天没吃主食而感到害怕。我心里清楚，自己的代谢已经变得很低，只有吃东西、增加体重，才能慢慢把代谢养起来。可我的内心像是有一道无法跨越的屏障，怎么也无法迈出吃主食这一步。

在我的头脑里，有一个无形的"秩序"：我绝不能比昨天的自己差劲。这个"秩序"在我身体每况愈下的时候，让我陷入了更加危险的境地。因为它，我的体重不断降低，而且越低就越想更低，我就像被一种莫名的执念驱使着，想要探寻自己体重的极限。

母亲其实早就发现了我的异样。她之前每周见我一次，却眼见着我越来越瘦，身体越来越虚弱。而我的脾气也变得异常暴躁，哪怕别人一个眼神让我觉得不对，我都会暴跳如雷。

后来，在我的坚持下，母亲陪我去医院看医生，咨询如何调养月经。现在回想起来，当时的行为真是可笑。我拖着只有80斤重的身体去做了全身检查，得到的结论是"这个体重太低，绝不可能来月经"。同时，我还得知，我身体的各项指标都出现了异常。化验单上，一堆向上向下的小箭头密密麻麻，几乎没几项指标是正常的。母亲神情凝重地盯着化验单，过了许久，她小心翼翼地问我："我们去住院吧，好吗？或者你搬回来和妈妈一起住？你告诉我，你其实一直在减肥，对吗？"

我沉默不语，脑海中不断浮现出自己运动、吃东西、催吐的画面。

看着这样的自己，我觉得自己仿佛没有活着的价值。我甚至想，也许身体垮了，我就能自然而然地永远离开这个让我痛苦的世界了。

我愤怒地拒绝后，母亲的双眼噙满了泪水。她没有再坚持，只是转过身，小心地把化验单放进一个深蓝色的袋子里。她心里明白，我不会再做她要求我做的事了，哪怕我心里也知道那些事是对的。只要是母亲说的，我都会不假思索地回绝。

"我知道了，紫初，你是想用伤害自己健康的方式来报复我吗？"母亲声音颤抖地问道。

"如果我回答'是'呢？"我说。母亲终于明白了我的意图，这竟让我心里有一丝窃喜，因为我一直以来所做的一切，就是想让她痛苦，这是我对她的惩罚。

"我都答应你，我不会再控制你，只要你恢复健康，你想做什么我都不会再阻拦你。"两行泪水从母亲的眼角滑落。

看着眼前哭泣的母亲，我的心中却只有报复得逞的窃喜。

然而，意外的事情发生了。我发现自己的身体会时不时地肿起来。最开始是双眼的上眼皮，后来到了下午，双脚也会肿胀，走起路来，明显感觉鞋子好像变小了。

这种水肿的情况，在我偶尔吃一些碳水，或者在外面吃一顿饭后就会出现。而一旦我恢复少吃或不吃的状态，水肿就会慢慢消退。摸清这个规律后，我对"吃"这件事的恐惧愈加深了。也就是在这个时候，我开始深入了解"进食障碍"这种心理疾病。

我逐渐了解到，自己水肿的原因主要有两个。一方面，由于摄入热量过低，身体为了维持基本的生命活动，开始分解自身的蛋白质。这种情况通常会出现在厌食症患者体脂率极低的时候，因为身体里没有足够的脂肪可供分解提供能量，只能"消耗自己"来维持生存。另一方面，是因为暴食催吐导致短时间内电解质大量流失，身体里的微量元素失衡，使得水分滞留，就好像在肌肉和皮肤之间形成了积水。

从那以后，我变得格外胆怯，开始躲在家里，拒绝出门。我用不停地吃东西来缓解孤独，用堆积如山的食物打发时间。我疯狂地点外卖，每个星期都要花费一万元左右去购买那些高油脂、高热量的炸鸡和面包。

可是，吃完这些食物后，我并没有感到幸福。胃里难受得让我几乎无法呼吸，焦虑感如潮水般涌来，我只能冲到厕所，把刚吃下去的食物全部吐掉。我用住院时病友教给我的方法：买来两根一米长的PVC管子，一头伸进喉咙里，另一头对着水龙头的出水口。然后，我慢慢地把管子往身体里深入，直到胃能感受到管子头的触感。拧开水龙头，冰冷的水流冲进身体，胃里瞬间翻江倒海，还未消化的食物顺着管子流出来。有时候，把管子拔出来后，只要我还有力气，还能继续吐，一直吐到看到清澈透明的胃液，我才会停止，甚至不能让胃液上面有一丝油花。

吐完后，我浑身瘫软地坐在地上。眼前模糊不清，看到的画面就像小时候姥姥家那台"大脑袋"电视机没信号时的雪花屏。我以为是呕吐太剧烈，大脑缺氧才影响了视觉。我大口喘息着，过了很久，才挣扎着站起来，拧开水龙头清洗软管，接着漱口，再把厕所冲洗干净。

因为知道吃进去的食物最终都会被吐出来，所以我买东西时格外看重价格。我会一次性从网上买来整箱的临期零食、临期泡面、临期罐头。我一边不停地吃，一边大量囤积食物，到后来，我甚至都不记得自己买过什么了。房间里到处都是装满食物的箱子，有些食物需要冷藏，可因为被我遗忘太久，都已经长毛、发臭。每次打开冰箱看到那些变质的食物，我会直接扔进垃圾袋。但又心疼买它们花的钱，所以有时我会把没长毛的部分单独拿出来吃掉。

食物成了我打发寂寞、麻痹孤独感的工具。我机械地咀嚼着食物，试图借此忘记对自己的厌恶。因为只要停下来，我就会再次看到自己的不堪，就会回忆起那些让我感到无比自卑的事情……打开微信朋友圈，看到高中同桌如今在加拿大的一所大学里读书；再往前翻，几乎都是和朋友们出去玩的照片。照片中的人们洋溢着青春的笑容，和镜子里的我简直有天壤之别。他们的眼睛里闪烁着光芒，充满了灵动的朝气；而我的眼神却幽暗深邃，仿佛黑洞一般，能吞噬一切希望。也许别人心里都有梦想，能指引他们找到人生的方向，所以心中总有一盏明灯；而我心里的灯，却早已全部熄灭了。

在那段糜烂的日子里，我不愿见任何人。除了天黑后出门倒垃圾，我几乎足不出户。我开始完全不顾自己的形象，不照镜子，也不洗澡。不洗澡是因为每次洗头发时，只要随意抓一下，头发就会大把大把地脱落，我实在没力气清理堵在地漏上的那些头发……

我很少出汗，就算是盛夏，我也可以穿着长袖长裤走在大街上，感觉不到闷热，也不在意别人疑惑的目光。我的皮肤变得非常干燥，抓挠的时候会掉下许多皮屑。一到下午，我就感到虚弱，偶尔胸口发闷，还会耳鸣。尤其是双腿双脚肿起来的时候，我会感觉窒息。双腿的水肿毫无规律，有时候没觉得吃多了，它们也会突然肿起来，可没过多久又自己消退了。后来我才知道，那时我的体重一直在直线下降，身体在慢慢消耗自己的同时，也在不断地试图自救。

然而，当我的体重跌破75斤以后，我彻底失去了健康。

我站在体重秤上，看着脚下的数字，用手轻轻抚摸着突出的锁骨，我知道，在任何人眼中，现在的我都算是"瘦子"了。我告诉自己，太好了，我好爱自己这瘦骨嶙峋的样子，只有抚摸到自己的骨头时，我才能感到一丝安心。

可是，水肿再也没有消退，我的双腿也渐渐失去了力气。从那以后，我上楼梯必须扶着墙上的扶手，上厕所也需要用手撑着才能站起来。当膝盖开始疼痛时，我才发现，我的双腿就像两根柱子，上下几乎一样粗，脚踝骨和膝盖骨的轮廓也因为肿胀变得模糊不清了。

当时和我交往的男朋友察觉到了不对劲。在和他为数不多的见面中，我每次都会用宽大的衣服把自己裹得严严实实，头上戴着鸭舌帽，夏天也穿着篮球鞋、拖地长裤和长袖防晒服……我觉得自己无比丑陋，双眼水肿，脸颊凹陷，皮肤蜡黄……我还特别害怕他看到我因为脱发而露出来的头皮……我们每次见面都在白天，而且短短一两个小时我就会找借口离开，因为我担心在外面待久了会晕倒。

即便如此，我依然执着地想让体重继续下降……

生与死之间

　　腿上的水肿愈发严重，我彻底失去了出门的能力。我的肌肉不断萎缩，腿部原本的重量加上积水的压迫，让我连抬脚都变得无比艰难，每迈出一步，都必须依靠他人搀扶，否则就会摔倒。双腿的皮肤几乎全部溃烂，血肉模糊地暴露在外，为防止感染，两条小腿不得不缠满绷带。即便每天消毒两次，还是能看到腐肉。由于严重营养不良，我的身体根本无法愈合伤口，就连表皮细胞也因缺乏营养而不断死去。

　　我开始开着房门睡觉，深夜里，母亲的哭声常常传入耳中。听着她的哭声，睡前看到的那张憔悴面容便浮现在我的脑海。和我与母亲住在一起的阿姨已经很久没回来了，还记得她上次离开时，回头对我说："也就你妈爱你，能天天对着你这副模样……我天天看都得做噩梦，你自己照镜子不害怕吗？"

　　我记得她说过，家人们都劝妈妈把我送进医院，母亲之所以没这么做，是害怕像第一次骗我住院那样，再次伤害到我。母亲的表情总是藏不住她内心的焦虑，而我察觉到的这份焦虑，反而加重了我的情绪。我会指责她，让她管好自己的情绪，别给我施压。母亲总是解释说她没有焦虑，可她的眼神却出卖了她的担心。

　　"紫初，我陪你一起住院吧。"妈妈坐在餐桌前，又一次对我说，"这一次我陪着你，咱们一起对抗进食障碍，好吗？"

　　"休想、医院、医院，就知道医院！你根本不想自己帮我！你就知道把我往外推！"我的脑海中瞬间涌起一股触电般的仇恨，那些不好的回忆一下子清晰地浮现在眼前。

　　"你一直在骗我！你说过在家陪着我，你就能好起来，可都快半年了，你却越来越严重！再这样下去你会死的！"母亲怒吼着，她张开的嘴仿佛要把我吞噬。

恐惧、悲伤和绝望如潮水般向我涌来，狠狠撞击着我的意识，击碎了我最后的理智。我的思维变得混乱不堪，难受、压抑和愤怒充斥着我的内心。我只想让这些混乱的情绪停下来，让一切都结束，"别再这样折磨我！"我大喊着，用头用力撞向墙面，一下又一下。

大脑瞬间有了片刻的平静，可紧接着，右肩膀被一股巨大的力量向后扯去。由于全身无力，我被这股力量带着向后倒去，身后传来惊呼声："你疯了吗？！"是妈妈阻止了我继续撞墙。她拿起手机，快速地按动屏幕，嘴里说着："必须报警，我必须报警……""你停下！"我大喊着想要站起来，可身体却没有一点力气阻止她。我惊恐地看着母亲对着电话说："你们快来吧，我的孩子要自杀了。"

不到十分钟，警察就敲响了家门。母亲打开门，门口站着两位警察。母亲把我患有进食障碍以及我撞墙的事一股脑全说了出来。为了不被警察送去精神病院，我强装镇定，说自己情绪很平稳，反而是母亲被诊断为抑郁症。警察听后对视了一眼，一位警察把母亲带到另一个房间谈话，一位老警察在我对面的椅子上坐下，开始询问我患进食障碍的原因。

"我们不能确定你母亲是不是精神病人，但我一看到你，就知道你肯定不正常。正常人可不会这么瘦，你看看你的腿，有我胳膊粗吗？"

听到这句话我才明白，我的辩解毫无意义。我的外表早已和正常人不一样了。他说得没错，哪有正常人会把自己折磨得骨瘦如柴呢？另一个房间里，母亲很久都没出来，我隐约感觉她在和警察"密谋"着什么。我大喊母亲的名字，却发现自己根本没力气呼喊，声音微弱得好像肺只能呼出平时气息的三分之一，仿佛它的容量就只有这么大了。

母亲和警察从房间里走出来，母亲微笑着向警察道谢，脸上却挂着泪痕。我刚想问她到底说了什么，那位警察却先开了口，他叫了一声我对面的男人，说："那孩子冷静了吗？冷静了咱们就走吧。"我坐在椅子上，心里盘算着怎么问出母亲的"阴谋"，看着警察离开的背影消失后，我的目光又落在母亲身上。

此刻，我的心里、眼里，整个人仿佛都被对她的仇恨和不甘心填满。

接下来的日子，我和母亲的矛盾无处不在。母亲很聪明，很快就发现我是故意挑起争执。我会故意在聊天时提起小时候因为父母而不开心的事，或者在她起床和我道早安时，硬说她没睡醒、情绪不好。母亲学会了沉默，面对我的提问和回忆，她总是一脸冷漠，最多说一句"那些都已经过去了"。

我的身体以惊人的速度衰弱下去，几乎一天不如一天。母亲一个人照顾我，除了睡觉，她都会坐在离我不远处，时而闭眼休息，时而看我一眼。她眼神中的担忧，我轻易就能察觉。

"那个阿姨呢？"我忽然想起和我们住在一起的阿姨好像很久没回家了。

"阿姨去帮你联系医院了。"母亲回答。

我吃惊地看着她，"哪里的医院？！我不是说我不住院吗？！"

"我不会再任由进食障碍折磨你了！"母亲瞪大了眼睛，她坚定的眼神让我瞬间被恐惧笼罩，耳边响起自己剧烈的心跳声，内心深处仿佛有什么东西要冲破束缚。

我的脑海里，许多声音在叫嚷着："不要！不要再被她控制！"我坐在椅子上，双腿无力，根本站不起来。我早已习惯了双腿的疼痛，或许是对痛苦已经麻木，我根本不在乎腿部的伤势，在我看来，这样才是对母亲最好的折磨。

我的头好痛，那些声音吵得我快要疯了。

尖叫一声后，我转过身，用头朝着紧贴椅子的墙撞去。我以为自己使出了全身力气，可实际上，我瘦得几乎连头都抬不起来，这点力气根本造不成致命伤害。于是我一下又一下地撞着，直到母亲冲过来抱住我。

那段回忆里的场景混乱不堪，我的意识渐渐模糊，额头又痛又烫。脑袋里的声音终于停止了，一切都安静下来。我听到母亲打电话的声音，听到她说出了家里的地址。此时，我的恐惧消失了，我甚至开始怀疑：自己还活着吗？为什么心中那些恨意、害怕和焦虑一下子都没了？算了，怎样都无所谓了，这样毫无价值的人生，结束了或许更好。为了报复父母，我已经失去了一切，如今就像行尸走肉一般，继续活下去也只是折磨他们。

可实际上，每次和他们争吵、让他们伤心后，我都后悔自己说了那些过分的话。我能感觉到，在我的内心深处，有一个深爱着家人的自己，她渴望家人的爱，渴望被关心、被理解，只是在恨意的笼罩下，她的声音太微弱，早已被淹没。

很快，家里的大门又被敲响了，母亲迅速打开门。我原以为是警察，进来的却是两个"全副武装"的医护人员。他们进来就问母亲，需要送医院的病人在哪里。

母亲指了指我说："我女儿有精神病，她已经控制不住自己了，需要你们帮我把她送到安定医院去。"就这样，伴随着我的哭喊声，我被送到了安定医院急诊病房的病床上。门口坐着一个胖保安，他皱着眉头，紧紧盯着我问："你是什么精神病，怎么瘦成这样了？"

"厌食症。"我冷冷地回应，"我妈说要关我到什么时候了吗？"

"这我可不知道，你怎么不问她？"保安说，"你母亲去办理住院了，估计还得过来，好像你家人里有个陪你一起住的。"

"谁？"我惊讶地问，如果是妈妈，我估计会忍不住攻击她。保安没再回答我，起身嘟囔着"该查房了"。

我拿出放在兜里的手机，还没打开，黑色的屏幕上就映出了我的脸。我看到自己的整个额头青一块紫一块，正中间有个显眼的大包，那是撞墙留下的……我扭动身体，用尽全身力气挣扎着坐起来。这时，门外传来一个熟悉的声音，走进来的竟然是"失踪"已久的阿姨。她面无表情，冷冷地说："你妈还有事要处理，我在这儿陪你几天。"

"我妈去干什么了？你这几天去哪了？"我问道。

"过两天她会带你去西安，我拜托了朋友去找能救你的医生。北京的医院已经不收你了。你这情况，医院都不知道怎么治，像你这样严重营养不良的，估计他们都没见过。"阿姨在我床边的椅子上坐下，"你还想活着吗？"

"不想。"我回答。

"可你妈想让你继续活着。"她的眼神忽然变得悲伤起来，"我很抱歉曾经伤害过你，我知道无法弥补，但我必须救你，因为你现在的想法不是真正的你。这是我最后能为你们做的。"

我听着阿姨的话，脑袋里像塞了一团棉花，昏昏沉沉的，根本不明白她在说什么。

"都已经两年了，你报复你父母还不够吗？张紫初，他们为了补偿你已经付出了那么多，你为什么要用自己的性命去折磨我们？我的生活也被你毁了，你还要怎样……"阿姨说着，眼泪流了下来。

听到这些话，我瞬间陷入了沉重的自责与痛苦中，我真的后悔来到这个世界，不但没感受到家的温暖，还把父母的生活给毁了。

"好啊，那我以死谢罪吧……"说完，我闭上双眼，朝着床边的桌角撞去。

急救病房的一夜

　　我的额头狠狠砸在桌角上，再抬起头时，温热的液体顺着脸颊和鼻子流淌而下。耳边传来一阵尖叫，门被一股强大的力量猛地推开，重重撞在墙上。紧接着，四个穿着白大褂的医生冲进病房，迅速围在我的床边。其中一个医生手里拿着纱布，他用右手将我的一侧肩膀稳稳按在床上，另一只手则把纱布紧紧压在我的额头。

　　撞击桌角时，我是抱着必死的决心的，这个世界早已让我心灰意冷，毫无留恋。可没想到，我不但没死，这一撞反而让我格外清醒。

　　纱布挡住了我一只眼睛的视线，我用另一只眼睛望向眼前的医生。他的手很柔软，很温暖，手心的温度透过纱布缓缓传到我的额头。我看到他口罩上方那双明亮且坚定的眼睛，此刻正专注地盯着按压我头部的手。身后有位女医生向一旁吓呆的阿姨询问："需要把她绑在床上保护一下吗？"阿姨愣了愣神，目光朝我看来，眼中满是不忍，有些犹豫。

　　我急忙大声喊道："不行！"阿姨犹豫片刻后说道："你要是再自杀，就只能把你绑起来了。"我没有回应，这时感觉头上按压的力气稍微小了些，我看向那个帮我按住伤口的男医生。突然，他的视线与我交汇，他看着我，眼神从坚定变得温柔，轻声问道："你疼不疼啊？"

　　望着他的眼睛，我的心里涌起一种难以言喻的感受。有温暖，有感动，更多的却是委屈……我好像已经很久很久没有听到过他人这样的关心了。

　　平日里，家里人对我更多的是批评和提醒。无论是日常交谈，还是我想倾诉心事的时候，父母总能敏锐地发现我话语里的"漏洞"，发现那些在他们眼中"不够完美"或是"存在风险"的地方，随后便是对我的说教。父亲成立了一家小公司，招聘面试的事都由他一人负责，或许是习惯了"考核"，父亲和我谈话时，常常直接指出我的问题，还要求我下次按他说的做。母亲年轻时就开始炒股，她生性小心谨慎，任何事都会先想到最坏的结果，每次和她交流，她总是一脸焦虑，以致凡是我觉得可能会让母亲担心的事，都得憋在心里。

生活中的喜怒哀乐，我都无法和父母分享。每当情绪上来，我就会用拳头捶打家里的墙壁，用手关节传来的疼痛麻痹内心的苦闷。久而久之，我渐渐觉得情绪失控的后果就该由自己承担。发泄完后，我会用衣服遮住伤痕，反正也没人发现，更不会有人关心。

此刻躺在安定医院病床上的我，满身伤痛。头上流着血，双眼眼皮上的划伤刚拆完线，全身水肿，两条腿膝盖以下的皮肤溃烂，正流着淡黄色的液体……在我心里，早就把自己的身体当成了发泄情绪的工具。我一直觉得自己必死无疑，可医生担忧的神情让我意识到，在他眼中，我还是个活生生需要救治的人。

"没什么感觉。"我回答道，眼泪却不受控制地顺着眼角滑落。我的心里积压了太多委屈，对身体的各种感受，无论是饥饿、触痛，还是情感，都变得十分麻木，或许这和我大脑神经严重缺乏营养有关。

医生确认我的伤口没有大碍后，再三叮嘱阿姨，一旦我再有冲动行为，立刻叫他们来把我绑起来。

在这狭小的病房里，我和这位一起生活了十三年，却突然说要离开的阿姨待在一起。她总是坐在我床边的椅子上看手机，傍晚时就把椅子拉开变成一张窄窄的折叠床，睡在上面。除了吃饭时，她会和我共用床头柜当作餐桌，面对面坐着，其他时候她总是刻意躲避我的视线。

"你说的是真的吗？你真的要离开我们？"我问道。

"我从不骗你。只有我离开，你才会过得好。"阿姨回答。

"可是你救过妈妈，她离不开你，你走了她会很难过的。"我接着说，"要是我死了，就没人妨碍母亲追求自由了，你们还能去世界各地旅游。"

"你死了你妈也活不下去，别再说这种傻话！"她突然生气地瞪了我一眼，"你好好活着，你父母为你付出太多了，你要懂事！"

在安定医院的这五天，我强忍着内心的焦虑。躺在床上让我觉得自己肯定会发胖，我还是无比害怕发胖，哪怕死也不想胖！就在第五天清晨，阿姨突然告诉我，母亲准备接我出院了。她会带我去西安，阿姨的朋友已经和当地一家医院联系好，愿意先收治我，尽力改善我身体的伤势和营养不良的状况。

我已经记不清那天是怎么去火车站的了，只记得自己坐在轮椅上，身上盖着被子。在上火车前的那段路，为了不引起安检人员的注意，我在母亲和阿姨的搀扶下，勉强自己走了一段。她们紧紧握着我的胳膊，力气大得好像生怕我会逃走一样。

下火车时已是傍晚，我一整天都没吃东西，再加上一路颠簸，整个人浑身无力，意识也开始恍惚。那段记忆里，我感觉自己就像在飘，整个人从头到脚都轻飘飘的，如同一块海绵。出火车站时，天空开始飘雪，一片片雪花纷纷扬扬，越下越大。看着自己嘴里呼出的白色气体，我不禁想起母亲说我刚出生离开医院的那天，同样是雪后。

在母亲的搀扶下，我坐上了出租车，直奔那家愿意收治我的医院。出租车停下后，阿姨便开始四处张望，似乎在寻找什么人。不一会儿，她打起电话，用西安方言和对方交谈着。

这时，一个矮矮的身影一颠一颠地朝我们跑来。跑到路灯下，我才看清，那人穿着一身棕红色的棉袄，头上戴着一顶棕色棉帽，额头上的头发粘着雪花。

那人跑到我们面前停下，双肩随着剧烈的喘息上下起伏，帽子下面不断有白色雾气呼出。她摘下帽子，露出一张慈祥的中年女人的脸。她一看到阿姨，便露出一口洁白的牙齿，一边呼气一边说："哈……哈，可算找着你们了！我刚才还担心碰不上呢！"阿姨和她简单说了几句，便转过身来对我说："这位阿姨姓祁，你就叫她祁阿姨吧。以后她会陪着你在这儿住院。"

我抬起头，目光与祁阿姨对上。她的笑容瞬间凝固，紧接着变成痛苦的表情，眼泪夺眶而出。她快步走到我面前，双手轻轻捧起我的一只手，她的手干燥、粗糙，却带着炙热的温度。她泪眼汪汪地说："娃啊，阿姨听说了你的事，心疼死了……娃啊，你妈妈多疼你啊！你咋能这么作践自己呢！"我被她的样子吓住了，一时间不知道该说什么。幸好阿姨及时开口，让祁阿姨去帮我找个轮椅来。我想用手撑着车门，挣扎着站起来，可一点力气也使不上。母亲看到后，赶忙让我坐回车里，等祁阿姨推轮椅过来。

车门关上，我静静地坐在车里，司机从后视镜里看了我一眼，目光交汇后，他又迅速扭头看向窗外。这位司机被母亲说服，陪着我们一起等轮椅。我感觉身体里透着一股寒意，脸上的温度似乎比外面还低，仿佛有冰冷的东西在血液里流淌。我又困又累，眼皮沉重得像绑了铅球。是因为打开车门冷气灌了进来？还是因为一天没吃东西低血糖了？又或是因为平时这个时间我已经睡了，生物钟在起作用？我也说不清楚。车窗外的妈妈在我的视线里开始变得忽明忽暗。

没过多久，车门再次打开，母亲一看我的状态，就知道我情况不妙。祁阿姨一边念叨着"我的个娃娃呀"，一边伸手到我双侧胳膊下，想要把我抱起来。我努力配合她，用腿使劲往外伸，这才坐到了轮椅上。

之后的记忆就变得混乱不堪，视线一会儿明亮，一会儿又陷入黑暗。耳边不停地有人呼喊着"医生，医生……"，一会儿又有人急促地说"快"……我躺在床上，看到了一盏很亮的灯。身体终于能伸直了，感觉很舒服。

我的身体好像渐渐失去了知觉，仿佛来到了一片雪白的世界。身体轻飘飘的，像一根羽毛，缓缓向上飘去……我还有好多话没来得及说，其实我很爱你，妈妈，我也爱所有的家人、朋友们……很抱歉给你们带来这么多麻烦……我真的不是故意要伤害你们……

后来，我没再见到过那个和我一起生活了十三年，如同家人一般的阿姨。我记得她说过，她不知道自己的亲生父母是谁，对养父母感情也不深。母亲带着我和她一起生活，她一次次把母亲从抑郁发作的混乱中救出来。虽然她曾说过很多伤害我的话，但我心里还是很感激她。

黑暗中的一丝曙光

我做了一个无比真实的梦，梦里的我身体恢复到了健康状态，双腿充满力量。眼前是姥姥家的老房子，一想到姥姥姥爷正在家里炖着好吃的排骨等我回去，我满心激动，迫不及待地往楼上冲。

我一步迈两级台阶，轻松又自如。可走着走着，我突然意识到不对劲：我不是肌肉萎缩了吗？怎么还能跑得这么快？难道……患进食障碍只是一场梦？我满心欢喜，原来我还这么健康，我的腿如此有力，我真的太开心了，我可不想再失去这样的健康。但奇怪的是，不管我怎么跑，都到不了六楼，这楼道仿佛一个没有尽头的烟囱，怎么跑都跑不到头。而且，跑了这么久，我的腿居然一点都不累，也听不到自己的心跳和喘息声。我心里咯噔一下，感觉事情不妙……

我猛地睁开眼，房间里很明亮。我躺在一张床上，左右两侧还有两张床。头顶挂着两个透明的瓶子，里面的液体还剩下三分之一。窗前拉着淡黄色的窗帘，窗外的光透过窗帘洒进来。

我的脑袋一片空白，完全想不起来自己为什么会在这里。这里究竟是哪儿？我下意识动了动手指，突然感觉手背上有东西。我轻轻抬起手，看到手背上插着一个比普通针粗很多的针头，针头被胶带固定着。我想张嘴说话，可嗓子干得厉害，根本发不出声音。

努力回忆着之前发生的事，一切都显得那么荒谬……我和母亲争吵后撞墙自杀，母亲报了警，又有人把我送进精神病院，之后母亲带我坐火车，把我送到西安这家据说愿意收治我的医院……所以，这里是医院吗？

这时，门外传来我听不懂的方言，祁阿姨出现在门口。她看到我醒来，惊讶极了，赶忙对着电话喊道："娃醒了！挂了！"说完，她快速朝我跑来，眼睛里还掉出了眼泪。

"您好……请问我妈妈呢……"我用沙哑得几乎听不见的声音问。

"你可算醒了！你妈早上才回去休息，应该是去附近酒店了……要不要叫她过来？"

我思索了一下，想到和母亲共处一室只会彼此折磨，而且一想到她报警的事，我心里就涌起一股愤怒。于是，我小声说了句"没事"，接着让祁阿姨给我点水喝。

祁阿姨一只手轻轻扶着我的肩膀，让我靠在她怀里，另一只手拿着一个装了半杯温水的纸杯，慢慢地将水送到我嘴边。她怕我昨天意识不清醒，又重新介绍了一遍自己。她曾是阿姨母亲去世前的陪护阿姨，因为照顾得周到、为人善良，所以这次又被拜托来照顾我。她告诉我，自己在西安各大医院做护工很多年了，一直在努力工作帮儿子还债。她希望我能信任她，还不停地夸我是个好女孩，说我妈妈是个好母亲……她鼓励我打起精神，养好身体，争取早日出院。

"你可得珍惜你妈妈呀，我听说了，你不好好吃饭把自己折腾成这样……好像叫什么厌食症？有妈的孩子最幸福了，我儿子……"祁阿姨说着说着，眼泪又流了下来，"阿姨的儿子得了癌症去世了，为了给他治病，我借了五百多万的债。这些年我拼命工作，就是为了把钱还上……"听到这些，我的心里一紧，怜悯之情油然而生。我怎么也没想到，眼前照顾我的是一位失去儿子的母亲。我正犹豫着要不要安慰她，这时，两个护士端着白色托盘走进来。其中一名护士看了看我，又看了看祁阿姨，惊讶地问："这是看到她醒了，激动得哭了？"祁阿姨连忙摆摆手，用手掌抹了一把脸上的泪水，笑着解释道："娃醒了我高兴，就是突然想起我儿子了……"说着，她的眼泪又止不住地涌出来，她一边擦眼泪一边问护士是不是要给我换药。

两名护士点了点头，让我靠在祁阿姨怀里，把腿从被子里伸出来。掀开被子，我才发现两只小腿都缠着绷带，腿下还垫着三张吸水的护理垫。一个护士小心翼翼地撕开绷带一角，我看到她的额头因为皱眉挤出了三道纹，她看了看我，叮嘱道："要是特别疼就告诉我……"话刚说完，一阵钻心的疼痛从小腿传遍全身，直达太阳穴。我咬紧牙关，拼命忍住不发出声音。腿上新长出来的皮肉和绷带粘在了一起，撕下绷带就像撕下一层皮一样疼。我紧闭双眼，耳边传来小护士惊叹的声音……也不知道过了多久，疼痛感逐渐减弱，我感觉额头布满了汗珠。睁开眼，看到新的绷带已经重新缠在腿上。

"谢谢姐姐们。"我下意识地说。这时，我又想起在安定医院帮我按住额头伤口的医生，不自觉地用手摸了摸额头，摸到了伤口结的痂。

"上午各个科室的医生都会过来给你会诊，待会儿会有其他护士过来把你推到住院病房去。"护士说完，端起托盘。我看到托盘上放着药品、剪刀和一大团浸满淡黄色液体的绷带。

护士走后，我开始找手机。祁阿姨从不远处叠着的衣服里把手机掏出来递给我。我打开手机，看到时间是早上八点，上面有两条闺蜜发来的消息，大意是问我怎么样了，有没有在西安的医院住下。回复完闺蜜，我又看到男友发来的消息，他说准备考公务员，要去一个封闭式训练营学习，还提醒我如果他没及时回消息，就是在上课。我犹豫了很久，不知道要不要告诉他我生病的事，关于厌食症、严重水肿这些情况……一想到这些，我就觉得喘不过气，心里满是愧疚。自从和他在一起，我的身体越来越差，精神状态也大不如前。我们约会从来没超过六个小时，我总是像他形容的仙度瑞拉一样，到点就得回家，不然就会变回狼狈的模样。"不行，还是别告诉他了，这太离谱了，正常人根本理解不了。"要是他知道我得了厌食症，问我"为什么为了减肥把自己弄成这样"，我都不知道该怎么回答。在很多普通人眼里，进食障碍就像是自己"作"出来的精神病，不仅不会被同情，还会被认为活该。于是，我只回了一句："好的，知道了。"

祁阿姨问我要不要吃早饭，我知道胃里空空的，却一点饥饿感都没有。我已经一天一夜没吃饭了，我心里清楚，如果再不吃，母亲肯定会让医生给我打营养针。我告诉祁阿姨，只买一个鸡蛋就行。祁阿姨一听我愿意吃鸡蛋，脸上立刻笑开了花。她帮我把被子盖好，便小跑着出了病房。

我望着天花板，这段时间发生的事在脑海里不断浮现。感觉我的一天就像过了十年那么漫长，短时间内经历了这么多复杂的冲突，各种感受和体验一下子涌来，让我根本来不及接受。我整个人都陷入了混乱。明明不久前我还是个胖子，怎么一下子就瘦到需要住院抢救的地步了呢？

我用手机摄像头看了看自己，发现鼻尖以上的脸都是紫色的，鼻尖不知道什么时候还蹭破了皮。

这时，门外突然走进来两个穿白大褂的大夫，一个又高又瘦的年轻大夫，一个又矮又胖的老大夫。他们走近后，皱着眉头把我从上到下打量了一遍，说："我们是来给你会诊的外科医生，能给我们看看你头上和腿上的伤吗？"

"啊，您好。"我有点尴尬，实在不想再让别人看到我的腿了……门口又跑进来一个小护士，是刚才帮我上药的其中一个女孩。她赶忙向医生介绍了我的情况，还提到我患有进食障碍。医生点了点头，先检查了我头上的伤，告诉我淤血会被慢慢吸收。接着又查看我的腿。"典型的营养不良，低蛋白水肿。"老医生推了推眼镜，双手插兜，对旁边的年轻医生说，"你先让其他科室医生过来看看吧，这伤太严重了，处理不好容易感染，你看看她这营养状况多差。"年轻医生点点头。两人都嘱咐我尽量多吃点饭，只有恢复营养，伤口才能好得快。我在心里苦笑，他们根本不了解厌食症，如果我能为了恢复营养多吃饭，当初也就不会生病了。

祁阿姨跑了进来，手里拿着两个塑料袋，气喘吁吁地笑着说："娃，阿姨买了鸡蛋，还有一个花卷、一盒菜，你想吃哪个？"我回答："鸡蛋就好。""娃得多吃点主食，光吃鸡蛋可不行，恢复不好！"祁阿姨说着，在床边坐下，把买来的早餐放在桌子上，打开一个白色饭盒，里面装着一半土豆丝和一半海带丝。

"西安早上就吃菜呀？"我惊讶地问道。

"我们吃菜夹馍、肉夹馍！"祁阿姨说道，"这边人早上吃什么的都有！"

"北京早上一般吃糖油饼、油条、豆腐脑！"不知道怎么，我突然对祁阿姨说的事很感兴趣，不自觉地说出这句话。

"你爱吃不？我们这里也有！"

"啊不！我可不吃！"

就这样，我和祁阿姨聊了几句，心里涌起一种久违的轻松感。

"阿姨跟你说，你是个好娃娃，一定要快点好起来！你妈妈可太爱你了！"祁阿姨一边帮我剥鸡蛋，一边说，"你妈妈一直在医院陪着你，凌晨才回去休息。你知道娃变成这样，当妈的心里得多难受吗？"

我接过鸡蛋，一口咬掉了上面的鸡蛋白，露出黄色的蛋黄，心里突然焦虑起来，下意识地想把蛋黄藏起来。我抬起头，正好对上祁阿姨的眼睛。在她的眼神里，我看到了一种深深的期待，那是一位母亲对孩子好好活下去的渴望。

我不再犹豫，一口一口，慢慢地吃完了整个鸡蛋。"善良"是别人给我贴得最多的标签，所以在我的潜意识里，善良的人都是我不忍心伤害的同类。祁阿姨的儿子去世了，可她依然充满动力地拼命工作，就为了偿还救儿子借的医药费。我问她为什么，她说那是别人的血汗钱，必须努力还上。她真是个善良的女人，像温暖的太阳，照亮了我黑暗的世界，给我原本绝望的生活带来了一丝希望。她就像一双温暖的大手，牵引着我，让我在黑暗中看到了一丝曙光。

万里长征的起点

被推进普通病房后，我才发现这里竟是内分泌科住院处。由于我当时的状况看着很危险，且几乎没人接收过进食障碍患者，不知该将我归到哪个科室住院，各科专家讨论后，决定先帮我调理身体的电解质和内分泌。一层楼共20间病房，每个房间能住两三个病人。

我的病床靠着窗户，右手边空着一张床，最左侧住着一位老奶奶和陪她住院的老爷爷。他们慈祥地冲我微笑，打了声招呼，老奶奶满眼担忧地问："小姑娘，你咋瘦成这样啊？得的啥病呀？"我犹豫了一下，告诉她我因减肥得了厌食症。老奶奶瞪大了眼睛，说她从没亲眼见过这种病的患者。从他们口中我得知，内分泌科主要收治调理血糖的糖尿病病人，大多是老年人或中年人。病房里有几位体形较胖的人，来医院是希望通过调理饮食控制体重的。我的到来，一下子成了整个科室的特殊存在。

打了一天一夜吊瓶，我的身体有了力气。不知为何，自昨天来到这家医院，我就感受到一丝久违的安全感，觉得终于不用担心自己会突然死去了，妈妈想必也放心了些，这让我的愧疚感减轻了几分。在潜意识里，母亲依旧是我最爱的人，可我还是放不下报复她的念头，总觉得要是在这家医院康复，就遂了她的愿！

祁阿姨不知去哪了，我使劲侧过身，想用胳膊把自己撑起来。"这里这里！"门口传来护士的声音，紧接着母亲走了进来。她脸色蜡黄，双眼下是深深的黑眼圈，嘴唇苍白，看上去疲惫不堪。

见到我，母亲愣了一下，随后快步走到我身边，问道："感觉哪儿不舒服？是不是想坐起来？"

"嗯。"我盯着母亲的脸，忽然恨意涌上心头，"你打算让我在这儿住多久？"

"什么多久……我要让你住到脱离危险！"母亲察觉到我的愤怒，却依旧坚定地与我对视，"等水肿消退，皮肤伤口愈合，没有感染风险了……你看看你现在的样子，自己不害怕吗？"

我正要说话，祁阿姨喊着我的名字，从门外跑进来，手里拿着个大袋子，说是刚才落在原来房间里的。看到母亲，她立刻笑了，劝我们别用那么凶的眼神看对方，还一个劲儿地对母亲夸我性格好、懂礼貌。看着祁阿姨的笑脸，想起她跟我说的那些经历，如果母亲没下定决心送我来医院，不幸错过救治时间，那她也会成为一位失去孩子的母亲，也会伤心欲绝吧……

母亲跟祁阿姨交代了些照顾我的注意事项，又向护士询问了给我用药的情况以及医生查房时间，最后一脸严肃地看着我问："吃饭的问题怎么解决？这家医院食堂小，不送饭，要么家属做好送来，要么点外卖自己下楼去拿。"

"那你给我送吧。"我说，"你知道我爱吃什么。"

妈妈听后拿出手机，快速在上面打字。我疑惑地盯着她，母亲抬头看了看我说："我在记送饭时间和医生会诊时间，我现在记性差，不写下来记不住。"

听了母亲的话，我心里竟有些心疼她。"你住哪儿？离得近吗？要是过来太麻烦，我就点外卖。"我说，"反正我拒绝当着你的面吃饭，那样我会恶心想吐。"

不知为何，明明心疼她，说出口的话却如此恶毒。

"没事，很近，你不用操心。"母亲不耐烦地回答，"我买回来，谁监督你吃？"

我看了看祁阿姨，说让她陪我一起吃。母亲沉默了一会儿，嘱咐祁阿姨一定要让我吃至少半盒米饭，一整盒蔬菜和肉。祁阿姨笑着答应了。我能看出母亲满脸的不放心。为防止我因无法翻身得褥疮，母亲特意让医院换了气垫床。她去药店买了一罐安素，又买了生活用品和卫生纸……中午给我把饭买回来，自己才出去吃。因为睡不惯医院的枕头，下午母亲又在附近商店帮我找了个和家里差不多的颈椎枕。直到下午四点，她才拖着疲惫的身体，在我对面的椅子上坐下。

"你快给我买晚饭，回酒店休息吧。"我冷冷地对母亲说。

"你就不能让我休息会儿吗……"母亲疲惫地看着我，"我为你做了这么多……"

"这都是你强行做的！我让你送我进医院了吗？我今天这样都是你害的！我凭什么心疼你？"我愤怒地说。一到下午，我的情绪就容易失控，我知道自己到下午就会精神疲惫，身体能量也不够了。

母亲突然哭了，她大哭着拿起背包冲出病房。

我愣在原地，祁阿姨立刻反应过来，追了出去。楼道里很嘈杂，母亲的哭声很快被淹没。我忽然好心疼妈妈，记得祁阿姨说过，母亲告诉她自己睡眠严重不好，因为担心我而焦虑，常常彻夜难眠。她一个女人，在一座陌生的城市，拼了命救自己的孩子，满足孩子的要求，却被女儿视若无睹……她的孤独和无助，又有谁能替她分担呢？

在医院的每一天，我都要打很多吊瓶。手背上插着滞留针，所有液体都通过它进入身体。我总会偷偷把吊瓶滴速调快，就为了打完针能下地走路消耗热量，毕竟普通医院没有强制约束的环境。

每顿饭我都会用纸杯接水，把母亲买来的菜放进去涮。祁阿姨坐在我对面，皱着眉头劝我好好吃饭。我一顿能吃普通人两倍的素菜，她不明白我为什么非要吃这么多菜，却还要把油脂洗干净。我追求胃里"撑"的那种安全感，却拒绝油脂提供的热量。

因为输液补充了营养，加上比在家吃得多了些，我双腿的皮肤竟奇迹般开始生长。每天换药时，护士都会鼓励我再接再厉。母亲买来一罐安素，说是会诊的营养师让买的。我不信，说母亲在骗我，因为这种营养粉只有北大六院治疗进食障碍病人时才会用。母亲无奈地摇摇头，把安素放在桌上说："你自己决定喝不喝吧。"

每天上午，我都会用最快速度打完针，然后去楼梯间来回走动。从七楼上到九楼，再下到七楼。我只用一只脚，一级一级台阶往上走，双手抓住扶手，使出全身力气把自己拽上去。祁阿姨试图阻拦我，我说："这么做是为了防止肌肉萎缩！"她便坐在楼梯上，紧紧盯着我，嘱咐我千万别摔倒。

中午吃饭时间，是住院处人流进出最频繁的时候。几乎所有人都会在十点半左右开始吃饭，家属们拿着饭盒和保温袋来给住院的家人送饭。邻床的老爷爷每天这个时候都会来医院，给老奶奶送亲手做的饭菜。

每天上午九点左右，我让妈妈来医院看我，然后早点去买饭。我和祁阿姨稍微提前一会儿就把母亲送的菜吃完，趁着其他病人和家属吃饭、护士交接班的混乱时刻，我会拉着祁阿姨从病房溜出去。从住院第三天起，我们就开始了这个秘密的午间行动。对我来说，出去就是为了散步消耗热量，而祁阿姨对我给的理由深信不疑——我在家被母亲憋久了，想出去透透气。

我们去了西安几个有名的景点、商场和步行街。为了多走路，每个景点我都选择步行前往。从医院到小吃街要走一个小时，我和祁阿姨一边走，一边看街边的商店、超市……看到烤肠、点心、网红甜品，我都会买给祁阿姨。她特别高兴，特别感动。甚至在接过我从麦当劳买的甜筒时，感动得落下眼泪。她说从没人对她这么好，从没人跟她说"甜筒不只有小孩子能吃，成年人也有这个权利！"

她说，和我在一起的每一天，都能感受到我的善良。

"你这娃娃！咋老把自己的钱给外人花！哎呀，这么好的娃娃，咋就得了这么个病！"

我满心惭愧。其实给她买吃的，不过是进食障碍的病态行为罢了……我想看她吃所有我不敢吃的食物，想看她摄入足够热量，就像当初对奶奶那样，想把她喂胖。

这想法多么卑鄙，思维逻辑多么荒谬。我根本不知道这种念头怎么会出现在脑子里，只知道自己被它折磨着，为了让它不再叫嚣，我几乎对它的命令言听计从。

凌晨，我从睡梦中醒来。房间里所有人都在沉睡，我小心翼翼地用尽全力撑起自己。心跳声在耳边回响，胸腔随着身体用力隐隐作痛。我透过窗帘缝隙，望着漆黑的天空，想起在北京时，半夜醒来也常常是黑夜。

"呵呵，你就像怪物一样……你就这么想死吗？"我抬起手，看着双手上清晰可见的关节和大大小小的疤痕，用只有自己能听见的声音问。

接着，我开始了"力量训练"，用力把头抬起，再放下，反复多次，直到满头大汗，然后分别将左腿和右腿上抬50次，直到胸腔又闷又痛，才停下来休息。呼吸声、心跳声、呼噜声在耳边交织，仿佛一曲协奏曲，我感受着自己顽强的生命力，即便我用仇恨摧残身体，它依旧努力试图修复自己。

和母亲来到西安后，我的身体状态没那么危险了，双腿伤口在慢慢愈合，长出新的皮肤组织。那些黑漆漆、丑陋如蛇般的痕迹，在我体表蔓延，若隐若现。虽然伤口情况有所好转，但体重丝毫未增。

母亲也明白，普通医院很难治疗进食障碍这种复杂疾病。所以，消除我的生命危险，仅仅是万里长征的起点。真正艰难的路还在后面：怎样获得专业帮助；怎样增加体重；怎样避免我情绪失控伤害自己；怎样慢慢修复我的认知……

他把我抛弃了……

　　住院的日子漫长又煎熬，时间仿若一条看不到尽头的跑道，我每日只能隔着玻璃，凝望日出日落。医院外有我日思夜想的人，家人、挚友，还有男朋友……我满心盼着与他们相见，急切地想要快点逃离这个"毁掉"我身材的牢笼。可我怎么也没想到，那个我心心念念盼着见面的男朋友王建，竟在我人生最灰暗的时刻没了踪影。我每天都给他发消息，那些饱含思念与委屈的消息，发出去后却如石沉大海，他极少回复。

　　王建和我一样，都来自离异家庭。当初我们走到一起时，信誓旦旦地约定，一定要对彼此忠诚。毕竟我们都曾被原生家庭狠狠伤害过，所以格外珍惜这份感情。

　　他是我的高中同学，他的父母经媒婆牵线相识，在同一家公司工作。王建出生后，父母便不再同床。他父亲以照顾孩子为由，劝他母亲放弃晋升机会，还说："家里有一个人挣钱就行，女人就多顾顾家，照顾孩子，咱俩都忙，孩子没人照顾可不行。"此后，他父亲一头扎进工作，短短几年就晋升为高层。

　　听王建讲，他高三成绩急剧下滑，从原本有望冲击一本，掉到只能上三本，罪魁祸首就是那年他父亲和女秘书有了不正当关系，长期不回家。母亲发现后深受刺激，患上了抑郁症。那段时间，王建的内心被不安与孤独填满，而我，曾以为能成为他黑暗中的光。

　　王建向我表白的时候告诉我，他想要做和他的父母一样的工作，为了能够进入那个领域，他需要付出更多的努力和时间。他还让我别担心，说在原生家庭里遭受过刻骨铭心的伤害，所以他一定会珍惜我们的爱情，日后绝不会飞黄腾达就出轨。

　　王建对我的掌控欲从刚一交往就初现端倪。每个周末，当我提及要出门，他总会打破砂锅问到底，详细追问我要去的地方。要是选择打车，他还非得让我拍下司机的工作牌发给他。起初，我天真地以为，他爱我爱得深切，才会这般患得患失。可日子一天天过去，我愈发清晰地感觉到，自己仿佛被关进了一座无形的牢笼，彻底失去了个人空间和自由。王建打着爱的旗号，将我的生活紧紧攥在他的掌心，只有我对他毫无保留、像透明人一样毫无秘密，他才会感到安心。

说来也奇怪，我内心深处竟对这种被掌控的感觉隐隐有些着迷。每当他试图掌控我的一举一动时，我心里都会涌起一阵莫名的兴奋。在我看来，有人如此急切地想将我据为己有，不正证明我是被深爱着的吗？后来我渐渐明白，我这种奇特的心理很大程度上源于原生家庭的影响。通过和那些同样被原生家庭问题困扰的人交流，我愈发确信，家庭对孩子长大后的思想和行为，有着难以估量的塑造作用。

可惜，这段感情最终还是走到了尽头。提出分手的是王建。回想我们最后的相处时光，每次见面，他都会反复念叨："你得快点把体重增上去，不然我妈肯定会觉得你身体不健康，她可不想我娶个病恹恹的媳妇。我就只剩下妈妈了，实在没办法娶一个身体这么弱的人。毕竟她年轻时对自己身体的要求就很严格，对……"话到此处，他总会突然停顿，眼神里闪过一丝慌乱。他在害怕，害怕我嘲讽他"妈宝男"。

因为长期节食，我的体重严重偏低，身体也遭受了极大的损害。全身肌肉逐渐萎缩，体力差到了极点，做日常生活中的小事都变得异常艰难。每次蹲下上厕所后，我都得费好大的力气，甚至还需要借助外力，才能勉强站起来。王建热爱爬山、打羽毛球这类充满活力的运动，可那时的我，哪怕只是走上几级台阶，双腿就会发软，整个人摇摇欲坠。陪他逛街的时候，我就像个风一吹就倒的老人，每上一级台阶，都得靠他搀扶。为了遮挡住自己那瘦得脱相的脸，我总是戴着一顶大大的鸭舌帽，哪怕是在酷热难耐的夏天，我也依旧穿着长袖长裤，将自己裹得严严实实。我的怪异装扮，引来了无数路人诧异的目光，为了逃避这些异样的眼神，我走路时总是习惯性地低下头，仿佛这样就能将自己与外界的目光隔绝开来。

长期的营养不良，让我的身体出现了一系列严重的问题。骨骼肌不断下降，骨密度也随之减少，我站立的时候，不自觉地就会驼背，整个人看起来毫无精神。头发也大把大把地脱落，露出了斑驳的头皮，从侧面看，我就像一个垂垂老矣的老奶奶。每次王建带我出门，他都要小心翼翼地扶着我，一步一步缓慢地挪动，那模样，真的就像是在照顾自己年迈体弱的祖母。

那时的我，大脑仿佛被一层迷雾笼罩，思维变得迟钝而混乱。除了每日挖空心思地计划一日三餐吃什么，对周围的一切都失去了兴趣。我的眼睛像是被一种无形的力量牵引着，只看得见食物。闲暇时，我最喜欢在手机上刷那些吃播啃肥肉的视频，看着屏幕里的人大快朵颐，我心里竟能获得一种奇特的满足感。打开手机相册，里面占据了好几个G内存的，全是各种各样食物的照片，那是我对食物既渴望又恐惧的矛盾心理的真实写照。在陌生人眼中，我就像一个来自另一个世界的异类，行为举止让人难以理解；而在家人和王建眼里，我简直不可理喻，为了维持所谓的瘦弱身材，宁可放弃正常的生活能力，将自己的身体和生活都推向了深渊。

情人节那天，王建约我去吃了一顿鱼火锅。可整个用餐过程，都透着一股说不出的怪异。他的表情始终冷冰冰的，眼神游移不定，不敢与我对视。点菜的时候，他只是淡淡地问了我一句："只吃菜呗？"那语气，仿佛我们之间的关系已经变得无比生疏。从那之后，他便开始以工作忙为借口，对我的消息不理不睬。我发给他的消息，就像石沉大海，再也得不到回应。

不久之后，我的病情愈发严重，情绪也彻底失控，终于被强行送进医院。在医院的那段日子里，我满心绝望，而王建成了我心中唯一的希望，我期盼着他能来拯救我，带我走出这黑暗的深渊。可现实却无比残酷，他不仅没有来医院看望我，甚至连我打过去的电话也全部无情地挂断，就像人间蒸发了一样，彻底从我的生活中消失了。

母亲陪伴在我身边，看着我整日失魂落魄地拿着手机，时不时就看上一眼，她几次关切地询问我原因。每次，我都像一只被激怒的刺猬，愤怒地对她怒吼，指责她毁了我的一切。我声嘶力竭地告诉她，如果王建就这样离我而去，我活着也再没有任何意义，失去了他，我就失去了活下去的信念。母亲听了我的话，并没有反驳，只是静静地看着我，她的眼神深邃而复杂，像一潭深不见底的湖水，平静的湖面下，隐藏着无尽的悲伤。那一刻，我似乎看到有什么东西在她的眼中闪烁，那是妈妈的眼泪吗？她的眼神里满是无奈与心疼，可当时的我，满心都是对王建的思念和被抛弃的痛苦，根本无暇顾及母亲的感受。

然而，就在我几乎绝望的时候，王建主动联系我了。那天，手机铃声突然响起，看到屏幕上显示着他的名字，我激动得差点跳起来，手忙脚乱地接通了电话。可电话那头，他只是简单地说了几句自己最近工作有多忙，就匆匆挂断了电话。我兴奋地将这个消息告诉母亲，以为王建终于回心转意了。母亲只是淡淡地笑了笑，轻声说：“你看他是真的忙吧，你要好好治病，这样王建才放心。”看着母亲的笑容，我心中却涌起一股异样的感觉。我是如此敏感，还是察觉到了她眼神里那一丝与欣慰极不相符的违和。我心里隐隐有种不好的预感，可我还是不愿意相信，王建对我的感情已经彻底变了。当天晚上，等母亲睡着了，我鬼使神差地拿起她的手机，翻看了她和王建的短信聊天记录。这一看，如同五雷轰顶，彻底击碎了我最后的幻想。

母亲在短信里，先是向王建诚恳地道歉，然后详细讲述了我的病情，言辞之间满是焦急和无奈，她苦苦哀求王建救救我，希望他能给我一些精神上的支持。而王建的回复客气得近乎冷漠，他说：“我可以配合阿姨，但我已经不爱她了，望您理解。”看到这些文字，我的泪水瞬间决堤，不受控制地夺眶而出。

原来，他联系我，只不过是看在母亲的面子上，出于同情和敷衍，配合母亲来哄哄我罢了。我终于明白，我真的让他彻底失望了，无论我以后能不能康复，他都已经不再相信我是那个能与他携手一生，给他和他母亲带来幸福的人。

回想起我们最后一次见面，他问我厌食症的死亡率是不是很高，我当时满心不在乎，随口就回答"是"。他又接着问我，就算治好了是不是还会反复发作，我如实告诉他，有的人十几年都没能彻底康复。这的确是不争的事实，在病房里，每一个新入院的病友，都会反复询问这个问题，每个人都怀着一丝侥幸，希望能从别人口中得到一个不一样的答案，一个能让自己看到希望的答案。然而，医生和那些对进食障碍有深入了解的人，总会表情平静却无比残酷地回答："会有复发的概率。"复发，就意味着之前所有的努力都付诸东流，又要重新回到那个痛苦的原点，再次陷入与食物的无尽纠葛之中。看着王建的眼神渐渐黯淡，不再与我交汇，开始刻意躲闪，我知道，我的回答就像一盆冷水，彻底浇灭了他心中仅存的那一点希望之火。

经历了这一切，我常常忍不住想，如果王建没有被原生家庭伤害，他还会如此现实地对待我们的爱情吗？在给他打的最后一个电话里，我终于问出了那个一直萦绕在我心头的问题："你曾经对我许下海誓山盟，为什么仅仅因为我得了厌食症，就选择抛弃我？"电话那头，王建沉默了片刻，然后用一种疲惫而又无奈的声音说："对不起，我父亲也曾经这样对我母亲发誓，说会守护她一生一世。可是，生活的残酷让一切都变了。他利用我母亲的人脉在职场上步步高升，然后就过河拆桥，在我高三最关键的时候，公开了他和情人的关系，还提出了离婚。这件事对我和我母亲的打击太大了。"说到这里，他的声音有些哽咽，我静静地听着，脑海中浮现出他在鹅黄色灯光下，双眼闪烁着泪光的样子。

"紫初，我们都该长大了，应该清楚自己真正想要的是什么。我渴望拥有一个温暖、稳定的家庭，可你为了追求瘦，不惜伤害自己的身体，甚至危及生命，我怎么劝你都没用。我只有妈妈一个亲人了，就算我能忍受你的任性，我妈妈也无法接受这样的你。"听着他的话，我心中五味杂陈，曾经的甜蜜与如今的痛苦交织在一起，让我痛不欲生。

如今，距离我和王建分手已经过去了两年多的时间。偶然间，我又想起他分手时说的那句话："因为我父母的伤害，我觉得我没办法再去爱上一个人了。"

一股难以抑制的冲动涌上心头，我赶忙发微信给正在杭州度假的闺蜜，让她帮我看看王建的朋友圈。闺蜜很快回复了我，她说王建的头像两年都没换过，朋友圈里全是他和哥们打球的照片。闺蜜以为我还对他念念不忘，特意嘱咐我"好马不吃回头草"。

其实，我心里也说不清楚自己到底是什么感觉，只是隐隐还有些不甘心。我还是很想知道，在离开我之后，他有没有找到那个能符合他所有要求，给他带来安全感的另一半。

我得不到他的爱了，我很在乎他把爱给了谁……

医院没有解药

安素都被我偷偷倒掉了。母亲还是发现了我的秘密，她买来的安素并没有按照预期那样减少。

"你没好好喝安素，对吗？"母亲把给我和祁阿姨买来的午饭放在小柜子上，打开了放安素的罐子。

"你打开那个干什么？！我喝了！"我气急败坏地冲母亲喊。

"医生给我看了你的验血结果，并没有任何改善。你已经住院一周多，体重现在长了吗？按照我的计算，这瓶安素应该喝完了，可还是有半罐子。"母亲说。

"你不要总是控制我！"我大叫着，脑袋里嗡嗡作响，那个声音又要蹦出来折磨我了。

母亲看到我发怒，没有再说什么，她用无奈的眼神看着我，一直等到我平静后，她告诉我这次的检查中我的白细胞下降了很多，所以她才怀疑我的体重没涨，也没好好喝安素。

我是可以理解她的，如果我是一位孩子的母亲，我的孩子一直瘦得和骷髅一样，并且我刚从死神手里抢回她的一条命，我也会急着想让她远离生命危险。

给我会诊的外科大夫在拿到我的检查报告以后，怀疑我的骨髓在营养不良的这段时间里发生了病变，才会导致在不断补充营养的情况下血液情况恶化。他建议我进行骨髓穿刺，取腰椎的骨髓来做进一步检查。

母亲听到"腰穿"，吓得脸都白了。我也很懵，完全不知道这是一种什么样的检查。祁阿姨也吓了一跳，问："为啥娃娃非要做这个检查？"我上网查到了腰穿的意思，就是用医疗设备从腰部的骨头中把脊髓抽出来一些，去检测脊髓的健康程度。一般这种检查是被怀疑血液有问题才做的。听上去就很吓人，我和母亲都犹豫了。但是母亲最后还是安慰我说试一试，这样就安心了。

我侧过身，医生帮我打了麻醉药。但是我依然感受到了似乎有什么东西猛烈地钻进我的脊椎。那个东西发出吱吱的声音，通过骨头传到我的耳朵里，就像是拧一个很紧的瓶盖时发出的声响。那个东西越钻越深，我感觉到随着它的深入，我的腰部又软又酸，有一点点火辣辣的痛。整个过程很快，医生帮我在腰部贴了一块纱布，让祁阿姨帮我用力按住，至少二十分钟，然后嘱咐我近期不要沾水。

母亲在医生出去一会儿以后才走进房间。我看到她红着的双眼，下巴上还有没擦干净的泪痕。

"宝儿，你疼吗……"母亲颤抖地问。

"你哭了？"我问。

"你妈妈刚才在楼道里，哭得那叫一个伤心……"祁阿姨说着，眼泪也流了出来，"我怎么劝也劝不住，你妈妈一直在哭……你妈妈那叫一个心疼你呦……"

我的心里非常难受，听完祁阿姨说的话，我陷入深深的自责。我体会不到母亲有多难过，我只知道她一定非常疲惫了。

从陪伴我居家康复开始，我的体重一直在下降，我的身体并没有像我承诺的那样得到恢复，甚至慢慢地出现了让人害怕的现象，比如腿部皮肤腐烂，还有那不断渗出双腿的、带着腐臭味的淡黄色液体，每天都会把我的裤子和鞋浸透。

面对自己的女儿变成这样，母亲不敢报警或者叫医生，只为不再次伤害我，因为害怕我会像我听说的那样自杀……母亲曾经也是抑郁症患者，那么她的心理到底是多么强大，才没有再次让抑郁情绪将自己吞没？多少个漆黑的凌晨，她都在听到我的关门声之后再没有睡着，一直担心我在外面遇到危险，怕接不到警察打来的电话……

腰穿之后，我不得不减少走路，只能每天在楼道里慢慢地溜达。其间我给姥姥打去电话，得知姥爷的病情一直在恶化。姥爷觉得住院很孤独，医院不让家属陪同，所以他很抗拒住院，宁可在家里让姥姥照顾。而小姨因为患乳腺癌，还在化疗阶段，不能着急，也不能发脾气，所以需要一家人一起瞒住姥爷的病情，一直由姨父往返医院。姨父要带小姨去化疗，还要和医生沟通姥爷的情况。母亲在北京的时候，有时会让我一个人在家，去处理一些姥姥和小姨家里的事，可是自从带我来西安以后，北京的事情只能交给还在工作的姨父一个人去处理。

我恨着我的父母，心里却十分挂念我的姥姥姥爷。他们在我的童年里给予了我数不清的温暖回忆。只要回忆起同姥姥姥爷住在一起的日子，我就会感觉到在我冰冷的灵魂里似乎还保留了一些温暖的火苗。

姥姥姥爷的家是唯一一个无论我什么时候回去都会对我敞开大门迎接我的家。只要回到姥姥家，就可以吃到家人做的饭，体会到家人给予的爱和温暖；只要回到姥姥家，我就可以放心地随时入睡，可以一整晚不做梦。我不用担心半夜需要爬起来躲避抑郁情绪发作的妈妈，喝醉了酒的妈妈……姥爷的病一直在恶化，如果姥爷去世了，姥姥可能会郁郁寡欢，那个能给我温暖的避风港也就不复存在了……我的心难受极了，我非常希望能回到北京去，再去见到我的姥姥姥爷。

我开始闹着要出院，几乎每天都会逼迫母亲让我出院。可母亲就是咬定那个"脱离生命危险"的标准。到底什么才是标准？就是血液指标至少要稳定，没有某一项指标在危险范围里。这就表示我必须加强营养，必须让水肿消退。

在医生的建议下，母亲同意了给我打人血清白蛋白。那是可以快速提升身体里白蛋白的液体，是从其他人身上提炼出来的精华；但用这种药要承受相应的、可能存在的危险，也就是感染其他人身上携带的遗传类疾病。所以医生在给病人注射白蛋白时总是很谨慎，需要征求家属的同意。令人欣慰的是，在多种营养药一起配合注入我身体的情况下，水肿在以肉眼可见的速度消退。双腿皮肤全部呈现出愈合的样子，尽管皮肤依然很脆弱，但是至少不会再有感染的危险了。

很快我的脚指头就能动了，医院为我指定了一位康复师，康复师每天来到病房，辅助我做活动四肢和头部的训练。但是因为我不吃肉，吃不够饭菜，所以体重不增长，肌肉也得不到恢复，只是感觉关节因为积液慢慢被吸收，稍微灵活了一些。

我的心情不知道是不是也因为身体消肿、腿伤愈合而感到兴奋。我开始主动和护士们聊天，也会自己在楼道里和其他人打招呼。有时候我努力憋一口气，还能够自己翻身。

我再一次兴奋地和母亲提出要出院的想法，也说了我想去姥姥家看望姥姥和姥爷。母亲依然说："还不是时候。"那天我崩溃了，大哭着说母亲是魔鬼。我心里对母亲的厌恶和仇恨，全部被发泄到了对自己的折磨上。我又开始节食。

祁阿姨看着我碗里那少得可怜的菜，担心地看着我问："娃娃，你是在报复你妈妈吗？你妈妈对你那么好，她那么心疼你，给你花钱让你恢复身体，你为什么要这么恨她？"

"我说了您也不会理解的！我恨她就因为她把我生下来，让我受够了这个人间的痛苦和孤独！您怎么能体会到身边所有人都把您当成异类一样欺负您的感受，那时我还是个孩子！"我大叫着，吓坏了邻床的姐姐和阿姨。

"可是妈妈为你付出了很多了，为什么不能原谅她呢？"祁阿姨说着眼泪又流出来。

为什么不能原谅……因为在我向她求助的时候，她把我推开了，小时候把我扔在学校里被同学们排挤也就罢了，成年以后居然和父亲一起将我在毫不知情的情况下骗进精神病院！他们让我再一次感受到被抛弃的绝望，再一次向我证明，我是一个累赘，一个根本不存在尊严的"物品"，坏了就可以丢给专人去修理。是我的父母将我对爱最后的信任摧毁。

"这种深仇大恨，杀了我父母都便宜了他们！"我咬紧牙关，从嘴里挤出这句话。

祁阿姨被我吓得愣在那，呆呆地看着我，她的眼泪依然在不停地流出来，但是她颤抖着嘴唇，始终没有再说话。

我抬头看着夜空，窗户外面，卖烤红薯的男人一直在叫着"烤红薯！便宜卖的烤红薯！"空气中时不时飘来一股菜香味，好像红烧肉的味道。我拨通了母亲的电话，问她在哪里。母亲说自己在和西安的朋友吃饭。我认识那个朋友，她是母亲很多年前就认识的人，也是晓文阿姨的共同朋友——一个很温柔的女人。听母亲说就是这位阿姨帮我找到了我要的枕头。

不知道为什么，明明很恨母亲，但是听到她说自己与另一个人在一起聊天吃饭，我的心里瞬间感到了心安。能和别人一起聊天，母亲就可以把压力释放出来了。她一定可以在焦虑中得到一点缓解吧？

我知道，我的心里依然很爱妈妈，哪怕仇恨让我失去了自己，但是在我的心里，依然有一个小小的"我"，试图努力抓住黑暗中仅存的火苗……

但是，母亲如果接下来依旧想让医院彻底击退我的进食障碍，那么她将永远无法如愿。因为，仅仅是依靠药物和食物救治我的肉体是远远不够的，这不是消除我怨念的解药。

我的解药来自我对自己的认知和接纳，来自被家人理解和认可，来自不再孤独的心，来自对生命的敬畏……进食障碍的"解药"有很多成分，但绝不是冰冷的房间和不痛不痒的安慰。

爱与挣扎

另一个开始

在西安住院的第二周我才知道，母亲为了不让姥姥姥爷担心，竟然瞒着他们带我来这里住院。她害怕我给姥姥打电话时说漏嘴，特地叮嘱我不要提"住院"，如果姥姥姥爷问起最近的情况，就说一直在家里。

姥姥也是一个从年轻时就很细心的女人，她早就感觉到了不对劲。一次打电话时她问："宝宝，你妈妈最近还好吧？她也没给我们打电话，是一直陪着你呢？她很少这么久不回来……"我被问得紧张，赶忙说我最近和母亲一直在一起，叫她别为我担心。但是挂了电话以后我总是想起姥姥担忧的语气，心里既焦虑又不安。

我在医院住的这段时间一直没有大便，因为在家时长期靠吃泻药排便，以致不吃泻药的情况下身体自己排泄的功能几乎丧失了。用了几支开塞露也仅仅让我挤出一两个带血的球。祁阿姨心里为我着急，两次用手帮我去抠堵塞在身体里出不去的"便便"。我感觉已经彻底失去了尊严——不但身体被摧残得体无完肤，双腿尽管伤口愈合了，但是留下一条条像蛇一样的纹路，现在又无法自己解决生理问题，就连大小便也需要别人的帮助……我觉得根本没有勇气接纳这样的自己再活下去。

我已经把西安城里能去的景点和商场都"打卡"了一遍，祁阿姨也胖了很多，每次见到我又给她买吃的就露出一脸痛苦的表情。我觉得自己的行为既可耻又卑鄙，我意识到我不能再伤害这个对我百般照顾的阿姨了；可是我又控制不住自己，只要她没胃口我就会焦虑，只要她拒绝按照我的要求进食我就会发脾气。我也很希望自己可以停止对她的控制，可是就好像身体里住着另一个人，每当"她"焦虑起来，就会用一堆声音摧毁我的意志，让我将身体交由她去控制。

我很清楚自己的身体曾接近死亡，但是在最危险的时候被母亲从死神手中抢了回来。现在摆在我面前的路只有两条——一条路是我接受长体重、接受食物，让身体彻底康复；另一条路是继续折磨自己，但是我知道下一次我不会再这么幸运了，因为身体里储备的能量和营养已经在这次危险中耗尽。

如果选择第一条路，那么继续留在这里就不是一个很好的选择，因为这家医院不会强制我进食，也不管理我的运动。我是不可能自己控制住自己，去恢复身体、改变行为的。如果选择第二条路，也必须先离开医院，我才能继续自我伤害。

我再一次向母亲提出我要出院的想法，我对她保证一定配合她，治疗养身体，这次一定不再说谎。可是母亲被我吓得不轻，"我不是不信你的保证，但是我不能再给进食障碍这个机会，把你又一次推向死亡"。

母亲的坚定让我身体里某个部分在恐惧，我能感觉到那个"东西"很害怕，如果妈妈坚决要做一件事，我相信她是不可能动摇的……甚至她会为了达成这件事而不择手段。在这一点上我们两个很像，我继承了来自妈妈的意志力。

"如果这两次血液指标合格，我就带你回家。"母亲放下手中的袋子对我说，"这家医院只能救你命，普通医院根本治疗不了进食障碍这个病。"

"你要带我到北大六院住院是吗？"我问。

"如果可以，我想现在就把你送进去，可惜你身体条件还是太差，人家根本不收你。"母亲说。

"我不会再去住那个医院了，我讨厌被关起来！"我朝着母亲大喊，"要是再进去我一定会自杀的，我会报复你。"

"你随便，你要是自杀，他们会把你绑起来，要是有把握你就试试。"我看着妈妈冷漠的表情，感到身体里那个"小恶魔"在犹豫着，瑟瑟发抖。她面无表情的样子让我不知道她的计划和想法，不知道怎么去应对接下来可能发生的事。

因为不好好吃饭又大量运动，我的血液指标总是很差。我的骨髓检查没有任何问题，但是白细胞却始终很低。

姆姆给母亲打了几次电话，希望母亲能去家里看一下姆爷，她很担心姆爷的情况会继续恶化，想请母亲判断是否需要带姆爷去住院。母亲不敢把我放在西安一个人回去，她说没办法放心我现在的状态，怕我情绪不稳定又做出伤害自己的行为。我能看出母亲的精神十分疲惫，我想她很清楚自己的身体再这样折腾也会撑不住。

"大夫，请问我还要多久才能出院回家？"我终于忍不住跑去问了我的主治医生。

"你现在的白细胞只有1.9，说句实话……我们都不建议你外出，更不用说去坐高铁了。"医生给了我这样的答复，但是在知道姆爷病重的事后，他答应去想想办法。在征求母亲的同意后，医生多次会诊，建议我打一针帮助产生白细胞的激素，这样身体就会被刺激分泌白细胞，让我有最基础的抵抗力。但这只能支撑我回北京，回去以后还需要继续在安全的环境下调养身体。

在西安住院的第32天，医生给我的屁股上打了一针。第二天一早再抽血检查时，白细胞已经达到了4.2，属于安全范围。于是母亲买了当天下午的火车票，告诉我准备回家。

在等待护士帮忙办理手续的时候，我看到妈妈的脸上写满了犹豫，她很焦虑、很不安地注视着窗外。在我与楼道里的护士们告别时，我看到妈妈在病房里与医生交谈，她一脸疲惫又无奈地笑，医生用手拍了拍母亲的肩膀，我听到他意味深长地说："希望一切顺利。"

我送给护士们每人一个花朵胸针，那是用布和棉花做的小花，五颜六色，各不相同。这些小花是我从网上提前买来的，就是为了等出院那天送给与我相处一个月的医生和护士们，表示感谢。我从心底里感谢在西安遇到的每一个人，护士们在帮我换药、给我做康复训练的时候经常鼓励我，告诉我身上的伤一定会慢慢痊愈，我的肌肉只要好好吃饭都会长回来。邻床有一周住了一位新婚的大姐姐，因为体检被告知血糖不稳定，特地住院调理。她的头发很漂亮，又黑又长，我第一天见她时就说她是一位"黑长直美女"，她露出了一个灿烂的笑容，说："等你的身体恢复了，你的头发也会很漂亮！你会是个大美女，我见的人多，准没错！"

那些笑脸被我深深地印在脑海，就像火红的太阳。

祁阿姨帮我把住院时的衣服和要带走的物品打包，送到医院外的马路边。母亲和我在等去往车站的出租车。

祁阿姨又哭了，她泪眼汪汪地一直看着我，嘴里嘟囔着"不要忘了阿姨啊"。我安慰她一定会回西安来看她，并带着深深的感谢给了她一个拥抱。如果不是因为她，如果她不是一个善良的人，那么我冰冷的心一定会更加孤独。是祁阿姨用她的善良和朴实，给了我短暂却弥足珍贵的安全感与陪伴，让我能够信任她，也愿意在她面前袒露心事。虽然我知道在她眼里，无论过去我被家人怎样伤害过，我都应该原谅他们，珍惜现在的幸福。可是我没忍心告诉她，我并不幸福。我的身体状态很差，多次提出想见父亲，但是他依然以"工作很忙"为理由拒绝我。我不知道父亲是真的很忙，还是他不忍心看到我现在的样子。毕竟我已经很久没有见到他了。我猜父亲也没有关心过我，不然为什么就连母亲带我到西安住院的计划他都不知道？当我拨通电话告诉父亲我到医院了，他才惊讶地问："啊？你妈妈带你去了西安？"

这句话在我听来既可悲又可笑，如果他足够关心我，他一定会与母亲交流得比较频繁，那么母亲不可能不让父亲帮忙转送我。所以其实他不知道我的情况已经非常危险；或者还有一种情况，就是哪怕知道很危险，他也不想出力参与？

他果然还是那个没有责任心的男人。我在心里默默告诉自己。

母亲带着我告别了祁阿姨，那个矮矮的、胖胖的女人往前追了两步，还是逐渐消失在来来往往的人群里。我看到祁阿姨的影子从后视镜里消失，心情非常复杂。

对我而言，去哪里都是痛苦的。只要我的仇恨还在心里，只要我还没有得到我想要的爱与温暖，只要我还没有把我的复仇进行到底……折磨就不会结束。

进食障碍会一直化作"恶魔"，在我的身体里折磨我、控制我、让我自我厌恶。但是我隐约觉得，母亲不会就这样让住院的"成果"被我摧毁，她坚定的眼神足以说明现在的她有勇气与我的进食障碍抗争到底……所以，回到了北京，也许会是新的开始。

妈妈陪我住进医院

住进北医六院的前三天，我都被要求进行隔离。医院的进食障碍病房和双相情感障碍病房在同一楼层，那层面积很大，构造形如一只展翅的飞鸟，两只羽翼是两侧走廊，中间是用于吃饭的大客厅和护士的分诊台。两侧走廊一长一短，短的走廊仅有3间病房，后面的空间是一个大的医生办公室。长的走廊一共14间病房，每间能容纳4张病床。每个病房都有独立的卫生间，若有陪住的家属或者护工，房间最多只能放下两张折叠床。北医六院作为国内少有的设立了专治进食障碍科室的医院之一，其床位一年到头都在排队。尤其到了寒暑假，更是一床难求，病房里一到晚上就拥挤不堪，床被放满，甚至还有护工睡在楼道里。

被隔离起来的我们的房间又大又敞亮，窗户朝西，能看到每日的日落，北五环外没有鳞次栉比的高楼大厦，视野能够直接抵达远处的青山。若不是因为住院的病人众多，让这里颇为拥挤，这儿更像是一座开阔、敞亮的疗养院。

我和母亲很少交流，她时常背靠身后那面墙坐在床上。她的双眼有着深深的黑眼圈，眼角的皱纹密密麻麻，她已经许久没有时间去养护和挑染自己的头发了，那些银白色的发丝再也藏不住，在阳光的照耀下犹如蒙着一层白霜。

母亲憔悴的面容、花白的头发，仿佛都在向我诉说："她在用她的生命为你做这一切。"

如果这都不算爱，那又是什么呢？自从被确诊为进食障碍，这是我第一次思考这个问题，因为我已经很久没有闲暇去端详母亲的脸了。对食物的兴趣占据了我全部的精力，无论是自媒体上关注的主播，还是线上购物车里未下单的面包、从做饭APP里下载的秀色可餐的美食图片，无一不在证明我对

"思考食物"的痴迷。

习惯了在医院外相对自由的日子，被关在病房里和母亲二十四小时面对面，于我而言就像囚犯在警察的眼皮底下求生一般，极不自在。我强忍着在房间里奔跑的冲动，缓缓走到床边，再走到门口，余光不时瞥一下坐在床上的母亲。她似乎睡着了，可只要我脚下的声音大了些，母亲就会睁开眼看我。

我在进医院那天问李主任母亲是以何种身份陪我住在这里，她告诉我母亲也是病人，她的焦虑已到了需要吃药才能缓解的程度，睡眠也受到了影响，所以母亲也需要"被像病人一样关爱"。

"关爱"这个词从李主任口中说出的瞬间，我为之一震——何时我的妈妈竟然需要被外人关爱了？这刹那的震惊犹如一支由太阳神射出的光箭，在那一刻深深扎入我的心中。一丝微弱的光被沉睡的心灵捕捉到，它就像一根从母亲头上掉落的银色发丝。

自我第一次出院以后，就再未感受过母亲对我的爱，我的心被仇恨蒙蔽，只有对一直瘦下去以折磨父母的执念。我不再信任任何人，也不再相信家人对我的承诺，哪怕他们主动提出陪伴我一起生活，我也因内心深处强烈的恐惧而拒绝。我很害怕再去相信他人口中说出的爱我。我会抱有期待，以为那是真实的而感到幸福和满足，可一旦那人欺骗我，我就会灰心丧气陷入悲伤。我不愿再将幸福寄托于被爱，这会让我失去安全感。

我站在床边，望着远方穿梭于云间的山峰。隔着一层玻璃，窗户外面是那般自由的生活，窗户里面却禁锢着我和我的妈妈。我从小就对母亲对我的掌控感到恐惧，如今我会站在此处也是拜她所赐，好在与第一次住院不同，这一次母亲与我被关在一起。她会陪我一起"享受"这种无聊的生活：吃饭，睡觉，吃饭，睡觉……和我一起听周围的哭声，一起吃油腻的饭菜、居于狭小的环境、睡咯吱咯吱响的床，几个人赤身裸体挤在一起洗澡……这都是她应得的！她想折磨我，她也必须付出相应的代价！

我的心中依旧充斥着对父母的仇恨。

"我这次陪你一起进来，会一直陪你到你出院。我答应过你不会离开你，所以我在这里和你共同体验这里的生活，直至你康复。"母亲的声音从身后传来。

"呵，希望你这次别骗我。"我冷冷说道。

倘若母亲中途受不了而出院，我就想办法在此结束生命。

门外突然喧闹起来，人们似乎加快了脚步。"大家把勺子拿出来，我要锁门了，快吃饭了！"一个洪亮的声音喊道。很快，一声接一声关门的声音传来，护士正在一间房一间房地锁门。这是北医六院的规定。饭前十五分钟就进入准备阶段，大家必须离开自己的病房，聚集到大厅。每个人都有自己固定的座位，是护士根据病人听不听话安排的。我和母亲由于在隔离期，所以工作人员在给大厅里的所有病人和陪护发完饭后，会把我和母亲的饭拿进来让我们吃。

饭后两个小时要静坐，这两个小时不能上厕所也不能回房间，只要站起来就会被"黄牌警告"，警告超过三次就会被绑在床上，美其名曰"保护"。我们都很惧怕这种被迫躺平、一整天不能运动的惩罚。医院这么做是为防止病人在吃饭时将食物藏起来扔掉，或者去吐掉。

因为每个人的饭都不一样，发饭的阿姨发起来很慢，有时还会出错。每逢此时，大家就会认为是发饭的阿姨耽误了开饭时间，发出此起彼伏的责怪声。开饭时间从最后一个人拿到饭时开始计算，往后加半小时就是结束时间，也就是静坐开始的时间，大家都很讨厌坐得更久，因为这样在九点熄灯之前可以走来走去消耗热量的时间就会减少。

外面的大厅在一句"开吃吧！"之后陷入了安静，此刻门外是"猫捉老鼠"的世界，护士会全神贯注地盯着患者们吃饭的动作，以防藏饭。

我们的房门被推开，一个阿姨从饭车里拿出两个饭盒。我和母亲用床头柜当桌子，面对面打开了盖子。因为母亲是以抑郁症住院的，她的饭是普通伙食，而我的是为进食障碍患者准备的营养餐。妈妈惊讶地看着我的菜说："糖醋里脊啊，真棒！"我看着妈妈盘子里的青椒炒肉，几乎看不到几根肉丝。我心里瞬间一紧，一股莫名的愤怒和对不公平的委屈涌了上来。可我知道在这家医院里，表现出任何"拒绝吃饭"的行为，都会为之付出更为难受的代价。我强忍着内心的感受说："你要是喜欢，我可以和你换。"

母亲一口一口吃起来，她把菜拌进饭里，连着勺子里的菜汤一起吃下。她动作和表情都很自然，还不时说着真好吃。

我皱着眉头，小心地从菜汤中把菜捞出来，放进嘴里咀嚼。菜汤流入嗓子时，我几乎想吐。艰难地把糖醋里脊一口一口放入嘴中，我真想用一张纸把盘子里剩下的甜汁擦干净，而不是用舌头去舔。为了不被认定为"故意逃避菜汤"，我必须把盘子吃干净。我把米饭放入汤汁里，让米粒去吸收它们，再把饭吃掉。这让我想起小时候常吃的西红柿鸡蛋拌饭。我其实从小就很喜欢盖饭，碳水和肉混合汤汁进入胃里会让我有充实而快乐的满足感。但是自从听到那句"汤拌米饭是最让人发胖的"以后，我再也没有这样做过，甚至产生了一种先把碳水吃下去，再去吃其他食物的强迫行为。我无法接受主食和其他食物在嘴里一起被咀嚼，哪怕我明知它们会在胃里相遇。

我小心地抬头看了一眼母亲，她一直低着头，专注地一口一口吃着，或许是她故意不想给我压力，在我用余光看她的这段时间里，她没有看过我一眼。我用勺子把剩下的菜汤推开，尽力让它们的液滴看上去像是自由分散开的。按照以往的经验，这样就算剩下一些汤汁也不算"故意"，如果液滴合在一起，可以用勺子舀起来，就会被要求喝掉。

母亲把勺子啪的一声放在桌子上，她用纸擦了擦嘴，把勺子也裹起来。我看向她的饭盒，米饭、菜、肉、汤汁，每一样都剩下一些。我心里仿佛有一个"紧箍咒"，此时又收紧了。焦虑、烦躁、不甘心……我冷笑着问母亲："你不把它们吃完吗？那为何要求我必须吃完？"

"因为我没有像你这样把自己减肥减成这副模样。"她说，"你和外面的那些孩子一样，都是营养不良，需要摄入超过你代谢的热量。"

我听到门外传来此起彼伏的饭盒碰撞声，看来他们陆续吃完了。脑海中浮现出第一次住院时刚进医院那天看到的情景，几十个可怜兮兮、面黄肌瘦的女孩们围坐在长桌边，好奇又饶有兴致地看着被警察护送进来的我。其中一个短发、看上去十三四岁的女孩对身后陪护的女人说："妈呀，她有60斤吗？她看上去比我还瘦啊！"她身后的女人皱着眉头看着我，放在女孩肩膀上的手紧紧攥着。我感受到了她眼神中的震惊和恐惧，她望向我身后的母亲，眼神又流露出怜悯。

心中的烦躁就像一团火苗被浇上一勺油，瞬间猛烈燃烧起来。我变成这样，纯粹是为了惩罚我的父母，惩罚他们生下我却不爱我，不陪伴我成长，让我感受孤独和绝望。然而旁人看到我的样子，却反而更加可怜我的母亲？可怜之人必有可恨之处，她亲手造就了充满仇恨和满心报复的我，就是这份感情化作了我心中的"小恶魔"。

我什么都没说，我累了，我已经放弃与母亲对抗了，这么久以来我一直怀着仇恨，过着寂寞、重复、躲避在阴影里像怪物一样的生活。我试图摆脱母亲对我的控制和影响，可她又将我抓进医院，而我报警后警察却说我有"精神病"，必须听从监护人的决定。这仿佛在告诉我，母亲无论何时都有权决定我的未来，反抗是徒劳的。

护士推开病房的门，进来看了看我的饭盒，点了点头，拿了出去。

我感觉胃里满是食物，它们会被我消化、吸收。热量会输送到我身体的每一个细胞里，变成我的脂肪和肌肉。一想到"脂肪"，胃里就开始别扭，好像有膨胀起来的气球，我感觉越来越撑。气体涌上喉咙，我忍不住打了两个嗝，想站起来。

我看着母亲，母亲看着我，她知道我想说什么，摇了摇头："别站起来，你已经溜达一上午了，吃完饭应该休息。"

"我好撑，好难受！"我捂着肚子。

这都是想象出来的感受，是精神紧张的身体反应。尽管我知道放松下来才是缓解疼痛的办法，可这依然让我痛苦不堪，接受长体重这件事我根本做不到。

我举起手想拉窗帘，却发现手臂没力气，抬不到要拉的位置，只能用力撑着床边站起身，把窗帘拉上。拉这个动作我也没力气做，是用身体带着胳膊移动完成的。

窗户的玻璃上倒映出我和我身后的母亲，我们通过玻璃的反射，沉默地注视着彼此。

与药物战斗

入院已经一周了，我和母亲都适应了医院的作息。

离开隔离间后我和妈妈偶尔会坐在一起聊天，内容主要是围绕"我和母亲抱怨想出院的心情，然后母亲一遍一遍告诉我她只听从医生的判断""我们一起讨论在医院里看到的病友们的情况，然后她告诉我我比病友们的状态还差""我和母亲一起回忆我的每一段心理阴影"，通常后面两个话题都会引发争吵。大部分情况下我们很平静，我也因为"再也无法掌控生活"而老实了不少，不再每天沉溺于刷吃播和计算热量，有了更多思考其他事情的时间。

从日常与病友们的交流中，我对自己的认知也越来越清晰了。尤其是母亲告诉我："你看他们时觉得很奇怪的行为，你自己身上也有。"

明明想恢复健康，也知道相对于基础代谢，盈余的热量才能使我增重，我为什么非要走路去消耗热量？我为什么总觉得自己很胖？我为什么体重一增加就会感到窒息和紧张？体重对我而言，就仿佛决定了我在这个社会的地位和价值。但是这只是我认知中的想法，明知如此，为什么在身边的人都告诉我"你必须增重，已经太瘦了"的情况下，我依然无法接受必须长胖的事实？

也许你已经发现了，我把"增重"等同于"长胖"。可我在营养不良的状态下离"胖"非常遥远，我根本不会被说成"胖子"。增重在我的认知中是个贬义词，只有懒惰和放纵的人才会配得上它。

"你说的这个叫认知偏差。"一个病友在被我问这些问题的时候，饶有兴趣地给我讲，"我早就问过医生了，她说我们因为太瘦了，大脑没营养、神经萎缩了，所以我们会有很多极端的想法和行为。"

"那这个必须靠增加体重恢复吗？"我问。

"还可以依靠药物，你看我们所有人都要吃药，就像你和我，我们的强迫症就可以通过药物治疗。"她继续说。

从入院到现在，我因为入睡困难，医生给我开了药，但是它似乎只能调节我的睡眠。我的肝功能指标异常，也在吃补肝的药片。因为其他的药物都对肝肾功能有伤害，医生根本不敢给我开。他们说我最基本的血液指标都不正常，上上下下的箭头表示，我的身体连最低的健康标准都达不到，每一项不是"过低"就是"过高"。

说实话，我对不吃精神抑制类的药物很满意。这样我就不会每天因为昏昏欲睡，或者不再焦虑而停止运动。我就不会发胖了。

心里冒出这个想法的时候，它震惊了我自己。也就是说，我一直在利用自己的强迫行为减肥？看似进食障碍把我控制住了，但事实却更像我绑架着它，不让它离开我心里。**我一直在利用"进食障碍"，躲避在某个我认为安全的区域**。我逃避了社会责任，逃避了在外地孤独地上大学，逃避了长大成人。因为我自己不想好，所以我无法康复。

尽管母亲一直努力陪伴我，满足我的每个要求，但是我依然不满足。她以为只要我要什么，她竭尽全力给我，我就会看到她的爱。我嘴上说着想好，只是为了诱惑母亲继续给予我取之不尽的"爱"，而非我心中真正希望康复。

我忽然明白了为什么进食障碍患者们，吃着治疗强迫的药物，却好像没有成效，因为药物抑制了亢奋的神经，只能减轻焦虑，而不能抹去我们得进食障碍的根本原因。

我们大部分人不只患有厌食症、暴食症，还伴有双相情感障碍或躁狂症、强迫症等。进食障碍只是最让我们痛苦的表现。为什么痛苦？因为两种精神状态扭在一起，一种觉得"不吃饭好痛苦，好希望自己成为正常人"；另一种则告诉自己，"一定不能胖，胖了就会失去价值"。

我的心里没有**安全感、价值感**。

尽管周围的环境和人改变了，也不再有人要求我们必须瘦，可是以瘦为美的审美观似乎还是整个社会的主流之一。公司招聘、男女择偶，好像都会倾向于选择瘦的，认为瘦一点的人更可能健康、自律，并且勤劳。而胖，就代表消极、放纵、懒惰。

我确实已经被身体里进食障碍的声音折磨得想用死亡来解脱，但其实真正折磨我的应该是我对自己的无法接纳和认可。药物终究是辅助，我很清楚，**如果自己没有想要变好的决心，进食障碍根本不可能康复。**

"我们讨论决定，等你的肝功能好得差不多了，就会用药来帮助你恢复，你吃过百忧解吗？"我的主治医生坐在我面前，她手里拿着一个夹着病历的文件夹，一边写字一边问我。

"吃过，对我没用，我不想吃药。"我说。

"你吃了多久，什么时候吃的？当时多少斤？"她似乎不在意我说我不想吃药，继续问我。

"2019年，80多斤……吃了一个月，出院我就不吃了。"我说。"哈……你自己停的吧！"她笑了，弯弯的月牙眼没有一点责怪，反而饶有兴趣似的，她问："你觉得药物对你没有帮助？但是不吃药你更难受，不是吗？你脑袋里面，是不是总有一个指使你做那些运动的声音？"

我无言以对，的确，我的头脑里有很多不同的声音：有希望我尽快康复的声音，会在我想偷偷藏饭时出现使我纠结；有希望我继续瘦的声音，会在我咽下食物以后让我持续焦虑，想去消耗热量。我听从了一个声音，它让我去折磨自己，让我冲动地撞墙，让我走上阳台，从而达到对父母的报复；但是总有一个声音在阻止我，让我停手。

"可是你能精准地让不好的声音停止吗？"我问，"药物可以识别出不好的想法？"

医生愣了一下，她可能没想到我会问这样的问题，或者我猜她根本不知道我听到这些声音时的感受。

"不好的声音？它会让你脑袋里的所有声音都消失。"医生皱了皱眉说，"你现在要好好休息，最好什么都听不到。"

我很讨厌吃药，一部分原因就是害怕药物把我变成"植物人"。但是母亲在这件事上非常信任医生，她认为只要我能不再减肥和伤害自己，哪怕情感思维呆滞一些也没关系。对于这个问题，我们之间的不一致，让我更觉得自己并未被母亲理解。她不愿意承认我的今天是她造成的，想要依靠药物、医疗手段去"纠正"我。这让我对原本没有敌意的药物产生厌恶。如果我吃了药，好了，那就更加证明我生病与她无关。

"我不吃药，我根本不需要吃药！"我大声说，"我的问题吃了药也不会好，我停不下来压根是因为我自己不愿意停下，吃了药也一样！"

我怕我吃了药，困倦着也要走来走去，也要去健身。就像一年前我听父母的话，吃了药后出门，神情恍惚差点被车撞死。当时我很困，也想过不去健身了，但是头脑中那个"你必须去健身，你必须自律"的声音反而更刺耳，它甚至让我在近乎梦游的状态下走出门去健身房。

我把感受告诉医生，请求她理解我。她听后确实惊讶地追问了一些细节，但是她问过主任后还是说："我理解你说的，但我们还是得试一试。"

因为表达能力是我的天赋，我利用这一点去和医生交流，不久后他们就发现我是个"与众不同"的病人，甚至把我问成这样的是不是我自己。在他们眼里我很成熟，思考问题的角度和深度都比正常成年人更有说服力。即使这样，我还是会时不时在与母亲的相处中"暴走"，惊动周围的病人和护士。所以从医生开会的结果来看，我还是需要用药压制情绪。这个结果我很不满意，至今为止我见过的所有医生，包括心理医生，都自认为可以医治我，但事实上，他们越自大，我反而越不希望如他们所愿。

"你需要吃奥氮平吗，姐姐？吃那个会发胖。"晶晶在旁边听着我和医生的对话后问，"如果会发胖，你还吃吗？"

晶晶问我的时候我正为刚才的对话而心烦，就回了一句："鬼才会吃，我才不会听他们的，仗着自己是医生就想控制我，门都没有！"

晶晶被我吓了一跳，她转头看向自己的母亲，瞪大了眼睛说："紫初姐姐真厉害！我想不吃都不行！她敢不听医生的话！"

我知道我不可能真的违抗医嘱，但我脑海里只有"把它说出来！把它说出来！"的声音，就像其他声音一样，只要它在我头脑中呐喊，我就无法视而不见。至少我对医生和母亲说出了我不愿意听从他们命令的想法。

晶晶的母亲看着我，她沉默了片刻问："为什么你们从来都不愿意听大人们说的正确的事？"

"因为那根本不是正确的，我是患者，而做出这个药物的医生并没有得过进食障碍或者抑郁症！他们根本不知道我们的感受，又怎么能断定吃了这种药就可以医治好我内心的创伤？！"我愤怒地用手掌拍了一下桌子，"荒唐，这是在小看我！"

那巨大的拍桌子的声音惊动了护士站的护士，一个胖胖的护士走过来问："发生什么事了？你刚才还好好的，需要我叫医生过来吗？"

"我不需要，让我一个人冷静一会儿。"我低着头，闭着眼睛。住进医院的这段日子，为了不被医生注意到，也为了能够早日被医生评估为"正常"后出院，我一直在寻找可以让自己冷静下来的方法。最后我发现，可以冷静下来的方法有两个：第一个是先把嘴巴闭上，防止冲动下说出无法挽回的伤人的话，但是痛苦的感受往往要通过对自己进行肉体上的伤害来缓解；第二个是立刻去运动、去消耗，这种偷偷摸摸运动、消耗的方式可以很好地缓解我的紧张。

我怕胖，不希望用药物不明不白地发胖。最起码也要吃好吃的胖起来，这样也算是值得。

入院第三周，医生给我开了药。因为我强烈地拒绝吃奥氮平，并声称在我的抗拒下，吃了只会更焦虑，她犹豫了两天，最后下医嘱开了其他药物。正当我因"反抗"取得了胜利而沾沾自喜的时候，意外发生了……

失控感再次袭击了我

就在我认为我可以不吃让我发胖的奥氮平，吃其他替代药物的时候，糟糕的事情发生了。

我吃了一周喹硫平，它带给我的感受就是"和没吃一样"。白天我还是会走来走去，我的脾气也没什么肉眼可见的变化，晚上睡觉也还是会在四点多醒一次。我告诉医生我的情况，她的回答是因为我吃的时间短，才会感觉不到它的药效。

每天早上排队吃药的时候，我都会观察别人吃的药，"比较"也是进食障碍患者的通病。我们总是希望自己吃的亏少，占到的便宜比别人多一些。我看到很多人都吃不止一种药，尤其是双相情感障碍的病友们，大部分都要吃两种颜色的药物，但是他们仿佛并不在意。只有进食障碍的我们，会对药物的种类耿耿于怀，其他人则是以吃了药对自己是否有效果去判定。

小我六岁的弟弟肖文，每次拿药都是大大小小、黄色白色的药片和胶囊一大堆，他告诉我其中白色的就是奥氮平，吃完以后就想睡觉。

"我就是因为吃了它才会一整天都在睡，因为我吃三颗……"肖文张开手心给排在他身后的我看了一眼手掌中的药，然后一把放在嘴里，喝了一口水。他的喉结一上一下，然后站到了我旁边，饶有兴趣地眨着眼问："姐姐为什么害怕吃奥氮平？"

"我不想胖得那么不明不白。"我吞下唯一的一个白色的椭圆形药片，那是让我觉得安全的药物，因为它似乎只对我睡着以后的睡眠质量有积极作用。

为了调查奥氮平让人"闻风丧胆"的真相，我特地去查找它的有关资料。然而资料没找到，却先看到了一个话题"健胃消食片也有热量"。这个话题吓了我一跳，我每次感觉胃胀，吃的就是健胃消食片！我点进去看到发布它的作者也是一位康复中的进食障碍患者。这时我才意识到我们都如此疯狂。对热量敏感到，哪怕是帮助我们的药物，我们也会去想"它会不会让我发胖？"

每周一是全病房集体抽血检查的日子，医生判断我们能否出院的标准里，体重是一方面，血液指标是另一方面。

上午活动课，我的主治医生拿着我的血液分析报告一脸严肃地从办公室走出来，问我："你进医院前有没有在别的医院做过骨髓穿刺检查？你的白细胞怎么会下降了？这个指标都要去隔离病房了，太危险了！"

我还一脸蒙，坐在远处桌子边的母亲忽然站起来，皱着眉头走过来问："怎么了，大夫？"

我看到她靠近，瞬间感觉后背发麻，熟悉的恐惧感油然而生，我的听觉、视觉随即进入高度警觉状态，眼睛观察着母亲的表情，耳朵听着她说出的话。我能感觉到好像有不好的事要发生了。

"您看她的血项，白细胞以前不低，这次忽然低了很多。"医生递给母亲化验单。

"这怎么可能，她住院三周了，身体越来越差？"母亲一脸茫然，她瞪着眼睛看向我，"你告诉我你都做了什么？！运动了，还是吐了？"

我几乎不敢相信自己听到的，母亲怎么会这么想？！她都已经和我24小时待在同一个密闭空间里了，到处都是眼睛和医生，她还给我请了陪护阿姨，可她居然问我是不是在做偷偷摸摸的错事。

"你在开玩笑吧，妈！你怎么会问出这样荒谬的问题？"我强忍着心中想要猛捶桌子的冲动，手在身体两侧紧紧握着拳头。

母亲沉默了，她看着手中的单子，脸色越来越阴沉。

"您别急！我给紫初开了明早化验的单子，可能是检测报告出了偏差，明天再测一次！"医生拍了拍母亲的肩膀，我看得出她在缓解母亲的担心。

"我们在西安做过骨穿，穿的是背部腰椎的脊髓，当时的结果是没问题。"母亲把单子还给医生，她在我旁边的椅子上坐下来，双眼直愣愣地看着脚下的地面。

"我真的没吐。"我说，"我都已经好好吃饭了，为什么身体会变差？"

"我也不清楚原因，我们只能排查。"医生用笔在本子上写了些字，嘱咐我晚上少喝点水，早点睡觉，保持良好的精神状态，说完就走向另一位病人。

母亲忽然抬起头，用右手抚摸了一下我耳边的头发，轻轻地碰了碰我额头的包，温柔地说："没事，我们在医院，不会有危险的……没事的，没事的……"

我看着母亲憔悴又苍白的脸庞，心中一震。

她说的话，好像不是为了让我听到，而是说给她自己。她的眼神中仿佛回转着碧波，母亲好像在安慰自己，那双手也好像抚摸的并不是我，而是某件易碎的稀世珍宝。

我从不认为我被妈妈爱着，或者我在她心里能拥有什么至高无上的地位。但是此时此刻，我却感受到，母亲非常害怕失去我，母亲的心中全部都是在院外居家康复时留下的阴影，那种无助的感受，就像拉着我在没有尽头的黑暗里走。现在她心里有个力量支撑着她心中的希望，那就是"我们在医院里"。

从第二天的验血结果来看，果然还是有什么问题。我的白细胞只有0.04的变化，而这其实根本称不上变化。医生站在我和母亲中间，看着我，犹豫着开口："我和主任讨论了一下，我们需要把药换一下，还是给你开奥氮平吃吧。"

"什么？！"我惊恐地问，"您是说让我白细胞下降的是喹硫平？"

"是，以前有这个先例，我们必须给你换药看看。"她解释道，"喹硫平对一些人的不良反应就是白细胞降低，可是普通人降一点没什么，对你而言是致命的。"

我与食物的爱恨纠葛：一个进食障碍女孩的康复之路

面对这个结果，我无力反驳，是不是因为药物，还真的只能试一试才知道。可是对我的情况而言，能替换喹硫平的，却只有奥氮平。我面对这个无法改变的事实，内心无比压抑，我掌控不了我的人生，这种失控感再一次袭击了我。

"我为什么这么不争气！"医生离开病房后，我号啕大哭，这一举动吓坏了病房里的其他小伙伴。护士站的护士时不时看我一眼，因为母亲一直在我身边，她们也没说什么。那个胖一些的护士姐姐远远地对我母亲点了点头。

母亲一只手搭在我肩膀上，轻声说："你要给身体时间，它不是一天被你饿成这样的，我们来了医院，不管用什么方法，让它恢复健康才是最重要的。"

我很感谢那个时候护士、母亲给了我足够安全的环境和可以冷静的空间，我仔细思考母亲的话，她说的有道理。其实我心里很清楚，用最短的时间恢复身体我才可以尽快出院，而只有出了院我才能再次掌控我的身体和生活。

最后，我同意把药物换成奥氮平。

在晶晶的注视下，我吞下了一粒奥氮平。

"你在看什么啊？"我问。

"我看你是不是真吃啊！"晶晶睁着大大的眼睛问，"好吃吗？"

我下意识翻了个白眼，告诉她我没有吃出味道。

"那姐姐你会胖吗？"她问。

"我就不信真的有吃了让人发胖的药物！这肯定是因为居家康复的人吃了以后犯困，吃饭也不定量，吃饱了就睡才会越来越胖！"我有些生气，也有一些不甘心，我不甘心自己居然因为吃喹硫平而指标下降，不得不换成我最讨厌的奥氮平。

不知道是不是因为换了药，我感觉身体似乎没有力气，头脑中的事情少了很多，就像思维中间的某处断开了，有时候一个问题想到一半就忘记了继续想下去，或者可以形容为"觉得是否想下去已经没有意义了"。这也许就是人们所说的"减轻焦虑"？

"奥氮平本来就让人昏昏欲睡，减少思考对精神的刺激和消耗。"肖文坐在我旁边，一边摆弄手机，一边给我讲自己住院的目的就是让医生帮忙调药，找到一种或者几种适合他平复情绪的药物。

"姐姐吃喹硫平白细胞下降，就证明你不适合吃它。"他补充道，"我之前吃一种药过敏起了一身荨麻疹，姐姐白细胞下降，这太正常了！"

我在心里责怪自己，是因为我不争气的身体素质，才会导致别无选择。

在这之后，我观察了三周体重，惊讶的是在饮食不变的情况下，我居然奇迹般地并没有像传闻中那样"体重剧烈增长"，而是很慢很慢地，三周涨了一斤。

天啊，第一周吃奥氮平我居然一斤没涨！第二周、第三周加起来也只有一斤。医生在和我谈话的时候告诉我，如果我再不涨体重，他们就要考虑增加我的饭量了（由于我下肢还在水肿，他们不敢随意加量）。

关于吃药这件事，给我一个很大的启发，就像小马过河，你绝对不要提前相信别人口中对一个事物的评价，要亲身去体会才知道。别人觉得好的不一定适合你，别人觉得糟糕的，也不一定对你同样糟糕。

至于药物导致发胖的问题，每个人的身体是不同的，至今为止没有一种药物吃了以后绝对让人发胖，也没有一种药物吃下去以后就一定能瘦。让人发胖的根本问题是过量的食物，让人瘦下去的根本原因是大于能量摄入量的能量消耗。

每天给他一个温暖的拥抱

厌食症女孩的数量远远多于男孩，住院的病人里，40人中仅有1个男孩。双相情感障碍群体中的比例构成则是10人中有1名男性。

我记得原来医生提及为何住院的精神病人中女性数量多于男性。其一，女人天性敏感，容易产生忧郁情绪。其二，男性患焦虑、抑郁的其实不在少数，却因羞于暴露自身状况，或者认为自己不能表现得软弱而放弃就医。

我住院时，除了肖文就只有两个男孩子，一个和肖文一样属于双相情感障碍，另一个男孩则患有厌食症。他的皮肤暗黄且干燥，身着宽松的深蓝色T恤和医院的条纹长裤。由于太瘦，男孩的脸上棱角分明，虽说只有16岁，但那双毫无神采的眼睛异常空洞，犹如历经沧桑的老者。他是由姥姥陪同住院的，男孩的姥姥很年轻，才50多岁，开朗又健谈，经常和另一位家长凑在一起聊天。我有时会看见男孩和一个瘦瘦高高的长发女孩一起坐在床边。

两个人靠得很近，女孩会故意倚靠在男孩的椅子上，将自己散落的头发垂在男孩肩膀上。他伸出纤细修长的手指，伸进女孩的头发里，顺着头发缓缓滑下。然后他把那只手捂在鼻子和嘴巴上，深深地呼吸。我已22岁，自然对男女之间的举动所代表的含义了如指掌，周围的人也留意到这两人亲昵的动作，纷纷识趣地避开，尽量不打扰他们，偶尔回头瞧两眼。

"你俩能不能分开点？记上了啊！说了好几次了，这里的规定是男女之间尽量避免肢体接触！"护士大声说道。

"你瞧见了吧，姐。"晶晶忽然在我身旁冒出来，她慢悠悠地指着那对男女说，"一看就晓得他俩互相喜欢了，好羡慕啊，姐，我也想谈男朋友了！"

"你净瞎说！你才多大！他俩才多大！他俩父母也不会同意他俩在一起！"晶晶的妈妈瞪着眼睛说。

晶晶朝我撇了撇嘴，不再言语。

其实我知晓，患上进食障碍后我们对感情是没有需求的。什么是开心、伤心、道德感……任何一种情感都随着体重下降而逐渐淡薄。他们对彼此的感情更是令我难以相信。那至多是一种共情之后觉得能够互相安慰的安全感。

这个想法在后来我和女孩分到一个房间后得到证实。我问起她对男孩的看法，女孩很自然地说："我们肯定不会在一起呀，我对他毫无感觉。就只是我住院太无聊了，不喜欢和女孩玩，他又是咱们这里唯一的男生。"

"那他对你呢？"我问。

"差不多吧，和我一样。我们都说好了，出院就再不相见。"她撇了撇嘴说。

随着清晨的阳光洒入房间，肖文在早饭后搬进走廊尽头的房间，与另外两个男孩同住。护士们帮他整理好内务后回到护士站，便开始了一天的工作。我在静坐时间被规定不能离席，可肖文却是自由的，他一边搬书一边朝我摆摆手。搬完东西后他就再没从房间里出来。我原本以为他会来大厅。听护士说他每天吃完饭都会睡一会儿，因为他吃的药物里有令他嗜睡的成分。

我问肖文患了什么病，护士思索了一下，问："你这么好奇他干吗？他被医生确诊为双相，应该还有睡眠问题。"

"姐，双相都可恐怖了，我妈说他们会时不时就发疯似的打自己……"晶晶在我斜对面说，"你还没住进来的时候，我屋子隔壁就住了个双相的姐姐，她有一天晚上忽然就开始大哭，那声音老吓人了！把我们一屋子都吓醒了，是吧，妈！"

"是……双相情感障碍的小孩也挺可怜，据说他们的情绪不稳定，经常崩溃了就伤害自己，晶晶说的那个女孩胳膊上、腿上全是一条一条用刀割的伤……"晶晶的妈妈表情凝重，皱着眉头说。

"为什么会得双相？"我看着刚才的护士继续问。

"这我可不懂，你等医生来了可以问问医生……好像双相的孩子背后的家庭也大多有裂痕。"

结束了静坐，我走向肖文的房间。肖文蜷缩在房间中间的床上，背对着我，床头放着一本摊开的习题册。房间的窗户开着，铅笔被风吹得滚到桌边。我来到窗前，想把窗户关上，但不知是窗户缝里卡了什么东西，还是我力气不够，拉了半天依旧纹丝不动，只好放弃。

身后传来咳嗽声，我转过身，肖文坐了起来，愣愣地望着我。"你怎么进来了？"他问。

"我看窗户开着，怕你冻着就进来关窗户。"

肖文挠了挠头，站起身走了过来。那是我第一次与肖文如此接近，他身上散发着淡淡的茉莉花的香味，应该是用类似味道的洗衣液洗了衣服。他又高又瘦，我得仰着头才能与他对视。

我看着他又露出那个我认为最热情的笑容，便张开双臂，给了他一个大大的拥抱。我感觉到他浑身都在颤抖，甚至听到他怦怦的心跳声。我以为他很害怕，赶忙松开，说："我没有恶意，我只是想给你一个友善的拥抱。"

"我……我不是……"他用手摸着脑袋，支支吾吾，似乎在犹豫如何表达，"我不是害怕，只是第一次与人拥抱……我……"

肖文露出了害羞般的微笑，他看着我的眼睛说："姐姐的拥抱我并不害怕，我很喜欢这种感觉。"

他的眼里，有了光。

那一刻我看到了，不知是因为他正对着窗户，还是真的有光在他眼中闪烁。他漆黑如冬夜的双眸变得明亮如星辰。我想起来了，我那天加了他的微信，他的微信昵称，也是星辰。

自那个拥抱开始，肖文和我逐渐成为无话不谈的朋友。我们看待彼此如同姐弟，他会在起床后到我房间门口说早安，然后一直看着我，仿佛在等我的回应。在我说完早安准备去刷牙时，他会问：**"姐姐要不要为新的一天来个拥抱？"**

那句话就像解开锁链的一把钥匙，居然让我拥有了"价值感"。我们的友谊成为我能够走出进食障碍的关键因素之一。

我比肖文大六岁，懂得的人情世故自然比他多很多。虽说低体重、缺乏营养让我的情感变得迟钝，但我早就感觉到，不论是患进食障碍，还是患双相情感障碍，我们都有强烈的被重视的渴望，到后来又会逐渐演变成"控制欲""占有欲"。

肖文每天都会主动到我房间门口等我，说早安，然后索要一个拥抱。我洗漱后会短暂地在楼道里走20分钟，他就紧跟在我身旁，有一搭没一搭地和我说话。除非我在饭后静坐，不然我们一直待在一起。慢慢地，他开始在我用手机给别人发消息时凑过来看。

"姐姐是在给小哥哥发消息吗？"肖文用天真的声音问道。如果我故意骗他说"是"，他就会露出难过的表情，告诉我不要被坏男人骗了。他给我的感觉真的很楚楚可怜、天真无邪。我能感觉到我们"相似"的那部分，也就是"占有欲"。

肖文希望我对他是专一的，即便只是朋友，也只能是唯一的朋友。

他真的给了我许多鼓励，每天都告诉我青紫色的脸颜色又淡了，或者头发又长了，或者脸蛋有光泽了。他一遍一遍地告诉我，男孩子会觉得肉肉的女孩更可爱。我知道他是在安慰我，一夜之间头发变长显然是不可能的。但是他那漆黑的眼睛看向我时是如此清澈明亮，写满了真诚。他温柔又自然的笑容是不会骗人的，或许在他心里我真的在逐渐变好，我开始频繁地照镜子，观察眼皮的21针伤疤，观察我身上的淤青和额头的伤痕。

我竟然开始期待，肖文所说的那些话是真的，康复以后，我的身体就能恢复到健康时的模样，我开始祈求身上的伤痕都能被时间抹去，祈求能够让我的身体生长肌肉，至少要能在蹲下后自己站起来。

不知不觉，心中燃起了对未来的一丝期待。

每次我静坐，肖文就会回到房间里睡觉。我故意在排队吃药时排在他身后，想弄清楚他爱睡觉的原因。医生给了他大大小小8片药，大部分人是一两种，我就吃1粒，像肖文这样需要吃这么多药的情况很少见。

我问过肖文有关他的事——为何住院？为何会患上双相情感障碍？为何明明看起来很平静，却要吃这么多药？肖文说那些药都是医生调配的，搭配在一起就是让他兴奋度降低，无力，嗜睡，想的事情减少。

他的父母都是高智商的人，父亲在航天科技领域做研究，母亲是物理学教授。所以肖文的理科成绩更好。他给我讲述他在家的生活时异常兴奋，他把房间变成一间实验室，会自己制作炸药，自己制作机械开关。不知从何时起，他开始对班级产生恐惧。班里男孩嘲笑他体育不好，用"软绵绵"形容他的四肢。回到家，被欺负的事也不能告诉父母，因为爸爸妈妈感情并不好，大多数时间两个人都沉默不语。

"小时候在一起吃饭就只有我一个人说话，爸妈都不说话。"肖文说，"所以我习惯了什么都不和父母说。"

被介绍认识的父母，一开始就是因为被催婚、催生才结婚。生下他后两个人就分床睡了。在肖文的记忆里，只有辅导功课时母亲会和他说很多话。所以他开始沉溺于做习题册，想要不断有问题可以问妈妈。而爸爸只有在感觉他做的事有危险时才会出面制止。这反而愈发激励他去做危险的事，这样就能博取父亲的关注。

肖文越来越痴迷于学习，压力大，不开心了就用刀子划自己的胳膊，用指甲掐自己的脖子、手背。这种疼痛让他享受。他无法控制自己，越来越频繁地产生要把自己杀死的想法。他最后还是和父母说了自己"精神有些不正常"，他觉得自己的状态只有两种，一种是"对任何人、任何事都提不起兴趣"，另一种是"把自己毁掉，伤害自己，弄伤自己"。

"你为了什么呢？父母的关注吗？"我问。

"也不全是，"他说，"我原本以为父母天生就是不爱说话的人，直到家庭聚会，父母都说了很多话，和其他人聊得很开心。但是一回到家里，他们就沉默了。这让我感觉我根本不被父母重视。"肖文犹豫了一下，继续说："医生给我开的药，是我要求的。父母都不希望我吃药，但是我必须吃，否则就会伤害自己。困、睡觉和那种昏昏沉沉的感觉，才能让我停止思考，停止感受脑子里的'冲动'。"

我非常理解肖文的感受，他所说的话让我更加确定了一件事，就是如果父母双方在孩子的成长过程中没有给予足够的爱和关心，他也许会在某天意识到"我需要被关注"，为了得到这份关注，并且为了确认父母是否真的爱自己，他会用自己的健康作为代价去获取和验证。

一开始我只是想得到重视，但未曾想过必须是谁的重视。然而一旦有一个人开始重视我，我就会锁定那个"我确定他重视我"的人，并强烈地希望自己在他心中的分量是重大的、永恒的，这样才能拥有足够的安全感。然后变成希望他做我希望他做的事，而他不能对我有要求。这就是"占有欲"。我可能会因为他某次不顺从我而伤害他。为了证明他受我控制，我会故意找碴儿和他争执，我还会伤害自己的身体，用刀划破自己。当看到他露出痛苦的表情，我就会感到内心非常满足、快乐。

幸福的假面

从住院开始，我就逐渐留意到进食障碍的病友里有一个很"特别"的女孩，叫彤。彤的五官精致，但总感觉有些异样。她的体形并不瘦小，反倒很丰满，也没有强迫运动和不良饮食问题。

陪她一起住院的是她的母亲，一位看上去很有"贵气"的女人，虽说入院时被要求摘掉了所有首饰，但从她的眼神和气质仍能感觉到她生活的档次颇高。母女俩偶尔会用英文交流。

我之所以注意到她，是因为她的体形偏胖，这在我们当中是少有的。她来这里是为治疗贪食症。

我的妈妈有时会和她母亲聊天，母亲告诉我，彤的父母生下她后就去了国外，所以彤由姥姥姥爷抚养长大。她在小学五年级时又被父母接走，难以适应环境变化，没什么朋友，彤变得沉默寡言。初中时她被同学孤立，后来就开始爱美，还加入了一些"时尚"的女孩群体。她的第一次整容手术是在15岁，初中毕业的那个假期。她垫了鼻子，割了双眼皮，穿了6个耳洞，把头发染成棕红色。

"她所做的一切都是为了报复我，报复我对她的掌控。她一直觉得是我和她父亲把她带去美国，她才会开始暴食、减肥。"彤的妈妈说。

在这一点上，我的母亲非常认同她，因为我承认，我减肥和暴食催吐实际上都是为了宣泄对母亲的恨意。在我的意识里，伤害自己才能让母亲"受伤"；而用自己做代价去伤害她，也是因为我对自己毫无认同感，我没有理想，没有目标，从小到大生活在母亲设定的条条框框中，一切都由她决定。我不需要有梦想，而要替妈妈实现她的梦想。在我与食物结仇之后，替她实现梦想让我感到恶心。

我对彤很友善，她对我很感兴趣，认为我能从200斤瘦下来肯定有妙招。有一次她把我拉进房间关上门，悄悄问我当初瘦下来是不是吃了什么辅助的药物。听到我说什么都没吃，她一脸失望。

"我妈进医院前，把我买的减肥药都扔了。"她说，"等出院了我会再买的。"

我问她减肥药真的有效吗，她说控制饮食才是最有效的，但是极端控制又难受又容易报复性进食，吃了药能让自己没食欲，不刻意节食也没胃口吃东西。

"我进来就是为了控制暴食，出院后我要去隆胸、丰唇。你看我丰唇好看吗？"彤用手机的相机照镜子，嘟着嘴唇问我。

"都做成假的，你就不是你自己了。"我点了点头，但我觉得对整个五官的整容是对自己的容貌追求完美的人才会做的事，毕竟又贵又痛苦。

"可是我以前瘦的时候很多人追求我，暴食胖了就没追求者了，我要变瘦变美。"彤放下手机，拿起一本外文原版书籍，告诉我她虽然很恨爸爸妈妈把她带到国外去，但也因此获得了流利使用双语交流的能力。所以如果以后能在外企找到一份高薪的好工作，她就愿意忘记父母对自己造成的伤害，好好生活。

我不知道该如何回应她。是祝福她，还是劝她不要依靠手术和药物来实现变瘦变美的愿望？

"我记得第一次学会抠吐是在国外的一家餐厅。当时一个女的在厕所水池边抠自己的嗓子，看到我进来，说了一句'来学个吃不胖的方法？'然后又开始抠嗓子，冲进厕所呕吐。"彤的手指在书本侧面按出了指甲的痕迹，她说，"我很在意她说的'吃不胖'，回到宿舍就开始搜索，在网上找到了相关话题，然后一次两次照着做，很快就学会了。"彤说学会吐的方法以后，这就变成了一个再也忘不掉的诱惑，每当吃了食物，哪怕知道热量不高，也会想要去"清除"。

人是贪婪的，我深有体会，因为我自己就是这样，慢慢地，只要吃完饭，就会下意识去厕所。这个习惯很难被纠正，就像一种后天养成的强迫症。

彤除了暴食清除之外，有时还会躁狂。她会突然歇斯底里地大哭，直到医生被吸引过来。每当医生问彤怎么了，她母亲都会抢先一步说："可能我又说了一些她不想听的话。"

有一次我妈问彤的母亲说了什么以至她突然大哭。她回答说只是提到了她小时候一些不太愉快的事。

"我总想找机会修复我们的关系，我这么想是不是错了？也许我应该告诉她我以后会怎么和她相处，我们一起规划未来美好的事……"彤的母亲陷入了沉思，她一会儿抬头看看自己的女儿，一会儿看向窗外，一会儿又看着天花板出神。

我从彤母亲的举止中能感受到她的教养，哪怕坐在椅子上，她也会把腰挺得笔直。和旁边的人说话时她会微微把膝盖侧向对方。母亲也形容她是一位知书达理，经常出席商业沙龙的、有修养的女士。

除了我的母亲，彤的妈妈和每个在这里陪孩子住院的母亲都有交流，她似乎在探寻什么"答案"。

"她都和你说什么了？"我问母亲。

"她问我对你的教育方式，想知道我对你是不是要求很严格，才导致你得进食障碍的。还有我是怎么学习有关这个病的知识来陪伴你的。"母亲说，"我给她推荐了DBT（辩证行为疗法）和几本书。其他时间基本上都是她在说她女儿的事。"

"她女儿的事？"我惊讶地追问。

"她给我看了一些彤中学时候的照片，那时候她很爱笑，身材也很匀称。然后还讲了彤在英语学习方面的天赋、弹钢琴的天赋。"母亲回答，"能看得出她很为自己教育出的彤骄傲，也很想知道怎样才能把她从进食障碍中解救出来。"

"她还会弹钢琴！那可真可惜……这么优秀的女孩真是太可惜了。"我叹了口气。

"你也很可惜，我也在寻找能帮助你的办法。"母亲看我的眼神忽然坚定起来。

"我有什么可惜，在整个病房里只有我最没特点。除我以外其他人都学习很好，或者有很多特长。"我说这句话是发自内心的，住在这个病房的病人们，都能说出一两个自己引以为傲的优点。

母亲沉默了一会儿，叹了口气："你是很优秀的孩子，只是你自己不认可自己的优点罢了，你不比任何人差。"

有几次我在楼道里来回走的时候，看到彤的母亲正在和阿姨们聊天，她举着手机，满脸幸福的笑容，眼睛紧紧盯着屏幕说："这是彤彤入学，13岁。"

身边的阿姨们也笑着说："这时候真好看。这小脸蛋比现在好看，天然的好。"

彤的母亲看了眼远处坐在窗边的彤，幸福的笑容慢慢变成忧愁。她的手指滑动着，说："这是周末我们去逛街的照片，这是彤帮她爸爸修自行车……这是彤弹钢琴……"

我来到看书的彤面前，她抬头看了我一眼说："咋不走了？"继续低头看书。

"来看看你看完了没，我很羡慕你英语这么好。我从小学开始英语就不及格。"我双手撑在阳台的护栏上，看着夕阳西下被蒙上金纱的山峰。

"你有你的优点，每个人都有擅长的事。"彤说，"而且会的东西多未必就快乐，你看这病房里，没一个傻的，但是大家都不幸福。"

"你妈妈以你为骄傲，她跟谁都夸你，你还不知足吗？"

"她越是这样，我越觉得我是她的'作品'，而不是女儿。她对我各个方面的要求都很严格。以前小时候的钢琴课，她要求我课后必须把曲子反复练习，错一处就要从头开始。"彤合上书，认真地看着我，她眼神中带着愤怒和坚定。

"但是你因此很优秀啊。"我说。

"我并不幸福。她从来没有真正看到我的内心，而是凭她的喜好疯狂地塑造完美的女儿。"彤说，"我也希望自己是完美的，所以我才整容，我会让自己变得越来越完美。"

"你是为了报复你母亲吗？"我心里忽然涌起一股怪怪的感觉，她的心态似乎跟我对母亲一直以来那种复杂的感情很像。

"我不知道，每次我手术后回家，她都会看着我哭。那个时候，我的心里，说不出的滋味……明明看着她伤心，我却有一些得逞的快乐。就好像我做这一切真的是为了让她难过一样，但是我是为了自己更好看才去做的。"彤凝视着远处的山。

我能感觉到她话语中的迷茫。就像我，我撞墙，我伤害自己，因为我恨我自己，我想惩罚自己。可是看到母亲痛苦的表情时，我又很满足、很高兴，就像我原本就是为了通过折磨自己报复母亲一样。而我并不觉得我是在报复。我很讨厌自己，所以我要把自己定义为应该被惩罚的对象。**我对自己的期待其实源自以前母亲对我的要求**。因为我期待自己达到母亲的要求，期待被认可、被重视，也期待自己可以获得一些做选择的权利，所以想让自己更有价值，被大家接纳。

彤的母亲每天晚上都会陪着彤，把白天的感悟告诉她。一开始彤总是故意露出一脸"你别靠近我"的表情，把她推开。但她不走，彤看书她也看书，彤看电视她也陪在旁边。后来，我看到彤靠在母亲的肩膀上，听她妈妈轻声说着什么，那张还没动过刀的嘴，微笑着。

有天晚上，我房间里的女孩晶晶突然让她妈妈跪下道歉。这一幕正好发生在我和我母亲拿着脸盆进屋的时候。

晶晶的妈妈跪在地上，背对着我们，晶晶站在她妈妈面前的床上，笑着说："你也有今天吗？我跪着求你原谅我时，你同意过吗？"

"对不起，妈妈错了，求你别再运动了，好吗？"晶晶的母亲在流泪，她抽泣着说。

"你快起来，这是干吗呢！晶晶你不能这样对妈妈！"我妈妈冲上前，扶着她母亲，想把她拉起来。

晶晶的母亲却把我母亲的手甩开，说："您别管我了，这是我还给她的，我伤害了她……我请她原谅我。"

母亲盯着晶晶问："为什么让你母亲跪下？"

"以前她逼我学习，做错了题就让我跪下，考试没考好、错了不该错的也要跪下认错。"晶晶昂着头，我甚至觉得她在得意地享受着母亲的屈服。

我想到彤，想到自己，看着晶晶，忽然觉得，我们都是在报复，报复自己的家人，报复他们对我们的控制和要求，报复他们给我们的童年带来漫长而深刻的伤害。

母亲最终看不下去，到护士站叫了值班护士。两名护士走进来，扶起了晶晶的母亲，警告晶晶立刻坐在床上。

晶晶表情冷漠地抱着双膝，面向窗台，窗外是漆黑的夜空。

护士把晶晶的母亲安置在靠墙的一把椅子上，她垂着头，齐肩的长发垂下来，遮住了她的脸。护士们没说什么，她们告诉晶晶这么做只会延后她的出院时间，然后走了出去。母亲轻轻拍了拍晶晶母亲的肩膀，低声说："孩子可能在情绪里。你要理解她，我们都要找到和孩子相处的方法，才能真正帮到她们。"

晶晶回过头，看了她母亲一眼，又看了我一眼，那眼神里有忧伤、担心，还有不知所措。我能明白那种感受，就像是火山爆发后，灰烬吞没村庄，无法挽回。我和母亲相处的这一年里，我无数次情绪失控，因为有敏锐的洞察力，我很容易就能看到一个人的软肋。我说出伤害母亲的话不比医院里的任何孩子少。我们两个人都已千疮百孔。

忽然感觉到有视线，我猛地回头，看到了彤和她的母亲，她们手牵着手静静地看着我们。

白天我问彤是否已经修复了和母亲的关系，她犹豫了一下说："可能我很多年都走不出童年父母带给我的伤害，但是母亲已经同意了，等我出院就允许我去做丰唇，还答应我学街舞。她说她会在接下来的人生里，允许我做自己的选择。"

"那你还回国外读大学吗？"我问。

"当然，我其实现在很适应国外的环境，而且我也没想到妈妈会有这么大变化，不知道那几天她都从别人那里学了些什么，会突然说给我自由。"彤耸了耸肩，笑着说，"我爸妈一直很爱我，我心里知道。而且我长大了，那些都是我的过去，我相信早晚会彻底被我忘记的。"

我听到这里，忽然觉得无言以对。为什么她认为自己可以忘记，而我却一直坚信那会折磨我一辈子？

后来彤因为情绪持续稳定，被允许下午到活动室去。周一到周五，身体健康、情绪稳定的患者每天都有两个小时的时间可以去活动室，听说那里有桌游、麻将机、乐器、电脑，定期有老师带领大家做游戏。

彤挽着母亲的胳膊走下楼去。我听到了钢琴弹奏的《海边的星空》，那是一首不太常见的钢琴曲，我中学时和母亲在一家比较昂贵的素食餐厅吃饭时听过，当时弹奏它的是一位身着金色晚礼服的漂亮姐姐。她端坐在大厅中间用玻璃搭建的室内荷花池中心的平台上，窈窕优美。钢琴上有个电子屏幕，上面会显示时间和曲目的名字。

我看到彤原谅了她的母亲，在那之后不久，彤就高兴地告诉我们医生和她讨论出院计划了。医生们认为彤已经具备了院外康复的条件。

彤在医院的最后那几天，总是牵着妈妈的手在楼道里散步，她们有时会发出欢快的笑声。

彤出院的那天，她最后一次去了活动室。活动室里又传出悠扬的琴音，我仿佛看到，星辰在深邃的夜空中熠熠生辉，照亮了海面的无尽黑暗。

餐桌上的各显神通

"姐姐，你看小宁，她又把菜汤弄在桌子上了。"晶晶坐在我旁边，指着桌子斜对角的女孩说。小宁是一个体重不太低，但是强迫行为严重的女孩。一次洗澡的时候，我注意到她胸口有一个疤痕。出于好奇我问了她伤疤的由来。她说在她8岁时，胸口植入了一个芯片，是上海一家医院为她做的手术。

她告诉我那个手术和医生的名字，我一下子想起来小宁所说的正是母亲曾经想带我去做的手术。那种芯片可以干扰大脑神经，它被埋在身体里，必须定时充电，而且有保质期，一段时间过后还要取出来。据说，它可以治好抑郁症和进食障碍，价格昂贵。

很早之前，我在听母亲提议带我去做的时候就坚决说了"不"。我不希望自己的身体被人工干预，我希望保持自己身体和心灵的纯粹，也不希望因被人为改造而原谅我的父母。那简直便宜了他们。我凭什么又要改造自己，又要原谅父母？最后我依靠医疗手段把自己变得物是人非，而父母却依然会一口咬定他们做什么都是对的。

"既然做了手术，你为什么还没好？"我瞥了一眼在我旁边的母亲，看到她正皱着眉头，盯着小宁的胸口。

"我8岁生病就被家里人带去做手术了，到今年我14岁，手术后我还是进出医院住院了6次……我也不知道到底有没有作用，刚开始可能快乐了一些？我记不清了……"小宁用手摸了摸伤疤。

从那之后母亲就没再提过关于手术的事，我和小宁交流很少，她是个不怎么和其他人说话的女孩子。大部分时间都是在楼道里来回走，要不就是被护士警告以后回到房间里继续蹦。

有一次，我凌晨两点起来去厕所，在楼道里听到来自四面八方的呼噜声，但其中夹杂着一个很规律的嗒嗒声。我顺着声音来到厕所，发现外面的大门被关上了，那个声音就是从门后面传来的。我轻轻推开门，里面的声音停止了，随即小宁的头从一个卫生间的小门里探出来（门都是半人高的，所以头可以伸出来）。"吓死我了，我以为是护士来了。"小宁说了一句，就不再理我。我来到她门前，看她在里面站着，头看着天花板。注意到我，她回过头说："你快上厕所吧，别管我，我得运动够了才能睡觉。"

我的第一反应是她胆子可真大，第二反应是羡慕她有力气蹦跳，第三反应是她为什么还没被医生发现。我心里又开始"痒痒"，甚至睡意开始褪去。"忍住……"我在心里默念。

走的时候我听到小宁的声音"帮我把门关上！谢谢！"我走到门口犹豫了一下，没有说话，关上了门。门背后又响起了嗒嗒声，我的心里乱极了，两个声音又响了起来。一个声音希望我加入她的运动队列，另一个让我快点回到床上去。

"你绝对不能有第一次……"我低声告诉自己，"如果凌晨运动成为习惯，你一定会非常痛苦！"我双手紧紧攥着拳头，闭着双眼，祈祷着自己绝对不要像小宁一样强迫运动到这个程度。

第二天早上我们按平时规定的时间入座。旁边的小宁拿课本夹着一堆餐巾纸，放在邻座空位，然后看了我一眼。

早餐医院发给我们的通常是一袋牛奶、一个鸡蛋、一包榨菜、一份主食。我和晶晶都是"主半"，是一个比拳头大的花卷。小宁是当时住院女孩里唯一吃"全份"的，是两个花卷。每次看她拿着两个主食皱眉头，我就祈祷自己别被改餐。

通常我不太注意其他人吃饭的样子，因为那容易让我不自觉去对比、模仿。晶晶和我恰恰相反，她吃饭会认真看每一个人，然后最后一个把饭吃完。我每次抬头都能看到她盯着别人看。"不累吗……"我在心里问。

"姐！快看！"晶晶忽然拽了一下我的胳膊，我看到她指了一下小宁，就顺着望去。只见小宁正把手往领口里伸。我吓了一跳，看着她把一半花卷塞进衣服里。

晶晶瞪大了眼睛，表情夸张得让我觉得她是故意做给护士看。果然护士走了过来，熟练地搜了搜裤兜，让小宁去厕所脱衣服。

"她藏在了自己的内衣里！"晶晶小声对我说。

过了一会儿，小宁和护士一前一后走了出来，护士手里拿着半个花卷和一个剥了壳的鸡蛋，问护士长"补多少安素？"

"切……是你告发的我。"小宁瞪着我旁边的晶晶。

"我哪里说话了？！"晶晶龇牙咧嘴地问。

"你的表情我都看到了。你再敢给护士做小动作，小心我也整你。"

晶晶嘀咕着"我没有"，把头低了下去。

"为什么藏那么多？吃不了可以提前说。"我拍了拍小宁的手背。

"没用，医生不会听我的，只会听我爸妈的。"小宁说。

"你的BMI已经18了，还不出院？"我问。

"我住进来原本就不是为了长体重。一开始我进来的目的就是改行为，所以我不明白医生为什么让我吃那么多！我根本不想再胖了！"小宁的手攥得紧紧的，视线死死盯着桌面上的课本。

我沉默了，没有再与她交流。在医院里住得越久，越会明白一个道理，那就是有时候不说话是我们之间最好的交流方式。

我在一次和护工阿姨的聊天中得知，小宁小时候是和姥姥住在一起的，姥姥把她当掌上明珠一样护着长大。小宁的家庭条件非常优越，父母两人都热衷于自己的事业，给家里雇了两个保姆，但从来没有关注过小宁。她四岁就被姥姥惯得不允许身边的人说"不"了。据说她从小就经常请假在家上家教，因为到学校去就会被同学欺负。她的厌食症是从抑郁症开始的，起初父母在国外听说她有抑郁症后，以为她因被同学欺负所以有抑郁情绪，回到家发现她的情绪已经不是一般人能平复的了，于是经人介绍带她去做了芯片手术。自那以后，她不但抑郁症没有好，彻底变为厌食症，开始运动、节食。除此之外，她的一个特殊兴趣就是诅咒她母亲。我每天都会看到她在楼道里给她妈妈打电话，嘴里说的是既难听又伤人的话。"你怎么还没死，我求你赶紧死吧。""你不是得了绝症吗？你快死了吗？""怎么你还能接电话！你快去死吧！"

病房里所有病友和家长都躲她远远的，觉得她是不正常人中的不正常人。晶晶的妈妈偶尔听到她的咒骂声会低声对晶晶说："她这样骂她妈妈，以后会有报应的。"虽然母亲也嘱咐我不要靠近她，我却对小宁非常感兴趣。

"你为什么总打电话骂你的母亲，不和我们聊聊天？"我问。

"我和你们没什么可聊的。我无聊，不骂她我没事做。"小宁在手机上滑动着，眼睛紧紧盯着屏幕，并不打算看我似的。

"你妈妈得了绝症吗？既然已经得了绝症为什么还咒骂她啊？"我继续问。

"她乳腺癌做手术了，应该还能活几年，我希望她快点去死。"她说。

吃饭打断了我的好奇，我看到小宁迅速把手机放在椅子上，眼睛盯着护士站旁核对名单的发饭阿姨。

"快点快点！"小宁冲阿姨喊，"先把我的唯一一个全份给我！"

她拿到饭盒，趁着护士不注意，迅速把手伸进去掏出一大把米饭，在我目瞪口呆的注视下塞进了鞋里。然后她两只脚来回蹭了蹭，用手指使劲把溢出来的米饭往里塞。在发饭阿姨念名字，护士刚好不在的下一秒，她又把盘子倾斜，把油汤顺着边往外倒在提前准备好的厚厚的餐巾纸上，然后把纸坐在屁股下面。这一系列动作流畅而迅速，她肯定不止一次这样干过。

这一次护士没有发现她的小动作。小宁时不时环顾四周，观察大家吃饭的速度。晶晶一直在我身边盯着小宁，小宁也时不时用凶狠的眼神瞥她一下。

我注意到小宁每次吃完饭都会趁护士们不注意偷偷去厕所，被发现以后护士会警告她，然后给她补安素作为惩罚。而她去厕所的目的是把衣服里藏的食物扔掉，然后把刚才吃的最后一口也吐出去。明明BMI已经达标了，只要乖乖听话、配合医生，很快就可以出院，但她就是每一次吃饭都要演一出"杂技"。

同桌的伙伴们也经常互相比较——谁的馒头大，谁的米饭多，谁的肉片多，谁的菜汤多……我在这个餐桌上属于年龄比较大的女生，我很反感她们的行为，经常和母亲吐槽她们幼稚。在与医生的沟通中我也把它当作我想出院的理由。我吃饭基本上不"弄虚作假"，会把餐盘举起来给医生看过以后再让发饭阿姨拿走。旁边的孩子们有的偷偷把菜汤倒在饭盒盖子上，想趁着医生看不见的工夫浑水摸鱼。这种情况如果被发现就会被"赠予"一大块馒头去吸汤汁然后吃掉。

"体重长得快，我才能出去。"我在心里默默告诉自己，"我不能被警告，所以我不能为了那一点热量做错误的事。"

有一次我在卫生间洗手，看到小宁在洗一件有食物残渣的内裤，我没敢出声。

"我妈决定下周让我出院了。"小宁忽然对我说，"姥姥说她终于快死了。"

我震惊地从镜子中看着她，"你为什么那么恨妈妈？"

小宁也抬头在镜子里看了看我，她右边的嘴角微微上扬，轻笑了一声。"她在我四岁那年突然和我爸爸回家了，见到和姥姥住在一起的我，对我很不满意。"小宁洗衣服的手停顿了一下，把水里的衣服一下子捞起来，扔进了垃圾桶。大概是觉得污渍洗不掉了吧。"她回来以后我就不快乐了，被不停地要求在家里上课，小学也因为她搬家我被迫转学……弄得我一个朋友都没有。她根本不爱我，我生病后还强迫我做手术改造我。只有她死了，我才能自由。"

我沉默着，看着小宁拿着脸盆的背影消失在门口。过了一会儿，楼道里传来她的声音："喂！你这个死女人，快死了就赶紧来接我回家！"

重见天日，并成为一道光

我像每天一样，早上五点就醒来了。房间里的灯虽然关着，但只要楼道的灯不关，几乎相当于房间里也没关灯。我从入院开始就没有一天能睡回笼觉。我的睡眠质量本来就不太好，一点光都会让我毫无困意，加上病房里不让戴眼罩，我只能每天祈祷自己醒来的时间接近六点，不然在床上躺着就会开始胡思乱想，浑身出汗。虽然病人们和医生沟通过几次，希望入夜能关闭楼道的部分灯光，营造良好的睡眠环境。但是考虑到有可能出现的摔倒隐患，这条建议最后没有被采纳。

我用脚尖把拖鞋从床底下勾出来，踩在拖鞋上站起来。短暂的眩晕后，我借着光，眯着眼睛看清了房间里横七竖八的床。眼镜也在护士站，我有时候弄不明白为什么会有那么多奇怪的规矩。

房间里的陪护都在病人床边或床尾拉折叠床睡觉，这种床不仅狭窄到仅容一人平身躺下，还会在翻身时发出吱呀的响动。睡在上面的人为了不吵到其他人，只能尽可能一夜不翻动。晶晶的母亲就睡在这种床上，有一次白天，我看到她倚靠在大厅的矮脚沙发上，头一点一点地。"我妈是睡着了吧。"晶晶嘀咕着，"她每天都一副没睡醒的样子……"那时候她的表情明显就是在担心。其实晶晶白天也总是和她母亲待在一起，哪怕手工课的老师来带我们做手工，她也先问母亲是否和她一起，如果母亲参与游戏，晶晶才会坐到玩游戏的桌子旁。

是否我们自己都没意识到一个问题，我们把自己变得瘦弱，最想要的是父母的认可和关心？我发现自己得病以后的一个特点——每当我和母亲待在一个可以看到彼此的空间，我就无法控制自己的情绪，很容易失控，想故意做一些事情引起母亲的关注。表面看上去我总是偷偷躲避母亲的视线，实际上我却想留下"蛛丝马迹"好让她发现。

我停止思绪，确认好路线，蹑手蹑脚地跨过陪护阿姨们的床，来到走廊里。楼道里只有不同房间中飘出的呼噜声，此起彼伏。

我来到洗漱间，看着镜子中的自己。这是我每天的第一件事，我使劲凑近玻璃，想看清自己的额头。那青色的淤血正以肉眼可见的速度褪去，它的边缘不断缩小。两只眼皮上的疤痕像蜈蚣一样安静地趴着。头发就像杂乱的枯草，又干又短，一根根不合群地立着。我习惯了自己的样子，也不再觉得恐怖。在我自己之前，这双眼睛还没见到过被进食障碍折磨得"不像人"的病友。最严重的也就是接近骷髅，四肢、头都露出骨骼的轮廓。我的样子却像刻意被人虐待过一样，到处都是差点就能致命的伤。

我已经不记得自己原来的样子了，甚至除了母亲以外的亲人的脸也在我的脑海里模糊起来。我像平时一样躲在洗漱间最后面的门里，小碎步原地跑。我知道这里不安全，随时会有人来，检查的护士也会特意过来看。我在这里跑并不是为了消耗多少热量，仅仅是为了感受一下自己双腿的力量。虽然我也知道，一天两天不会有明显区别。但不知是我因期待产生的错觉还是事实，我的腿每一次都能抬得比前一天高一些。心脏也慢慢感觉没那么难受了。

跑200下我就会慢慢撑着半人高的门蹲下去，然后再扶着它借助胳膊的一点力量站起来。这也是我每天早起的"锻炼"，我接受了自己必须长体重的事实，也放弃了消耗一两百大卡去减缓焦虑的行为，此刻我只希望自己的付出可以得到应有的成果。

听到脚步声，我就会老实地蹲着，然后在对方关门后站起来。我不希望别人觉得我总是喜欢在厕所，那样会被护士们重点关注。

护士推车的声音传来，那是她们开始一间间病房检查病人的血压。我快步走去护士站，拿回了桌子上的眼镜，又拿走了我和母亲的手机。充满电以后，我会偷偷打开母亲的手机。我只看两个人的消息，一个是晓文阿姨的，另一个是我小姨的。

小姨从母亲带我住院以后就一直陪在姥姥姥爷身边，同时负责采购全家的生活所需。姥爷清醒的时候嘱咐姥姥不要让他住院，他害怕自己会因为医院管控而再也无法见到家人。姥姥说姥爷亲口告诉她，他知道自己躲不过这一劫，能让姥姥陪在他身边照顾他剩余不多的人生，在家人的注视中离去，是他最后的心愿。

母亲在这个时候带我住进医院，是因为她知道我的生命也快要枯竭，而能排队等到北医六院的一个床位是极难得的。我活到现在，从没在病友们的母亲中看到和她一样果断做决定的女人。大部分和我一样得了进食障碍的孩子的母亲都会问："如果我这样做，伤害了她怎么办？"或者"如果这样做，她会不会自杀？"

母爱的伟大，就是她用行动告诉我：我的生命在她心里的重要性超越一切。这也让我感受到了她的在意，让我感受到了我对她来说是多么重要。

小姨的微信头像就是她自己的照片，戴着墨镜和草帽在阳光下灿烂地笑着。每次看到那个头像出现在聊天记录的前三位，我就会忍不住紧张。我忘不掉2021年4月13日，那个把我心中的进食障碍刺穿的瞬间，我看到小姨发的消息："什么时候出来，你快从医院出来吧。"

我心里有一种感觉，不知道是不是因为身体虚弱，我在低体重的时候感官反而非常敏锐。我早在几天前就总是觉得心慌，觉得会发生什么不好的事，可除了姥爷的身体正在恶化，我想不起还有什么是让我不安的。

母亲还在睡，同屋的几个人都已经起来了，各自在穿衣服、叠被子。我知道母亲肯定很疲惫。我记得她不止一次告诉我，住进医院的短暂时间，是她这两年来唯一一段可以安稳睡觉的日子。在我身体虚弱的两年，母亲哪怕精神疲惫也不敢吃任何辅助睡眠的药物，她很害怕我随时发生意外，或者呼喊她她却听不见。我把手机放在她枕边，离开房间，拿自己的水杯去刷牙。

我像平时一样，和见到的人都笑着说早安。在大家眼里，我是个性格开朗、爱笑又乐观的女孩，不止一位病友或陪护问过我，为什么我这么阳光，却把自己伤害成这样。

只有我自己清楚，我看似阳光的笑容只是一个面具。很小的时候，我从来不会在任何时候，对任何人展露笑容。我只会因为让我开心的事、让我喜欢的人而笑。当我体会过孤独、绝望、无助，从我希望被认可的时候开始，我就思考什么样的人才会被周围的人喜欢。书上说，笑容是拉近距离的关键，我开始学笑，每天对着镜子笑，在心里要求自己不管对谁都要用笑容面对。不知不觉，从一开始的假笑，到后来可以在目光与他人对视的瞬间自然而然地把笑容展露出来，我已经不会觉得见人就笑是我的面具了，它仿佛已经成为我性格的一部分。

心里那种不安的感觉很强烈，似乎有什么在呼唤我快一点到母亲的身边去。我在楼道里碰上了肖文，他看着我，刚要张口，我就抢先说了句早安，迅速转身走进房间，把杯子放在床下的脸盆里。我来到隔壁母亲的房间，母亲的床是空的，上面是她还没有叠的被子。我又快步走向厕所，朝着里面喊她的名字。

"你妈妈去大厅了，你也快去吧。"一位陪护孩子的妈妈在厕所门外招手，示意我出来。我道谢后又朝大厅走去。

"紫初，来。"母亲坐在桌子边，一脸凝重。她身边还坐着和她同屋的另一个女孩。那个女孩看了看我，又看着母亲，用手拍了拍母亲的肩膀说："你们聊吧，我回去洗脸。"

"妈妈，怎么了？"我不安地问，"是姥爷出什么事了？"

"姥爷他……状态不太好，你姨让我回去。我联系了你爸，他说他在出差。所以，我现在有两个选择，一个是把你留在医院，请个陪护。另一个是带你一起出去。"母亲说。

"你不能把我一个人放在这里，你必须带我一起走，那是我的姥爷！他出什么事，我一个人在医院还活吗？！"我说，"我必须和你一起出去，我们必须回去看到他！"

母亲让我保证了很多次，出了医院如果掉体重，必须立刻住回来。母亲把强行出院的决定告诉护士，护士用担心的眼神看着我说："你是成年人了，以后妈妈就要你照顾了，你母亲为了陪你住院，付出了太多。你一定要好起来，对得起你母亲的爱，也是对得起你姥爷。"我点了点头。

主治医生应该是接到了通知，她还不到上班时间就从办公室里冲出来，身上是没来得及换的便装。那也是我第一次看到她脱掉白大褂的样子。以前我一直用"女侠"形容她，因为她走路总是像一阵风一样，表情总是那么平静，她会始终面露微笑地听病人说任何事情。

她来到母亲面前，俯下身和母亲说了几句话，时不时朝我的方向看。

她来到我面前，我感觉她好像欲言又止，然后舒展皱着的眉头，露出微笑说："紫初，出院了要好好吃饭，一定不要再回来了！"从她的眼睛里我感受到满满的温暖与祝福，她的语言就像带着魔力。

那一刻的感动很真切，她每周与我谈话，总是在鼓励我，她会认真听我说完，从来不打断我，哪怕超过了规定时间，她的学生在旁边小声提醒她，她还是目不转睛地、微笑着看着我的眼睛。在我说完后，她也会再问问母亲有没有补充。

我一开始极度抗拒吃药，我说自己讨厌被药物控制的感觉。我知道自己提了个很"嚣张"的要求，在这里几乎人人吃药。但是她也会很尊重我的感受，说："我会再去跟李主任商量，把你的想法告诉她，看看还有没有其他方法。"

她是我的太阳，她会肯定我的进步，会鼓励我成长，鼓励我在康复的道路上不断迈进。"长体重不是最重要的，能热爱生活和享受生活才是毕生所求"，这句话是她告诉我的。她的笑容就像温暖的阳光，炙热、充满能量。

"你希望好起来以后，做些什么？"她问我。

"我想成为光，像您那样去照亮更多人。"我坚定地看着她的眼睛，"我的生命本没有意义，是带给别人更多的爱，才使它更有价值。"

她不可思议地看着我，然后咧开了嘴，露出雪白的牙，说："那我真是太期待了！"

肖文与我深情地拥抱，我们约定，出院后会再见。

晶晶的母亲和我妈妈说着什么，她把手搭在我妈妈的肩膀，微笑着点头。

出院手续下午才办好，姨父的车等在院外。六院的大楼慢慢在视线里远去，我知道我不会再回到这里。母亲已经用行动洗清了她曾在我心中留下的那个"我的母亲不爱我"的黑暗印记。我的复仇结束了，已经没有人想要控制我了，不会再有人伤害我了。

我是自由的。

我在车上的镜子里看了看我的脸，又看了看上眼皮的伤疤，长舒口气。这次，如果我能恢复如初，我一定不会放弃还在被进食障碍折磨的伙伴们。每个人背后都是一个家庭，我会竭尽全力将自己化作一道光，带给所有人希望，以此来感谢所有带给我力量、帮助过我的人。

我把手伸出车窗，感受着风的温柔、阳光的温暖。

我会成为一道光，指引你离开黑暗，带着热烈与坚定。

告别天堂

　　我和母亲拎着四个沉甸甸的大袋子回到家中。屋内显得有些冷清，毕竟已经四个月没人居住，仿佛失去了往日的生机，空气中弥漫着木质家具陈旧的味道。我瞥见电视机旁那盆我养了两年的花，由于长时间无人照料，叶子早已变得枯黄。我赶忙拿起水壶，往花盆里浇了一点水。姥爷曾教导过我，植物缺水后，不能一下子浇太多，要一点点地润湿土壤，让它慢慢适应。

　　"这不就像我吗……"我在心底暗自苦笑，心中满是自嘲。

　　母亲看起来有些心急，她拿着手机，眼睛紧盯着备忘录上的笔记。"开窗，插电，烧水……病历本……药……"母亲抬头看了我一眼说，"我现在去买菜、做饭，然后咱们去姥爷那儿。"

　　"妈，我不饿，您别做饭了，咱们直接去吧。"我说。

　　"那怎么行，你不吃饭？都四点了，到了姥姥家，要是没人给你做饭，点的外卖你吃吗？"妈妈的眼神紧紧锁住我，眉头微微皱起。

　　"我真的吃不下，我不饿啊！"我说的是真心话，当时的我因为过度焦虑和紧张，确实没有一点食欲。

　　但我知道，这一次我必须遵守对母亲的承诺，并且我们现在是"队友"，要和平共处，一起帮我走出进食障碍。因此，我选择妥协，让母亲决定是否先做饭再去看姥爷。妈妈很快用手机软件订了菜，随后转身走进厨房收拾起灶台。没过多久，母亲订的菜就送来了，她拎着两个大袋子放在台面上，从里面拿出两把带包装的蔬菜和一盒封装好的肉。看着那深红的颜色和肉的状态，我判断这应该是牛腿肉，记得在医院时，医生建议我们多吃动物腿部的肉。母亲从橱柜里拿出刻度秤，她让我把从医院带回来的衣服简单叠好放进衣柜，又从门口放着的快递中找出了和六院同款的餐盘，然后用洗洁精仔细刷洗干净。

我感到有些焦虑，一方面是姥爷的病情让我忧心忡忡，另一方面是因为从医院出来后，我一直处于高度紧张的状态。我的紧张主要源于对母亲表情的关注，我甚至在乎母亲的情绪胜过在乎自己。一旦母亲流露出疲惫的神情，她的情绪就容易失控，变得暴躁和焦虑。而我察觉到她的情绪变化后，就会陷入深深的恐惧和不安之中，不停地自责，觉得是自己让她变成了这样。

离开医院是我一直期盼的，但与母亲相处对我来说却是一个更大的挑战。我努力回想，却怎么也记不起与母亲一起生活的温馨片段。因为母亲曾说过，我和她在一起剥夺了她的自由。所以，只要和母亲一起居住，我就会时刻感到愧疚，觉得自己有罪，让一个女人失去了原本属于她的精彩人生。

不一会儿，厨房飘出了饭菜的香味。我没敢去问母亲做了什么菜，因为出院协议规定，我无权过问吃什么。为了让我摆脱对食物的焦虑，不再把大量时间浪费在思考吃什么上，母亲做什么我就得吃什么。我们的目标是帮助我重新树立正确的饮食观念，不再让"吃"占据我一天中的大部分时间，而是能用更多的时间去做其他有意义的事。并且，要在我心里重新建立起"身体想吃什么就吃什么"的理念，不再提前做饮食计划。食物本是丰富多样的，它们存在的意义，归根结底是满足人类的食欲和生存的物质需求。因此，不应该仅仅从热量的角度去评判食物的好坏，也不能只依据热量就决定一种食物该不该吃。

我和母亲坐在餐桌旁，母亲起身走到我身边，蹲在电饭煲旁盛饭，她用勺子在锅里把米饭均匀地切成4块。"我放了200g大米，切成4块，一块就是50g。"母亲盛出一块米饭放在我的盘子里，然后自己用勺尖盛出一小口，放在她的碗里。

我强忍着心里的厌烦，母亲知道我讨厌看到别人吃的比我少，她故意在盛饭量上有如此悬殊的差异，这是在考验我吗？我感觉自己的牙齿已经咬得咯咯作响，通过骨传声都能听到那摩擦的声音。母亲做的菜是蒜苗炒牛柳和清炒绿菜心，她又把炒蒜苗里一半以上的牛肉都盛到了我的盘子里。

"你够了吧？这哪是一半？！"我气急败坏地问道。

"怎么了？就是一半，我确定！"母亲斩钉截铁地回答，眼睛直直地瞪着我，"你是想说你觉得这些量很多吗？"

我竭力忍耐着，不断告诉自己一定不能说出"我不吃了"这样的话。很快，我的身体就有了强烈的反应，胃里开始胀气。刚吃下两口菜，我就觉得味同嚼蜡，完全感受不到饥饿和饱腹的感觉，只觉得胃里满满当当，根本没有空间容纳我正在吃的食物。

母亲看到我难受的样子，说："你要是对咱们居家康复没信心，等姥爷病情稳定了，我们再回医院住。你知道的，我们每周必须长体重，至少得长一斤。"

"你别想再让我回医院去。"我看着母亲，眼神坚定地说，"我这次下定决心要康复，等我体重恢复正常，我不会再听你的任何指令。"

"可以，如果你能把月经养回来，并且保持正常的体重，我可以永远从你的生命里消失。"母亲用力地把勺子放在盘子边，端起她的盘子，将那一小口没动过的米饭和剩下的菜倒在一起，然后转身走进了厨房。

"您不吃了？"我问道。

"我吃饱了，我先去收拾东西。"

厨房里传来母亲洗盘子的声音，不一会儿，她拎着一个装了东西的垃圾袋走出来，我猜里面装的是刚才的剩饭。

"真浪费……"我小声嘀咕着。

母亲把袋子放在门口，从我身边走过，朝卧室走去。突然，她像是想起了什么，转过头问我："你需要我坐在你对面，看着你吃完吗？"

"没事，您忙吧。"我说。

我心里清楚，如果我还像以前一样只是说说而已，那么我永远无法恢复健康，这也就意味着母亲会一直强制看管着我。为了摆脱这种束缚，我必须让体重涨上去。这一刻，我的意志力战胜了体内那个"必须瘦"的声音。哪怕吃饭对我来说不再是一种享受，而只是一项任务，我也必须竭尽全力去完成。我没有耍任何小聪明，没有藏饭，也没有刻意沥油，只是把明显的菜汤剩下了。因为在我心里，连菜汤都喝掉已经违背了我对"健康"的认知。

吃完饭，我强忍着一口口涌上喉咙的嗝，走到厨房刷盘子，然后开始在房间里来回走动。母亲提醒了我一声，我便坐在餐桌边，双脚不自觉地抖动着。

母亲看出了我的难受，加快了动作，她背上一个很大的包走了出来，说："我们走吧，打车去姥姥家，路上的时间就当是你静坐了。"

到达姥姥家时，天色已经完全暗了下来，大概七点半。我们按响了门铃，姥姥来开的门。她瘦削的脸庞在屋内灯光的映照下显得更加憔悴，脸上还留有两条泪痕。但看到我时，她还是勉强露出了慈祥的笑容。

"宝宝……你出院了，身体好点了吗？现在走路稳不稳？"姥姥走出来，向我伸出双手。

"我好多了，姥姥。姥爷怎么样了？"我伸出手，借着姥姥的力气迈上了门口的四级台阶。我还是感觉有些吃力，双腿一用力就觉得很沉重，关节也紧紧的。

"姥爷一直盼着你和你妈妈……"姥姥说着，突然泪如雨下，豆大的泪珠顺着她的下巴一颗颗滚落。她赶忙用一只手捂住嘴，另一只手去抽门口小餐桌上的餐巾纸。

母亲看到姥姥的样子，立刻明白了什么，扔下手中的包就冲进了屋里，大声喊道："爸！对不起，对不起，女儿来晚了！"

天啊，母亲那一声"爸爸"瞬间让我浑身一震，仿佛触电一般。我的脑海中不禁浮现出母亲从开始照顾我以来，在我身边形影不离的画面。

我一直以为母亲照顾我是她对曾经忽视我的弥补，是她不爱我的代价。但此刻我才意识到，母亲心中一直强忍着对自己父亲的爱与牵挂，只是为了我能够活下去，为了治愈我内心的创伤。也许她一开始就看出了我在报复她，可她还是甘愿为我付出一切，每天陪着我，给我做饭，听我倾诉，为我更换腿上的绷带、清理腐肉……她眼睁睁地看着自己的亲生骨肉像个怪物一样生活，而我却每天对她咒骂，一遍又一遍地诉说着她对我的伤害，告诉她我有多么想死，还说让我如此痛苦的人就是她。

我一直对母亲的爱视而不见，把这一切都当作理所当然，甚至认为是她"罪有应得"。

姥爷躺在床上，双眼翻白，痛苦地大张着嘴。

"哈……哈……"一声声沉重的呼吸声从他嘴里传出，他此时严重缺氧，即便输氧机已经开到最大，也无济于事。

"爸！爸！爸爸！"妈妈哭喊着，泪水如决堤的洪水般涌出，她泣不成声地问姥姥："爸怎么瘦成这样了？！"

姥姥也一边抽泣一边说："我已经尽力了，你爸这几天一口东西都咽不下去，全靠你买的安素，我用滴管一滴一滴往他嘴里滴……我怕滴太快把你爸呛着！"

"他肺里有痰！"母亲用手轻轻抚摸着姥爷的脸，凑上去亲吻他的脸颊，"爸，对不起，女儿不孝，我来晚了……"

"你爸不肯去医院，他肺里的痰只能在医院吸出来，可他就是不去医院……"姥姥用手抚摸着姥爷的额头，"他现在太痛苦了，天啊……老头子，你看看啊，你闺女和外孙女都来看你了！"

我只觉得浑身滚烫，不仅是眼眶中打转的热泪，我的每一寸肌肤、每一个细胞都仿佛燃烧起来。我的血管里仿佛流淌着汽油而非血液，将心中的痛苦传遍全身。

母亲抬起头看向我，我缓缓地朝姥爷的床边走去。泪水模糊了我的视线，但姥爷的轮廓却在我眼中逐渐清晰起来。我的内心仿佛打开了一扇门，有一双眼睛在门后注视着姥爷。

我颤抖着轻声唤道："姥爷……"然后凑近他的双眼，深情地亲吻他的额头。我的嘴唇触碰到他额头的汗珠，瞬间与我眼中涌出的泪水交融在一起，顺着姥爷的额头滑落。我凝视着姥爷的脸，看着他痛苦地呼吸着，那一声声沉重的呼吸仿佛是他迈向另一个世界的脚步。

我再也忍不住了，闭上双眼，痛哭起来。就在这时，我看到姥爷翻着眼珠的双眼泛红了，泪水一滴一滴地流下来。他的眼睛拼命向下看，瞳孔中映出我的脸，带着一丝微弱的光芒。姥姥看到了，对我说："宝宝！你看！姥爷知道你和你妈回来了，他哭了，他看到你了……他已经没有遗憾了……"说着，姥姥哭得更加伤心，她哭喊着："老头子，老头子，再撑一撑啊……别丢下我一个人啊！"

我向后退去，无力地瘫坐在沙发上。我都做了些什么啊，上一次见到姥爷时，他已经瘦得只剩一把骨头，一整天都在沉睡。那个时候我就应该意识到，姥爷已经时日无多了。可我当时满脑子只有自己，还有那"要么瘦要么死"的荒唐追求。

为了逃避吃饭，我从两年前就开始找各种借口不在家里吃饭，也不和家人一起吃饭。和姥爷吃最后一顿饭，竟然是两年前的事了。而那一次也算不上真正的一起吃饭，顶多就是在同一张桌子上各自吃着各自的饭，姥姥姥爷吃的是打卤面，我点的则是沙拉外卖……

我还记得姥爷看到我吃着一堆生的菜叶和圣女果时，心疼地直叹气，问我："宝宝，你为什么吃生的菜叶呢？想吃什么告诉姥姥姥爷，我们给你做……"

我在心里不停地责问自己："你到底做了些什么？！张紫初，你到底算什么？！你竟然为了追求那所谓的瘦，对亲人的爱熟视无睹。"

我无法承受看到姥爷咽下最后一口气的那一刻，于是我告诉母亲，自己想先回家，不想面对姥爷离去的场景。母亲很理解我，她用软件叫了一辆车，目送我上了车。

那天夜里，据说小姨一家随后也赶到了，我成了姥爷至亲的人中唯一一个没有看到他咽气的人。我觉得自己没有脸面面对那么爱我的姥爷。

我的姥爷，那位传统而固执的老人，就这样永远地离开了我。

第二天醒来，我睁开眼的第一件事就是问母亲，姥爷是什么时候离世的。母亲说，姥爷是在凌晨两点走的，走得很安详。泪水瞬间夺眶而出，我告诉自己，姥爷一定会去天堂的，我坚信他会在那里过上没有疾病和痛苦的生活。而我，可能永远无法到达天堂了。毕竟我做了那么多无法挽回的错事，甚至在被强制入院的时候还诅咒过我的母亲。

"我知道你会恨我。"母亲在拨通报警电话后对我说，"但是作为母亲，我唯一能做的就是，哪怕知道你这辈子都不会原谅我，我也要救你的命。"

姥爷的离去，仿佛是一只强有力的大手，将我从无尽的黑暗深渊中紧紧抓住，然后用尽全身力气，将我拖拽出那可怕的深渊。我终于重见天日，阳光和希望再次回到我的心中。我仿佛在草原上自由奔跑，贪婪地沐浴着温暖的阳光，可再也看不到姥爷那熟悉的身影。他的声音却依然在我的记忆中回荡，随着微风，轻轻拂过我的灵魂。

"宝宝……我的臭大宝。"

再见了，姥爷，我爱您。

对不起，是我没能让您在生命的最后时刻，在女儿的陪伴下度过，是我让母亲永远带着对您的愧疚和遗憾。

我想，我可能没有资格去天堂与您团聚了，姥爷。但我发誓，在今后的人生中，我一定会做一个善良的人，珍惜生命，热爱生活，并且将这份对生命的热爱传递给更多的人。

我要把自己变成一束光，照亮那些被进食障碍折磨的家庭和孩子们。在与进食障碍抗争的日子里，我深知自己失去了太多作为人的快乐，也伤透了爱我的人的心。所以，我会尽我所能，分享自己的故事和康复经验，让世界上更多的人了解什么是进食障碍。再见了，我亲爱的姥爷。再见了，天堂。

重生

"小恶魔"与我的居家康复日常

　　康复期间我和母亲一直遵照食谱饮食，三顿正餐，两菜一肉。闻到第一道菜的香味，我就到厨房去端盘子。这已经是进步以后的行为了，因为答应妈妈要好起来，所以尽可能地想要纠正"小恶魔"的思想。以前我全程要在妈妈身边看她做饭，我会关注这几个点：①是不是只倒了一点点油；②是不是没有放糖；③肉是不是剔除了肥的部分；④有没有偷偷增加肉或者菜的量。这也是小恶魔在意的部分。

　　心理医生告诉过我，识别进食障碍症状的方法之一就是想一想自己是正常人的时候会不会这么做、会不会这么想，尤其是与消耗热量和摄入食物相关的部分。这个方法很有用，它不止一次提醒我，某些想法和行为，并不属于原本身为正常人的我。

　　可是识别只是打败进食障碍的开始，怎么能够抑制住小恶魔的想法，拒绝它想让我做的事，则是最为艰难的后续。

　　我把菜放在餐桌上，内心深处立刻浮现一个声音："你们要分菜的，你要现在把菜用筷子分好，把更多的量分给母亲……"这个想法很让我嫌恶，原本的我是一个很正义的女孩，我不喜欢这种偷偷摸摸的行为。

　　"控制住自己，控制住自己……让妈妈来分……"我在内心挣扎着叫喊出来，"我不能少吃，我已经运动很多了，再少吃这周的体重就要下降了！"

　　趁着意识清醒，我赶紧回到卧室继续走路。

　　我曾经告诉过母亲，做菜的时候一定要时不时出来看看，看看我有没有在偷偷运动，有没有偷偷把菜拔出去。

　　我很讨厌小恶魔，讨厌它对我的控制和每一次诱惑我向着更瘦而努力。我不想做个不健康的妙龄少女，把整个青春葬送在与进食障碍的斗争中，躲避在家里，拒绝社交，出门需要戴帽子遮住我的头皮……

我听到厨房门打开的声音，立刻趴在床上假装在看手机。母亲推开卧室门走进来，手里拿着炒菜的铲子，腰上系着围裙，她朝我笑了笑，问我饿不饿，饭马上好。

其实那一刻我心里很温暖，知道妈妈为我亲手做饭，看到她的微笑，我的心里有一阵暖流。这是我整个中学时候的梦想，那段点外卖吃快餐的日子，我每次回忆起来都觉得是青春时期的遗憾。我很希望妈妈能亲手做菜给我吃，等我回家。但进门能闻见母亲做饭的香味，对我来说是奢侈的事情，我甚至觉得自己不配吃母亲亲自做的饭菜。

"来端菜吧！"听到妈妈呼喊，我赶忙过去。

水龙头开到最大，她熟练地冲刷铁锅。那把铁锅是母亲专门找人从章丘带回来的手工铁锅，说是一位老工匠捶打出来的。这件事发生于我开始居家康复那个月，有一次吃饭，我因为太焦虑，发脾气摔筷子，借口说母亲炒的菜不好吃，没有"锅气"，而且炒出来的菜样子很难看。母亲因为这件事，开始每天研究美食软件，不久就扔了旧的麦饭石锅，买了这口章丘铁锅。她之所以买这口锅，也是为了向我表达一定会努力做出最好吃的菜、陪我康复的决心。"你看，妈妈很努力。我想陪你好起来！"那天，妈妈一边拆开包装锅的泡沫海绵，一边对我说。豆大的汗珠顺着妈妈额头落下，她拿起围裙一角轻轻擦去。

精致的脸庞，是每天用各种护肤品保养的，为了能够在工作中给人更好的印象，她把自己的脸当成艺术品一样呵护，如今却经受着油烟和火烤的高温。从她的眼神中，我看不到光，那双水晶般明亮的眼睛如今满是对生活的无奈。

"你能帮我把门关上吗？我要做最后一道菜了，别让油烟进屋子里。"

回到卧室，我的眼泪顺着脸颊一滴一滴落在地板上。心脏很疼，那种疼痛是窒息的，悔恨像鞭子抽打着全身的神经。这是真实的我在哭泣，可是这种痛苦却不能让我完全战胜进食障碍。

擦干眼泪，我依然在走路。

保持瘦弱吧，为了留住这份爱。如果我好起来，一切就真的是一场梦了吧？母亲对我一直以来的关心和转变，我都非常珍惜，也知道这是我用身体健康换来的。所以我总是患得患失，害怕她因为我恢复体重而变回原来的样子。

很多时候小恶魔的话语能够支配我，也是因为它说的话正中我内心那部分脆弱的、缺失的感情。它会问我："被爱和健康你要哪个？""这150斤是你付出了多少才减下来的，你妈妈好不容易学会爱你，你胖了就一无所有了！""你要做个健康却孤独的人吗？"小恶魔明白我内心的脆弱，我无法抵抗它的诱惑，因为没什么支撑我与其抗衡的力量。

我为什么要好起来？

现在的生活不是很好吗？

就这样一直保持苗条，既可以满足自己的虚荣心，得到优越感，又可以获得更多的关心，何乐而不为？

随着冲水声再次响起，我知道妈妈把菜做好了。一阵阵肉的香味传来，母亲为了保持肉类的口感，最后才炒肉菜。小恶魔喜欢在肉菜上做手脚，比如切成两份装盘的牛肉和猪肝，我会控制不住把自己的那一半分给母亲一些。我也知道母亲可能会发现，但是我可以说："我控制不了自己。"妈妈每次都会原谅我，虽然她也告诉我，我要突破自己，自己打败小恶魔。

午饭时间，我是非常焦虑的，我必须想好理由，吃完饭能够找个借口走路。母亲也多少理解我的焦虑，她会鼓励我饭后静坐半小时，然后午睡一小时，下午带我去逛超市或者花园。这样的妈妈在我眼里很温柔，她陪伴我的每一天我都很幸福，除了她每周监督我称体重的时候。

午睡的时候，肚子鼓鼓的，我焦虑难眠，嘟嘟囔囔念叨着自己肚子大。母亲如果不回答我，我就说得更大声。"啊，肚子好胀！我好难受啊妈妈！"一定要母亲温柔地说"乖，妈妈帮你揉"，我才能停下。

我想尽一切办法让妈妈时刻注意我。这就是小恶魔对我的控制，它把我变成了低龄智商的孩子。母亲轻轻帮我揉肚子，在我眼里也是对我的爱，小恶魔也满足地享受着。

下午的时光是漫长的，要想想去哪里走一走，不然实在是煎熬。母亲知道我的想法，我们几乎去了所有附近的公园还有图书馆。我只要站着，就可以缓解一些焦虑。我的焦虑并不是体重增加，我也知道体重不涨是不行的。我焦虑的是，我知道是我吃进去的食物带来的热量使我变胖，我讨厌脂肪。而站着让我觉得，至少脂肪不会堆积在肚子上，我也可以比坐着的时候多消耗一些热量，这样体重上涨也不会太快。

但这对妈妈来说，其实是很疲惫的。我的晚饭时间很固定，必须在五点开饭，否则会带起我的情绪。午睡起床的时间是下午一点半，母亲做饭至少需要一个小时，这也就说明，我们只有两个半小时外出。每次回家，母亲都很累，但是马上就得换好衣服去厨房洗菜。而我则要抓紧时间消耗热量。

晚餐开始得很准时，看着妈妈从厨房出来，我早早等在餐桌旁。一定要她先坐下，我才会就座——这种分秒必争的强迫让我显得和正常人很不一样，因此我很自卑，主动把自己封闭起来，恐惧社交。

小恶魔带来的焦虑十分严重，如果我不顺从它并剩下一些饭菜，我就会坐立难安，心里像爬满蚂蚁，会心律不齐、心跳加速、出汗、耳鸣……这种状态要持续一个多小时。

因为身体和精神的双重痛苦，我更加害怕吃饭。

到了傍晚，我的精力基本上用完了，身体里的小恶魔也一样开始感到疲惫，它的声音变得微弱，我也从焦虑中得以挣脱。

手机上的步数，显示着我已经完成了今天的任务。

我终于可以坐下来，和母亲一起看一场电影了，这个时候我的精神才完全是我自己的，我会和母亲一起总结一天发生的事。母亲会为我打气，我也会表示，我一定要亲自战胜进食障碍，明天会更努力。

居家康复的过程是漫长的，好像看不到尽头，我每天都在单调、重复的生活里。

控制与反控制

第二次出院后，我每一天都尽量刻意地不去做"计划"，所谓的计划，实际上都离不开吃、食物、运动。之前，我要周密地规划好吃东西的种类和时间，并且不希望出现任何意外打扰我的计划，这会导致我十分焦虑和不安，作用到肠胃上的反应就是我会不停地打嗝，哪怕只吃了一口食物，也会感觉到很强烈的饱腹感。就像吃进去的每一口都堆积在食道里、胃里……我的胃却不去运动消化它们。

感觉到身体里停留着食物，这让我浑身出冷汗，因为在我的意识里，食物只要在身体里一秒钟，我就会不停地吸收它，那些糖、油都让我产生强烈的负罪感和对自己的谴责。我讨厌我的身体，我的大脑是那么渴望食物，而我吃下去喜爱的食物却令我痛苦。食物与我之间就像缔结了某种契约，我只要把它们放进嘴巴里，我就会感到十分的"渴望"，可是如果我是被其他人"要求"吃，就会感到自己**被控制**，食物进入身体后我会焦虑，感觉难以下咽。

生活中总是充满了无法掌控的事，比如考试。我很努力地学习，却无法控制得到的成绩。很有可能出现各种出人预料的事，导致令人失望的结果……那么我该如何接受"我努力的过程被其他人忽视了"这件事呢？

我不想被忽视，我想要**被看到**，想听其他人说："没事的，你已经很努力了啊，我看到了！"

在我恢复饮食的过程里，我一次一次地向母亲表达出，我进食的过程十分痛苦。哪怕只是吃了一块非常小的蛋糕，我也会表达出"我很撑""我很焦虑"。我必须确保母亲能够及时理解我的感受，这样我才会安心一些。之前母亲无法理解我的时候，她会用质疑的语气问我："哪有那么夸张啊！这只是一小块蛋糕而已！你不要总是被进食障碍控制！"可是当我们第二次离开医院的病房后，母亲再一次听到我这样说时，她用同情的眼神注视着我，对我说："宝宝，我太能够理解你了。尽管我无法感同身受那种痛苦，但是我非常愿意听到你对我倾诉。"

这句话就像一股温暖的水流，流淌进我心里干涸的土壤。那是一种深深的感动和原谅。

其实我表达出的焦虑中，夹杂着自责。我责怪自己是一个不完美的女孩，不够自律、自信。我的头脑里、思想里都充满了无法接纳自己的**自我怀疑**。

是否要接纳食物=是否要接纳不符合期待的自己。

或许在多数人的认知里，暴食都是一种难以理解的行为，他们坚信食欲是可以自己控制好的，只需将对食物的渴望适当表达，就能够用轻松的心态去面对食物。因此，那些声称无法驾驭食欲的人，往往被贴上"不自律"的标签。

美国心理学会（APA）将暴食症界定为一种病理现象——反复发作的暴食症状并伴随着强烈的沮丧感，个体在进食时通常感觉失去控制，进食大量食物。暴食是一种强迫行为，情绪可以直接通过进食来发泄。每一种我们渴望入口的食物，都是心灵深处某种未被满足的情感或现实中存在的问题的"镜像"。

回溯生命进化的过程，某些原始生物的神经中枢就位于腹部。如今，肠胃仍被称为"第二大脑"，它不仅负责消化食物，还能调节情绪，造成情绪的波动。比如当我们愤怒时，可能会感到没有食欲甚至胃痛；很多时候，与食物之间的关系出现问题，就应该关注问题背后的情绪。如果能够找到一种适当地表达情绪的方式，让内心的情感与需求得到"向外"的表达，那么情绪就不会对自己"发泄"，我们就不会企图通过食物去满足最为原始的、对安全感的渴求。

我太害怕被控制。第二次出院以后，回家的第一顿加餐我就用一盒普通牛奶和一个小点心替换了6勺安素。我在心里算了一下，这一顿加餐的热量仅仅为200大卡出头。**我一定要篡改"他们"让我做的事，反抗"他们"的控制；然后，我要控制"他们"。**"他们"是指除了我以外的所有对我提出要求的人。那些因为对我有情感而愿意听从我要求的人，会被我用"暴食"与"厌食"胁迫，不得不改变原来的行为，转变为我喜欢的样子。实际上我想通过控制获得安全感。

控制体重也能给我带来安全感。体重是最根本的，只有控制好体重，才能认同自己并不是失控的；较低的体重还会让家人更注重我的健康，而不得不降低对我的要求和期待。

"没有被期待"也能带给我安全感。只要知道对方期待我变成一个很好的样子，我就会令自己更糟糕，来表达"反抗"的态度。

除了给家人买食物，我每天都幻想着自己暴食的样子——想象着自己去一条美食街，然后挨家挨户大快朵颐。我用眼睛"吃饭"，以此减轻精神对食物的渴望，忽视身体对食物的真实需求——我会在手机里下载美食的图片，关注很多专门录制"吃播"视频的主播……

我们经常被叫作"装睡的人"。

"反控制"使我将家人带入了我编造的"世界"。里面是我对待现实生活中的点点滴滴的恐惧。那个世界中，所有的事情都要按照我想的方式去解释。

母亲早上起来困倦的眼神、吃饭时抬头看我的眼神、父亲电话里不经意的一声"嗯"都被解释为在向我的世界"宣战"，会引发我剧烈的情绪波动。而我为了印证他们对我的爱是不是真心的，我是不是真的被他们需要，我会用"他们是否听令于我"和"是否能够在我有情绪的时候无条件接纳我"来证明。

我在暴食的状态里时，内心是空虚的。我没有在思考任何一件事，全神贯注地集中在机械的吞咽中，直到我的"空虚"被填满。随之，罪疚的感受来袭，疯狂地在我耳边指责我，说我不够有毅力、不够完美，说我是令人失望的存在。

我不满生活中那些突然到来的各种意外事件，害怕那种无法改变的可怕现实。直到我连控制自己的食欲都不能够做到，在情绪的指引下失控地将食物一口一口吞下。装入我体内的不再是满足我生理需求、令我享受的食物，而是我的空虚、无奈、不甘心、自责。暴食是我对自己的审判，蕴含着我对待生活的无力感。每一次我都很想停下来，想要停止去吃下一口食物的欲望。我真的不是不自律，真的不是放纵自己……我只是很累很累，我很迷茫，很空洞……

"强迫"亦使人痛苦。"微波炉里的食物必须在'嘀'的一声后立刻取出来放进嘴巴里，不然会错过它口味最佳的时间；路边的烤肠要等到被烤着烤着'炸开'的瞬间去买来吃，才觉得是物有所值；把枕巾拿起来再铺上去，再拿起来再铺上去……直到有一次不会出现任何一条褶皱，才能够安心地把头放到枕头上；一定要在每天的同一时间去吃饭，食物的选择也很单一，习惯于重复吃一种食物和同一道菜……这些强迫行为和想法都让我无数次地陷入对自己的不满之中。我知道自己和普通人有着截然不同的思维和认知。"这是一个患进食障碍的孩子告诉我的。听到以后，我的第一反应是"我好像没有这么严重，这样真是很可怜"，但我又想到，自己也好不到哪里去——我的强迫主要体现在运动和饮食时间上的限制。

在居家康复期间，我会早早起来，跑到厨房去偷偷运动。有一次我正在高抬腿跑步，忽然感觉到一个视线。猛然抬头，看到母亲黑压压的脸出现在厨房门的小玻璃窗后，我吓得心跳都慢了半拍。让我意外的是，母亲没有严厉地指责我，在她眼神里更多的是同情和无奈。她了解了这个疾病以后，与我相处就总是小心翼翼的，尽量不让我们之间发生冲突，不让我产生负面的情绪和消极感受。她语气平静地对我说："我希望有一天你能轻松地睡到自然醒。"这句温柔的话语一下子提醒了我——我强迫自己做的实际上并不是让我开心的事。

我承认了自己强迫运动的事实，尽管一直在吃抗焦虑、抗强迫症的药物，但若完全不去自主控制，或者没有意愿克服自己的强迫行为，就很难有效果，顶多只是辅助性地给人一种无力感，让人感到困倦。这种感受反而让我难受，感觉自己被药物控制了。

　　生活、关系、期待，全都是"失控"的，给了我很强烈的不安全感，出于对自己的保护，我有强烈的控制欲。我不愿意依靠药物去减轻我的强迫，我就有意识地反抗我的强迫冲动，故意做和强迫行为相反的事。这个过程非常艰难，痛苦的感受让我一次次想放弃。

　　但是我知道，真正让人得到想要的结果的，其实是先了解自己、认识自己。一个人如果能看清自己的内心并且接纳自己，才会真正感受到满足和幸福。

萌萌

病友里有个女孩叫萌萌，我和她相识于一次线下CBT（认知行为疗法）培训。那时候我才出院不久，体重将将80斤，自认为思想是积极的，所以和妈妈商量报名了当期北京大学第六医院举办的CBT课程。

母亲参加过一期，她十分支持我也去学这十节课，她觉得学习CBT能帮我更好地应对未来人生中进食障碍的反复。

那个时候，我还没克服强迫运动的习惯，连续坐上一上午、三个小时，对我而言着实煎熬。培训地点在一个写字楼里的心理咨询师工作室，楼道狭窄又不透气。实在坐不住时，我便申请下楼走走，稍后再回来。我注意到有个女孩也频繁离席。好几次我回来时，正好碰上她下楼，电梯门打开，我们目光交汇，会微笑着打个招呼。一来二去，因常常碰面，我们便聊了起来。

那天，我们一同在7层散步。巧的是，我们都喜欢7这个数字。

我钟情于7，是因为小学时喜欢的第一个男孩学号是7号。我默默暗恋了他367天，终于鼓起勇气送了他一盒巧克力，袒露自己长久以来的爱慕。他先是惊讶了一下，随后面露难色。他挠了挠头，把巧克力递回给我，说道："抱歉，我可能没办法喜欢你。"

其实我只要说出口，就已经满足了，我清楚自己是班级45人里最胖的女孩。每次体检都被医生严肃警告要减肥，不然长大后会影响发育。我长相本就普通，再加上肥胖的身躯，被我表白，对他来说恐怕是种负担。平时我也常被同学开玩笑，名字的谐音被他们戏谑地以"猪"相称。无论是发作业本，还是做广播体操，同学喊我名字时都是"张死猪"。

我不过是自私地想从暗恋的焦灼中解脱出来，送巧克力也只是自私地表达了自己的心意。答案其实早已在我心里，从始至终都没那么重要。我从来没得到过任何人的在意和爱，我怎么配得上任何人的爱？我怎么配得上任何人爱？……我累了，不想再继续这份暗恋，哪怕被拒绝，痛快地给我个理由，结束这无尽的折磨也好。

苦涩的心情涌上心头……我竟然因为喜欢一个人而喜欢上一个数字。这种喜爱，缠绕着我整个青春。哪怕到现在，让我选择一个数字，我也会下意识喊出"7"，只因为7是我最初的喜欢，只因为最初对爱的憧憬化为了泡影，也就顺理成章成为永恒的回忆……

我和萌萌走进正对太阳的房间，里面有几张椅子，随意地放着，很干净，好像没有闲置多久，也可能一直有人使用。

萌萌忽然望着窗台发呆。风吹着她棕黄色的头发，偶尔发出金色的光芒。

她好美，干净的脸颊，没有任何化妆品带来的世俗感。清晰的锁骨，清透的肤色，给人一种油画里走出来的感觉。她忽然回头，微笑着张口："我能和姐姐讲讲我的故事吗？"我愣在那里，还在为眼前不真实的情景出神。

小时候，萌萌出生在一个争吵不断的家庭里，周末父母两个人因为吵架，各自出门，留她一个人在家里。她饿了就自己去冰箱找能吃的东西，或者把一个土豆洗干净，扔进锅里煮。从小学到高中，能穿的衣服只有校服，中学毕业典礼，大家都穿着自己最漂亮的衣服，拍毕业照，她也只能穿校服，因为没有别的衣服换。校服白色的部分略微发黄，同班同学都买了新的，只有萌萌一直不肯张口向父母要钱。周围的人都发觉了她的特殊，她也就成了大家眼中的异类。

"家里还有个外套是母亲穿旧的。"她小声开口。我震惊了。萌萌家条件并不差，父母双方会分别给她零花钱。

"我不会买衣服，也觉得这个钱不该给自己花。"

父母两人只管各忙各的工作，聚在一起又各自发泄情绪。给女儿一堆钱让她对自己好点，一个孩子拿着钱能去做什么？那时网购还不像现在这么方便，快递也送不到偏远的县城。高中，学校组织外出旅游一周，萌萌的母亲忽然意识到她没有换洗衣服，就带她去百货商场随意买了一套运动衫，然后蹲下来，拍拍她的肩膀，欣慰地说："这下有的换了。"萌萌讲述这件事的时候，苦涩地笑着说："她居然中学才给我买两件衣服，才两件就觉得够了……要不是因为只去一周，两件怎么够穿。""而且，我爸爸说'萌萌从小到大也不用买衣服，真省钱'，这话是父亲会说出口的吗？"

泪水顺着脸颊打湿衣领，她的身高有166cm，体重如今只剩76斤了，双腿膝盖因为浮肿，只能直直地伸着。她的哭声很微弱，连咳嗽也没有力气，过一会儿就变成略带急促的喘息，我能感受她的痛苦，曾经我也有过这样的身体状态。心跳加速使她几乎窒息，血氧下降，她不得不尽力克制激动的情绪。

萌萌平静下来比我想得快，她双眼空洞地看着远方。

窗外是银灰色的高楼大厦，阳光透过百叶窗的空隙映照在我身上。我很喜欢像这样被阳光拥抱。

"我想好，我想消肿，可是体重一涨我就必须做补偿行为。"

"之前在家康复，65斤，我跟我妈说学花样滑冰，实际上我小便都憋不住了，我知道我身体很差，可是体重涨了，我就想用运动把它控制住。"

她站在阴影里。

我很理解她的感受，因为我也是这样。

永远无法通过苦口婆心的劝说改变一名进食障碍患者。少数能够康复的患者，其家庭一定都作出了巨大的改变，父母的态度由强硬和命令变成理解和关心，不断学习，进行心理治疗让家庭成员关系更加亲密。这个过程远远比想象的艰难，患进食障碍后，我们的神经非常敏感，很脆弱，多疑，会因为一点小事就崩溃，从而打破父母努力维持的平和和信任。

为什么萌萌会从山东的小城出现在北京，还是以这样一种危险的身体状态呢？她走在大街上，周围的人都会主动保持距离，就连手拿糖葫芦的小孩子也会保持张着嘴的姿势，忘记咬下那一口，愣愣地看着她。

我犹豫着问："是不是你自己跑出来的，你父母知道吗？"

"我父母从来不在乎我在哪里，他们只要知道我还活着，就不会多说一句关心我的话。"

"你哪来的钱，你自己买的票吗？"

"其实，姐姐我告诉你，我有很多钱，因为一直没有花，父母也一直给我。我自己买票、订酒店、报课，加起来一共一万四，都是我的钱。"

"难道你不是为了好起来才接受培训？"

"我好不了了……我自己知道，没人会救我，我也不相信，有人会爱这样的我。我来这里只是因为我关注的公众号推荐这个培训，而我想来北京看看……我很孤独，在家也待不下去了。"

她的眼泪又一次落下，"我已经很努力了，上个月靠自己吃上来两斤，可是这两天好像又瘦了……我吃不下外面的饭，这几天都是买沙拉，酱我也没有挤"。

"我讨厌肚子里有东西的感觉，脑子里会忍不住想，它塞满了油脂，我觉得很恶心……"

"我好羡慕姐姐可以暴食，我连暴食都做不到，都没有勇气……"

我内心百感交集。痛苦的、悲伤的情绪缠绕着我，我知道萌萌也许是一些人的代表，很多进食障碍患者都有相似的情况和家庭关系。

这个群体数量之多，情况之复杂，比社会对它的认知还要可怕。就像很多的线缠绕在一起，打成了结，解开一个也还有另外的，互相纠缠、交织着把所有人捆绑在一起。无从下手，也看不到尽头。我赶紧深呼吸，向窗外望去，没有阳光，没有风，乌云遮挡着阳光，时间仿佛静止……

我知道我的压抑到了极点，必须赶紧停止这段对话。尽管我很心疼眼前的女孩，但是我也刚从魔爪中挣脱出来，绝对不能再被情绪控制，我不能接受她的负面情绪。

即便到现在，我也在后悔，当初自己不够强大，如果我能够拥有现在这般强大的内心，我一定会对她说："你很棒，你已经很努力了，萌萌是值得被爱的，你只有先学会自爱，才能被人爱啊！"

　　这就是典型的进食障碍患者的原生家庭。关注过少，没有得到成长中应有的陪伴。

　　我知道也许这只是我听了萌萌单方描述产生的感受，她的父母或许也有自己的难言之隐。他们一定是爱孩子的，不然也不会给她那么多钱，让她对自己好。可是在萌萌的角度来看，精神世界和物质世界其实都是空白的。在社会上，她甚至都不知道自己应该处于什么样的位置，不敢社交，不敢和别人说话，不管做什么事都小心翼翼，下了课总是最后一个走，不希望和大家一起乘电梯……这样的人生，接下来会怎么样呢？我甚至不敢去想象。

和过去的自己道别

厦门，这座美丽的滨海城市，曾经给予我爱、温暖与感动，却也带来悲伤、愤怒和自卑感。再回来，一切似乎都没什么变化，迎面而来的暖风轻柔地将我包裹，像是久别重逢的老友；街边随处可见的大榕树依旧枝繁叶茂，默默见证着岁月的流转。我和父母在中山路的一家酒店安顿下来，打算先适应厦门的气候与水土。距离和辅导员约好回学校办理复学手续的日子还有八天，我们准备先游玩两天，再去曾经租的房子收拾一番，采购必备的生活用品。

这次，父亲计划陪我到正式开学，母亲则打算多留些时日，等我告知她可以回去了，她才会离开厦门。母亲有心理阴影，始终放心不下我，担心我能否照顾好自己。尽管我评估自己已能独当一面，但从健康状态来说，也仅仅是恢复了身体行动力。

离开北京的那个清晨，我站在体重秤上，86斤，这是新的起点。从今天起，我要把自己的感受放在首位，慎重对待与自己有关的每一个决定。这并非为了掌控什么，而是不想再憎恨那个为了他人感受而忽视本心的自己。在我心中，"自我接纳"就是接纳过去和当下的自己，毕竟当下的我，转瞬就会成为下一刻的"过去"。人生本就是无数片段交织而成的蜿蜒长河，每个选择都可能引领自己走向不同方向。

我的双腿布满了丑陋如树皮般的纹路，那是曾经水肿撑破皮肤又复原后留下的生长纹。医生说，随着时间推移，皮肤颜色会慢慢均匀，只是小腿颜色可能会比最初深一些。能从那般危险的境地死里逃生，我已深感知足，这些明显的伤痕以及隐约可见的各种伤疤，都将成为我与进食障碍战斗过的"徽章"，时刻铭记那两年的阴暗岁月。

恢复到86斤后，我的额头长出了一堆细密短小的绒毛。虽说营养状况有所改善，但头发掉成那样，想恢复如初绝非短时间能实现。为了不引人注意，我特意穿上拖地牛仔裤和轻薄的防晒服，遮盖住丑陋的双腿和纤细的胳膊。

母亲鼓励我摘掉帽子，自信一些，我才把鸭舌帽留在了家里。其实在北京时，我就已不再戴帽子，把所有鸭舌帽都收进了衣柜，它们被摞起来，足有半个我那么高，这也是母亲鼓励我做的。

母亲说："是时候和过去的自己道别了，如今的你很棒，我相信以后你会越来越自信。"

"可是我的头发很少……"我委屈地嘟囔着。

"接纳自己，你要从现在起告诉自己，无论什么模样，你都是全世界独一无二的。"妈妈接着说，"你的健康是你最大的财富。"

母亲的话语充满力量，给予我从阴影走向阳光的勇气。这段时间居家康复，我和母亲建立起了良好的信任关系。如今，我不再把她说的话当作对我的"控制"或"指令"，而是充满真诚的建议。母亲和我沟通时，总会带着"你觉得呢？""在我个人来看""我表达一下我的观点""你自己决定，如果需要建议就告诉我"这样的表述，听起来完全把选择权交到了我手中。

就像居家康复时约定的那样，我会坚定地做那些自认为爱自己、尊重自己且不伤害自己的决定，母亲也会照顾好自己，做一个热爱生活、热爱自己的女人，不过多为我担心，也不干涉我的决定。我们将成为两个相互理解、彼此支持的独立个体。

我们到酒店时正好是中午，父亲用导航找到中山路的一家蒸汽海鲜餐馆，带着我和母亲一同前往。

我对厦门菜已经颇为熟悉，只要不是海蛎煎和炸鱿鱼，菜品大多清淡。尤其是海鲜，厦门人喜欢保留海产的原汁原味，清蒸最为常见，贝壳类海鲜则多是辣炒。如今，我吃饭已能比较随意坦然，但面对未知的"吃饭"场景，仍会因无法掌控而心生恐惧。

我明白，在接下来的校园生活里，我肯定会参与许多社交活动，而"吃饭"是每天都躲不开的事。不管我多么希望一切按自己的设想进行，意外总会发生。所以，我必须尽快学会适应这种随时可能有"意外"的生活。学校里已没有我认识和认识我的人，一切都是全新的。没人知道我过去是个200斤的胖姑娘，也没人知晓我后来瘦到50斤患上厌食症……我渴望正常社交，结识新的志同道合的伙伴。仅靠上课时间相处，很难交到朋友，一起吃饭、周末一起出去玩十分必要。只有在休闲时光，人的神经才能放松，交流时也能聊些愉快的话题。可我既想隐瞒自己的进食障碍，又不想因渴望交友而被迫不断面对"外食"，心情焦虑不已，这份焦虑并非针对眼前这顿饭，而是对未来的担忧。

此时，父母正在交流父亲公司的事，父亲说母亲看人准，想多听听她的建议。两人就像相识多年的老友，你一言我一语。我注意到，母亲总是认真严肃地分析问题，父亲则面带笑意地看着她。

作为旁观者，我轻易便能感受到他们之间若有若无的爱意。我不想因自己的事打扰他们，心情不禁有些低落。忽然想起母亲曾说希望我别打扰她，童年时为了获得母亲的好感，我总是根据她的只言片语，在心里勾勒出她期望的"好孩子"形象。那个"好孩子"在成长过程中愈发清晰，潜意识里我告诉自己："努力的目标就是有一天能完全成为她喜欢的样子，因为妈妈喜欢'好孩子'，这样妈妈就会爱我。"

记忆里，有许多凌乱、冲突的真实片段，在我独自来厦门读书的那段日子里，时常毫无征兆地冒出来。现实中看到的某个画面、听到的某句话，都能唤醒这些记忆，然后它们便会像走马灯一样在我眼前浮现，一同被唤醒的还有当时的感受。这时，深深的愧疚感、自卑感和低价值感便会将我淹没，我会认定一切错误都源于自己来到这个世界，不仅自己得不到温暖、关爱，家人也因父母分开而陷入悲伤。从那以后，无论走到哪里，人们都用同情的目光看我，我还总被问到关于爸爸、妈妈的事。

晚上，我们三人在海边栈道散步。一盏盏路灯静静守望着日落之后的步道。父亲总是主动走在我身边，或是伸出手搂住我的肩膀。我能真切感受到父亲这一年的变化，为了帮我走出进食障碍，他不仅买了许多书籍学习，还和母亲一起参加治疗进食障碍的家庭课程。此刻，他那温柔又有力的手臂，传递着对我浓浓的爱。母亲跟在我们身后，刻意和我与父亲保持着一小段距离。每次走到路口，父亲都会回头，向母亲伸出另一只手，呼唤她的名字。母亲看着我，温柔地笑了笑，然后转头拉住父亲的手。于是，父亲一只手搂着我，一只手拉着母亲，我们三人一起走过斑马线。父亲真的变了，他开始顾及我和母亲的感受，想保护我们，这份责任感和对家人的照顾是无法伪装的。

突然，一辆货车迎面驶来，车灯在我眼前逐渐放大，那一刻，我猛地想起在日本走到马路中间的情景，瞬间愣住了，内心的感受也仿佛回到了那时。

"太好了，请让我离开这个世界吧……"这个想法把我自己都吓了一跳，心中满是恐惧。难道潜意识里，我对"好好活着"还是缺乏信心吗？我竟忘记了此刻是行人通行、车辆停止的时间。在我前方五米远的地方，货车缓缓停了下来……回过神时，我已和父母走到了路对面。回头看看停在身后的货车，我无奈地在心里嘲笑自己的敏感。但我知道，这并非单纯的"敏感"，而是缺乏安全感。

眼前的父母、大海、沙滩、来往的行人，还有我自己，一切都那么美好……可成长经历中的孤独感、患上进食障碍后的自我厌恶、躺在床上无法翻身的虚弱感，这些感受同样真实，仿佛就发生在上一秒。此刻的美好，反倒像海市蜃楼一般……不知从何处传来音乐，是当下流行的《南山南》，可听了许久，我都找不到声音的源头，甚至觉得这首歌是被海风从远方送来的……原来是这样，我明白了。

看来未来的路，依旧充满艰难。这次回到厦门，我要战胜的不只是身体里的进食障碍。如果无法接纳过去和现在的自己，无论身处何方，都会感觉四面楚歌。总是深陷于过去的痛苦无法自拔，就无法体会对死亡的恐惧，更难以热爱生活。进食障碍将我对自己的不认可，隐藏在了对体重的恐惧背后。

追光

追光

重回校园

父亲帮我联系了原来的房东，还找了两个保洁员把房子打扫得干干净净。去找辅导员的那天上午，父亲和母亲一同把我送到校门口。保安规定只允许学生和教职工进入校园，所以接下来的路，我必须独自前行。

其实从前一天傍晚开始，焦虑就缠上了我。这位新辅导员早在一个月前就知晓了我的联系方式，对我的经历也有所了解。她主动加我好友时，就亲昵地唤我"紫初"，还贴心地安慰我，说她已经知道我的过往，希望我身体康健，若在精神方面有困扰，她愿意提供力所能及的支持与帮助，如果我心里不舒服，随时可以去办公室找她谈心。

虽说我对她印象不错，可内心的不安依旧难以掩盖。我担心即便有人知道进食障碍，也无法真正理解这究竟是怎样一种复杂的心理状态。就像网络上大家的误解，觉得我们是为了追求所谓的"美"，故意节食挨饿把自己饿瘦，甚至用"作"来形容我们为了变瘦付出惨痛代价的行为，认为这是愚蠢至极的。

怀着这份不安，我脚步迟缓地走向校园。再次踏入这熟悉的地方，眼前的一切都和两年前我离开时毫无二致，仿佛昨天我才刚刚与大学道别，今日便又重逢。路边的老榕树历经频繁台风的侵袭，主干依然牢牢扎根地下。飓风把地面的砖块摧残得破碎不堪，部分原本深埋地下的树根裸露出来，在道路上蜿蜒盘绕，好似一条条巨蟒，稍不留意就可能被绊倒。

我深吸一口气，尽情感受着植物叶子散发的清新香气。校园里人影寥寥，毕竟还没到返校报到的时候，同学们都还没回来。走在通往主教学楼的路上，往昔和舍友、同学一起走过的画面不断在我脑海浮现。佳茵每次骑自行车上坡，都会喊我停下，和她一起推车前行。我们买了同款自行车，结果竟在同一天被偷……校园的每个角落，都承载着我的过去——那个还未被进食障碍困扰的、自由快乐的我。

当体重数值成了我衡量自我价值的标尺，我便再也无法正确看待自己与食物的关系。即便继续减重已无法让我快乐，可我却停不下来。记得那时每天强迫自己起床跑步，心里就盼着"要是谁能给我一棒子把我敲晕就好了"。

我清楚自己失控了……每次，为了不让舍友发现异样，我和她点一样的外卖，却只能偷偷倒进垃圾桶，那种浪费粮食和金钱的负罪感，无时无刻不在折磨我。渐渐地，我开始惧怕临近吃饭的时间，闻着食堂飘出的肉香，我恨不得立刻冲出去接着跑步。我脑海中会浮现出曾经吃过的肉，姥姥做红烧肉时总会特意给我留猪皮，因为那是我最爱吃的部位……一想到那些油脂一点点堆积在肚子上，包裹着内脏，我就一阵恶心，直想吐。所以，在患上厌食症后的每一天，生活都如同身处地狱。我再也无法像从前那样，轻松愉悦地面对那些曾经最爱的美食，再也不能开开心心地把炸薯条送进嘴里。甚至对所有看起来油光发亮的炒菜，我都打心底里抗拒品尝。后来，我开始惧怕糖，惧怕所有含糖的食物，无论是蔗糖、果糖还是蜂蜜，我都避之不及。刚开始跑步减肥的时候，我还会在回宿舍的路上，去超市买一斤半的果切吃。可患上进食障碍后，我只选择圣女果、西红柿、柑橘这类低GI水果。

佳茵是个十足的吃货，不然也不会把自己吃到170斤。我们俩能成为好朋友，最初也是因为都有个爱吃且懂吃的胃。自从我们成功申请到二人间宿舍，"享受美食"变得更加自由。我们再也不用顾虑会打扰舍友休息，必须在十点前回宿舍；也不用担心在宿舍吃火锅会被举报。我们常常在周末乘船去鼓浪屿度假，当天再坐末班游轮返回；去中山路的清吧听歌、吃薯条，去KTV唱歌到凌晨，去步行街边逛边吃，直到最后一个摊主收摊回家前把剩下的一两串鱿鱼打折卖给我们。我和佳茵还偷偷买了电饭煲，从网上买来东北大米，从家里自带麻酱和火锅底料，再去学校外面的超市买蔬菜和鲜肉，在宿舍蒸米饭、涮火锅。

减肥初期，由于体重基数大，即便周末尽情吃喝玩乐，也不会影响减肥效果，正常饮食的情况下，一周还能瘦个两三斤。所以那时的我还很快乐，下了晚课，我们爱去吃芝士火锅，对碳水、肉类、脂肪、糖都没有限制，也不惧怕任何一种食物。那时，"卡路里"这个词还没在我脑海里扎根，吃任何东西前，我都不会去计算它的重量和热量。在我看来，食物没有好坏之分，只有爱吃和不爱吃的区别。

患上进食障碍后，食物在我心里被贴上了各种各样的标签："好食物""坏食物""红灯区食物""绿灯区食物""含糖食物""无糖食物""含反式脂肪酸食物""不含反式脂肪酸食物"……每次看到一种食物，它的热量、碳水含量和脂肪含量就会立刻在我脑海中浮现。这些都是我在后来减肥过程中不断查找、背诵的，因为太执着于减肥，所以只看一次就记住了。

起初，我还觉得这是个不错的天赋，可后来接触了越来越多的进食障碍患者，才发现大家都如此。而最终的结果也相同，我们无一例外地被自己背下来的这些知识折磨。哪怕想吃某样东西，看到它的瞬间，热量信息就会涌入脑海，哪怕只有两位数的卡路里，在我们眼里也是发胖的罪魁祸首。

又怎么会有正常人能理解我们为什么如此惧怕体重数字呢？又有谁能想象，把大量食物不断塞进胃里，却因无法忍受焦虑感，不得不全部抠吐出去的痛苦？

体重几乎占据了我所有的思绪，它代表着我的尊严和价值。我害怕再次失去优势、安全感，还有来自爸爸妈妈的爱……也许这听起来很荒唐，可在这荒唐背后，是我对某些东西强烈的渴望。

回过神时，我已经到了辅导员办公室的楼下。学校因常受台风侵扰，很多楼都没有电梯，个别有电梯的高层也常常关闭。学校教学楼的设计别具一格，镂空的走廊让风可以轻易吹进每一间教室，只是下大雨时楼道容易积水。学校为了维护设施，雇了不少保洁阿姨。

我在寂静无人的走廊里缓缓前行，楼道中间就是第一个上楼的楼梯。微风轻轻拂过我的身体，奇妙的是，明明已经到了办公室楼下，我紧张的心情却渐渐平静下来。被植物环绕的教学楼，宛如一幅幅天然的油画，色彩明艳，过渡自然和谐。四周传来鸟儿此起彼伏的歌声。

　　成年后，我被母亲"逼着"来到厦门，心里满是仇恨和不甘。我厌恶自己虽已成年，却仍要对父母言听计从的命运。母亲说她渴望自由，我又何尝不是呢？所以后来父亲让我和热恋中的男友分手，彻底击碎了我对自由和生活的所有期待。我告诉自己，如果人生处处都要被他人篡改原本的选择，那我只剩一条路——摧毁它。所以，进食障碍这个心理疾病，实则是束缚我思想的锁链，把我对生命的期待紧紧锁在黑暗之中。我对生命、生活的热爱，源于对自己的爱。后来病情严重到险些丧命，根本原因是我根本不爱自己。我无法接纳自己，也无法认可自己。以致我的感觉逐渐麻木，不仅是身体神经带来的感觉，还有情感、精神和道德层面的感觉，一切都变得越来越淡漠……就像一尊冰冷的雕塑。

　　我站在楼梯的最下方，抬起头，望向台阶的尽头，然后缓缓抬脚向上走去……风牵起我的手，从左手换到右手，当我想抓住它时，它却迅速溜走了。

　　我真羡慕你啊，风。带着咸咸的味道，此刻如此温柔。因为你自由、轻盈，却又能变得凶猛、无情……你可以做最真实的自己。而我，我能真切地感觉到，进食障碍还未离我而去。所以，只要它还在我心里一天，我就永远无法获得真正的自由。

　　我明白，束缚我的不再是别人，而是我自己。是我选择活在纠结之中，渴望得到别人的认可和关注，奢望自己付出努力后能被看见、被理解，而不是单纯因为热爱一件事就去做，不计较得失。

　　我之所以觉得生活无趣，是因为我对自己抱有过高的期待，这份期待或许最初来自他人，可我却因此迷失了真实的自己。或者说，我不再接纳平凡普通的自己，面对现实又深感无力。

　　没有人能理解我内心的感受和想法，人们只会劝我"想开点""要自信"，可我为什么要自信呢？我又为什么不能被理解呢？

像正常人那样

我来到了辅导员的办公室，站在门口向里探头张望，发现办公室里仅有两位老师在，一个是我的辅导员，另一个坐在她的身后。

"王老师，打扰您了！"我在门口轻轻敲了敲门。

"请进！"王老师抬起头，看到我时亲切地笑着说，"快进来，紫初，我猜着你该到了！"

王老师的微信头像就是她本人的照片，所以我提前就知晓了她的长相，这消除了一部分我心中的不安。

我对王老师的印象极好，我想这也是后来我能够在学校里顺利康复的原因之一。是她让我从进入学校的第一天，就感受到亲切，找到了归属感。王老师主动提及她从上一位辅导员那里了解到的关于我的事，她说上一位辅导员并未及时留意到我在团建时的遭遇，并一直心怀歉意，还特地嘱咐每一位同事在今后的团建中取消这个游戏。王老师关心了一下我现在的身体状况，语重心长地表达出她希望我能够信任她，并且学会主动向别人诉说我遇到的困难。

悬着的心，总算落了下来。

从办公室出来时，太阳已经高高地挂在天空，空气的温度比我进去时高了许多。我长长地舒了口气，拿出手机准备给父母发消息。原来我和王老师不知不觉聊了一个半小时。这么久才出来，是因为我被心中一种强烈的情感驱使着，在听完她的表述后，给她把自己的故事全盘叙述了一遍。就像心里有一大盆水，缓缓地倾倒而出……这是我出院后第一次向某个人倾诉自己的往事。

原来被理解的感觉，是如此令人感动。

当我把故事讲到与现在的时间线重合时，她看上去凝重的表情才慢慢舒缓下来，紧接着她又皱起眉，擦了擦眼角的泪水，又抽出一张餐巾纸握在手里，才开口问："那你从现在开始，愿意再给自己，也是给父母一次机会，去创造属于你的美好生活了吗？"

"是的，这次回到厦门就是我父母一起送我来的。"我回答道。

"真好，我为你们感到高兴！紫初，你是个好女孩，我相信你能带来希望的光。"

回去的路上，我一直思索着辅导员说的话。"光"在我的理解中应该是我由内而外散发出来的自信、对生活的热爱，还有怀揣梦想的期待。从决心走出进食障碍以后，我也开始思考该如何找到属于我的那条道路。

母亲曾经告诉我，她学生时期从未思考过自己以后要成为什么样的人，或者做出某种成就。她从小就是对自己没有"严格要求"的孩子。加上我的姥姥姥爷都在工厂做工人，天亮出门，等到天黑才回家，自从姥姥生下小姨以后，家里的活就都由年长一些的母亲承担，所以母亲最大的梦想就是"想要自由"。她的第一份工作是一家商场的柜员。"就算参加工作了，我也不知道我真正热爱的职业是什么，那时我和你爸刚结婚，满脑子都是玩。"母亲回忆说，"挣多少钱，拿什么职称，我根本不会花时间去规划这些事情。"

后来父亲坐上了公司高层管理者的位置，工资比当时的人均收入高一些，家里有了一些可以预留的资金。母亲生下我以后跳槽去做了当时中国的第一批股民。她在证券营业厅坐班，服务前来开户和看盘的散客。这时候机会才找上母亲，而她也紧紧抓住机会，坐上了经理的位置。

所以母亲解释说自己是个"佛系"的女人，她相信只要自己踏踏实实地着眼于当下，做好手头的工作，对什么感兴趣就去学什么，对什么讨厌就不要去学……这样等待时机，机会一定会有的，只要抓住就能改变生活。

我完全做不到像母亲这样对自己的未来不做规划。从小我就一直接受学校的应试教育，班主任经常会在黑板上写"距离×××考试还有××天"来提示我们抓紧时间复习。她每学期都会带领我们做学习计划，把时间和安排有条有理地罗列出来，然后强调："你们可别有谁给我掉队！"

"孝子之养老也，乐其心，不违其志……"，这是《礼记》中的句子。不管是我们这一代人，还是祖祖辈辈们，似乎都在成长中被灌输"要听父母的话，继承他们的期待"的观念。父母期待中的我，是他们成年以后逐渐看清社会中的种种法则后，总结出来的一个恰好避开所有招人讨厌的性格，又恰巧拥有所有招人喜欢的特质的人；是一个完善了人格缺陷的成品；也是他们期待中的自己。

"做计划"的习惯已经深深印刻在我的思维里。

初中以后，同龄人都进入了最能"闹"的阶段。一开始，欺负我的只有坐在我后面的男生。他喜欢在我的书包上画画，被我告诉老师以后，他就开始了对我的报复。他嘲笑我家里没钱，换不起书包，又笑话我鞋丑，是不知名的牌子。然后有一天他叫来了隔壁班的男生，在我的班门口指着我说："看，那头肥猪，她是我们班里最胖的女生，你看那胸多大，我们都叫她张死猪！"他们的眼神我至今想起来都会感到恐惧。那是我第一次发现自己如此卑微、弱小，我什么都无法改变。我不知道自己哪里做错了，要受到这样的对待；也不知道心里的感受该向谁说、怎么说。后来班里同学们的关系越来越复杂，划分为了几个小团体，但是没有一个小团体愿意接纳我……在我的心里似乎出现了一堵墙，看不见的、透明的墙，挡在我面前，以致我对所有人都会产生不安感、紧张感。一对一交流时，我不会有这种感受，但只要是两人以上的社交，那堵墙就会出现。

直到现在，正在写这本书的我依然没能推倒那堵墙。但是它不会影响我的社交，我已经能够轻松地切换戴在脸上的面具。尽管我能感受到它，但它仅仅只是让我感到不舒服而已。

出院那天父亲对我说，他并没有期待我有什么样的成就，他只希望我做一个健康的、普通的人，平凡地度过一生。

啊，父亲，我也希望……我想做一个正常人，一切都正常的人。

现在，我需要插入对学生时期的描写，以及和母亲一起住院的经历。我并非想让文章的叙述顺序显得凌乱，而是因为这些思考，确实是在我办理完复学手续，与父母在校门口汇合时才产生的。

我突然想到一句话：改变从来都是双向的。在一段感情中，一旦出现问题，那么身处其中的每一个人都对这段感情的走向负有一定责任。倘若想要改变已然存在的情感状态，那么这段感情里的每位成员都必须接纳改变的发生，甚至愿意主动去做出改变。

那么，究竟该由谁先来迈出改变的第一步呢？答案是：**谁更痛苦，谁就先改变**。

在我的成长历程中，来自父亲和母亲的爱都并非完整无缺。在我心底，"爱"就如同被打碎后又勉强拼凑起来的拼图，七零八落……无论是男女之间的爱情，还是父母与子女间的亲情，似乎都夹杂着距离与谎言。孤独和不信任这两种情绪，就像如影随形的伙伴，陪伴了我整整二十年，成为我生活中挥之不去的一部分。"不自信"仿佛成了我身上撕不掉的标签，而我对这样的自己厌恶至极。我厌恶自己为了讨好别人而委屈自己的样子，也讨厌父母总是干涉我做每一个重要决定。这种自我厌恶的情绪，随着年龄的增长，变得愈发强烈。

我一度觉得自己与他人不同，认为自己无法像别人那样为社会或家庭创造价值。在我的家庭里，似乎没有人真正需要我的存在，甚至他们还会责怪我，让我觉得自己不应该待在这个家里。

母亲是最早发现我患有进食障碍的人。起初，她以为这和普通的发烧、感冒一样，只要把我送进医院，医生就能开出相应的药物，或者对我那些所谓"不正当"的思想和行为进行纠正。我第一次出院后，母亲发现我的情况不但没有好转，反而变得更加偏执。她甚至常常提议让我去上海的一家医院做神经手术，往脖子后面植入一个芯片，以此来调控我的大脑神经系统。她一直坚信，只要对我的肉体进行强制矫正，或者改造大脑神经，我就能变回曾经那个"正常"的自己。我清晰地记得，在那些身体虚弱无力、情绪暴躁的日子里，母亲多次面对失控后用头撞墙的我，痛哭失声地喊着："你不是我的宝宝！把我的女儿还给我！"

这句话深深地烙印在我的脑海中，让我感到无比悲伤。母亲不认可现在的我是她的女儿，自然也就不会觉得我的心理疾病与她有关。我为此悲伤，并非想让母亲背负沉重的负罪感，而是我明白：如果她不能意识到父母是造成我心灵创伤的根源，那么一切都不会改变。只要家庭关系维持原状，我就永远无法在黑暗中寻找到光明。

进食障碍其实只是我内心深处复杂情感和巨大压力的外在体现，它像一道屏障，横亘在我与世界之间，其存在的目的是保护我，让我免受更多伤害。它以我虚弱的模样引起了家人的重视，迫使他们不得不投入更多的精力来照顾我的身体，努力接纳我的感受。为了防止我继续伤害自己，他们甚至会接受我的"控制"。我也能察觉到，当他们被我"控制"着去做一些不情愿的事情时，内心充满了纠结与痛苦。在这个过程中，我体验到了掌控和报复带来的短暂快乐，这种快乐与我心中的怨恨、压力相互交织，暂时中和了那些让我痛苦不堪的情感。

进食障碍在某种程度上保护了我，让我得以暂时逃避本应承担的社会责任。我不再需要拼命努力做一个好学生，也不用担心被父母拿去和别人家的孩子作比较。我的体重降到很低时，父母对我唯一的期望就只剩下了"健康"。他们甚至会主动把我留在家里，时刻看在眼皮底下，小心翼翼地呵护着我。

在我第二次出院后，父母开始真正关注我的感受。母亲在陪我入住北大六院的60天里，仔细观察了其他患病的孩子和他们的家长。通过与其他家长的交流以及查阅文献资料，她逐渐意识到，大多数患有进食障碍的孩子，他们的原生家庭都存在着这样或那样的问题。进食障碍的背后，其实是一个个亟待改变的家庭。而家庭关系的重建，需要家庭中的每一位成员相互理解、相互调整，这个过程注定漫长而艰辛，绝非一朝一夕就能完成。

我和母亲一起住院的那段时光，是一段难忘的回忆。在北大六院，我不得不重新审视自己的内心。当妈妈向我坚定地表达"一定会全程陪伴我走出进食障碍"时，我深受感动。后来，姥爷病重，母亲却毅然决然地选择继续留在医院陪我，那一刻，我彻底相信了母亲对我的爱是如此真实而深沉。住院治疗强制性地纠正了我的饮食习惯和强迫行为，让我的体重逐渐恢复到正常范围，也使我的认知和思维发生了质的飞跃。恢复正常饮食后，我的体力和精力都迅速恢复。因为不能再自主决定"吃什么"，也无法拒绝任何一种我认为会让人发胖的食物，我有了更多的时间将注意力转移到其他方面。我让父亲帮我送来了一些旅游相关的杂志，还开始制定出院后的复学计划。

然而，第一次被父母骗进医院时，我从始至终都满心仇恨。**这两次住院对我的影响截然不同，主要原因就在于母亲对待进食障碍的态度发生了转变。**

她终于能心平气和地与我一起，从头梳理我成长过程中那些带来负面感受的记忆。

母亲耐心地听我讲述那些往事，当听到一些触动强烈情感的事件时，她也忍不住潸然泪下。随后，她又以自己的视角重新梳理了所有事情，向我倾诉了很多对她来说也是沉重打击和伤害的过往，这些经历曾让她一蹶不振，甚至想要逃避现实生活中那些她不敢面对的事情。通过她的描述，我看到了母亲坚强外表下的脆弱。母亲一边道歉一边说："我真的没有意识到那个时候你对情感的需求那么强烈，也没想到你小小年纪就有如此细腻的心思。"

那时的我，早已被进食障碍折磨得千疮百孔，甚至失去了感受快乐的能力，焦虑和对长胖的恐惧时常占据着我的大脑。实际上，我是因为害怕孤独和现实，才拼命地躲进自己营造的"安全区"里。但在那一刻，我感受到了来自母亲的"接纳"，我知道，我被父母接纳了。

我很感激我的父母，能够第二次将我送进医院。我也很怀念在天国的姥爷，他的离去刺激了我内心深处的"小孩"，将她从黑暗中剥离出来。自此我才能够清醒地分辨出脑海中不同的声音——我的声音和进食障碍的声音。我觉得，如果没有经历过迄今为止的整个人生，我就无法像现在这样，有条理地梳理自己的故事和思路。就如同我们身处丛林之中时，往往无法看清整个丛林正在发生的事情，也难以察觉潜在的危险。只有当我们走出丛林，安定下来后，才能理智地回顾和总结，写下属于自己的"勇敢者笔记"。

爸爸和妈妈的转变

我走到校门口时，父母已然站在保安亭旁的树荫下等着我了。

一看到我，母亲就咧开嘴冲我笑。父亲正在手机屏幕上敲击着，皱着眉头，听到母亲喊我的名字，父亲赶忙抬起头，瞬间舒展额头的皱纹，笑着问我是否顺利。

我把和辅导员谈话的事告知父母，并向他们致歉，询问他们我是不是不该把家里的事讲给别人听。父亲用一只手拍了拍我的脑袋，说："你当然有权去诉说你的心事，把心里话告知你信任的人，何况对方是你的老师。我也没想到你们老师愿意花这么多时间和你谈心，看得出来，她对你很真诚。"

我能感受到父亲的转变，小时候，他极少关注我的生活和想法，我也没什么机会向他倾诉我成长中的烦恼。面对我突然提出的问题，他总是带着不容置疑的态度回答，告诉我什么是"正确的做法"，倘若我再追问为什么，他就会说："如果你不信我，为什么要来问我？"我不由自主地渴望得到父亲的认可，可每一次的谈话都让我愈发无法相信自己的能力。他会以审视员工的态度来审视我，并且总能严肃认真地指出我的各种毛病。

然而现在，爸爸变了。他对我的名字十分敏感，对我的事很上心。在我长时间的观察中，父亲只要听到我的名字，就会立刻抬头，看向叫出我名字的人。对于我主动的交流，他几乎从不打断，会很认真地听完我所说的话，然后先鼓励我自己去尝试，再提出一些建议，并强调这是他"个人"的意见。

母亲的变化也很大，应该说她的改变是最为彻底的。

母亲的抑郁、焦虑从我小学三年级起就一直困扰着她。她的情绪变化极为剧烈，引发的身体反应也相当危险。那时，她只认可自己以及自己所向往的自由，任何阻挡在她与自由之间的人和事，都必须为自由让步，即使家庭聚会也不再参加，以至于每次亲戚们聚餐，我都是其中孤零零的"小可怜"。可母亲并不知道，在我每一次为她的自由让步时，所有的枷锁却全都重重地砸在我身上。我为了她的自由而不得不做出那些无奈的决定，远离她的生活，不过多询问她关于自身的事。唯有如此，才能让她感到幸福和快乐。然而我却因此一直缺乏安全感。我不知道我的父亲在哪个城市，在做什么工作；我不知道我的母亲是否还在上班，挣多少钱，她每天很晚才回来究竟去了哪里，为什么不肯告诉我这些最基本的问题的答案，为什么就连我也必须为了她的快乐被迫做出我不情愿的各种选择……

如今母亲很少对我提出要求，对我合理的需求也是有求必应。她会平静地听完我想说的事，再发表她的建议。其实，每次我因某件事或某句话陷入负面情绪，对她说些难听且伤人的话时，母亲只是沉默地注视着我，有几次我看到母亲的眼中泛着泪光。过去无法改变，父亲说过，希望我不要总是沉浸在过去事情的阴影中，要学会向前看。道理我都懂，只是我的情绪需要宣泄出来。母亲在这一点上很理解我，她常常在我因后悔情绪化而道歉时安慰我："妈妈知道你只是希望把情绪宣泄出来……"母亲摸了摸我的脑袋，轻柔地说，"我希望你让情绪从心里释放，不然它就会转化为向内攻击你自身的力量。"

母亲的话没错，如果我的负面情绪无法释放，就会像小学时感受孤独和悲伤那样，幻想自己被爆炸的镜子刺得遍体鳞伤，想象着自己流血的样子会给我带来快感。我想要把所有无法表达的情感，化作对自我的惩罚。

我们一起离开学校后，父亲从附近的超市买了两口锅，还准备了一些小瓶的酱料。在正式开学前，我和母亲做了大致的规划。我依据出院后居家康复时制定的康复计划，打算在接下来的一学年里自觉执行各项规定。其中最重要的一项，就是必须让体重上涨，而且最终的目标并非要达到某个具体的体重数值，而是无论体重是多少，都不能停止增长，直到生理期恢复正常为止。

我简直不敢相信，此后的每一天，父亲和母亲都会一起在厨房里准备晚餐。他们时而相互打趣，时而回忆往昔的趣事。笑容重新洋溢在父亲和母亲的脸上，我已经很久没有看到他们如此轻松自然的笑容了。

饭菜的香气从厨房飘出，弥漫在整个房间。我坐在沙发上预习新学期的课本，那一刻，我们仿佛真的是一个幸福美满的小家庭。然而，我们心里都清楚，父母只是为了我开学这件事，才临时建立起这种"合作"关系。而我们像一家人一样生活的场景，不久后就会成为我美好的回忆。

夕阳西下，我把头轻轻地靠在父亲的肩膀上，我们并排坐在阳台的长椅上。父亲回头看了一眼正在厨房里削水果的母亲，然后悄悄问我："你希望我和妈妈和好吗？"

"这句话你应该问妈妈本人呀。我当然希望你们能和好，但是我和妈妈还有晓文阿姨已经一起生活了十几年。如果你们和好，晓文阿姨就只能一个人生活了。"我犹豫了一下，接着说，"……我不知道妈妈会不会忍心，因为晓文阿姨真的给了我和妈妈很多帮助，在妈妈病重的时候，只有她一直照顾着妈妈。"

我的内心无比渴望父亲和母亲能够重归于好，可是我也明白，父亲已经和别人一起生活了。也就是说，如果父亲和母亲要重新在一起，就势必会伤害到这段复杂情感关系中的其他人。所以，我更希望父母能够自己做出决定，而不是为了我被迫做出选择。

我非常希望能够修复童年时期留下的创伤，但心底的善良告诉我，我所追求的任何幸福，都不应该建立在别人的痛苦之上。

目前，我的首要任务是与内心的进食障碍和解，这注定是一条漫长而艰辛的道路。我需要不断接纳自己突然冒出来的负面情绪，努力让体重增长，恢复正常的生理期。至于家庭里人与人之间的关系，我认为自己不应该过多干预。毕竟，"爱"是每个人的权利，每个人都有选择自己生活的自由。

现在的我，已经有足够的自信宣布：我是一个独立的个体，我能够自己做出让自己开心的决定。在不伤害他人的前提下，我会把自己的感受放在首位，谨慎做出今后的每一个重要决定。

父母希望与谁共度余生，这是他们人生中的一道选择题。无论他们身边陪伴的是谁，我相信，这都不会改变他们对我的爱。

自豪感混合着美味蔓延在舌尖

父亲在我开学的前几天就接到同事打来的电话，希望他能够快一些到项目现场去。其实这些日子里，我已经听到父亲很多次在电话里说："我尽量早点过去。"

每一次听到父亲在电话里拖延时间，我都会装作没听到，不去问父亲。我知道，如果我问他是不是公司那边有事需要你，他一定会说没关系，不用我担心……那样我会有负罪感，认为是我耽误了父亲的工作。但是我心里依然会担心，因为我让父母陪我返校，是因为我不自信，我很害怕离开家以后，要面对各种不确定性：不确定的环境、不确定遇到的人、不确定时间是否会被打乱、不确定是否能像在家一样坚定信念、不确定是否能融入新的班级、不确定食堂的饭菜能否合我的口味……

我的担心是很必要的，在居家康复期间，我就不断地出现由焦虑引起的躯体化反应：心慌、手抖、出汗……感觉心跳加速，呼吸困难。这个时候母亲会陪在我身边安慰我，让我把情绪流淌出来。我会在情绪到达顶点时大哭，我能够感受到我的心在我释放压力而哭泣的时候，打开了一个很大的门，那些焦虑与委屈就像巨大的海浪，翻滚着从那个大门里涌出去……我对情绪的感受随之由强减弱。哭一会儿以后，我发现心里又"敞亮"了，就像给心做了一个大扫除。我和母亲没有能够解决我焦虑的实质性举措，母亲不可能因为我害怕体重秤上的数字变大就允许我不吃东西。"哭"只是我让心里的委屈发泄出去的一种行为，在这之后，每一顿饭依然要按时按量地吃完，保证每周都能往上涨体重。

我认为父母在我身边的时候，我是有更多安全感的。他们最熟悉我的情绪敏感点，也会很小心地避免谈到关于减肥、体重、吃药、食物的话题。但是父母以外的人并不知道我是进食障碍患者，也不知道很平常的对话就会引发我的负面情绪。没人会刻意关注我的感受。

虽然早有准备，但在父亲终于开口对母亲和我说自己准备出差时，我的心情还是非常低落。我在沙发上，抱着一个靠枕，用很悲伤的眼神望着父亲。父母坐在我对面，无奈地看着我。

父亲用很温柔的声音说："乖，我去忙一段时间，然后我就回来陪你。"

母亲也赶紧附和道："爸爸是去挣钱，你不让他去工作，你的零花钱从哪来呀？"

我知道当时的场景看上去绝对不像二十二岁的成年人在与父母交流，如果旁人看见了，估计要怀疑这是父母在安慰一个年幼的儿童。

其实这也是家人在陪伴我康复的过程中，彼此慢慢磨合出来的相处模式。我在找寻童年里失去的那部分爱，在我感到脆弱的状态下，我就会回到一个"孩子"的样子，而我的家人也会在这时配合我摆出十分耐心的态度。

我在心里非常感谢我的爸爸妈妈。我知道他们一定是互相交流过，达成了一致，才会默契地用相同的行为回应我寻求保护的样子，在我充分地释放出心里的负面情绪，又从父母那里吸收到足够多的温暖以后，我感到浑身上下充满了能量，我身体里的那个小孩又满意地睡着了。

如果是我一个人在厦门，面对困难而产生负面情绪以后，我不知道自己应该用什么样的方式去处理。我还是会想要在承受压力时，用减轻体重的方式来获取安全感。这似乎是我的一种自我保护意识。减轻体重除了会给我成就感，还可以让我觉得与他人相比，自己更有优势。我固执地认为瘦的女孩子不管外表是否出众，都更容易得到来自外界的帮助，同时降低被其他人攻击的可能性。

当然，这只是我的感觉。但是这种感觉在我的潜意识里，会直接在我有压力和焦虑感的时候冒出来，给我的身体带来不良的机体反应。除了肠胃感受到不舒服以外，我还会不停地打嗝。这种反应最直接的影响就是我无法感觉到饥饿，并且一直有饱腹感。如果是在家里，母亲会坚定地陪伴我把饭吃完。哪怕我情绪激动，她也会把饭菜按时按量准备好放在餐桌上，然后告诉我："情绪流淌出来以后，我们再吃饭吧。"

我有一次实在无法忍受心里的委屈，大哭了很久也没有缓解。母亲准备的饭菜都已经凉了，我依然觉得，我没办法接受让食物滑下喉咙再到胃里的过程。母亲没有表现出不耐烦，她平静地看着我，用手轻柔地拍着我的肩膀。

"我明白，道理你都知道。"母亲说，"我相信你一定能够做出正确的决定。"

我的心里有两个对立的声音在相互博弈：一个声音告诉我，我应该按照母亲的要求去做，平复情绪，然后赶紧吃饭。因为我处于情绪化的状态里，所以思维逻辑是混乱的。另一个声音则告诉我，不要在不想做一件事情的时候硬要去做。这样的情况发生得没有那么频繁；通常情况下，我会在母亲的陪伴下把我应该吃的东西吃完。如果吃不下去，母亲会帮助我用等热量的安素代替食物。

父亲回北京以后，就剩下我和母亲两个人。如果继续让母亲给我做饭，我恐怕很难再让母亲离开，自己独立地完成学业。所以在父亲正式地告诉我和母亲他的返程计划时，我就决定了我必须开始尝试自己一个人在学校的食堂里吃饭。他们当时就表示非常支持我。

父亲买了中午的机票，他一大早起来收拾好行李，在我的额头上留下深深的一吻。我知道父亲离开我身边也只是暂时的，我们各自有必须做的事情，毕竟我们的人生有着不一样的色彩。但是父亲无论在哪里，他一定是爱我的。在我需要他时，他就会给我力所能及的支持。

道别了父亲，我来到学校的食堂。明天是正式开学的第一天，学生基本上都已经回来了。食堂的档口排着很多人，各种食物的香味缠绕在一起，弥漫在空气里。让人不由得食欲大开。

我感觉到唾液腺开始兴奋起来，口水被不停地分泌出来。我一边咽口水，一边走到窗口看都有什么样的食物。蛋糕、面包、各种中式面食琳琅满目，紧邻着小吃的就是面条和馄饨的档口。玻璃后面几个身着白色围裙的阿姨们正在用大勺子从沸腾着的水里捞馄饨，煮着高汤的锅不停地"吐泡泡"，走近了闻有一股红烧牛肉味泡面的味道……每种食物都深深地吸引着我的味蕾，我想把所有的档口都尝一遍，恨不得"立刻""马上"！

我感觉自己的脑子又要被"吃"这个念头占据。我知道只要我愿意，我可以立刻买下来眼前的这些食物，然后偷偷地找一个角落把它们吃干净；如果难受，我还可以再偷偷吐掉。但是我知道，一旦这样的事情发生一次，那么接下来就会出现无数次。我会再次在面对食物时无法忍耐头脑中对于食物的渴望，而重新做回"进食障碍中的张紫初"。

"你已经很辛苦了，这段时间很累吧？……吃吧，吃那些食物然后去吐掉……"一个声音在我耳边响起，我开始感到兴奋，两只眼睛紧紧盯着那些食物。忽然，我的心里感觉一阵发紧，就像有个紧箍咒套在上面，它试图提醒我这个想法是危险的。

还有一点，就是我在居家康复阶段，每天早上吃的都是比较固定的食物，对于"吃固定食物"这件事本身，我已经认定它是我的安全感来源之一。我要不要在食堂里尝试不同种类的食物呢？要把主食的种类变换一下吗？那么我要怎么去规定它的量呢？

我又开始纠结了。在和"吃""食物"有关的事情上，我总是非常小心谨慎。不只是担心无法控制食欲，更担心我的身体会失去控制地发胖。我很讨厌产生这些焦虑感的自己，这让我再一次看到了我内心存留着的那部分进食障碍的思想。而我不想再从人生中划分出时间留给它去折磨我了。我径直走向卖面食的窗口，买了一个花卷和一盒牛奶，又买了一个茶叶蛋。我选了一个面朝窗户的位置坐下，一边揪下一小块花卷放进嘴里，一边用手机给父亲发消息，告诉他刚才内心的"博弈"。

父亲回得很快："宝儿真棒！"

花卷里的淀粉被唾液里的淀粉酶分解，转化为甜甜的糖。得到了能量，心情瞬间明媚起来。有一种自豪感混合着甜味蔓延在舌尖，又顺着舌头流向喉咙里，流向胃里……最后我身体里的每一个细胞都在愉悦地欢呼。我的头脑仿佛盛开着金黄色向日葵的花园。

曾经的我很不自信，导致我始终无法接纳全部状态和时间中的"自己"。我试图否认那些带着"不好的品质"或"不正当行为"的我，这本身就造成了我与自己发生的矛盾。一方面想去进食来满足饥饿，另一方面又想用食物满足情绪，其实这两者本身并不矛盾。

我爱我自己的生命，这是我对自己应负的责任。无论是我的父母还是我遇到的其他人，没有人有义务为了我去改变性格或者既定的生活习惯。

尤其是当我以"疾病"为理由去要挟家人时，这样做的结果就是我的思维会越来越偏离正常人；而我的家人，承载了我的那些偏执的、负面的情绪，也会感受到痛苦。内心深处那个清醒着的"我"，背负着折磨家人的"罪行"，当我恢复冷静以后，接下来的每分每秒，我都会被自责感吞没……

帮助进食障碍患者康复的陪伴者，真正要做的并不是顺从，而是应该察觉到我们的情绪，引导我们把埋藏在心里的话说出来。选择性地去制止，去纠正，并且保证我们的生命是安全的，吃饭是正常的，守住底线，决不允许我们突破底线。

在一餐一饭中重建安全感

　　我从学校的食堂里吃完早饭，回到家时母亲刚从浴室里出来。我把早餐时的体验分享给她，母亲露出了一个灿烂的笑容，"我早说过你没问题！"

　　我决定以后每天的三餐都自己去食堂吃饭，趁着母亲还在厦门陪我的时候，把"自己吃饭"的安全感找到。

　　我查看了新学期的课表，计算了还需要修读的学分。这学期，我的课相比于同专业的同学来说是比较多的，因为曾经休学，我必须在这最后一年把学分一次性全部修满才能毕业。抛去必修和选修的9门课程，还需要4分的社会实践。休学以前的那一学年，因为减肥，我进入了不吃碳水、节食的状态，所以当时同学们自发组队实践的时候我没有参与。我担心实践过程中无法避免的聚餐和各种不确定因素，只要一想到自己将置身于此，头脑中就仿佛有无数个声音在嘶吼。那些错乱的思维让我非常痛苦、焦虑，紧接着我会感到窒息。所以我尽可能选择一成不变的生活：既不主动社交，也不打算变换生活习惯。我就像个蜗牛一样想要蜷缩在自己的壳里。我的时间、思维，所有的一切仿佛都静止了。保留着此时此刻的安全感，不希望任何与自己相关的事物发生变化。

　　现在摆在我面前的有两个难题：第一是我如何从两年都没有与人社交的状态转变回一个可以正常交流、参加集体活动的大学生？第二就是我该如何与其他人一起面对面用餐？

　　这两个难题只要解决不了，顺利毕业就会很困难。为了能够让自己获得自信心，并且确保我现在可以独立一个人留在厦门上学，我必须下定决心先从吃学校食堂的饭菜开始突破！

　　平时，我都是按照医院的作息时间生活。适应了每天上午十点吃午餐的生活规律以后，只要到了十点钟，我就会有空腹感。那是一种不同于饥饿的感受，而是胃里很空，但并不觉得饿。所以我也不清楚我到底是"精神记忆性"的饥饿，还是身体真实的饥饿。

几乎每天上午我的课都会在十一点四十结束，走到食堂大概是十二点，排队需要一小段时间，真正吃上饭，能控制在十二点半到四十之间。这比我在居家康复时的进食规律错后了将近三个小时。

我给自己准备了上午的加餐，将一个超市买来的面包放在书包里，旁边再塞一杯酸奶。面包包装上标注了80g，我还是忍不住看了一眼配料表——好吧……80g面包的热量已经达到了260大卡！"它一定含有稀奶油！不然热量怎么会这么高！脂肪怎么会达到8g？！"一个声音在我的脑袋里忽然发出。我的眼睛不自觉地向着配料表移动，想要看里面到底都添加了什么东西……

不！不行！我不能这样做！

看热量给食物贴标签，这样的行为我已经决心改掉了！食物本来就不应该被划分为"好"与"坏"。它们被制作出来，是为了满足人们的味蕾，带来精神上的愉悦，是为了让生活增添一份放松和快乐。我的身体需要不同种类的食物共同滋养。我所担心的那些包装上的数字，其实它们对我身上的细胞们来说意义非凡。糖、脂肪、蛋白质，这三种物质都会赋予我能量，帮助我完成新陈代谢，帮助我的大脑发育、存储记忆、学习知识，我的每一个器官共同努力，帮助我合成营养物质，转送它们，并把有毒害的物质化解掉，从我的身体中丢出去。

更重要的是，我已经在居家康复的时候就与母亲立下约定。

"我一定会爱惜我的身体，并且把身体照顾好。"我对母亲说。

我的妈妈无比信任我，自从她听我说我要一个人去学校里吃食堂的饭菜以后，就立刻赞同我的想法。母亲从来不问我在学校里吃了什么、吃了多少。

我下了晚上的课以后，回到家里，很多次打开门刚好看到母亲在餐桌上吃打包回来的饭菜。

"你为什么不自己做一些菜？"我问。

"我挺喜欢吃你们学校周围的小馆子的，我自己一个人也懒得开火。"母亲笑了笑回答道。

"你这样吃会不会不健康啊！"我在心里大喊着，却没有将这句话说出口。我不想控制母亲的饮食。每个人都应该有决定自己吃什么的权利。

其实在学校的食堂里吃饭并没有我想象中的那么吓人。学校的南、北、中三个区加起来共有五个食堂，菜品种类非常多。

北区的食堂是最大的，也是新生们入学时所见到的第一个食堂。这个食堂一共有五层，大大小小的窗口加在一起有四十多个。不管来自哪个城市，几乎都能在某个窗口看到熟悉的食物。

我已经很久没吃过米饭和炒菜以外的正餐了。面条和饺子因为不好控制"量"，我会在吃他们之前就感觉到焦虑。所以除非万不得已，只要能吃米饭和炒菜，我就不会主动去吃他们。食堂的牛肉面是厨师站在一口沸腾着牛肉汤的大锅前现场拉扯出来的。视觉上的感受告诉我：这面条绝对很筋道！鼻子闻着牛肉汤的浓郁肉香，唾液腺就不争气地开始兴奋。我知道我的精神在为了那碗面条而感受到饥饿，但是我也知道自己会在吃完它以后立刻后悔。同样的事情已经发生过很多次，在暴食的那段时间，我有时会对某种食物的味道产生精神上的食欲，如果在这时不能够克制住购买的冲动，接下来等待我的几乎都是强烈的自责、懊悔、补偿。

我排到了炒菜窗口的队伍里。心里却埋怨自己为什么不勇敢一些。我一直遵循着规律性饮食，即便早餐的主食已经可以吃不同的食物，但是如果中午、晚上更换主食的状态，我还是没有安全感。说来也是可笑，馒头和面条本是相同的，哪怕知道生面克数，也在更换时感到不安。

我选择接纳自己的"软弱"。为什么我是个要强且努力的女孩，却愿意认同自己向食物低头？

在我节食减肥期间，我的身体为了保护我的生命安全，降低了不必要的消耗，同时它关闭了一些不重要的功能。我的生理期因为下丘脑不再分泌雌激素而停止了，我的身上长出了很浓密的汗毛……这都是它意识到了"饥荒"的反馈。在我与食物爱恨纠缠的时候，我损伤了我的消化系统。我的胃经常胀气，尽管很久没有进食也不会感觉到饥饿，反而喝水都会很撑。我的肠道里似乎堆积着很多"垃圾"，小腹很鼓，会时不时地几天都不排便。因为长期服用导泻药，只要停用，等待我的又是焦虑和便秘……因为饮食问题，身体被我折磨得出现了很多不好的状况，我不得不"佩服"食物——与它们做朋友，它们就会让我的生活很快乐；与他们做敌人，它们就会让我焦虑、痛苦。

住院康复的三个月，加上居家康复的四个月，身体的功能已经恢复大半。我可以每天不依靠药物自己消化食物，按时排便，按时感受到饥饿，按量吃饭以后感受到精神和身体的双重满足。这段经历也让我有了很大的信心，并且非常珍惜这个成果。毕竟它不是我一个人的努力得到的，而是我和母亲相互关心、相互爱着对方的一份"结晶"。守护它是我的重要使命。

我并不认为自己"保守"地遵循出院时得到的饮食建议，是一件很没面子的事。相反，我坚定地相信，科学合理的定时定量饮食方式可以让我重新获得健康的身体和自由的思维，是应该被认可和鼓励的。

网络上有不少"网红"博主，拥有几千几万名粉丝，他们热衷于发布自己每天吃的食物和做的运动，以此教大家学习其自主研究的、似乎能够带来健康的生活方式。但当下接触网络的群体越来越低龄化，儿童和青少年在接收信息后的处理方式却并不一定能得到正确的引导。人会本能地选择按照大部分人认可的方式去处理一件事，当一个青少年（甚至是儿童）接触到一条网络上看到的消息时，如果这条消息有很多人追捧，那么他是否有很大概率感到这是真实的？

　　当我们不愿意面对一件事的真相，或者我们心里清楚正确的做法，但这种做法有难度（或会带来痛苦）时，如果有第二种替代方案，虽然不确定它是否真实或可行，但又确实有人在执行，人们就可能更愿意先尝试相信后者。

　　为什么进食障碍的康复对大部分人来说是一个比较漫长的过程？其阶段有很多，每个阶段都有对应的康复模式，每种模式下又有相应的事件和不同处理方法……这个过程有很多会让人陷入自我挣扎的小节点，尝试康复的患者内心如果不坚定，就会在某个节点上迂回于前进、倒退、前进、倒退……情绪也会像波浪一样，起起伏伏，总是不能平静。

　　我们都有权利支配自己的人生。我们终究要接纳自己本来的样子。只有认识自己和自己的能力，才能够更好地规划人生。而在认识自己之前，总要经历一个过程，不断跌倒、爬起来，不断推翻幻想、看清现实，懂得分辨理想世界和现实状态，并依然能够为了某些结果去努力。懂得珍惜过程，而不是只追求结果卓越。

　　进食障碍就像人生道路中的一段"自我迷失"，产生了对自己的怀疑和对被理解的需求。陪伴者保护我们不发生生命危险，但是真正能够战胜"自己"的，只有自己强大的内心。经历过进食障碍，并且恢复健康，保持清醒和认知。我们都会有所感悟，有所成长。

　　生命是公平的，时间不会为某个人而停留。每个人的生命都在三餐四季之间，在这一餐一饭、一季一景中缓缓流淌……

康复中的低谷期

　　我的辅导员早就在我办理完复学申请那天，将我拉进了新的班级微信群。接下来，我将会跟着2018届的学生一起毕业。我看了看通讯录，我在大学有了两个班级微信群。原来的2016届班级群中，最后一个说话的人还是班长。他在群里转发了两条关于举办校友歌会的通知，并询问有没有同学想去现场，可以一起聚一聚，群里的83名同学没有一个人给出回应。不知道是不是因为已经毕业两年了，大家都忙着自己的工作，自动屏蔽了与自己无关的消息。我记得刚毕业那年，班长发学校举办活动的通知时，还有二十多位同学积极回应，并且从"能不能参加活动"开始引发了各类与活动无关的讨论，最后聊到"×××通过面试进了大型互联网公司，能不能帮忙打听下今年的面试题"……他们聊天的时候，我就在屏幕前默默地看着，因为我已经休学了，而且这件事没有告诉除了佳茵以外的同学，心里有一种"我不配和他们聊天"的自卑感。我也不知道要如何解释我休学的原因。如果说出实话，把自己因为减肥而得了神经性厌食症的事告诉同学，他们一定会把这件事传出去，那样我就会"身败名裂"，成为众人口中的笑话，或者减肥过度的反面教材。

　　我从来没有把自己家里的情况和从小到大那些不好的经历告诉给大学的同学，所以也无法解释清楚为什么我会得厌食症。如果我坦诚地对同学们说出我休学的原因，人们只会对我产生"张紫初真蠢，减肥都能上瘾！真是想美想'疯了'"这样的负面评价。当然，这是我心里的推测，毕竟我对自己的评价很差劲，所以打心底里认为其他人也一定是这样看待我的。哪怕有一点概率会造成这样的评价，我都会尽全力去隐藏自己的瑕疵。我知道人不是完美的，但是我却要求自己在某些方面至少要达到"我期待的标准"。

　　在我所有的大学同学眼中，我都是让人羡慕的。当人们和我交谈时，总会先说：“真羡慕你是出生在北京的孩子啊！我们如果去北上广，在那些大公司里找工作，还要自己租房子，你比我们少了很多成本。”

大学就像一个小社会，与成年以前相比，人与人之间更难建立起真正的友谊。除了必修课是和班里的同学一起上，其余的选修课时间、地点、同学都会有所不同，所以在校园里见到独自行走的人并不奇怪。一个人的时候，我更有安全感。这是从初中开始就体会到的感受。只要置身于人群里，我就会感到“窒息”、孤独，总是无法和其他人的笑点保持一致。大家都感兴趣的综艺节目、喜欢的电影明星，丝毫无法引起我的兴趣。我打心底里认为那些注定无法建立关系的偶像是不值得花费宝贵的时间去爱慕的，越是关注他，越容易被和他有关的各种新闻影响情绪，这就像被他“控制”住了一样，会让我觉得自己很没用。

每个人都在意自己的形象，因为大学里“机会”非常多。如果和老师、同学们处好关系，这些关系就可以发挥作用。尤其到了毕业年级，完成毕业作品的时候通常需要一名指导教师。每个教师能够辅导的小组名额是有限的，如果能够和心仪的教师在课下相处融洽，加深对彼此的好印象，那么在双选会上就十拿九稳地选择彼此组队。

我如今也是大四的毕业生了，但是我十分焦虑。更换了新的班级以后，老师、同学……我和所有人的关系都是生疏的，甚至大部分同学都不知道新学期班级里多了一个女生。我唯一醒目的，就是学号。学号是由数字和字母构成的，前三位是专业缩写，之后两位是入学年份。我的学号数字开头为16，而新班级里其他人的都是18……这也是“返校恐惧”的原因之一。我恨不得找个地缝将休学两年的事情埋进地底下，不想让任何人知道。可是我的学号却醒目地曝光了我比同学们大两届的事实。

我更加害怕被别人知道我休学的真相。所以每当有人主动问我“为什么你的学号那么大”时，我都是借口称自己之前在厦门读书期间，身体产生了严重的过敏反应，被诊断为“水土不服”。紧接着，持续的上吐下泻使我的体重一直下降，所以我不得不暂时住在北京调养身体。我对所有人都说着同样的谎话。令我惊讶的是，大家都对此深信不疑，甚至在听完以后对我表示同情和关心。这很大程度上让我松了口气。

我努力把自己伪装成一个正常女孩的形象（我指的是身体和心理两方面），我不希望身边的人产生"这个女孩子看上去十分单薄""这个女孩子的心理似乎有什么问题"这样的质疑。曾经的我会要求自己在某方面有突出的成绩或者优势，现在的我依然会对自己严格要求，但是我知道了**把握分寸**。这也是在对抗进食障碍的过程里得到的感悟。就像减肥这件事一样，一旦我对于某件事产生"我能够比他人更容易取得成就"的认识，就会认定它是我的"绝对优势"，在这件事情上，我会期待自己一直保持着优势，自此我就会陷入一个循环里：我不断地在同一件事情上**努力、突破、努力、突破……**然后在到达一个新的"高点"时，我会得到成就感，可以在这件事情上"秒杀"其他人是使我感受到快乐的最佳方式。

减肥这件事就是最好的例子。归根结底，我会痴迷于减肥，是因为我太平凡了，没有什么天赋，也没有被培养特长。因此，我没有参加任何比赛的能力，只能眼睁睁地看着身边的同龄人获得成绩。也是从这时开始，我才意识到那些被老师、家长喜欢的，常挂在嘴边表扬的孩子们，正是有某项突出成绩的。是不是可以理解为：如果想要成为更多人愿意接近的对象，就必须手握某个其他人难以拥有的"优势"？

减肥到底有多难？多少人都不得不承认，这是"世界上最难的事情"之一。"胖人"似乎越来越多，自律更成了人人崇拜的美好道德。在不少话语体系下，"胖"就是懒惰无能的，"瘦"就是美而勤劳的……我太害怕孤独感，太渴望得到关注和温暖。当我发现身边有如此多优秀的同龄人，而我只是一个普普通通的女孩子时，我想到了用"瘦弱"来获得优越感、获得关注。我为了保护自己不被外界伤害、鄙视，用一个巨大的牢笼将自己关押进黑暗里。

黑暗中的自我探寻与挣扎

不得不承认的是，正式开学以后，我就以自己都没想到的速度，快速适应了学校里没有规律的生活。因为课程都是自己选择的，所以哪怕是同一个班的同学，也没有课表完全相同的两个人。一些提前修读了大部分学分的同学，大四就剩下一两门需要学习的课程。我感觉很孤独、自卑。2016届没有任何一个同专业的同学和我一起延迟毕业，那种学号比别人都大的尴尬，假如还能再有一个人分担，我都会感到被安慰。大家一定会认为我是学习不好的差学生吧。

父母都告诉过我，不要太在意旁人的想法，尽量做好当下正在做的事，坚定选择遵从内心。不过说起来容易，实际上在签到表上找自己名字的时候，我会刻意趴下去签字，用身体挡住身后同学的视线。我知道他们可能根本没有在意这些，换位思考，我自己就从来没有观察过其他同学签字。

我的不安全感从未放过我，尽管我已经决心让自己恢复到能够维持生理期的正常体重，但是不安全感就像一条一条藤蔓将我缠绕着。而我能够找到安全感的方式，就是减轻自己的体重。

减轻体重，保持在比周围的同龄者都要低的数字，我就会有优越感，从而认为自己是有价值的。 这份价值感可以直接为我提供安全感。

小时候我很羡慕同桌，只要她对父母撒娇说自己某天表现得很好，她的父母就会把她抱在怀里，揉揉她的后脑勺然后温柔地对她说："真棒！等一会儿爸爸妈妈给你买糖！"而我的爸爸妈妈不可能因为"表现好"这种小事夸奖我，能够得到父母认可的，必须是卷子上的高分、某个比赛的奖状……所以当看到其他孩子因为很小的一件事，就能换来父母露出的笑脸，听到温柔的鼓励，我的心里就会感到十分孤独。但学习成绩一般、长相一般，什么都很一般的我，去哪儿取得"明显"的成就，好让家人"看到"我呢？

我清晰地记得自己第一次感受到"自卑"是在表妹以钢琴特长生身份被重点中学录取的时候。

表妹是母亲亲妹妹的女儿，小我3岁。从她学会走路开始，我们就经常在一起玩。我的家和表妹的家在同一栋楼里，中间相差两个单元。寒暑假的时候，表妹每天都会到我家里来，我们可以从上午起床开始，一直玩到太阳落山。这时小姨会来我家叫她回去吃晚饭。表妹的母亲——我的小姨很有个性，她作为家里的小女儿被呵护着长大，虽然做了母亲，却依然很"任性"。只要表妹不听话，没照做小姨让她做的事情，就会被她劈头盖脸一顿嚷嚷。所以每次表妹从我家离开时都恋恋不舍。

将要步入三年级的那个暑假，我像平时一样在家等待表妹来按门铃，却怎么等也等不来。将近中午，母亲才告诉我，表妹开始练习弹钢琴了，以后只有下午才可以一起玩。得知这个消息后，我大为震惊。那个时候我6岁，而表妹只有3岁。我根本不知道什么是"学习弹钢琴"——那是一种怎样的体验？为什么这么小的年纪，要去学习大人才能演奏的乐器？

某天上午，我带着好奇心来到表妹的家里，想看看她究竟在学什么。表妹坐在一架黑色的钢琴前，旁边是一个穿黑色衣服、表情严肃的女老师。她们看着一本画满了"乱七八糟"符号的书，用手指在黑白相间的一堆方块上来回按动，发出一个一个的、毫无规律的声音。表妹每次和老师学习以后，都要再自己练习一小时，上午的三个多小时，她都要面对那个"张着大嘴"的怪物。

小姨每次看到母亲带着我到她家来找表妹出去玩，就会皱着眉头问母亲："你确定不让紫初学点艺术特长之类的？你看我，花了好几万，又买钢琴又请老师，以后她在学校里有一技之长，就能把好多人都比下去。"母亲看了看我，摇摇头说："我还是愿意给孩子轻松一点的童年。"小姨听后皱着眉直摇头，说如果现在不努力，成年以后就不能过上幸福美好的生活。

那个时候的我，一边看着还没钢琴高的表妹，一边看着在我身边比我高一倍的母亲，心想表妹一定很羡慕我能有这样开明的妈妈。

后来，我在备战中考时，表妹也在准备小升初。那时的她12岁，已经在她母亲的严格培养下考过了钢琴6级，并以特长生的身份考入一所重点初中。我在等待中考成绩时就已经知道表妹被录取的消息，小姨欣喜地见人就夸自己的女儿，还买来一个iPad作为对她的奖励。姥姥姥爷、舅舅舅妈、我的亲戚们纷纷送来祝福，大家都夸她"你太棒了！你是我们家的骄傲啊！"

我被这句话深深地刺痛了。是啊，表妹从小就保持着学习钢琴和英语的习惯，周末我还在姥姥家呼呼大睡的时候，她已经早早地爬起来朗读英文单词了；我还在深夜里玩游戏机的时候，表妹却坐在钢琴前一遍一遍地练习考试要弹奏的曲目。

自从我的父母分开以后，我就再也没有一个固定的住所和监护者。没有人督促我写作业，没有人因为我考试成绩不好去找我的班主任。我看到身边的同学们逐渐开始出现不同"等级"，大概可以分成好学生、中等生、差生这三类，但是在这三类学生里还可以再继续作对比。人们似乎已经默认了"老师喜欢好学生，不喜欢坏学生"这个规则，并且事实也是只有学习成绩好的同学才能当选班干部。关注、喜爱、权利，都被人们不约而同地集中在那些"好学生"身上。表妹也是因为学习好，有特长而获得家人的认可。比起他们，我什么优势也没有。这时我才明白小姨当年说过的那句话。我没有一技之长，注定会被越来越多比我优秀的人埋没。

我感到了无比的自卑、孤独和迷茫。我没有一个可以交流这些负面感受的朋友。从初中开始我改为走读，可是回到家里却经常只有我一个人，电话那边是向往自由的母亲，她告诉我让我自己解决晚饭。

于是我的食欲越来越难以满足，我的胃就像个装不满的"无底洞"，能够不停地把美食装进去。哪怕吃完满满一碗盖饭，我也能在三小时里再吃下两盒薯条和两个苹果派，然后拆开一包薯片，一边写作业一边吃。我也尝试过在做作业时不进食，可是我发现只要嘴巴空了，我的心里就会乱成一团，很烦躁，无法集中注意力，甚至开始感到孤独和焦虑。

我知道自己已经很胖了，可是好像只有不停地进食才能安慰我。我不知道该向谁倾诉痛苦……我真的是个很糟糕的女孩子，我没有任何特点与优势，还把自己吃成了胖子。如果与其他同龄人比较，我根本不是任何人的竞争对手……我的心仿佛坠入黑暗。我看不到希望了，我的一辈子也许都将面对碌碌无为、平庸无能的自己……我真的好讨厌我这个没有任何天赋的身体，我真的好讨厌没有培养我某项特长也没有给予我安全感的家庭，我讨厌自己，讨厌这个世界……

我与食物的爱恨纠葛：一个进食障碍女孩的康复之路

第一次完胜"小恶魔"

"进食障碍从未真正离开过我。"回到厦门以后的一个月，我时常产生这样的感受。之所以会发出这样的感慨，是因为学校里的一次双选会。我与我的小组在选择导师上就像"没头苍蝇"一样。我因为休学的缘故，对这一届的老师不太熟悉，另外两个女孩则比较文静，不太主动与人交流。

我们三人之所以组队，还是因为辅导员在班级群里提示同学们，要做毕业之前的准备，其中最为重要的就是完成自己的毕业论文，这会作为我们毕业以前的最后一张"答卷"。导师团队会对所有的毕业生进行考核，毕业生们则由自己的导师带队去写毕业论文。可以组成2~3人的小组，也可以独立完成，但是没有导师肯定是不行的。导师与学生之间双向选择，可以自己给导师写邮件，也可以亲自去导师的办公室里邀请。但是如果被邀请的导师不同意，或者导师的队伍名额已经满了，则需要重新选择。所以每个同学都知道，这事"先下手为强"。

我从来不是坐以待毙的性格，从我会得进食障碍这件事就能看出来，如果我意识到要做一件事，一定会主动出击，并且力求完美。所以我立刻给当初教过自己的几位任课教师发消息，请求他们可以做我们的导师，但只有两位导师回应了我的邀请。其中一位是我不太熟悉的教公共管理学的男老师，另一位则是我一直心生向往的老教授。可是老教授的队伍只剩下一个名额，她委婉地拒绝了我，并告诉我那个位置是留给和她关系很好的学生的。

我明显地感到一种无形的压力——这像极了一场"选美大赛"，我们是舞台上的选手……对于这种类似于竞争的事情，我一直抱着回避的态度，我害怕那种类似于"被比较"的状况。

导师们都希望自己带的队伍能写出好的毕业论文。我从一些直系学长那里打听到，第一次与导师沟通的情况往往决定了这位导师是否会同意带队。

我知道被喜欢的教授拒绝，并不是因为谈话不融洽，相反，从见到她打招呼，到离开办公室，我们双方都非常真诚，她拒绝我时还用带着歉意的笑容向我说对不起。但是我从她的办公室里出来，还是感到有些低落。我不喜欢失败的感觉，无论什么原因感到自己是一名失败者，我都会产生对自己的厌恶，会对自己的能力产生怀疑，会认为是自己不够好才导致失败。被拒绝、被其他人夺走机会，都会导致我对自己失望，因为没有达到对自己的期待。

上面的这段话，我用了大量不同的"情绪词"，看上去好像很让人疑惑："到底是什么样的情感啊？"

我会在不同的场合下，产生对自己不同种类、不同程度的负面评价。这些评价会加深我对于自己的厌恶，也会加强那个"小恶魔"的力量，控制我去减轻体重，并以此获得安全感、成就感、价值感。我控制不住它的力量，它会在我的耳边大叫"减肥就可以夺回你的'荣耀'！减掉体重是你唯一可以掌控的成果！显而易见！而且符合这个时代的审美要求！"减肥会让我获得他人的赞美和羡慕，让我体会到成就感和安全感。

这次在学校里遇到的选择导师的这件事，我再一次体会到了那种失败感。虽然不是被质疑能力，但是被拒绝本身就会带来失望。我第一时间就想到了我的母亲。那时她正准备订返回北京的机票，我把这个消息和我的感受告诉她时，母亲鼓励我说她相信我可以处理好自己的情绪。

那天下课以后，我感到很空虚，内心有一些迷茫，因为剩下的导师里，我能够取得联系的只有那位不熟悉的男教师了。回家的路上，路过学校外面的面包房，在闻到一股浓浓的奶油味时，我的大脑瞬间就像"触电"一样想到了食物。

"好想吃东西。"这个声音忽然出现在我的耳畔，我不由自主地将视线移到面包店的窗户上。透过玻璃我看到屋子里面温暖的、橙色的灯光打在一排一排的面包和蛋糕上面，玻璃柜的顶端放着松软的北海道牛奶吐司和装饰着图案的花边饼干，收银台左侧的烘焙桌上摆放着新鲜出炉的菠萝焦糖奶黄包。

我的口水从舌头下面一股一股地分泌出来。我不得不咽下去、再咽下去……我的脚尖转向面包房的大门，我感受到背后有一股"力量"在推动我朝着它走去……

"不要，停下来！"我的心里有另一个声音在与那个"力量"对抗。我知道自己应该长体重，应该与食物和解，慢慢学会接纳自己对不同食物的需求。但是这种接纳却不是像现在这样……不，应该说此时此刻还不是我为所欲为去接纳食物的最佳时机。因为我现在明显是带着失败、空虚的心情的，而刚才我所体会到的那种对面包店里面各种糕点的渴望和身体的需求是不同的。如果现在去买面包，我很有可能被身体里来自"小恶魔"的声音支配。

我很佩服我自己，我清晰地分辨出了内心的两种声音——哪个是来自我自己的，哪个是来自"小恶魔"的。并且，在做到了"识别"的同时，我还控制住自己，做出了安全的选择。

亲爱的读者，当你读到这里，谢谢你陪我一起回忆了我出院以后的第一次"100%自主战胜进食障碍"。虽然只是很简单的一件微不足道的小事，但是能够区别"小恶魔"与我自己的意志，并且在行为上也做到了遵循自我感受的这一次"小成功"，带给了我很大的信心。

就像我的自卑感并不源自某一次失败或者一次不好的感受，而是由很多次失望堆积起来的。如果想重拾信心，也同样需要一次又一次很小的成功去塑造。所以不要对自己说"你会是个永恒的失败者"，我的价值绝不取决于某一次的成功或者失败，之前的我却非常喜欢把这些"标签""贴"在自己的额头上，并且想象别人也会这样做。

离开医院以后，我慢慢体会到：无论是居家康复、回到学校，还是在我毕业以后自己生活的这两年里，进食障碍并没有离开过我。它本身就是从我的身体里诞生出的一种意识，也是我很长时间获得安全感的工具。让我完全忘记它，就相当于让我"扼杀"另一个自己。我慢慢接纳、承认了从我20岁到现在的这6年来，我对安全感的需求似乎一直都围绕着体重。尽管我已经能够用平常心处理各种问题和不好的感受，但依然会有意识地"关注"我的体重，让它保持在合理的范围。而我也不会认为这意味着我的进食障碍还没有好，恰恰相反，这是为了保持健康。

这就是正常人对于控制体重的理解。所以我不再责怪自己，不再告诉自己应该完全抛弃"思考体重"这件事情，而是以"是否健康"的标准去衡量。健康的状态下，我的食欲会被我全然接纳，有想吃的东西就尽量满足自己，但是在吃东西之前我会先识别我的情绪。而当体重接近我为自己设置的"健康上限"时，我则会在丰富食物种类的基础上，控制摄入量。以此来做到既满足胃口，又不会有压力。

最终想要克服进食障碍、压力和负面感受，就需要另外寻找一个"出口"。这也是为什么我要打电话给母亲，告诉她带给我不良情绪的那件事情。我需要将我的感受倾诉出来，得到另一个人的理解或者安慰。

初入社会

  临近毕业，不仅要通过课程的笔试，还要一轮一轮地讨论、修改毕业论文，我每天都忙忙碌碌，似乎根本没有闲暇时间去思考那些令我焦虑的、与食物有关的事。偶尔我会翻翻朋友圈，看到曾经的同学们都已毕业。有的人在旅游，有的人已然坐在了办公室的工作岗位上。不管他们在做什么，我都无比羡慕。他们能在"正确"的时间过着自主选择的生活，我在心里对自己这样说："我已经落后于他们了，其实我过的每一天都极其羞耻，但是我也只能如此了，慢慢地跟在他们的身后，跟着他们的脚步吧。"

  患上进食障碍的那两年，我的时间仿佛停滞了，我似乎在虚度光阴，也仿佛在做一场漫长的梦。我不知道我的生命中除了食物和吃以外还存在什么，我每天都在为了想"去吃什么"和"制造热量差"而努力。但如今的我已经回到了大学校园里，与同学们一起学习、生活，这是我2019年住院开始就不敢再去想象的事。谁能想到，几个月前我才只有50斤！能够再次回到满是同龄人的校园里，我已经为自己创造了奇迹。

  学校的毕业成绩中有一项"社会实践"分，分值颇高，很少有课程涉及相关活动，通常需要学生们通过实习来获取。

  一想到社会实践，我的心里便立刻感到不安。我很惧怕置身人群中，特别是涉及团队合作，或者需要完成指标才有绩效的工作。我会忍不住对自己提出很高的要求，甚至用"pua"这样的方式对自己进行打压式激励。尽管我已经能够和年龄相仿的人一起上课、组队、吃饭，但是我仍然无法想象，离开单纯的校园，进入全是大人的社会，会面对什么。在学校里，犯了错误会得到原谅，学长学姐、辅导员都会认真地传授经验；而到了社会上，光是小时候听家长们议论同事和领导，就觉得"公司"是一个现实又残酷的"竞技场"，想要获得地位和尊重，人与人之间除了比较能力，还得依靠情商、人脉背景，甚至这些还不够，还得有"天时地利人和"的好运气。

太多的**不确定**，太多的**失控**，太多的**不安全感**。

不只是对我而言，对于所有的进食障碍患者来说，回到学校都已十分困难，更别提步入社会了。

我极度恐惧，越临近毕业，我就越担心自己拿不到相应的学分。

我还是向父亲求助，向他袒露了我的心事。此时的父亲已不再是那个严肃的"领导者"，他早已在陪伴我康复的过程中，学会倾听我的情绪，而不再只关注事情的对与错，不会再像对待员工那样对我提出高难度的要求并激励我达成。他很自然地问我："你希望我为你做什么？帮你拿到学分？"

"我希望你能帮我介绍一个实习的地方，对我稍加照顾……然后帮我直接通过你们公司的实习考核，给实习证明盖章。"我对父亲说。

"你的意思是你自己去实习，但让我提前给你盖章，表示你的实习是在我公司通过的？"父亲惊讶地问，"为什么这么做？你为什么不让实习的地方给你开具证明？"

"因为只有这样我才有安全感。"那时我是这样想的，如果我能提前拿到"结果"，过程就能由我掌控。实习的单位若让我不舒服，我随时可以全身而退，不用担心考核成绩和浪费时间。

这样做是可行的，父亲也确实给了我帮助。

我的父亲经营着一家小公司，他的公司不需要太多员工，而我，一个毫无经验的小白，他的公司并不需要，即便我真去了，也学不到什么实用的技能。

我的妈妈曾在证券行业工作，她年轻时炒股厉害，职位达到了销售总监。晓文阿姨也从事相同职业。这也让我一直期望自己能在证券公司就业，并且能得到她们的帮助。然而，妈妈却要求我凭自己的能力寻找机会。于是我自己投递简历，一个小证券公司愿意给我实习的机会。但他们明确表示，我只能实习，无法转正。因为整个行业的准入学历标准，都在朝着研究生提升，证券从业资格证也是硬性条件。

我把这个坏消息告知母亲，祈求她能帮我找找熟人，让我有机会在实习期结束就能转正。母亲答应我，会帮我问问，宽慰我说先去这家公司感受一下券商的氛围。我焦虑的心因母亲愿意帮我找关系，总算获得一些安全感，从而平静下来。

但我很快便意识到，我很难适应上班的生活。我非常清楚，即便体重和外貌逐渐回归普通人，可我对他人的恐惧却将我与同事们隔开。这在吃东西的问题上体现得淋漓尽致。我害怕与他人一起就餐，会忍不住认为其他人都在观察我吃东西，并且觉得我吃东西的姿态怪异。

每次中午吃饭时，我就会拿出妈妈前一天晚上为我炒的菜、蒸好的精准克数的米饭。我感觉自己带饭这件事更加"羞耻"：大家都能一起吃饭，为什么我每天带着便当来上班？同事们见我自己带了便当，便全都默契地不再邀请我一起出去吃饭。

我为寻求安全感而做出的举动，反而让我更加自卑。

实习期间，大家会在工作中互相交流、开玩笑，我却难以融入。他们谈论的一些事情、提到的人名，就连比我还晚来一周的另一名女实习生都知道，她能很自然地加入由老同事组成的圈子里，而我在欢声笑语中显得格外孤独。我甚至觉得所有同事都在孤立我、排斥我，我的女领导在我询问她，我能否通过努力工作而被允许转正时，直接对我说："没有学历和证，你再努力也没用。"

我感觉自己像个异类，混迹在人群中。我的焦虑感不断加重，母亲对我的状态十分敏感，察觉后劝我先结束实习，调整自己，等能够与他人外食了再重新投简历。可心里那个不允许失败的"小恶魔"不停地对我说："不可以结束实习，不然你就承认自己失败了。"

我甚至在思考，毕业后我能否参加工作，应该进入哪个行业。我的承压能力很差，因为在患上进食障碍之前，我就已经很容易焦虑了。我对周围的变化极其敏感，无论是气候还是人与人之间的气场、说话时的表情……就像母亲早上起床后的困意，我都会忍不住怀疑她是不是在表达对我的厌恶。我也无法去听演唱会或者去特别吵闹的地方，那样我会感觉脑袋里像有什么东西要爆炸似的，让我烦躁不堪。我承受压力、承受挫折的能力明显不如那些没得过进食障碍或者抑郁症的人。

我知道，如果想要提升我的承受力，或者说想要拥有更强大的内核，就一定要锻炼它，让自己多次处于压力之中或者多变的环境里。

实习期的感受给我留下了一些心理阴影。实习的单位里，每个人都背负着压力，每个月的指标若无法完成，就会被上司和其他同事边缘化。证券行业中这种多劳多得的氛围，虽然能锻炼我的承压能力，可是部门里那些"其乐融融"的小集体，我一个也融入不进去，从"吃饭"这件事上我就已经败了。

我毕业那年，很多大公司都在裁员，一些企业停止了对应届生的招收。像金融行业这样的热门领域，准入门槛都从本科提升到了硕士。

我不得不再次拜托父亲帮我找一个毕业后能入职的稳定工作。我不清楚自己为何要这样做，明明可以自己投简历，却非要依靠父母的帮忙。

我想要减轻压力，想要父母的熟人在工作中对我多加"照顾"，想要避开投递简历后被"筛选"的环节。我不想被拿去比较，也很不自信。我不想面对社会上的竞争，不想面对必须完成业绩的工作环境，不想和那些存在竞争关系的同事打交道……

太难了，步入社会，对于刚刚摆脱进食障碍的我而言，就像在攀登一座巨大的、高耸入云的山峰。

爸爸妈妈回到了一起

"妈妈，爸爸在我小时候为什么离开我们？"我问。

"你的父亲说我在生下你以后，就像是变了一个人。"母亲说，"他说我脾气很急躁，像火一样，一点就着。"

"可那不是你的错，你有产后抑郁症。"我说，"爸爸难道不爱你吗？难道不应该理解你吗？"

"可能你爸觉得我变了吧，没有以前温柔了……"母亲回答。

"那你真的变了？"我问，"你后悔生下我吗？"

"不是因为你，很多复杂的原因。但是我虽然看上去很容易生气，心里却很爱你和爸爸。我很信任他，心里想着'我还有我们的宝宝'，所以我从没想过他会离开我。"

父亲说："我年轻的时候很爱玩，那时候不懂得珍惜家庭，也不懂得珍惜家人。你的妈妈脾气很大，可是她在我们谈恋爱的时候不是这样。我以为我已经无法忍受她了，而她对我发脾气也源自她对婚姻的厌恶……直到我失去了你们，才明白你妈妈才是对我最好的人。"

那一刻，我知道父亲的爱不会再"撤离"了。他的眼神给了我很深刻的安全感，比他十年以前告诉我的"我会永远爱你"更能说服我。

在我陪伴的孩子和父母中，很多家庭都是离异的，或者有家暴，或者父母虽未离婚，但是已经不在一起居住了。

作为我父母的孩子，我自身的感受与大部分我陪伴的十八岁以下的未成年进食障碍患者们的感受几乎相同：**我们都希望父母能够坚定地在一起，或者坚决地分离，而不是给我们制造出可以幻想的余地。**

在家庭关系这件事情上，一旦我们依然对爱、认可、价值抱有"可以得到"的幻想，我们就会控制不住自己，想要通过控制体重、控制饮食来控制情感、控制关系。对待父母的争吵，我们总是会用自己作为他们的"情绪稳定剂"，用哭闹、自伤、节食、暴食来强制将父母的关注点聚焦到我们身上。我们表达的是"我需要被爱和一个稳定的家庭环境"，我们不想置身于随时会发生争吵的家，也不希望失去这个家。

其实我从来没有想过我的爸爸妈妈会有和好的一天，我一直都以为妈妈和我还有晓文阿姨会三个人一起就这样生活下去，以为我的父亲会和别人一起白头到老。我万万没有想到，进食障碍反而让我的父母有了再一次相互认识和交流的机会。有一天，我对母亲说："我真的很感谢进食障碍，是进食障碍让你们重新看到了我。"

我一直都以为，我得了这个病是一件很不幸的事情，是因为我遭到来自外界的伤害，遭到言语的侮辱和拒绝。我没有什么掌控感，我感到我周围的一切都是失控的，没有什么是我可以去左右的。我只能够做出一些基本的决定，比如饿了以后吃什么。"吃"是我最轻松可以控制的，而"控制"带给我安全感。在我心里有一个公式：**吃＝安全感**。我不喜欢被人打扰进食，不喜欢和其他人面对面就餐。当我的饮食计划被打乱，我会暴躁，认为有人在威胁属于我的控制权。

我不由自主地想用食物、用体重来获得父母的注意，我希望他们能够为了照顾我，用更多的时间来陪伴我。还没有毕业的时候，每一次在学校里给父亲打电话，我都要问问他有没有时间来厦门和我见面。我会故意把话题引向"吃饭""体重"。我想告诉父亲，我很努力地在吃饭，也很努力地在适应学校里不太规律的时间安排，并且我很艰难地做到了，没有掉体重，反而还长了一些。我想让父亲看到，我努力的过程，让他不只知道一个结果。我希望他不要否定我的价值和我的努力。

当我看到爸爸妈妈因为我生病了而不得不相互取得联系，当我看到爸爸给妈妈发消息、妈妈回复爸爸消息的时候，我其实很渴望他们再有更多一点的互动。但是我在这里必须声明的一点是，我最后能够得以康复，跟我的爸爸妈妈重新回到了一起，并不是直接相关的。我最后回到厦门读书的那段时间，我的爸爸妈妈还没有一起生活。他们各自奋斗在自己的事业上。

我之所以能好起来，很大一部分原因是我从两个人身上都得到了支持。那是两股截然不同的力量，都很坚定，父母双方都可以在我情绪低落的时候给我安慰，两个人都能够承托住我的情绪，帮助我慢慢地平复下来。这让我在焦虑的时候，不再担心自己情绪失控。曾经我在发泄情绪的时候，像是一拳头打在海绵上，一下子陷进去，没着没落的，让我很没有安全感，父母不是转移话题，就是安慰我说："没事儿的，会过去的。"这句话没有力量，感觉十分空洞。

现在在我有情绪的时候，父母会认真地听我说完，然后再问我："我非常理解你的心情，也愿意聆听你的倾诉，那么你能够告诉我，有什么办法可以帮助你吗？"

"你需要我怎样的帮助呢？"母亲很善于用这句话来帮助我流露心事。

如果我正在做一件很难完成的事情，父母会劝我在有情绪的时候先不要行动，把自己的心放空。他们经常告诉我，如果做一件事情让你非常痛苦，那么就一定要停止它。

"爱自己永远是第一位的，你要学会把自己的感受放在最前面考虑。"

虽然我懂很多道理，也知道一件事情正确的做法是什么，但如果这个"正确的做法"不由别人的嘴说出来，我就是不愿意去做。这被我解释为"如果道理不由其他人的嘴来告诉我，我就不能够认可我自己的想法是正确的"。事实上，这是我的自卑感。

父母经常鼓励我，"相信自己的感受，相信自己的第一感觉，相信你的选择，我们提出来的建议仅供你参考，不要干涉你真实的想法"。他们帮助了我，使我能有做出决定的勇气。是一次一次的鼓励，加上一次一次小事情的成功，带给了我更多的自信。

"不自信"不是一天造成的，"自信"也不会一天就找回来。就像失去自信是很多次失望的积累一样，获得自信也需要很多次小成绩的累加。

有很多事情，随着长大，才能够接受它们的"不可期待"。比如我从小就希望我是一个品学兼优的优等生，像言情小说里的女主角那样，会在17岁遇到自己的"白马王子"。可是我慢慢明白，人生里大部分事情我都无法因为"想要"就能得到。我的能力需要不断积累和提升，想让经验丰富起来，就要不断尝试、试错；人脉也是做成事情的关键，但是建立广泛的人脉关系更非易事，还需要投入时间去维护……机会需要有能力才能够抓住，但是机会可遇而不可求……

我的爸爸妈妈都是很普通的人，他们没能做到期待中的所有事情，也逐渐放下了对我过高的期待和要求，他们不再把自己所期望的事强加在我身上。他们告诉我，所有的事情都有好的一面和不好的一面，但是我们要看到事物好的那一面，哪怕是做一件事情失败了，也可以总结失败的经验，吸取教训，下一次成功的可能性就会更高。

我开始学会把对自己和父母的认知分开。尽管我们是一家人，但是我们不一定要思想统一。我不再要求自己必须征求父母的认可，我是我，父母是父母，年代不同，思想上可能也会有差距。

母亲对一切事物都害怕风险，她经常让我放弃做她认为有风险的事情，或者和不了解的人交谈。可是我知道自己在社交方面有天赋，也知道自己的综合能力强于母亲，只是经验不足。而经验需要我大胆地去尝试，才能积累起来。进食障碍康复的过程中，我减少了做事之前询问母亲意见的频率。包括这本书能够出版，也是在母亲毫不知情的情况下，我自己联络了出版社，没有样章，没有简历和作品，凭借自述和面对面的沟通，获得了一份合同。（母亲一开始听说我想把自己的故事写下来并出版，还觉得这是不可能的事，因为我还没有动笔写，似乎不可能有机会。）

得不到的，是人生旅途的一道风景。

不圆满的重逢

2025 年元旦，我和父母一起去了一个寺庙。

母亲一大早就说去 ×× 寺求个平安，这是一个小众的、坐落在深山中的、鲜为人知的佛家圣地，在寺庙的背后还设立了一家佛学院。父母知道它是在自媒体平台的"冷门打卡地"话题下搜索的。我一向不信佛，不信上帝，但觉得这是个和父母一起出门散散心的机会，便决定一同前去拜一拜。

进入山林中，我顺着上山的台阶一步一步爬着，时不时回头看一眼我的父母。父亲紧紧地抓着母亲的胳膊，我每次回头都能与他对视。上一次我和爸爸妈妈一起爬山是什么时候？是 20 年前的事情了吧？

毕业之后的我在父亲朋友的介绍下去一家会计师事务所做审计。在这之后，就像大多数社会人一样，我不停地游走在工作、休息、工作、休息的轮回里。周末的时间，除了见好朋友以外，就用来为考证书而学习和睡觉。

在 2024 年以前，我们几乎没有一起外出过。

最后一次和父母去寺庙里祈福，还是在我小时候，被爸爸抱着的那个年纪。

我的眼前刹那间浮现出了很多儿时看到的风景和画面。我愣在原地，呆呆地望着远处的群山，我不知道这些画面是真实地存在于我的记忆里，还是被我的大脑用短暂的时间编造出来的幻象：父亲柔软的头发，那种触感好像还在我的掌心……我骑在他的脖子上，看着旁边熙熙攘攘的人群，看着头顶蓝蓝的天空，享受着爸爸带给我的安全感。

恍恍惚惚地，我的视线回到了眼前，父亲早已长出白发，动作也迟缓了很多，走一走就要歇一歇，然后大口呼着气喊我注意脚下。我尝试着偷偷绕到他们身后去，看着他们在我眼前往上爬，我发现父亲上山时一步三回头，他时不时地就要回头看一看我，然后等一等我，再向我伸出手，想要拉我一把。

我感到有些可笑，心里又十分温暖和幸福。我们两个人相隔了20年，却一起站在了和20年前相似的情境中。

时间就像一位魔术师，悄悄地把他从我的身边夺走。他消磨了岁月，也消磨了我们两个人相处的时光。我心爱的爸爸已经老了，而我也不再需要他的保护了，现在的我完全可以作为一个独立的人生活。如果当年我没有得进食障碍，如果我的父母没有一起照顾我，他们可能也不会再有机会原谅对方。如果我的内心没有强大到打败进食障碍，那么我的父母和我谁也不会幸福，我们都将被病魔捆绑在一起，任由时光消磨我们的生命。

与自我和解的这几年就像做了一场漫长的梦。很漫长，很漫长……我把曾经懦弱、自卑的自己消耗殆尽，然后在痛苦与希望中获得了新生。

我看着父亲，露出微笑。

我爱他，爱我的妈妈，正如我出生时对他们的情感那样，我始终依恋着他们，他们就是我灵魂深处的归宿，是我灵魂的家。

我们在寺庙里许了愿望，吃了一顿简单的斋饭。便踏上了归途。

我好像没有许下什么明确的愿望，因为我对待事情一贯秉持着"佛系"的心态，我不会过多地要求我自己做到什么样的成就，只是用心地对待眼前的每一件事。我希望自己能够帮助到更多的人，能够给予这个世界更多的温暖和爱。把希望带给更多正在与进食障碍对抗的家庭中。

元旦不久后的生日这天，我收到了很多祝福，但是令我最意外的还是一条忽然弹出来的消息。这个微信号的主人已经"失踪"10年了，他是我从小学开始最好的朋友，一个叫小山的男孩儿。

他非常优秀，做什么事情都非常努力。他的人缘非常好，无论是在老师眼中，在男生、女生中，他都没有负面评价。他太漂亮了，精致的面庞就像一个女孩子，他的五官非常秀气，又很立体。他是一个我从小就十分羡慕的"别人家的孩子"。

和他成为好朋友，源自我们做了一学期同桌。记得一开始他很嫌弃我。我的桌子很乱，学习一般，上课总是睡觉，而他喜欢和优秀的同学玩。随着我们两个人相互了解和朝夕相处，我们竟然成为最要好的朋友。这在老师和同学眼中是一件非常不可思议的事情。

　　小山是个有完美主义的孩子，他认为做一件事情一定要做到完美。学习也好，与人相处也好，他都不希望有瑕疵。上了初中以后，我们联系得很少了，他去了一个重点中学。当我再听到他的消息时，听说他得了抑郁症，休学在家。原因是他在两次考试中都没有得到全年级第一的好成绩，所以他觉得这件事情他没有做到完美，而他害怕不完美了就不会被大家接纳，产生了抑郁情绪。后来听他的好哥们说他出国了，这之后他就消失了。

　　我的微信置顶了非常多的人，所以，要不是那一瞬间我看到了弹出来的消息，这条消息就会自此淹没在我的微信中。我不敢相信自己的眼睛，那句"生日快乐，紫初"让我感到十分的激动、慌乱、兴奋……我无法形容当时的心情，坐在父母面前，我甚至激动得跳起来。我对父母说："小山，是小山，小山他在祝福我生日快乐！"

　　父亲跟母亲相互看了看对方，然后瞪大了眼睛问："小山是谁？"

　　我用"追求完美的孩子"形容他，母亲马上就反应过来了，问："他还在国外治疗吗？"

　　我问了一下小山的情况，看到他很久没有回复我，我又在想，是不是自己追问了哪些不该问的问题。但是，过了一会儿，小山的信息还是出现了，他说自己其实已经回国很多年了，他出国了很短的一段时间，便发现在国外治疗不了他的疾病，于是回到国内来。但是，这么多年来，他也没有再与以前的同学联络。

　　我问他为什么忽然对我说生日快乐，他说其实每一年我的生日他都记得，他也看到了我发送给他的那些生日祝福——他的生日我也都记得，每一年我都会在那个没有任何回复的微信上给他发消息。因为他从来没有回复过我，我以为他已经不用这个微信了，直到这则消息出现。

他说他在自媒体平台上看到了我，所以他知道我现在在做些什么、我变成了什么样子、我的经历和我的故事，他很佩服我的勇气，佩服我战胜了疾病，并且能够回过头来帮助大家。

他告诉我，自己和我有一些相似，他也是一个非常追求完美的人，追求极致，所以他活得很累。

我们两个聊了很多，最后约定好要见一面。但是在见面的前一天，他却忽然给我发消息说，还是不要再见面了，以后永远都不要再见面了。因为他害怕他不完美，害怕这一场见面他会毁掉一切。尽管我安慰了他很久，最后还是以失败告终。我选择了尊重他，并且说："没关系，见面只是一种形式，知道你还在，我就已经很开心了。"

我们两个人打了一通20分钟的电话，小山对我说，其实小时候他就是一个又敏感又脆弱的孩子。他很在乎别人的感受，也很在乎自己在别人心中的形象，所以他一直都是一个乖孩子。

做父母的好孩子、老师的好学生、孩子们的好同学。

可是他发现他越来越累了，越来越做不到完美了。他开始害怕大家不喜欢他，他开始害怕自己的努力得不到想要的回报。

他说："我很高兴看到你现在好起来了，并且在帮助很多人。我真的感觉到我非常差劲。我好像永远在深渊里出不来了……"

我听着电话里的声音，心里的滋味十分难受。我想到他应该已经病了十年了。十年，这十年他都在哪里，做些什么呢？

"你最近在上学吗？"我还是忍不住问了出来。

"没。我上不了学了，从高中时开始，我就没再去学校了……"小山说。

我听得眼睛湿润了，想起他儿时是个那么善良又开朗的孩子，那却是为了被大家喜欢而戴上的面具……和我一样，我们两个人都是这样体会着孤独长大的。

那时，我们对面具下的彼此一无所知。十年后的重逢，我们终于坦诚相见了。

而这个世界上，又有多少人从儿时就敏感，从儿时就辛苦地讨好着大人和同伴？如果不幸生病了，很多年都要与心魔争斗，原本美好的未来也会被夺走，我真的很庆幸自己是在大学里生病，避开了中学和高考。

我脑海中呐喊着的、来自我陪伴的孩子们的那些微小、稚嫩的声音，在我的耳边回荡。孩子们都十分善良、纯洁，敏锐又聪慧。如果他们不这样敏感、聪明，也不会生病吧……可惜的是，这个世界上没有"如果"。

天赋，可能是礼物，也可能是灾难。任何"得到"都是伴随着"失去"的，所以聪明是一把双刃剑。

就像海龟破壳而出，从沙滩爬向大海，经历了磨难以后，它们中的幸存者就会获得比人类还长久的寿命……这是他们顽强抗争命运后获得的奖励。

（来自母亲）相信孩子的勇气

经过4个学期的修养，打ED（进食障碍）的战争以阶段性胜利告一段落。9月，我和爸爸陪张紫初回到厦门复学。新的班级、新的同学、新的辅导员，一切都是全新的开始。张紫初提出早饭和午饭在学校吃，并且保证足够热量。陪她康复的两年里，我们之间已经建立了充分的信任，我相信她说到做到。

然而，计划赶不上变化。开学两周，我发现张紫初明显地瘦了下来，一阵恐惧袭来，在一个傍晚，我严肃地找她谈话。

"妈妈看你瘦了，能告诉我是怎么回事吗？"

"我保证每餐饭都按量吃了，可能是因为天气太热我不太适应。"紫初紧张地回答。

"那我们这样，把加餐改回来，得保证不能掉体重。"

接下来的日子，紫初按照约定早中晚加餐。两周后，体重上来了，我和她都松了一口气。这期间我没有让她拍吃饭的视频给我看，而是相信她对健康的坚守。

日子过得很快，一个月后，我按照约定回北京，把她的世界留给她。

整整一个学期，她把自己照顾得非常好，各门功课也都顺利通过考试，这是一个我们都期待的结果。寒假到来，看着她信心满满地出现在我面前，我冲上去给她一个大大的拥抱，"妈妈为你骄傲！"我由衷地说。

在康复的日子里，**我们彼此的信任至关重要，这是爱和尊重的基础**，也正是这种信任给了张紫初力量，让她坚定地走下去。

从住院开始，紫初就开了自媒体号记录她的康复之路，并且每天都在更新。她用自己的真实经历告诉大家，生病了不可怕，坚信医生的专业力量，坚信自己求生的力量，坚信家人爱的力量，勇敢无畏地走在康复之路上，曙光一定会到来。

不仅记录过程，紫初还为需要的小伙伴提供帮助、陪跑，给困惑的家长和孩子答疑解惑，用她全部的真诚发着光。有时候，她也会累，情绪也会受影响。每当这时，我会担心，怕她重蹈覆辙，又跌到坑里去。然而，紫初并没有不管不顾，她会首先照顾自己的情绪，累了就暂停，等充好电再继续。这让我更加坚信她是有力量的，这种力量来自她自身强大的生命力，还有就是她的善良和爱。

"爱出者爱返"，她的付出得到了回报。不少刚刚生病的孩子，听了她的劝告及时就医，避免了发生极端危险；一些不太严重的孩子又重新回到了学校和工作岗位。每当聊起这些，她都自豪地说："我要活成一道光！"

是的，她是发着光的。走自己的路，活自己的人生，虽然未来可能还有坎坷风雨，相信她会越来越强大，最终过上自己想要的生活。

至此，本书的主体内容——我的故事——已告一段落，感谢您陪我回看了一路走来的阴晴云雨、悲欢离合。如今，站在时光彼岸回望，曾经的点点滴滴仿佛被岁月镀上了一层柔和的光晕。那些走过的路、经历的风雨，如今已化作成长的印记。接下来，我将用一些篇幅梳理过往的得失与感悟，希望这些思考能为那些可能身处相似境遇的人提供些许启发或帮助，为进食障碍亲历者及其家人的前行之路带来一丝光亮。

枷锁与钥匙

敏感与孤独感

"你从出生开始，也许就是个比其他人都敏感的孩子。"

母亲离开厦门已经两周了，我们每天都会打一小会儿视频，交流一下这一天发生的事和感想。有一天母亲去参加了一个心理老师的线下茶会，她在视频里忽然对我说了这句话。

听到母亲这样说的时候，我愣了一下，心里正在思索她话里的含义，母亲却继续解释说这是那位心理老师说的话。她说我们每个人都拥有自己独特的性格，并不是被后天的环境塑造的，我们天生的基因里就带着导致某种性格的"潜在因素"。

"可能有的小孩从一出生开始就小心翼翼，就像是你。我从你出生开始就没有让你受到任何伤害，可是你对任何人、任何事都十分谨慎。"母亲说，"别的孩子看到一个玩具就去触摸，可是哪怕我们把玩具举在你面前，你也只会一边躲闪一边哭泣，过一会儿也只是用指尖碰一下就立刻把手指缩回去。"

像是想起来什么似的，母亲忽然用手掩面笑了起来，"你在学走路的时候也是，你表妹当初没少栽跟头，经常一撒手就跑出去了，可是你学走路的时候，你的手使劲拽着大人的胳膊，想挣脱都困难"。母亲说的事，我是没有印象的。那个时候我的大脑还没有发育到能够记住事情的水平，但是我能够回忆起学习走路时的那种"失重感"。我对这种感受始终记忆犹新，就像是昨天才经历过一样。记忆里我双手扶在姥姥家的墙面上，身体的重力倒在靠着墙的那一侧。我只要松开手，就会想要朝着眼前的方向倒去，天旋地转。我慢慢地挪动着手，往姥姥所在的厨房蹭过去。腿也很沉重，头也很沉重。我挪到厨房门框边的时候，看到姥姥在厨房里切菜，她那样高大，她的手臂那样粗壮。我想看姥姥的笑容，她就好像感应到了一样，回过头朝着我露出那个大大的、惊讶的笑容。她说："你怎么来啦？哎呀！你朝我乐啥？"

　　长大以后我对父母再说起这件事时，他们觉得很不可思议。不可思议的事不止这一件。从我两岁时就可以自己编造根本不存在于任何一本童话书中的故事。那个时候幼儿园的孩子都还不能把完整的句子表达出来，我已经能脱口成章了。孩子们还不能习惯拿起勺子的时候，我就已经能够一粒米饭不剩地自己吃饭了。同一时期的记忆，我也能清晰地回忆起来。我记得幼儿园小小班每次吃饭时，老师都要挨个喂孩子们，却从来不喂我。我觉得只有老师喜欢的孩子才会被她喂，只有吃得慢的孩子能够享受这种殊荣。所以有一次我故意放慢了速度，结果老师还是看我一眼就跳过我开始喂我旁边的孩子。我不甘心，继续不吃，一边玩勺子一边看着老师。她好像终于注意到了我，却说了一句："张紫初？怎么今天连你都不会好好吃饭了？老师还要操心你呀？"

　　这句话一下子戳痛了我，我觉得很委屈，又有点惊慌失措。我没想到我吃饭慢了，会让老师生气，而不是对我也"特殊"照顾。她蹲到我面前，拿起我的碗和勺子，开始喂我吃饭。我感觉心里怪怪的，顿时发现被老师喂的时候，老师的眉头是皱着的。她并不是喜欢那些吃饭很慢的孩子，这样引起她的注意并不是个很好的方式！

　　幼儿园的孩子们一起玩捉迷藏，我和一些孩子一起躲在宿舍的床铺下面。不知是谁告诉给了老师，她气冲冲地进来，对着房间喊："快从床下出来！多脏啊？待会我看谁不出来我要告诉给他妈妈了！"我身边的孩子们纷纷跑了出去，一些孩子犹豫着，最后也钻了出去，离开了宿舍。我始终没有挪动一下，看着所有人都跑了出去，我还是躲在床底下，一动也不动。我知道，老师不会发现我躲在下面，而且她等会儿就会离开宿舍，那时跑出去才是最明智的决定。因为不会被她知道我也钻到床底下去了，这样就不会给她留下不好的印象。

　　"大人们总是喜欢虚张声势，说出口的话有一半都是谎言。"这种想法怎么会在一个只有两三岁的孩子的意识里？可是我的确在幼儿园里成为所有老师口中的"小天才"。不但可以不打草稿地编出大人都无法想象的故事，还能拥有自己的逻辑思维和分析能力。

我的父母从来没有把这种"天赋"当作一件值得培养的事，反而没有任何规划和构思地让我"野性成长"。也正因为这一点，我除了家教礼仪是和爸爸妈妈学来的，几乎所有的思考和行为都凭借自己的判断。小学时我因为被同学们孤立，很早就认为人本来就应该孤独，无法被他人理解才是这个世界的本质；而那些愿意倾听你，把时间花费在你身上的人，都是对你有情感的人。

孤独感在那时就陪伴着我，所以在父母分离的时候，我开始幻想有一个和我一样大的女孩子无时无刻不陪伴在我身边。那个孩子和我一起长大，对我十分了解，并且那个孩子总是在我的周围"飘"着，像是幽灵一样。每一次我感受到孤独时，或者我打电话给家里人却被挂断，感受到被"抛弃"的悲伤时，她就会非常清晰地被我"看到"，然后轻轻地对我说："没关系的……我会一直陪伴你，你永远不是孤单的。"

直到上了初中，我也没能够融入同学之中。我依然是"独特"的女孩子。没有笑点，没有笑容，也没有任何喜欢的明星。似乎没有一个女孩会对帅气的男明星和充满甜蜜的爱情喜剧不感兴趣，而我就好像没有快乐的木偶，总是面无表情地听着周围的同学们一起为刚听的笑话放声大笑。久而久之，我又被孤立了。

可能就是因为我天生具备的敏锐的天赋，再加上我从小便体会着孤独感的经历，我的内心比同龄人成熟得早，也比同龄人想问题更加深入，看待事物更加全面。我不愿意为那些丝毫无法为我解决问题、提供情绪价值的娱乐人物或者八卦新闻浪费感情和时间。我认为用那些时间去研究一下大自然，或者研究一下人类自己，是更有意义的事情。所有人在我面前都像是一张很大的白纸。随着与这个人接触，他的一举一动、一言一行都会在我心里的白纸上形成色彩和轮廓，我用自己的思考为这幅画勾勒线条，然后一个生动的"人"就展现在我面前了。在这之后，他说出口的每一句话，我都能够凭借他眉宇间、眼神里一刹那的变化知道他是否另有图谋。这并不是百分之百有用，但是也八九不离十。我叫这种能力为"人物画像"。

我越来越了解人性，越来越知道那些轻而易举就能够带给人们情绪价值的东西，是多么的肤浅。虽然没什么朋友，但是我一直觉得这样很好，我能够有充足的时间摄取真正有趣的知识。我的手机里从2020年起就再也没下载过任何短视频APP。此刻，我的父亲就坐在我对面，对着一个小视频发出哈哈哈的笑声，可是我一点也不好奇。

第二次出院以后，我删掉了手机里所有和美食有关系的图片。如果我自己的意志力不够坚定，如果我不对自己狠心，那么我会一次又一次地被进食障碍的声音带去那个只有"吃"和"食物"的世界里。

上初二的时候，我已经和母亲、晓文阿姨一起住了五年。我们围着青年湖公园搬了三次家。每一次搬家都是我还在上学的时候，母亲和阿姨一起收拾完家里所有的东西，然后叫一辆小货车，连人带家当一起拉到新租的房子去。我的物品也是母亲帮忙打包的。早上离开家去上学时还是熟悉的地方，晚上再回去就已经到了新"家"。一开始我会很舍不得原来的、已经熟悉了的旧家，可是大人们总是有新的理由——以前的房子涨价了、以前的位置出门不方便坐车、以前的房子配套设施太老了……钱掌握在大人们的手里，所以权力也掌握在大人们的手里，我无论有什么样的理由，都没有意义。

我很小就不得不去明白那些过于"现实"的道理，体验那些过于不舍的离别。对人，对事，我永远只能被动地接受"相遇"和"离别"。我为了抵御悲伤，降低了对待情绪的敏感性，同时失去的，还有对快乐的体验。

我是一个笑点很高、痛苦忍受度很高的人，习惯了对待任何人都保持戒备心，戴着"天真"和"爱笑"的面具。目的是能更好地消除其他人的防备，从而更轻易地获得他的"人物画像"，来给自己安全感。

你很难看出我是一个内心十分孤独又敏感的人。

人是被"欲望"支配着的，所以总是有弱点。这是我认为"人"这种生物最有意思的地方，包括我自己，为了更加"合群"地学习、生活、工作，几乎麻痹了自己所有的感受，因地制宜地戴上适合的面具"讨好"周围的人。

我的基因中携带着"敏感"，经历了二十年的颠沛与磨难，让我对生活充满绝望；是它让我的一生注定清醒，注定孤独，又注定很难被理解。

钱＋食物＝安全感

小时候第一次萌生出想要快点成年、快点出去挣钱的想法，是因为我渴望有资本、有权利**支配自己的人生**。

但工作后才发现，挣钱异常艰难，花钱的地方却繁多，想要挣到钱，就必须不停地"卷"自己，不断提升认知与能力，还要在人际交往中戴好面具。刚步入职场时，不但要做最简单枯燥的工作，一个月下来的薪水连母亲原来的四分之一都不到。想要挣很多钱，又不得不投身于那些更挤压时间、令人疲惫的工作中。

一直到现在，我的经济也无法真正地"独立"。我独自住在父母买的房子里，本就省去了房租的开支。可我的工资依旧不够花，看上一件贵一些的衣服时，还得去磨父亲。

我向父母要钱，还有一个缘由就是我极度缺乏安全感。我从上小学起就不停搬家，母亲的情绪很不稳定，父亲随时会"失踪"。家里的收入也不稳定，母亲的股票时涨时跌，父亲两次创业失败。在我的童年里，一切都是"变来变去"的。我渴望一个安稳的家，渴望和一个情绪稳定的家人一起生活——这简直是我的梦想。

"妈妈，假期你又订了出国的机票？"我问母亲，"我已经上高中了，需要你的照顾，能别再出国了吗？"

"我出国旅游和你学习怎么就相互影响了？我出国玩我的，你在家学习你的啊！"母亲眼看着就要发怒，用力将手中的衣服摔在床上。

"别的同学的妈妈都给他们做早餐，晚上还给炖汤……这样可以补充营养。"我看着妈妈的眼睛，声音越来越小，"我也想让你给我做饭……"

"我不就出去二十天吗？你姥姥不是说了让你回她家吗？"母亲说道。

"可是姥姥家太远了……要早起四十分钟去上学……"

......

母亲从不提前告知我她的出行计划，通常机票和酒店定下来以后，她才会通知我。而我毫无力量改变她的决定。

"我不配吧。"我在心里这般对自己说。我的价值感降低到了极点，我再无任何勇气向母亲索取"爱"了。

高中开始，班主任总是强调学生们要"踏踏实实""尽量稳"，要求家长们尽量亲力亲为地抓学习，多做一些有营养的食物。我们班同学的家都离学校不远，通常情况下，大家都是在家吃了早餐再出门，这样身体也能暖和一些。但我的妈妈从来都是睡到下午一点多，如果提前叫醒她，肯定会被她翻白眼，即便妈妈爬起来给我做早餐，她也会在厨房里丁零当啷一通"输出"。母亲故意用力做每一个动作，做饭的噪声把我在厕所里吓得瞬间清醒。有过一两次这样的经历后，我就再也不让母亲给我做早餐了。

母亲那般不情愿地为我早起做的早餐，即便闻着很香，我拿起筷子说的第一句话不是"谢谢"，而是"抱歉"。我吃的每一口，都饱含着我对母亲的愧疚和自责。我宁可起床后到便利店买两个两块钱的速冻大包子。我不会因为任何事耽误吃早餐，因为老人们总是叮嘱我"早餐必须吃，不然胃会出毛病！"那个时候我还很爱惜自己的身体。虽然因吃不到妈妈做的早饭很难过，但我知道自己的妈妈和别人的妈妈不同，她是不太健康的妈妈……所以我告诉自己不要总是和别人比较，否则只会更难过。

"妈妈不爱我吧。"我不敢这么去想。我不愿相信，我的妈妈不如别人的妈妈那样爱自己的孩子。我必须小心翼翼地试探，"妈妈愿意爱我到何种程度呢？"

母亲出国以后，我们之间通常有6小时以上的时间差。和妈妈通电话，是在我每天放学回家以后。我真羡慕其他同学，可以回家吃上妈妈做的饭。而我一周有一半以上的日子都在吃快餐和零食，母亲每天都出门去找她的朋友们……因为知道妈妈有自己想要的生活，我从来不敢过问。有一次我告诉了母亲，她出国期间我总会有一种不安全感，那种感觉就像是被抛弃了一样，尽管我知道那并非真实，只是我的感受，可我依然无法控制内心的不安。母亲露出一脸疑惑的表情，她认为我是用这样的方式说服她不出国旅游，而是选择留下来给我做饭。我无法将内心的真实感受传递给母亲，我只是想告诉她我需要她的理解和关心，我需要她的关注和母爱。

"好啊，我不去了。我已经彻底没有自由了。"母亲说了这句话。它如同梦魇，让我多年都难以释怀。我总是会梦到母亲说这句话时的表情、容貌和声音……

"我彻底没有自由了。"即便我道歉了，也说了自己不需要她留下来，可依旧无用。母亲重复了一遍这句话，表情呆滞地坐在沙发上。这让我充满了不安，我很害怕妈妈又一次抑郁发作，又一次忘记我是谁。那种被她遗忘的痛苦，就像被亲生母亲彻底"扼杀"，被从她大脑中抹去一般。这种感受让我窒息，也让我坚信，我是错误的存在。如果我未曾出生，也许就不会有人痛苦。

母亲对父亲的仇恨，总让我对自己身上那一半来自父亲的基因极其厌恶。父亲的爱在我的记忆中几乎是空白，他不仅没有在我童年时期给予我父爱，还在我成长过程中给我"永远无法依靠"的感觉。在我心里，"父亲"这个词只是用来解释"孩子是由一位男性和一位女性共同创造的"而已。

"带着他的基因，母亲就会讨厌我。"这种想法无数次让我产生对自己"永远无法接纳"的念头。我始终认为自己是带着罪孽诞生的，因为我的出生，母亲的脾气才开始暴躁，父亲因此出轨，母亲变成了孤独的一个人，又因为不得不养育我而被剥夺了自由……

我没有对自我的认知，也就没有了自信和对自己的认可，只会一味地顺从，将感受深埋心底。这一切都致使我否定自己，对自己产生负面、消极的认识，无法接纳不被爱着的自己。我找不到存在下去的理由，我找不到价值感。

在我第一次从北大六院出院，休学居家的那一年，我向父母要了很多钱。因为自己一个人住，父母又离婚了，我断定他们不会给彼此打电话或者发消息，所以他们之间存在信息差。我抓住这一点，每个星期都会以不同的理由向他们要钱。从父亲那里要来后，还会再向母亲要，理由相同，金额也相差不大。我不停地从网络上购物，买那些根本不需要的小东西。

"我需要买一件衣服！"

"我需要花钱报名一个线上的课程！"

"能给我点钱买一些营养品吗？"

……

编出一个理由，要求父母给我钱，是轻而易举的事。毕竟他们都对我怀着"歉意"，试图通过满足我的所有要求来弥补给我造成的童年阴影。

"我给你这些钱，你可要让自己开心、健康起来。"每次给完我红包，父亲都会补上这样一句话。

暴食之后，我开始囤积各种食物。只要看到正在打折的零食，我就忍不住买回来放在家里。很快我租的小房子就被塞满了。到处都放着食物，开封的、没开封的……冰箱被塞得关不上门。我根本来不及去暴食它们，有时仅仅吃一口就会扔掉。食物放久了就会变质，所以家里总是能闻到腐烂的味道。

我从未计算过，一个月我会花多少钱去买食物、衣服、小东西……家里堆满了大大小小还未拆封的快递。洗衣液要两桶一起买，因为划算；拖鞋一次买三双，穿脏了直接扔掉；床单看到好看的就要买一床，哪怕根本用不完那么多套……

我把"能够要到钱"当作父母爱我的证据。

我不相信他们的爱是真实的，因为眼睛不会说谎。他们看我的眼神永远带着歉意和怜悯。他们所做的一切，无非是为了弥补我罢了。既然精神上无法得到满足，那就用食物和物质来填补我的空虚吧。

只有钱、食物可以任由我支配，只有那些没有生命的事物是我能够控制的，还有就是：体重。控制体重，就能控制父母的情绪，我瘦弱的模样会激发他们的保护欲。我一遍遍地讲述内心的痛苦、孤独，就是为了让他们对我的内疚加重，这也会让他们更愿意服从我的要求。

钱、食物是我最忠实的朋友，只有它们才能带给我真正的安全感。

自信与价值感

结束居家康复，重返厦门复学后，我的体重基本呈稳步上升的趋势。当然，生活中难免不时出现一些压力源，导致我情绪不太稳定。但随着一次次战胜内心那个让我变得糟糕的声音，我惊喜地发现，自己对自己的信心在不断累积，而且这种信心是随着战胜那个声音的次数增多而逐渐增强的。

每取得一点微不足道的小成就，我总会主动和母亲分享。比如，我常常因焦虑而不想吃饭，但我会顶着这种焦虑，逆流而上。进食障碍让我不好好吃饭，我就偏要好好吃饭来反抗它。母亲总是用充满惊喜的语气鼓励我继续努力，她温柔地说："看到了吗？你是有智慧心的！"有时我觉得这样向母亲诉说，像是在讨夸奖，显得不够成熟。可母亲坚定地告诉我，她非常乐意听我讲述这些自认为做得很棒的行为，分享自己正能量的思维意识。这让我深深感受到母亲的包容和对我的信任。

在我看来，"自信"是由一次又一次的小成功堆积而成的信念，而人与人之间"信任"的建立则是通过一次又一次的交流沟通。并非只有信守诺言才能建立信任，坦诚地向对方倾诉自己，加深彼此的了解，感受对方的内心，同样能增进信任。母亲为了帮我从进食障碍中康复，成了我最亲密的倾听者。正因如此，我可以毫无顾虑地将内心想法倾诉出来，不用在意想法的"好坏"，也不用担心会给对方带来不好的感受，进而招致讨厌。我能以轻松的心情和母亲交流真实感受，这也让我的内心敞开了一扇大门。

我必须承认，从住院到出院，再到居家康复，整个过程中，我从未有勇气去设想自己真正康复后的样子和处事心态，我不敢看镜子中皮肤蜡黄、满身伤痕的自己。

"即便我吃饭了，身体上这些因长期营养不良留下的伤害，还能复原吗？"这个想法让当时在住院的我像祥林嫂一样一遍又一遍地问陪我住院的母亲："妈妈，我还能回到健康时候的样子吗？"我没有特长和才华，长相也普通，要是没有好身材让我在众人中脱颖而出，我就又会变回那个普普通通的"丑小鸭"，还要面对身体不断发胖、脂肪局部堆积的结果。因此，我觉得"康复"这件事似乎不值得去做，与其变回普通女孩，还不如带着"独特"和众人的目光死去。"你会变得无比坚强，你会比过去更加美好。"母亲坚定地一遍遍重复这句话，我却难以相信。身体好了又能怎样？我还是讨厌面对糟糕的家庭和没有理想的人生。

我在此时依然不相信我能找到属于自己的人生意义。我依然十分孤独。

2022年7月，我带着刚康复的身体，到一家会计师事务所做审计工作。那时，我双腿的皮肤还是棕黑色的，那是伤口愈合后的结痂。

当时券商行业竞争愈发激烈，母亲怕我承受不住压力，便果断劝我放弃。正巧父亲和朋友吃饭时认识了我当时所在会计师事务所的合伙人，我才有机会进入事务所从事审计工作。

其实，我很讨厌会计学，也不想和数字打交道。初中时，我最好朋友的母亲是企业会计，经常加班，忙得连女儿生日都没时间庆祝，从那时起，我就对会计这个职业有了偏见。虽说审计和会计不同，但一个做账，一个查账，还得经常出差去对方单位实地考察，追求安稳的人肯定不适合这份工作，而我恰恰就是这种渴求安稳的人。

事务所同事很多，被分成若干小组。我是本地户口的女孩子，这个身份在事务所里格外显眼。周围同事几乎都是来自不同地方的他乡人，我既是关系户，又是非会计专业的行外人，大家拿着不相上下的工资，他们心里难免有些不甘心和嫉妒。这直接导致我在小组里常常被孤立。

我不懂会计知识，大学也没学过相关科目，完全是个小白。问的问题太基础，不懂的又太多，我不好意思一直问前辈，只能自己买书、看视频学习工作相关知识。那段时间，我压力巨大，甚至产生了"不想上班，想脱离社会"的逃避心理。

　　　　我与食物的爱恨纠葛：一个进食障碍女孩的康复之路

我的食欲变得极不稳定,有时一整天都没胃口,即便不想吃也得硬逼着自己吃,不然我害怕再次体验进食障碍带来的痛苦。半夜在家学习审计知识时,总感觉嘴巴想吃点什么,但我知道必须忍耐,否则可能会因情绪而暴食。一个人生活,我得方方面面照顾好自己。

那段时间,我也觉得父母不够理解我,尤其是父亲。他总是严肃地指出我做事让他不满意的地方,还说如果是他,会怎样把事情做好。他几乎从不认错,哪怕我们争吵,他也会说:"你是怎么和我讲话的?你应该用这种态度?"每当听到他责怪我的态度,我就知道没必要再继续对话了,这句话只会让我更孤独。无论我有什么情绪,他似乎都看不到情绪本身,只关注我做的事、说的话,甚至是话里的某个字。在父亲面前,我感觉自己无力表达,也不想成为他期待中的样子。

不过,我也清楚父亲对我的爱是真实的。在我患进食障碍期间,他已经做出了很多改变。我"控诉"童年他对我的伤害时,他会沉默着听我把话说完;他还开始对我说:"真棒,你已经尽力了。"虽然父亲在情感上还是很迟钝,但我已经渐渐在心里接纳了"我的父亲就是这样一个情感迟钝的男人"这件事。

我明白,父亲对我的爱是深刻而真实的,这对我来说就足够了。

而且,我长大了,慢慢意识到,我不需要依靠父母而活,我想要的价值,可以通过自己的努力去获取。我虽然普通,没什么特别之处,但世界上大多数人都是普通人,很多人的成就和他们40岁后的生活,都是在之前的人生中靠自己打造的。想要享受先辈积累的财富,就得有承载财富的能力,并且认可自己有延续财富的能力。所以,无论是继承财富还是创造财富,都必须在年轻时磨砺自己,磨平那些阻碍前行的棱角。

进食障碍这个精神疾病,部分源于我一次次在困难面前跌倒后留下的不自信。如果在困难面前跌倒,站起来又迷失方向,我就会极度缺乏安全感,会向父母求助,问他们该怎么做。甚至在生病的那一年,我还会反复问父母："你们爱我吗？能告诉我怎样体会快乐吗？"我不相信自己对社会或他人有价值，曾一度希望家里没有我这个"拖油瓶"。但在康复过程中，母亲一次次鼓励我独自面对困难，还告诉我，只要努力了，即便达不到预期结果，也不要遗憾。

如今，我始终坚信，不能停留在后悔和回忆过去的悲伤记忆里。我不期待自己做出最完美的选择，也不会因结果而失望。

现在，我虽是个普通女孩，但不会因"普通"就不努力，不会因感到孤独就逃避现实，也不会因眼前的困难暂时无人能解决就彻底"躺平"。我爱每时每刻的自己，因为我无须为了得到任何人的肯定而活。遇到再多困难也没关系，我会努力找到方向，勇往直前，因为我相信，黑暗的尽头一定是光明。

斗争与信任

我在返校之前的焦虑感，不只来自即将面对的、无法预料的生活，还有一个很重要的因素是不得不面对社交所带来的恐惧。

在我的心里像是有一堵透明的围墙，隔离着我和除了自己以外的其他人。自从母亲第一次把我骗进北大六院的进食障碍病房以后，我对待任何人都保持着距离感和怀疑。这不是我自己能控制的感受，它让我很敏感、很孤独。

我时常想，如果能拆掉这堵围墙，我就能够更加轻松地和其他人交往，没有那么孤独，我也不会把自己的价值放在自己的体重上去衡量。我可能会更加积极地投身于各种有意思的活动中，也会更加热爱我的生活。

复学后的生活虽然比我自己想象的更顺利，但是在我心里，依然只有母亲一个人能够听懂我的心里话。如果不是因为可以时不时地把孤独感和母亲说一说，我就很难压抑自己的不安。其实在康复的过程里，我很多次感受到进食障碍依旧在我的心里，它很敏感，像一个小孩子。只要我生活的环境里有人在减肥，或者有人在刻意保持良好的身材，强调"自律"，我就会感到心里面有一点别扭，肠胃也会随即产生类似于胀气的感受。好像有一个声音在我的耳边悄悄对我说："快点想起我……你苗条的身材一定会引来大家的羡慕。""快来，做个特别的女孩吧……"面临困难的时候，那个声音不停诱惑着我，虽然我很快识别到它，却很难不受它的影响。

其实我心里一直在想，我为什么会是今天这个样子？难道只是原生家庭的问题，造成了我患进食障碍吗？我不敢肯定，因为父母两人的情感问题，我的确对待感情有一种不安感，但是对待生活的那种找不到乐趣的感觉也成为我很厌恶生活的原因之一。生活为什么这样无聊，又为什么让我感觉如此失控？

回顾我小学刚入学那天，班主任给我们开了一个班会，主题就是：我的学生生涯。

班主任王老师是一位快要退休的阿姨，她的眉目中透露着严厉与认真，用很慢的语速对我们说："孩子们，你们现在已经是学生了，要肩负起改造国家的重任！要记住！我们的校训是'赶、超、比、拼'！"

赶超比拼？那是什么？我根本无法理解这几个字。大人们眼中，仿佛所有的孩子都理所应当生活在条条框框之下：几岁应该做什么、应该有怎样的头脑和思维……我经常听到有家长对孩子说："你都多大了，还……""这是你这个年龄该有的样子吗？"或者"你看看他多厉害，你们一样大，为什么你就不如他？"

12岁以前，在我眼里，同龄人是我的同伴，我和任何人都可以成为朋友，我们之间不存在"恶意"和"争斗"，我不会去揣测任何人对我有恶意。

随着年龄的增长，上初中之后，我逐渐发现，很多时候，我想要的机会或者某种荣誉总是花落人家。就拿考试成绩这件事来说，我没有觉得自己的复习时间比同桌少，上课时我比他听得还要专注，课后作业我比他完成得还要快。可是每一次考完试以后，我的成绩总是不如他。学霸们每次考试都会霸占班里的前十名，但是如果问"你是怎么学习的？怎么考试成绩总是这么好？"答案永远是"啊，我没觉得自己在学习上花时间了，可能是侥幸！"可所有人都知道，怎么会有那么巧合的侥幸？难道所有的学霸都靠侥幸？

有一次，同桌生病了，班主任让我联系他的母亲，告诉他关于作业的事儿。他的母亲接起电话来告诉我同桌正在复习功课，让我把留的作业告诉她，她来转告同桌。我惊讶地问："小崔不是生病了吗？他怎么还在复习呀？"

"哎哟，孩子，难道小崔没跟你们说过吗？他打初一开始，就每天晚上复习到凌晨才肯睡觉呀！"他的母亲说，"这孩子，我怎么说都不听，熬夜对他身体不好，他从来不往心里去。我以为你们班同学都这样，所以小崔才会这么努力！"

我听后十分惊讶，仔细回想，从初一开始，小崔就经常提前到校抄前一天晚上留的作业，他一边抄一边说："哎呀，我真是太懒了，我连作业都懒得写，这可怎么办呀？"

"哎呀，你可不知道呀，小崔的练习册那是每一学科恨不得都要买两三本儿，很快就刷完了！"他母亲继续说，"我这心想，难道是因为学校的作业留得太少，不够他做？怎么，你们的作业很少吗？"

我听完以后，心里咯噔了一下，瞬间感觉一阵冰冷流向手心，耳边传来耳鸣声，那是我人生中第一次感受到，有时我看到的，只是另一个人刻意营造的假象。

从那以后，我开始留意身边那些优秀的同学。班长是一个各方面都很出色的女孩，人际关系处理得游刃有余，学习成绩更是出类拔萃，几乎没有偏科，她还热爱运动，每天放学都会去操场跑步，体育成绩也一直名列前茅。我不禁疑惑：难道她真的天赋异禀，不用花太多时间学习就能如此优秀？

有一天我故意等到她跑完步离开操场，才背起书包走出教室。我看到她来到了教师们的综合办公室，而班主任似乎知道她会来一样，亲切地呼喊她的名字。这时我才通过她们的对话得知，班长一直在放学后边跑步边背英语单词和古诗词，等同学们都放学回家以后再去问老师问题。

类似的事情其实还有很多，我惊讶地发现，其实身边那些非常优秀的人，他们的努力往往不会让别人看到。我慢慢地才发现，如果我真的希望取得某种成就，超越身边同样在竞争这个东西的人，我就必须付出额外的努力，比这些人都要努力，比他们都要明白这件事的逻辑，才很有可能取得突出的成绩。而如果我想要守护住这个成绩，就必须得守护住我的学习方法和"我在努力"这件事。

此时，我终于明白了"赶、超、比、拼"的真正含义。我们在不断攀比中挣扎前行，家长们希望自己的孩子跑得更快、成长得更早、才华更早地显现出来，可孩子的承受能力是有限的，被看到的往往只是表面的成绩，背后的付出和痛苦却被忽略了。

得到了成就的人才会被认可，人们只会注意到最后的获胜者。可是明明我也努力了啊，难道努力不值得被看到吗？我会感到无比孤独，除了原生家庭没有给我足够的安全感，还有长大的过程里，那种不断感受到的"争夺赛"一样的感受。

忘记是姥姥还是爸爸妈妈（或者是他们所有人）对我说过一句话，那就是"千万不要轻易地相信一个人"。那时我还小，不能理解话里的意思，但是随着我逐渐长大，越来越清楚地认识到：其实每一个人都只会对自己诚实。即便是爸爸妈妈，也会因为某种原因对孩子说出善意的谎言。不知从何时起，我逐渐变得只相信自己，只有当一件事情完全在我的掌控之中时，我才能感受到一丝安全感。

我常常幻想：如果我变成大家都喜欢的样子，是不是就能得到所有人的爱？如果我变成一个无忧无虑的"孩子"，父母是不是就不会再对我有那么多的期待和要求？我渴望回到小时候，那被人呵护、被人照顾的时光，希望能再次体验到那种被当作"孩子"的温暖。我期待着所有人都能照顾我的感受、关注我的存在，不再对我有任何要求和期待。这些想法在我的脑海中交织成一团乱麻，让我在迷茫中丢失了自己。

在那些痛苦的日子里，食物成了我唯一的慰藉。吃东西的时候，我仿佛又回到了婴儿时期，吮吸着妈妈的乳头，那种安全、温暖的感觉，能给我带来无尽的安慰。我开始变得爱撒娇、爱无理取闹，甚至爱上了伪装自己是个"宝宝"。

记得有一次爸爸对我说："哎呀，你已经长这么大了，我可以不叫你宝宝，叫你的名字了吗？或者我叫你张紫初？"我听完以后，顿时感到惶恐。"啊，难道你是不爱我了吗？"那是一种空虚的、缺爱的感受。于是我对父亲讲，还是要叫我宝宝。父亲听完以后目瞪口呆，他笑着说："可是你都多大了，还把自己当一个孩子？"

患上进食障碍后，我越发觉得，只有像个孩子一样，才能找到那份缺失已久的安全感。我变得异常敏感，对周围人的每一句话、每一个眼神都过度解读，总觉得他们在议论我、评判我。我无法控制自己的情绪，母亲说我像个三岁的孩子，在情绪爆发时，渴望不被要求、不被期待，渴望被周围的人温柔以待，不用为自己的错误承担责任。

只是，我从未想到，对安全感的极度渴望，最终会让我在进食障碍里越陷越深，难以挣脱。只是我真的没有想到，有一天我对安全感的追求彻底失控——变成了进食障碍。

被看到与被理解

在厦门独自生活的头两个月里，我居然连称体重的勇气都没有。我心里清楚，自己肯定长胖了，这可不是我的体像障碍在作祟，事实是我的衣服明显变小了，这说明我的身体变得更"饱满"了。我不太确定用这个词形容自己是否恰当，毕竟在旁人眼中，我依旧很瘦。我还记得刚到厦门时体重是86斤，如今凭感觉判断，大概增重了8~10斤。

母亲不再追问我有没有吃饭、吃了什么，一切都靠我的自觉和主动。除了一日三餐，我还得吃三顿加餐，加餐吃的是开学时带来的一筒安素，吃多少全由我自己决定。我再也不用刻意把一勺粉末磕平，也不用故意让液体留在杯壁上"挂杯"了。我的内心坦荡得如同广阔无垠的天空，我十分享受这种真实的状态，它让我无须再后悔、自责，也不用再谴责自己辜负了母亲为我付出的一切。我不再需要成为别人期待的样子，去满足自己的虚荣心和价值感，更不用消耗自己的信心。

有个女孩跟我说："Sweet姐姐，为什么我们刚认识，你就好像比我还了解我的想法，就像你看着我长大一样，我心里那些连自己都不太清楚的情感，全被你说中了。和你聊完，我一下子就释然了，终于有人能理解我了。"她和专业咨询师做了12次咨询，和我只聊了一个半小时，却评价咨询师"他真的该羞于称自己是咨询师，给我的感觉就像冷冰冰的雕像"。不过，我们这些亲历者并非专业咨询师，没有接受过专业培训，在咨询过程中可能会存在各种不稳定因素，或者带入一些未被公认的个人认知。这也让我时常自我审视，怀疑自己是否有资格做这些事。

我们每个人心里都有一杆秤，左边是自我期待，右边是别人的期待，要是两边都想要，就会陷入迷茫，开始摇摆不定，对自己的行为和价值感产生怀疑。如果所有人都能坚持做自己，那么每个人都会绽放光芒，黑暗将无处容身，进食障碍也会彻底消失。

所以说，**走出进食障碍的根本，就是坚持做自己**。这样，我们就不会迷失方向，不会感到迷茫，不会自我怀疑，也不会失去安全感。**我们必须同时放下自我期待和满足他人期待的想法。**

当有咨询者找我"陪跑"时，我会向他们解释为什么收取较低费用。这本是一件应该出于公德心去做的事，可我却要通过为病友提供帮助获取利益，难免会引发质疑。工作后，我的时间被分割成"放空休息""高度紧张的工作"和"抽空学习"这几部分。2022年至2024年1月，为了参加考试，我每天只睡3个小时，却不觉得疲劳，因为精神世界很充实。但考下想考的证书后，我发现自己真的需要休息和调整。现在我即便11点上床睡觉，也只能睡7个小时，而下班回家就已经傍晚七点了，留给自己自由支配的时间只有4个小时。曾有一段时间，我无偿帮助每一位找我的家长和患者，有时凌晨一两点还在安慰焦虑的孩子，我又一次被自己的善良"绑架"了——要是有人向我求助，而我选择休息，就会感到自责和悔恨，觉得万一出了事自己也有责任。所以我决定，要是必须在"拯救其他人"和"保持爱自己"之间做选择，我会进行"筛选"，收取较低费用，集中精力去支持那些愿意与我交换时间的人，而对于不尊重我的人，我也不用再受良心的谴责。

还有一位我陪跑的女孩叫小冉，今年16岁，已经休学一年了。她母亲为她请过四位有名的心理咨询师，做了二十次咨询，效果却不太理想。小冉的母亲李女士自己也在学习和咨询相关的知识，最初联系我的就是她。和李女士交流后，我发现她对进食障碍很了解。她自己是一位有十几年医院工作经验的护士，非常急切地希望我能帮助她的大女儿。她说家里积蓄已经不多了，为小冉治病花了将近25万，而且上一次抢救小冉的经历给所有家人都留下了心理阴影，几乎全家上下、亲戚邻居都知道她女儿有进食障碍。

"我现在压力太大了……我几乎喘不过气……亲戚邻居看到我女儿这样，

第一反应就是'孩子很可怜,爸爸妈妈肯定有问题!'唉,我们为她做了所有能做的,她妹妹都觉得我偏心姐姐……"李女士激动得哭了起来。第一次和李女士打电话时,她就坚定地告诉我,她已经做好了随时失去女儿的准备。她知道进食障碍死亡率很高,小冉被抢救一次后,她对死亡已经有了"提前体会"。

"根本没人能叫醒她,她在别人面前假装很正常,甚至骗过了病房的医生和咨询师,他们都说小冉可以出院了,可她一出院就不吃饭,还开始嚼吐!"李女士说,"她居然能在两周内从90斤瘦到79斤,我们谁都劝不动她吃饭,只要逼她,她就抽自己耳光。现在所有家人都怕她,不敢说错话,生怕让她焦虑,伤害到自己。"我大致了解到,小冉不吃东西、嚼吐,很会隐藏自己的进食障碍,还异常敏感,会打自己。

"姐姐,你说的我特别认同。我确实觉得妈妈会因为我体重低更重视我,可我打自己、恨自己,是因为我爱妈妈,她对我的好,我不知道怎么报答,所以我觉得自己很可恶,必须惩罚自己。"小冉对我说,"我太爱妈妈了,不想让妈妈把爱分给妹妹。"

小冉还说:"每次和咨询师聊,他们努力鼓励我,我当时觉得想通了,可坚持不了多久。""嚼吐就像姐姐说的那样,我能有一种满足感,既能享受食物又不会发胖。""我已经不想上学了……休学后我就特别讨厌学校,不想回去。""他们要是再让我住院,我出院还是会瘦下来!在医院就好像把自己努力减肥的成果全毁了。""我喜欢和网络上的人比'腰''锁骨'还有'腿'。只要他们减肥比我快,我就难受,也会忍不住想让自己体重掉得更快……好多很瘦的女孩一天就吃一个鸡蛋、两杯咖啡,我看到她们就觉得自己吃的太多了。"

我知道小冉说的这些话都是发自内心的,这些想法也曾在我脑海中盘旋,折磨着我。每次面对食物,就好像在面对"失败的自己",仿佛食物在对我说:"吃吧,吃下我,你的'自律'和'努力'就又白费了。"

如今，很多人把"瘦"等同于"自律"，随着体重秤数字降低，人们的价值感和自我认同感似乎提高了……无奈的是，当家长带着患有进食障碍的孩子去看医生，医生告诉孩子"人的价值不在于体重，要在其他事情上寻找自己的价值"时，大人和孩子都认可这个道理。可真要放下这个标准，心里总是有个解不开的结。"减肥"能最快且最容易地让人看到自己努力的痕迹，而在其他事情上努力往往难以带来可"控制"的结果（就像家长看到孩子的成绩不理想，往往就不再认可孩子努力的过程）。

太多的人没有被看到，太多的人生活在无法控制结果的不安全感里。

要是时光能倒流，我真希望家人没有对我说"你不减肥小心以后嫁不出去！没人会娶一个懒媳妇回家"，而是告诉我"你要努力让自己保持健康，因为这能让你更自信，更有能力去爱你所爱的事"。可惜时间无法倒流，青春也不能重来。

希望看到这本书的你，能多理解、倾听自己的孩子和家人，多留意他们的努力，给予他们认可。不要第一时间就否定孩子或其他人的观点，而是听听他们为什么会有这样的想法，问问背后的原因。如果孩子说了谎言或者夸张、脱离事实的话，背后不一定是恶意，也许只是想获得"理解""接纳"和"被看到"。

与原生家庭分离

在我的童年时光里，物质生活得到了极大的满足，然而情感生活却与之形成了鲜明的反差。也正因如此，我迷失在了对他人认可的渴求之中。倘若我总是依赖父母去解决生活中遇到的所有困难，每当碰到问题就向他们寻求帮助，那么我将永远无法发现自己的能力。一旦离开他们的庇护，我就会陷入自我否定，缺乏信心去处理各种问题。久而久之，我甚至会责怪父母在某些事情上无法给予我有效的帮助，埋怨他们能力不足。

我开始尝试着建立自信，而这还是在母亲的引导下进行的。记得有一天，我满是委屈与迷茫，哭着对母亲说："妈妈，我觉得自己是个没有价值的人，我没有任何特别突出的地方，太平凡了。"母亲沉默了许久，一滴泪水顺着她的眼角悄然滑落，她眼中满是心疼与愧疚，深情地对我说："对不起，我的宝贝。其实你是很有能力的，即便努力了，付出了很多艰辛，最后没有得到想要的结果，那又何妨呢？努力的过程本身就已经带给你很多宝贵的收获了呀。你小时候，我替你解决了太多困难，有些你甚至都不知道。你顺利地长大了，可内心却变得非常脆弱。你习惯了向我们索取你期待的结果，然而有些事情，父母也无能为力。现在，我们更多的时候只能倾听你的情绪。如果你愿意倾诉，我很乐意做你最忠实的倾听者，并且在我所了解的领域内，给你适当的提示和帮助。但从今往后，所有需要做决定的事情，妈妈希望你能自己拿主意。而且，无论这个决定带来怎样的结果，都希望你能坦然接纳，因为那是当下的你经过思考做出的选择。"

后来，我自己也逐渐意识到了一个问题：当我想要做出一个决定时，常常不知道怎样才是最好的。一旦做出选择，我就会忍不住设想：如果当初做了其他的选择，会不会有更好的结果呢？但事实上，没有任何一个决定能保证带来尽善尽美的结果。

"得不到的总是最好的。"母亲语重心长地对我说,"我们来练习一下,试着活在当下,好吗? 不然,我们会一直沉浸在对过去的不满情绪中,从而错过很多宝贵的机会。"

要做到像母亲所说的那样"活在当下",不去为过去发生的事情焦虑,不再说"如果当时我做出另一个选择就好了",并且能够全然接纳生活中的一切,无论它带来的是好情绪还是坏情绪,相信情绪就如同波浪一般,有高峰也有低谷,起起伏伏,但无论哪种情绪,最终都会随着时间的流逝而平复……我们需要做的是,尽量避免在心情不好的时候,比如悲伤、愤怒之际,做出消极的行为;同样,也不要在情绪高涨,比如开心、兴奋的时候,做出冲动之举。

道理说起来容易,真正做起来却并非易事。就拿我住院康复期间来说,那时的我常常因为焦虑和恐惧,用手抓挠自己的胳膊和大腿,留下一道道触目惊心的血痕;我还会给父母发消息,告诉他们我有轻生的念头,试图通过这种方式"分享"我的痛苦,宣泄内心的情绪。如果我想要努力改变这一点,减少对自己身体的伤害,就必须练习一些能够平复情绪的方法。为此,我尝试过冥想、瑜伽、正念等,可这些方法对我来说效果都不太理想。在情绪特别激烈的时候,我根本无暇顾及这些,或者心情烦躁得根本无法进行。

在我陪跑的众多家庭中,大约70%都存在着非常严重的情绪问题。家长和孩子常常会因为双方的情绪而发生冲突,又或者进食障碍患者听到家人的某句话后,产生不好的感受,进而引发消极情绪……网络上以及书本上那些平复情绪的方法,即便是成年人运用起来都颇具难度,又该如何教给那些被进食障碍困扰的孩子们,并要求他们做到呢?

我常常把自己应对消极情绪的方法分享给那些来找我做咨询和陪跑的家庭:首先,尝试对家人敞开心扉,诉说心里话,并且主动强调"我现在情绪不太好,请听我说完";然后,放空自己的内心,千万不要让消极情绪影响到睡眠,坚持一个原则,那就是把头放在枕头上后,就不要再进行任何思考；再者，不要一个人待在封闭的环境里，尽量多和同龄人相处，大家可以聊天，也可以安静地待在一起，还可以通过观察其他人的交谈，来转移自己的注意力；最后，多到室外去，哪怕室外没有人，或者街边行人稀少，也不要独自待在房间里，因为这样很容易被自己的情绪所淹没。

随着年龄的增长，我逐渐明白：人不可能没有情绪，一个人如果能够迅速调整好自己的情绪，那么他做事情的成功率就会大大增加。情绪并非只有通过发泄才能得到缓解，转移注意力、接纳自我、冥想等方法也可能奏效，只要我们能够顺利渡过情绪的"浪尖"，就能够让情绪得到舒缓。有些事情，当时可能带来很大的冲击，但冷静下来后会发现，并没有想象中那么难以承受，即便事情没有朝着预想的方向发展，似乎也没那么糟糕。

在我出院后的康复过程中，有太多的事例都证明了一点：我在面对父母时，总是像个孩子，无法掩饰自己的情绪。原本我们之间会有一场轻松愉快的谈话，但是我常常因为家人说出口的某一句话而感到烦躁。

我无法控制内心汹涌的情绪，委屈、不甘心、愤怒充斥着我的脑海。我不由自主地说出伤人的话，与家人争论，甚至单方面指责他们，以此来宣泄情绪。可事后，我又对自己冲动时说的话懊悔不已，我深知家人为了治愈我的进食障碍，付出了太多太多。在我的康复过程里，家人对我的爱让他们对我无比包容，我的母亲会在我情绪激动时保持沉默，只是静静地看着我，等待我宣泄完情绪，恢复平静。

我陪跑的许多家庭里，父母都在努力研究与孩子交流的话术和对策。

"我真的说不过我的孩子！"妈妈们纷纷抱怨道，"我到底该怎么和孩子沟通呢？"

这是一个多么有趣的问题啊。孩子在患病期间，认知出现了偏差。在正常人眼中，世界是五彩斑斓的，但在进食障碍患者的眼中，世界却是黑白的。我们坚信黑白就是世界的色彩，笃定苹果是黑色的，香蕉是白色的；我们认为如果自己瘦了，就能收获他人的善意，如果胖了，就会被嫌弃，失去

我与食物的爱恨纠葛：一个进食障碍女孩的康复之路

优势。我们并非故意装作不认识事物的本来面目，而是在我们的感受里，外界传递给我们的就是这样的信息。体重对于我们来说，绝不仅仅是一个数字，它代表着我们的价值，并且与价值成反比。体重越高，我们的自信心就越低，价值感也随之降低，我们因此变得不自信，社交障碍也越来越严重。

有一件事可能会让你感到惊讶：瘦骨嶙峋的身体竟然也是我们自卑感的来源之一。**我们并不认为自己极瘦的样子是漂亮的**。我们把自己饿成了"小骷髅"，将瘦视为安全感的基础，可又因为自己的"瘦"而感到恐惧。我害怕别人对我的瘦评头论足，害怕路人用惊恐的眼神注视我。尽管我知道，过度的瘦并非美丽，而是一种罕见的"恐怖"，甚至会让人驻足观看，但我还是无法说服自己增加体重。我的内心渴望健康的美，可行动却在看到体重上涨的瞬间"缴械投降"了。

"我真的希望自己能一觉醒来就胖20斤。"我无奈地对母亲说。

我并非不想胖起来，回到正常的体重范围。只是每当看到体重秤上的数字增加，我真的会感到无比焦虑。神奇的是，随着我住院、出院，母亲对我越来越理解，我们之间的关系发生了巨大的变化，从曾经的"敌人"变成了如今值得依靠的伙伴，我不再怨恨母亲年轻时对我情感关注的缺失，也渐渐体会到了她作为单亲母亲的艰辛。在与她一起居住的那段时间里，我们之间形成了一种默契：母亲能够敏锐地察觉到我的状态和言语是否处于情绪之中，从而选择保持沉默，或者与我交流。

面对我的情绪，她大多时候会选择沉默。我也逐渐意识到，这是一种非常好的方式，能够帮助我度过情绪的波动期。在我无法冷静的时候，任何言语在我眼中都像是"挑衅"。愤怒中的我根本无法理智地判断事情，这时对我进行引导和与我理性对话几乎是徒劳的，反而会让我越说越多、越想越多，陷入到更深的"不被理解"的痛苦之中。相反，在我情绪高涨时保持沉默，给我足够的时间让我自己平静下来，能让我有机会激发自身的内在力量，唤醒内心深处的自我。母亲曾对我说："在你有需求的时候，希望你能主动告诉我，我会尽力帮助你，但我的能力也是有限的。"我渐渐意识到，我的母亲也是一个平凡的女人，她所背负的责任，在我成为母亲之前，是无法真正体会到的。

"寻找安全感"与"摆脱不安全感"始终是导致我们情绪不稳定的因素。如今，我虽然离开了原生家庭，但我依然深爱着我的爸爸妈妈，也坚信会一直被他们所爱，这一点毋庸置疑。我与父母三个人都学会了享受生活、热爱生活，我们努力把自己的事情做好，在力所能及的范围内互相帮助。对我们之间的关系，我感到无比安心。

我帮助进食障碍家庭进行康复的过程，实际上也是在帮助很多家长学会如何与患病的孩子相处。通过亲身经历从生病、挣扎、康复到回归社会的整个过程，我积累了大量从亲历者、康复者以及复盘者角度获取的经验，再加上对数百个案例的分析，对于"进食障碍患者如何康复"这个问题，我有太多的话想说。这既是我在自媒体平台记录生活的发心，也是我写这本书的初衷。

未尽之言

我的父亲

常有人问，在进食障碍的康复过程中，父亲能扮演什么角色，又该如何贡献力量呢？这是个难以简单作答的问题，毕竟每个家庭各有不同，每个人的性格千差万别，每位父亲也都有自己独特的智慧。在中国文化里，父亲的地位举足轻重，身为一家之主，拥有家庭中最大的话语权。同时，父亲还是孩子成长路上的指引者、守护者，是孩子心中的英雄。

小时候，父亲在我心中就像一棵参天大树，为我遮风挡雨，象征着无尽的"力量"。那时，只要有父亲出面，似乎就没有解决不了的事情。可随着我慢慢长大，我发现父亲并非无所不能，他的能力也有局限，说的话也并非全对，面对某些事情也会举棋不定。进入青少年时期，我开始反驳父母。当我认为他们的观点不对时，就会大胆表达自己的想法。但父母脾气比较急躁，我很害怕他们发脾气，因为我清楚，自己的生存离不开他们的爱与照顾。

父亲的手又大又软，一只手掌就能轻轻按住我的脑袋，我喜欢他温柔地揉着我的脑袋，然后轻声说一句"乖"。小时候，父亲和母亲是我安全感的来源，有他们在的地方就是家。可后来，家庭出现变故，父亲的形象在我心中不再那般高大，我对家庭和家人之间的关系也产生了恐惧与怀疑。

成长过程中，我逐渐拥有了更加独立的意识和思想。家庭虽然满足了我的物质需求，却没能及时给予我精神上的理解与支持。在我脆弱、迷茫的时候，我的情绪无处倾诉，得不到倾听。我对父母的感情很复杂，我爱他们，可也埋怨他们没能顾及我内心对爱的渴望。

确诊进食障碍后，我无比希望父母能理解我的痛苦，与我共情，知晓我在与进食障碍抗争时所经历的艰难。我渴望得到他们的认可、支持与接纳，希望他们真诚地肯定我的努力。

在我康复的过程中，父亲给予了极大的支持，和我生病前相比，他改变了很多。他不再急躁地打断我说话，而是认真、安静地聆听我的表达；他会重复我最后说的话，经过深思熟虑后才给出答复，不再立刻回应，也不会强行灌输他的想法。父亲的鼓励日益增多，他变得更加敏锐，能察觉到我细微的焦虑和努力。康复需要慢慢恢复社交，在家庭聚会时，父亲会不时看向我，通过观察我的表情来判断我是否需要帮助。

他给了我很多安全感。他阅读了大量进食障碍相关的书籍，遇到不懂的地方，还会和我一起探讨。随着知识的不断积累和生活中的实践，他对进食障碍的了解愈发深刻。他推掉了手头重要的工作，对同事说，陪伴我才是他当下最重要的任务。

他加入了医院的病友群，看着群里焦虑的家长，他说："每个家庭都有自己的难题，我们没必要因别人的焦虑而共情。我们一起努力，一定能战胜进食障碍。"正是父亲的话给了我自信，让我觉得自己与众不同，让我相信我们的家庭有力量与疾病抗衡。

父亲对母亲也变得温柔起来，他会保护母亲，在我言语攻击母亲时，他不会盲目支持我的观点，也不会退缩，而是坚定地站在母亲身前。他会在我对母亲说难听的话时喊"停"，会劝说哭泣的母亲，安慰情绪低落的她。父亲还帮母亲承担了许多家务，让母亲从身体的劳累中解脱出来，精神上也不再那么疲惫。正因如此，我们家庭每个成员的情绪都较为平稳，父亲成了家庭中出色的情绪调节者。

父亲原本情感比较迟钝，说话做事直来直去，理解和共情能力比不上母亲。但当我看到他用行动保护母亲，支持母亲倾听我时，我感受到了他的坚定和责任感，也渐渐对我们之间的关系有了安全感。

父亲很少把负面情绪带回家，他会自己处理好情绪。他和母亲一起学习、看书，还会一起复盘与我相处的事情或话题，尽可能保持一致，避免互相反驳。我们沟通时，父母会统一思路，这让家庭交流中很少出现争吵。

即便意见不一致，他们也会先耐心听我说完，再表达看法。在这样的家庭里，我们建立了良好的相处模式，遇到问题时，我很愿意和父母交流，听取他们的建议，因为我知道他们不会轻易指责或反驳我。

父亲从不指责母亲，他不是没有脾气，而是选择用沉默代替发怒。他曾告诉我，家人之间没有绝对的对错，每个人的出发点都是为对方好，所以应该学习如何更好地相处和沟通，指责只会激怒对方，让自己也无法冷静。

我打心底里感谢父亲，确诊进食障碍后，他仿佛变了一个人。当我问他"你为了我改变，值得吗？我很抱歉，也很内疚"时，他回答："你是我的孩子，陪伴你成长是我的使命。谁痛苦谁改变，作为你的父亲，我不仅有责任给予你物质条件，更重要的是给予你精神力量，让你健康长大。所以你生病后，我不后悔为你做任何改变。看到你恢复健康，才是我最大的回报。"

这世上没有完美的人，也没有天生就优秀的父母。爱一个人，就愿意接纳他的全部。家人之间应相互支持、鼓励，共同变得更好，而不是逃避和推卸责任。尽管父亲在我童年时没有给予足够的关爱，但在我面对进食障碍时，他勇敢地站出来，保护母亲，保护我，紧紧握住我的手，陪我战胜疾病。他说："人要活在当下，要往前看。"父亲给予我的，是积极的能量，是绝不被困难打倒的坚定。

我爱我的父亲母亲，也感激他们，父母为我而改变，他们的努力和陪伴让我有面对自己、接纳自己的勇气。在他们的支持下，我学会独自面对困难、解决困难，看到了自己的能力，内心变得丰满、自信，也获得了安全感和对生活的希望。

我身边的男性进食障碍亲历者

　　进食障碍常被误解为只有女性减肥时才容易患上的精神疾病，然而在现实生活中，男性进食障碍患者并不少见。只不过由于心理因素，男性更难接受外界帮助，也不愿向家人暴露自己的进食障碍问题。

　　在我结识的伙伴中，男性进食障碍患者的群体规模不容小觑。他们大多在减肥后发展成暴食症，处于厌食与暴食交替的状态。而暴食症患者很难主动寻求帮助，因为只要存在清除行为，他们就觉得吃再多高热量食物也能通过催吐等方式避免发胖，所以对他们而言，戒掉暴食似乎没有必要。

　　男性进食障碍患者其实更需要外界的帮助与引导，毕竟在疾病面前，性别与年龄都不应成为阻碍。进食障碍本身就容易危及生命，作为亲历者，我深切体会到包括自己在内的患者心中的"病耻感"。这种病耻感不仅存在于患者自身，患者家属同样深受其扰。没有人希望被视为疯子，也没有人愿意让亲友知晓自己的孩子患有精神疾病。一旦孩子生病，人们往往会将其归咎于家长。所以，不仅患者自身，家属对精神疾病的认知也直接影响着患者能否得到专业的救治。

　　在与我交流过的男性进食障碍患者中，有几位让我印象深刻。

　　小张是一名高中生，高一的时候，他暗恋班里的一个女孩，却因身材肥胖被女孩当着同学的面嘲笑："你那么胖，先减肥再追我吧。"这句话深深刺痛了他。回忆童年，每次亲戚聚会，长辈们总会念叨："小张，控制下饮食，该减肥了！"平时放学回家，他吃完饭在沙发上玩会儿手机，看电视的父亲就会喊他起来走动，说他太懒，小心以后娶不到老婆。

　　这些负面评价在小张心中不断累积，他向我倾诉时说，自己早就能真切感受到周围人对胖子的歧视。可那时的他难以抵挡美食的诱惑，觉得没有理由去减肥，毕竟连吃爱吃的东西都要节制，这太不合理了。被喜欢的女孩嘲笑后，小张下定决心减肥，开始健身并控制饮食。此后的经历与其他进食障碍患者类似，体重下降带来的喜悦让他难以割舍，也逐渐无法接受体重稳定或上涨。小张在网上尝试了各种减肥方法，短短一年就从190斤减到了90斤，可他仍不满足。为突破平台期，他采取了极端的饮食方式。最极端的时候，他和我一样，一整天只喝水，低血糖头晕时就含块糖。

谈及对低体重的感受时，他突然问我："姐姐，你体验过那种虚弱无力的感觉吗？你会不会也对那种感觉上瘾？还有空腹感，你会不会强迫自己保持空腹感？"这个问题许多病友都曾问过我，我也有同样的感受。当某天感觉身体有力气时，我会怀疑前一天是不是吃多了、身体恢复了，这带给我的不是开心，而是恐惧。我害怕身体恢复力气，更害怕体重上涨。虚弱感和空腹感给我带来的是"体重不会上涨"的安全感，为维持这种安全感，我曾刻意吃酵素、催吐，想尽办法清除体内的食物。

小张和我一样，身体察觉到危险状态后，开始通过"暴食"自救，可我们却变成吃了就清除食物的"怪物"。清除食物逐渐变成类似强迫症的补偿行为，只要看到食物，就想不停地吃，直到胃被塞满，然后下意识地去厕所把食物吐出来。

厌食与暴食交替的状态极其危险，身体会在短时间内被迅速透支。原本储存的营养因清除行为被大量耗竭，引发电解质紊乱、激素失调，身体的许多机能随之下降，最终导致器官检查指标异常，只有提升体重、全面恢复饮食和营养才能改善。但有些病友没那么幸运，营养不良引发了其他并发症，最终失去了生命。

小李是我第二次出院后在网络上结识的一位病友。大学毕业时，他170斤，被大家称为"小胖哥"。初入职场的他，满心期待能在工作中大展拳脚，可没想到，职场压力却让他把自我矛盾引向了身材与食物。

小李所在的公司竞争激烈，同事们在工作之余也热衷于谈论身材管理和健身，身材微胖的小李渐渐感觉自己在这个环境中格格不入。每次团队聚餐，大家对食物低热量、低脂肪的要求，以及对他食量的调侃，都让他心里很不是滋味。"小胖哥"听上去也不再友善。

小李曾为一次重要的项目汇报精心准备，却因为紧张，汇报时有些磕磕绊绊。结束后，他听到有同事小声议论："你看他，这么胖，平时肯定不自律，连汇报都做不好。"这句话像一把刀，直直刺进了小李的心。从那以后，他开始疯狂关注自己的身材，决心要通过减肥来改变大家对他的看法。

他开始严格控制饮食，早餐只吃一个苹果，午餐是水煮蔬菜，晚餐干脆不吃。一开始，体重的下降让他尝到了甜头，同事们的夸赞更让他坚定了减肥的决心。但随着时间的推移，他的身体越来越虚弱，工作效率也大幅下降。可他却像陷入了一个怪圈，无法停止对低体重的过度追求。

和小张一样，小李也开始了厌食与暴食的交替。压力大的时候，他会控制不住地疯狂进食，各种高热量的食物被他一扫而空。可吃完后，深深的自责和对长胖的恐惧又让他立刻冲进厕所催吐。长期的催吐让他的牙齿变得脆弱，喉咙也经常疼痛，但他无法自拔……

像小李和小张这样的男性进食障碍患者还有很多，他们在痛苦中挣扎，却往往因为病耻感和外界的偏见，难以获得及时有效的帮助。我们必须认识到，进食障碍不是简单的减肥过度，而是一种严重的精神疾病，需要专业的治疗和家人朋友的理解支持。

成为光

在被进食障碍折磨的两年里，我深陷黑暗深渊，脑海里总有个声音："瘦下来，这是瘦子的快乐世界。"它裹挟着我那些可望而不可即的欲望，让我借此逃避现实恐惧与内心空虚。

2021年，我住进北大六院进食障碍病房。母亲感慨，在家时就觉得我瘦得吓人，入院才发现，原来有这么多孩子同受此折磨。她满心疑惑，为何孩子们会被这病缠上？

进食障碍患者多为女性，陪护的母亲们聚在一起，交流着种种疑惑。起初她们还很戒备，后来气氛热烈起来，她们倾诉着各自的经历，时而惊讶，时而落泪，一聊就是数小时。看到母亲与其他家长交流，我才惊觉，她心里藏着许多未曾说出口的话。以往我宣泄恨意时，她从不辩解，只是盼我能看清世界。

我不禁想，她到底藏了多少委屈？母亲也是被家庭深深伤害过的女人。我的童年满是混沌，充斥着欺骗与分离，生活漂泊，总跟着母亲换出租房，家脆弱得随时可能消失。我恐惧情感，害怕听到"我爱你"，一旦有人示爱，我就患得患失，担心失去。

2021年春天，我离开北大六院。姥爷离世，让我第一次深刻感受到生命的短暂与无常，意识到每个人都要独自面对世界，即便再爱一个人，也无法将其永远留住。

此前，我一直把母亲的爱和家人的关心当作自己存在的唯一证明，一旦被忽视，就觉得活着没意义。我的妈妈，既是点燃我情绪的导火索，也是我康复的最初力量源泉。我因找不到存在意义，才如此奢求她的爱与关注。我每天观察他们的表情，稍有负面情绪，就自责是自己带来麻烦。焦虑到极点时，我会用刀划伤自己，这既是缓解痛苦的方式，也成了达到目的的手段。我喜欢在父母能看到时折磨自己，用这种极端方式表达痛苦、逼迫他们妥协，事后还会有种类似运动后分泌多巴胺的快乐。只要父母在身边，负面情绪涌来，我就控制不住说伤人的话，刺激他们，看他们难过焦虑，我心里的痛苦似乎就能减轻。但独处时,我又能很好地调整自己。

我必须学会接纳真实的自己,实现与父母在情感上的独立,不再为了得到认可或关注去做事,要学会认识自己,识别情绪,做出让自己快乐的选择。

很多病友的家庭看似和睦,在成长中被过度关注、保护,一帆风顺,却因此看不到自身能力,极度不自信。我们都在寻找价值感,缺乏安全感,要么觉得没达到家人的期望,要么认为没给予对等的回报。

我陪伴过很多家庭,发现父母与孩子之间的关系,有的是"抵抗"的,有的是"依赖"的。孩子们小小年纪,就要承受孤独、空虚和不安全感,真的很不容易。而作为父母,同样面临着巨大的挑战,他们不仅要理解孩子的情感需求,跨越年龄代沟,学会与孩子有效沟通,引导他们走出负面情绪,还要承担起社会责任,平衡好工作与个人情感。

我深知,患上进食障碍后,想要真正康复,是一件极其艰难且需要漫长时间的事情,远没有想象中那么简单。目前,医院能提供的治疗方法,大多是住院、吃药、心理咨询这几种。可得了进食障碍的人,几乎都不敢主动住院,或者接受医院的任何帮助。而且患病后,我们的认知会发生很大变化,害怕一切可能导致体重上涨的东西,就连那些能缓解焦虑的药物,也会被视为让人食欲大开、加速吸收营养的"毒药"。

我们拒绝别人的劝说,也排斥正向的引导。就像有个孩子对母亲说的:"我们学校都是不吃午饭的学生。"在我们眼中,往往只关注那些我们希望看到的人和行为,而自动忽略那些不想接受的人和事。家人常常觉得难以捉摸我们的想法,其中一部分人会抱怨:"付出了那么多,孩子却还是不见好。"还有些父母把希望寄托在神明和住院治疗上。

幸运的是,我和我的家庭成功摆脱了进食障碍的困扰。在这个过程中,我们付出了大量的时间、情感和金钱,也踩过许多"地雷",并为此付出了代价。我知道自己在表达能力和洞察力方面有一些天赋,也擅长用文字来叙述感受、记录故事；而进食障碍患者之间有很多相似之处，甚至我们的某句话、某个行为背后的原因和目的都极为相似。于是，我利用社交媒体，把自己在进食障碍期间的感受写成了几百条笔记，并且持续两年不断发布。至今，我已经走进了数百个家庭，陪伴了无数的父母和进食障碍患者。随着陪伴经验不断丰富，我对进食障碍的理解和感悟也越来越深刻。

我的生命是有限的，也许在我生命结束后，我的记忆和关于我的故事也会随之消失。我希望能用我有限的生命，为更多人的生命赋予能量，把希望的光芒照进更多受进食障碍困扰的家庭。光芒会不断折射，终有一天，会有更多的光穿透层层乌云，照亮每一个角落。

致谢

　　故事的结尾，我心中满是感恩，尤其要向北京大学第六医院的李雪霓主任及其专注治疗进食障碍的团队，致以最深切的谢意。他们所拯救的，绝非仅仅是那些在进食障碍的泥沼中痛苦挣扎的孩子们。要知道，每个孩子的背后，都承载着一个迷茫无助的家庭。

　　近年来，进食障碍的患病人数呈逐年上升之势。然而，由于医疗条件存在一定局限，焦急万分的父母在面对孩子的病情时，难免会将内心的焦虑转化为对医生的负面情绪。甚至有人常常心存质疑："把孩子送去住院有什么实际用处呢？不就只是在里头吃饭嘛！"但事实上，体重无法恢复、营养难以补足，认知与行为得不到改变，这些都是孩子康复路上难以逾越的阻碍。

　　住院治疗，的确将恢复体重放在首要位置，但它的意义远不止于此，住院为孩子们提供了一个安全且专业的康复环境，更为每一位家长、每一个家庭创造了难得的契机——重新学习与孩子建立紧密的联结关系，探寻孩子生病的深层原因，并摸索出合适的相处与沟通方式。毕竟，进食障碍的康复之路漫长且布满荆棘，需要得到帮助的，不仅仅是深受疾病折磨的孩子，还有他们同样在痛苦中煎熬的父母。

　　我的母亲，便是众多这样的家长之一。我对李主任满怀感激，当年，她给予我母亲的帮助，以及对我和母亲所说的每一句话语，都犹如黑暗中的明灯，关键且充满力量。在李主任面前，我内心深处关于进食障碍的种种隐匿角落，都无所遁形。在李主任的悉心指引下，我仿佛拨开层层迷雾，渐渐看清了内心深处那个一直未被自己接纳的小孩。

　　李雪霓主任于我而言，恰似山间潺潺流淌的溪水，既坚定又温柔。那溪水从山上涓涓而下，巧妙地绕过那些坚硬且杂乱的岩石。她以温柔的力量感化着我，又以坚定的姿态守护着我。

母亲也在医院专业团队的指导下，学习了诸多关于进食障碍疾病的知识。在我居家康复的日子里，母亲凭借所学，给予了我无比强大的安全感，让我在康复之路上不再孤单与恐惧。

因为北京大学第六医院进食障碍治疗团队的无私帮助，在我最孤独的时候，真切地感受到了来自这个世界的爱与温暖。这份爱与温暖，如同春风化雨，滋润着我干涸的心灵。

在住院以及后续居家康复的过程中，我开始学会慢慢卸下内心的防备，尝试勇敢地面对真实的自己。曾经，我如同被阴霾笼罩的星辰，黯淡无光。而如今，我也释放出自己的光芒，这光芒虽不耀眼，却足以照亮我前行的道路。

我必须感谢那些带来光的人：

我的家人；

我的挚友：晓文阿姨、小飞卷、祁阿姨、闺蜜馨月、joy（严丽文）、孙文浩、师帅、小桃子、张雅睿；

西安市中心医院医护工作者：田竹芳主任，每一位医生、护士；

本书的责任编辑：王越；

凤凰卫视《冷暖人生》节目组工作人员：裴老师、小倩姐、鹤哥、呼呼、彬子、张哥。

是你们，在我生命的不同阶段，以各自独特的光芒照亮我前行的路。每一份善意、每一次陪伴、每一点帮助，都汇聚成驱散阴霾的力量。

请相信，正如我生命中这些带来光的人一样，总有温暖会不期而遇。坚持住，要知道，黑夜无论怎样悠长，白昼总会到来，而你，值得被这世界温柔以待，终将迎来属于自己的那束光。